Florinda Donner

ESSERE NEL SOGNO

Una iniziazione al mondo degli stregoni

EDIZIONI
IL PUNTO
D'INCONTRO

Florinda Donner
Essere nel Sogno
Titolo originale: *Being in Dreaming*
Traduzione di Laura Caraffa

La prefazione di questo libro è stata pubblicata per gentile concessione di Carlos Castaneda
Prima edizione italiana 1996 Edizioni il Punto d'Incontro s.a.s.

Via Zamenhof, 685, 36100 Vicenza, Tel. 0444 239189, Fax 0444 239266
www.edizionilpuntodincontro.it
Finito di stampare nel luglio 1996 presso la Cooperativa Tipografica degli Operai, via Corbetta 9, Vicenza

ISBN 978-88-8093-032-7

Indice

A tutti coloro che sognano
i sogni degli stregoni.
E ai pochi che li hanno
sognati con me.

Prefazione

Florinda Donner è una discepola di don Juan Matus, un maestro stregone messicano dello stato di Sonora e da più di vent'anni è una mia compagna in questo apprendimento. Dati i suoi talenti naturali, don Juan e due "streghe" sue compagne, Florinda Grau e Zuleica Abelar, diedero a Florinda Donner un'istruzione e un'attenzione molto speciali. Loro tre la allenarono come "sognatrice" e la portarono a sviluppare la sua "attenzione di sogno" a un grado di controllo straordinario.

In accordo con gli insegnamenti di don Juan Matus, gli stregoni dell'antico Messico praticavano due arti: l'arte di sognare e l'arte dell'agguato. La scelta della pratica di una o dell'altra arte veniva determinata dall'innata attitudine di ogni praticante di stregoneria. "Sognatori" erano coloro che possedevano l'abilità di fissare quella che gli stregoni chiamano "l'attenzione di sogno", un aspetto speciale della coscienza, negli elementi dei sogni normali. Chiamavano "quelli che tendono l'agguato" coloro che possedevano un'attitudine innata conosciuta come "l'attenzione dell'agguato", un altro stato particolare della coscienza che permette di trovare gli elementi-chiave di qualsiasi situazione nel mondo quotidiano e fissare in essi detta attenzione, al fine di modificarli o di costringerli a rimanere nel loro corso.

Attraverso i suoi insegnamenti, don Juan Matus mise sempre ben in chiaro che le idee degli stregoni dell'antichità sono ancora valide oggi e che gli stregoni moderni si raggruppano tuttora in questi due tipi di categorie. Pertanto il suo sforzo come maestro fu quello di inculcare nei suoi discepoli le idee e le pratiche degli antichi stregoni per mezzo di un rigoroso allenamento e di una disciplina ferrea. L'idea degli stregoni è che riuscire a fissare l'attenzione di sogno sugli elementi dei sogni normali faccia sì che questi si trasformino immediatamente in *sogni*. Per loro, i *sogni* sono stati unici di coscienza, varchi verso altri mondi reali, ma estranei alla mente razionale dell'uomo moderno.

La prima volta che don Juan mi parlò dell'arte di sognare, gli chiesi: "Vuol dirmi, don Juan, che uno stregone considera i suoi sogni come se fossero realtà?".

"Uno stregone non considera niente come se fosse un'altra cosa", rispose. "I sogni sono sogni. Io sto parlando dei *sogni*, che non sono la stessa cosa. I *sogni* non sono qualcosa che si può prendere come realtà; i *sogni* sono una realtà a parte".

"Com'è tutto questo? Me lo spieghi".

"Devi capire che uno stregone non è un idiota e neppure uno squilibrato. Uno stregone non ha né il tempo né l'attitudine di ingannare se stesso, o di ingannare nessuno, e ancor meno di mettere il piede in fallo. Quello che perderebbe facendo questo è troppo grande. Perderebbe il suo ordine vitale, che per essere perfezionato richiede una vita intera. Uno stregone non spreca ciò che vale più della sua stessa vita confondendo le cose.

Per uno stregone i *sogni* sono qualcosa di reale, perché in essi può agire deliberatamente. Può scegliere fra una moltitudine di possibilità quelle più idonee per raggiungere il suo scopo".

"Vuol dirmi, quindi, che i *sogni* sono reali come quello che stiamo facendo ora?".

"Se vuoi fare dei confronti, ti dirò che i *sogni* sono forse più reali. In essi, uno ha il potere di cambiare la natura delle cose o di cambiare il corso degli eventi.

"Ma tutto questo non è importante".

"Che cos'è importante allora, don Juan?".

"Il gioco della percezione. *Sognare* o tendere l'agguato significa espandere il campo di quello che si può percepire a un punto inconcepibile per la mente.

È opinione degli stregoni che tutti noi, in generale, possediamo doni naturali o come sognatori o come coloro che tendono l'agguato e che per molti di noi è facile guadagnare il controllo dell'attenzione nei *sogni* o nell'agguato, e lo facciamo con così tanta abilità e così naturalmente, che il più delle volte non ce ne rendiamo neppure conto. Un esempio di questo è la storia dell'allenamento di Florinda Donner, che ha avuto bisogno di interi anni di spossante lavoro, non per guadagnare il controllo della sua attenzione nel *sogno*, ma per chiarirsi i suoi raggiungimenti come sognatrice e integrarli al pensiero lineare della nostra civiltà.

È stato chiesto a Florinda Donner per quale ragione ha scritto questo libro e lei ha risposto che le era indispensabile raccontare le sue esperienze, nel processo di affrontare e sviluppare l'attenzione di *sogno*, al fine di tentare di acuire la curiosità o almeno di incitare intellettualmente coloro che sarebbero stati disposti a prendere sul serio le affermazioni di don Juan Matus sulle illimitate possibilità della percezione.

Don Juan credeva che nel mondo intero non esista, né sia mai esistito, un altro sistema, eccetto quello degli stregoni dell'antico Messico, che conceda alla percezione il suo meritato valore pragmatico.

Carlos Castaneda

Nota dell'autrice

Il mio primo contatto col mondo degli stregoni non è stato pianificato o cercato. Si è trattato di un evento fortuito. Nel luglio del 1970, nel Messico settentrionale, incontrai un gruppo di persone che si rivelarono rigorose seguaci di una tradizione di stregoni appartenente agli Indiani del Messico pre-Colombiano.

Quel primo incontro ebbe su di me un effetto travolgente e a lungo raggio. Mi introdusse in un altro mondo che coesiste con il nostro. Gli ultimi vent'anni della mia vita sono stati completamente dedicati a quel mondo. Questo è il resoconto di com'è cominciato il mio coinvolgimento e di come è stato provocato e diretto dagli stregoni che fecero sì che io mi trovassi in quella dimensione.

Il più importante tra loro, per me, fu una donna di nome Florinda Matus. Mi è stata maestra e guida. È stata anche colei che mi ha dato il suo nome, Florinda, come dono d'amore e di potere.

Definire queste persone stregoni non è stata una mia scelta. *Brujo* o *bruja*, che significa stregone o strega, sono i termini spagnoli che essi stessi usano per indicare un praticante maschio o femmina. Ho sempre rifiutato la sfumatura negativa di questi termini. Tuttavia gli stregoni stessi mi hanno riconciliata con essi una volta per tutte, spiegandomi che ciò che s'intende con stregoneria è qualcosa di molto astratto: l'abilità, che alcune persone sviluppano, di espandere i limiti della percezione normale. La qualità astratta della stregoneria rende quindi automaticamente priva di senso qualunque connotazione positiva o negativa dei termini usati per descrivere i suoi praticanti.

L'espansione dei limiti della percezione normale è un concetto che origina dalla convinzione degli stregoni che le nostre scelte nella vita sono limitate, dovute al fatto che sono definite dall'ordinamento sociale. Gli stregoni credono che l'ordinamento sociale stabilisca le nostre liste di possibilità, ma che noi facciamo il resto: accettando soltanto queste scelte, poniamo un limite alle nostre capacità quasi illimitate.

Questo limite, essi dicono, fortunatamente si applica soltanto alla nostra parte sociale e non all'altra nostra parte: un lato praticamente inaccessibile che non fa parte della consapevolezza ordinaria. Il loro sforzo principale, perciò, è scoprire quel lato. Essi riescono a fare questo spezzando il fragile e tuttavia resistente scudo dei preconcetti umani riguardo a ciò che siamo e a ciò che possiamo diventare.

Gli stregoni riconoscono che nel nostro mondo quotidiano ci sono persone che scandagliano l'ignoto inseguendo visioni alternative della realtà. Essi affermano che le conseguenze ideali di tali investigazioni dovrebbero essere la capacità di attingere dalle nostre scoperte l'energia necessaria a cambiare e distaccarci dalla nostra definizione di realtà. Ma sostengono che sfortunatamente tali investigazioni sono essenzialmente sforzi mentali. I nuovi pensieri e le nuove idee raramente ci cambiano.

Una delle cose che ho appreso nel mondo degli stregoni è che, senza ritirarsi dal mondo e senza danneggiarsi nel processo, gli stregoni realizzano il magnifico compito di rompere la convenzione che ha definito la realtà.

1

D'impulso, dopo aver partecipato al battesimo del figlio di un'amica nella città di Nogales, in Arizona, decisi di attraversare la frontiera per recarmi in Messico. Mentre lasciavo la casa della mia amica, una delle sue ospiti, una donna di nome Delia Flores, mi chiese un passaggio per Hermosillo.

Era una donna dalla carnagione scura, forse sui quarantacinque anni, di altezza media e di corporatura robusta. Era grossa e poderosa, con capelli neri e lisci raccolti in una spessa treccia. I suoi occhi scuri e luminosi mettevano in rilievo un volto arrotondato, perspicace e tuttavia leggermente infantile.

Certa che fosse messicana, ma nata in Arizona, le chiesi se aveva bisogno di un permesso turistico per entrare in Messico.

"Perché dovrei aver bisogno di un permesso turistico per entrare nel mio Paese?", ribatté, spalancando gli occhi con esagerata sorpresa.

"I suoi modi e il suo accento mi hanno fatto credere che venisse dall'Arizona", risposi.

"I miei genitori erano indiani di Oaxaca", spiegò. "Ma io sono una *ladina*".

"Che cos'è una ladina?".

"I ladinos sono indiani scaltri cresciuti in città", spiegò. C'era una strana eccitazione nella sua voce, che non riuscivo a comprendere, mentre aggiungeva: "Assumono i modi di vivere dell'uomo bianco e sono così abili nel loro inganno da riuscire a farsi strada ovunque".

"Non c'è nulla di cui essere fieri", dissi critica. "Certamente non è un complimento per lei, signora Flores". La contrita espressione del suo volto si trasformò in un ampio sorriso.

"Forse non per un vero indiano o per un vero bianco", disse in modo impertinente. "Ma io sono perfettamente soddisfatta di me stessa". Si piegò verso di me e aggiunse: "Chiamami Delia. Sento che diventeremo grandi amiche".

Non sapendo cosa dire, mi concentrai sulla strada. Viaggiammo in silenzio fino al posto di controllo. La guardia mi chiese il mio permesso turistico, ma non chiese quello di Delia. Non sembrò notarla e fra loro non ci furono né sguardi né parole. Quando cercai di parlare a Delia, mi zittì con un imperioso movimento della mano. Allora la guardia mi osservò interrogativamente. Poiché non dissi nulla, si strinse nelle spalle e mi fece cenno di procedere.

"Com'è che la guardia non ti ha chiesto i documenti?", chiesi quando fummo a una certa distanza.

"Oh, mi conosce", mentì. E sapendo che io ero conscia della sua bugia, scoppiò in una risata priva di vergogna. "Penso di averlo spaventato e così non ha osato parlarmi", mentì ancora. E ancora rise.

Decisi di cambiare argomento se non altro per risparmiarmi le sue menzogne in progressivo aumento. Cominciai a parlare di argomenti d'attualità riportati sui giornali, ma per lo più viaggiammo in silenzio. Non era un silenzio sgradevole o forzato; era come il deserto che ci circondava, vasto, assoluto e stranamente rassicurante.

"Dove devo lasciarti?", le chiesi mentre entravamo a Hermosillo.

"In centro", disse. "Risiedo sempre nello stesso albergo quando sono in città. Conosco bene i proprietari e sono certa di poterti far pagare la stessa tariffa che praticano a me".

Accettai con gratitudine la sua offerta.

L'albergo era vecchio e trascurato. La stanza che mi fu assegnata si apriva su un polveroso cortile. Un letto matrimoniale con un baldacchino a quattro colonne e una massiccia cassettiera all'antica restringevano la stanza a dimensioni claustrofobiche. Era stato aggiunto un piccolo bagno, ma sotto il letto c'era ancora un vaso da notte che si intonava col catino di porcellana sulla cassettiera.

La prima notte fu spaventosa. Dormii in modo irregolare e nei miei sogni ero conscia di sussurri e ombre che si muovevano sui muri. Forme di oggetti e di mostruosi animali si alzavano da dietro il mobilio. Dagli angoli si materializzavano persone pallide, simili a fantasmi. Il giorno successivo girai per la città e i suoi dintorni e quella notte, anche se ero esausta, rimasi sveglia. Quando finalmente mi addormentai, in un orribile incubo vidi un'oscura creatura, a forma di ameba, in agguato ai piedi del letto. Dalle sue fenditure pendevano iridescenti tentacoli. Mentre la creatura si sporgeva sopra di me, respirava, producendo suoni brevi e gracchianti che morivano con un sibilo. Le mie grida venivano soffocate dalle funi iridescenti che si stringevano attorno al mio collo. Poi, mentre la creatura, che in qualche modo sapevo essere femmina, mi schiacciava giacendo sopra di me, tutto diventò nero.

Quel momento senza tempo tra il sonno e la veglia fu finalmente interrotto dall'insistente bussare sulla porta e dalle voci preoccupate degli ospiti dell'albergo fuori nel corridoio. Accesi la luce e mormorai qualche frase di scusa attraverso la porta.

Con l'incubo che ancora mi si incollava alla pelle come sudore, andai in bagno. Guardando nello specchio soffocai un grido. Le linee rosse che attraversavano la mia gola e i punti rossi che mi correvano giù verso il petto sembravano un tatuaggio ancora da terminare. Freneticamente preparai i miei bagagli. Erano le tre del mattino quando entrai nell'atrio deserto per pagare il conto.

"Dove stai andando a quest'ora?", chiese Delia Flores sbucando dalla porta dietro al bancone. "Ho saputo del tuo incubo. Hai fatto preoccupare l'intero albergo".

Ero così felice di vederla che l'abbracciai e cominciai a singhiozzare.

"Su, su,", mormorò dolcemente, accarezzandomi i capelli. "Se vuoi, puoi venire a dormire nella mia stanza. Veglierò su di te".

"Nulla al mondo mi farà restare in questo albergo. Parto per Los Angeles in questo stesso istante".

"Hai spesso degli incubi?", chiese con noncuranza, conducendomi verso lo scricchiolante vecchio divano nell'angolo.

"Anche se in maniera intermittente, ho sofferto di incubi tutta la vita", dissi.

"In qualche modo mi sono abituata a essi. Ma questa notte è stato diverso. È stato il più reale e il peggior incubo che abbia mai avuto".

Mi guardò a lungo comprensiva e poi lentamente, trascinando le parole, disse: "Vorresti liberarti dai tuoi incubi?". Mentre parlava, diede un mezzo sguardo al di sopra della sua spalla verso la porta, come se temesse che qualcuno potesse ascoltare. "Conosco qualcuno che veramente potrebbe aiutarti".

"Mi piacerebbe moltissimo", sussurrai, sciogliendomi la sciarpa dal collo per mostrarle i segni rossi. Le raccontai esplicitamente i dettagli del mio incubo. "Hai mai visto qualcosa di simile?", chiesi.

"Sembra piuttosto serio", esclamò, esaminando attentamente le linee che attraversavano la mia gola. "Davvero non dovresti partire prima di aver incontrato la guaritrice che ho in mente. Vive a circa cento miglia a sud di qui. Un viaggio di circa due ore".

Apprezzavo particolarmente la possibilità di vedere un guaritore. Avevo avuto familiarità con essi sin dalla nascita, in Venezuela. Ogniqualvolta ero ammalata, i miei genitori chiamavano un medico e non appena se ne andava, la nostra domestica venezuelana mi vestiva e mi portava da un guaritore. Crescendo non volli più essere curata da uno stregone - non capitava a nessuno dei miei amici - ma mi convinse che essere doppiamente protetta non avrebbe potuto farmi alcun male. L'abitudine era così radicata in me che quando mi trasferii a Los Angeles, ogni volta che ero ammalata feci in modo di vedere sia un medico che un guaritore.

"Pensi che mi riceverà oggi?", chiesi. Notando la sua espressione stupita, le ricordai che era domenica.

"Ti vedrà in qualunque giorno", mi assicurò Delia. "Perché non mi aspetti qui, così andremo subito da lei? Mi ci vorrà soltanto un minuto a raccogliere le mie cose".

"Perché dovresti fare tutto questo per aiutarmi?", chiesi, improvvisamente sconcertata dalla sua offerta. "Dopotutto, per te sono una perfetta estranea".

"Precisamente!", esclamò, alzandosi dal divano. Dall'alto, mi fissò con indulgenza, come se potesse percepire i laceranti dubbi che sorgevano all'interno di me. "Quale migliore ragione potrebbe esserci?", chiese retoricamente. "Aiutare un perfetto estraneo è un atto di follia o di grande controllo. Il mio è di grande controllo".

Non trovando le parole, tutto ciò che potei fare fu fissarla negli occhi, occhi che sembravano accettare il mondo con meraviglia e curiosità. C'era qualcosa di stranamente rassicurante in lei. Non era solo il fatto di fidarmi di lei, ma mi sembrava di conoscerla da sempre. Tra noi percepii un legame, una vicinanza.

E tuttavia, mentre l'osservavo scomparire dietro la porta per prendere le sue cose, considerai seriamente di afferrare le mie borse e di balzare in macchina. Non volevo finire avventatamente in una situazione difficile come mi era già capitato molte altre volte. Ma un'inspiegabile curiosità mi trattenne, a dispetto della familiare sensazione di allarme che mi turbava.

Avevo aspettato per quasi venti minuti, quando una donna che indossava un completo rosso e scarpe con la zeppa, uscì dalla porta dietro al bancone. Si fermò sotto il lampadario. Con un gesto studiato, gettò indietro la testa, cosicché i riccioli della sua parrucca bionda scintillarono alla luce.

"Non mi hai riconosciuta, vero?", rise allegramente.

"Sei davvero tu, Delia!", esclamai, fissandola a bocca aperta.

"Che cosa ne pensi?". Ancora ridacchiando, uscì con me sul marciapiede e ci dirigemmo verso la mia auto parcheggiata di fronte all'albergo. Lanciò il suo cesto e il suo sacco sul sedile posteriore della piccola decappottabile, poi si sedette al mio fianco e disse: "La guaritrice dalla quale ti sto portando dice che soltanto il giovane e il molto vecchio possono permettersi di essere eccessivi".

Prima che avessi la possibilità di ricordarle che non era né l'uno né l'altro, mi confidò di essere molto più anziana di quanto sembrasse.

Il suo volto era radioso mentre volgendosi verso di me esclamava: "Indosso questo completo perché mi piace stupire i miei amici".

Non disse se si riferiva a me o alla guaritrice. Certamente io ero stupita. Non erano soltanto i suoi vestiti a essere diversi; era completamente cambiata la sua attitudine. Non c'era più traccia della donna riservata e circospetta che aveva viaggiato con me da Nogales ad Hermosillo.

"Questo sarà un viaggio incantevole", disse; "specialmente se abbassiamo il tettuccio". La sua voce era felice e sognante. "Adoro viaggiare di notte col tettuccio abbassato".

Prontamente l'accontentai. Erano quasi le quattro del mattino quando ci lasciammo alle spalle Hermosillo. Il cielo, nero e costellato di stelle, sembrava più alto di qualunque altro cielo avessi mai visto. Andavo veloce e tuttavia pareva che non ci muovessimo. I contorti profili dei cactus e degli alberi mesquite apparivano e scomparivano continuamente sotto i fari; sembravano avere tutti la stessa forma, la stessa dimensione.

"Ho portato alcune focacce dolci e un thermos pieno di *champurrado*", disse Delia, allungandosi per prendere il suo cesto dal sedile posteriore. "Sarà mattino prima che arriviamo alla casa della guaritrice". Mi versò mezza tazza della densa cioccolata calda fatta con farina di cereali e mi mise in bocca, boccone dopo boccone, una specie di focaccia danese.

"Stiamo viaggiando attraverso una terra magica", disse mentre sorseggiava la deliziosa cioccolata. "Una terra magica popolata da gente guerriera".

"Chi è questa gente guerriera?", chiesi, cercando di non avere un tono condiscendente.

"Il popolo yaqui di Sonora", disse, per poi tacere, forse per misurare la mia reazione. "Ammiro gli indiani yaqui perché sono sempre stati in guerra", continuò. "Dapprima gli Spagnoli e poi i Messicani, fino al 1934, hanno provato sulla loro pelle la ferocia, l'astuzia e l'implacabilità dei guerrieri yaqui".

"Io non ammiro la guerra né la gente guerriera", dissi. Poi per scusarmi del mio tono bellicoso, spiegai che venivo da una famiglia tedesca che era stata lacerata dalla guerra.

"Il tuo caso è diverso", concesse. "Non hai l'ideale della libertà".

"Aspetta un attimo!", protestai. "È precisamente per il fatto che sposo l'ideale della libertà che trovo la guerra così ripugnante".

"Stiamo parlando di due tipi diversi di guerra", insistette. "La guerra è guerra", interruppi.

"Il tuo tipo di guerra", continuò ignorando la mia interruzione, "è tra due fratelli che sono entrambi sovrani e lottano per la supremazia". Si chinò verso di me e con un sussurro carico di urgenza aggiunse: "Il tipo di guerra di cui sto parlando è tra uno schiavo e il padrone che pensa di possedere la gente. Intuisci la differenza?".

"No. Non la vedo", insistetti ostinatamente e ripetei che la guerra è guerra, indipendentemente dalla ragione.

"Non posso essere d'accordo con te", disse e sospirando sonoramente si adagiò di nuovo sul suo sedile. "Forse la ragione del nostro disaccordo filosofico è dovuta al fatto che veniamo da realtà sociali differenti". Stupefatta dalla sua scelta delle parole, automaticamente feci rallentare l'auto. Non intendevo essere rude, ma udirla declamare concetti accademici era così incongruo e inaspettato che non potei fare a meno di ridere.

Delia non si offese; mi osservò, sorridendo, compiaciuta di se stessa. "Quando arriverai a conoscere il mio punto di vista, forse cambierai idea". Lo disse così seriamente e tuttavia così gentilmente che provai vergogna di me stessa per aver riso di lei.

"Potresti persino scusarti di aver riso di me", aggiunse, come se avesse letto i miei pensieri.

"Mi scuso, Delia", dissi ed ero sincera. "Sono terribilmente dispiaciuta della mia scortesia. Ero così sorpresa dalle tue affermazioni che non sapevo cosa fare". La guardai di sfuggita e aggiunsi contrita: "E allora ho riso".

"Non intendevo scuse per la tua condotta", disse, scuotendo la testa con disappunto. "Intendo scuse per il fatto di non comprendere la condizione dell'uomo".

"Non so di che cosa stai parlando", dissi a disagio. Potevo percepire i suoi occhi che mi attraversavano.

"Come donna, dovresti comprendere bene quella condizione", disse. "Sei stata una schiava per tutta la vita".

"Di che cosa stai parlando, Delia?", chiesi irritata dalla sua impertinenza. Poi le parlai con calma, supponendo che la povera india senza dubbio avesse un marito insopportabile e prepotente. "Credimi, Delia, sono completamente libera, faccio quello che voglio".

"Forse puoi fare ciò che vuoi, ma non sei libera", insistette.

"Sei una donna, e questo significa automaticamente che sei alla mercé degli uomini".

"Io non sono alla mercé di nessuno", gridai.

Non so dire se sia stata la mia asserzione o il mio tono di voce che fece scoppiare Delia in una sonora risata. Rise di me almeno quanto io avevo riso di lei prima.

"Sembra che ti gusti la tua vendetta", dissi, irritata. "Adesso è il tuo turno di ridere, non è così?".

"Non è affatto la stessa cosa", disse, improvvisamente seria. "Hai riso di me perché ti sentivi superiore. Uno schiavo che parla come un padrone diverte sempre il padrone, per un attimo".

Cercai di interromperla e di dirle che il pensiero di ritenerla una schiava o che io fossi la sua padrona non aveva nemmeno attraversato la mia mente, ma ignorò i miei sforzi. Nello stesso tono solenne, disse che la ragione per cui aveva riso di me era che ero stata resa stupida e cieca nei confronti della mia stessa condizione di donna.

"Che cosa ti accade, Delia?", chiesi perplessa. "Mi stai insultando deliberatamente".

"Certamente", concordò prontamente, ridacchiando, del tutto indifferente alla mia crescente irritazione. Mi diede una sonora pacca sul ginocchio.

"Ciò che mi preoccupa", continuò: "è che tu non sai nemmeno che, per il semplice fatto di essere donna, sei una schiava".

Raccogliendo tutta la pazienza di cui ero capace, dissi a Delia che si sbagliava. "Oggigiorno nessuno è schiavo".

"Le donne sono schiave", insistette Delia. "Gli uomini rendono schiave le donne. Gli uomini ottenebrano le donne. Il loro desiderio di marchiare le donne come loro proprietà ci annebbia", dichiarò. "Questa nebbia circonda il nostro collo come un giogo".

Il mio sguardo vacuo la fece sorridere. Si appoggiò al sedile stringendosi le mani sul petto. "Il sesso annebbia le donne", aggiunse dolcemente e tuttavia enfaticamente. "Le donne sono così completamente annebbiate che non riescono a considerare la possibilità che la loro bassa condizione nella vita è il diretto risultato di ciò che subiscono sessualmente".

"Questa è la cosa più ridicola che io abbia mai udito", esclamai. Poi, piuttosto saccentemente, mi lanciai in una lunga diatriba sulle ragioni sociali, economiche e politiche della bassa condizione femminile. Parlai profusamente dei cambiamenti avvenuti negli ultimi decenni, di come le donne avessero avuto successo nella loro battaglia contro la supremazia maschile. Irritata dalla sua espressione di derisione, non potei fare a meno di commentare che senza dubbio era vittima di pregiudizi causati dalle sue stesse esperienze, dalla sua prospettiva personale.

L'intero corpo di Delia era scosso da una repressa ilarità. Fece uno sforzo per contenersi e disse: "Nulla è realmente cambiato. Le donne sono schiave. Siamo state educate a essere schiave. Le schiave colte, sono ora occupate a denunciare gli abusi sociali e politici commessi contro le donne. Comunque, nessuna delle schiave è in grado di mettere a fuoco la radice della loro schiavitù - l'atto sessuale - a meno che prenda in considerazione lo stupro o qualche altra forma di abuso fisico".

Un leggero sorriso separò le sue labbra mentre diceva che gli uomini di religione, i filosofi e gli scienziati hanno affermato per secoli, e naturalmente lo fanno ancora, che gli uomini e le donne devono seguire un imperativo biologico, dettato da Dio, che ha a che fare direttamente con le loro capacità sessuali e riproduttive.

"Siamo state indotte a credere che il sesso sia benefico per noi", enfatizzò. "La convinzione derivante da questa accettazione ci ha rese incapaci di porci la giusta domanda".

"E qual è questa domanda?", chiesi, sforzandomi di non ridere delle sue convinzioni completamente sbagliate.

Delia non sembrò avermi sentita, restò in silenzio così a lungo che pensai si fosse addormentata e trasalii quando disse: "La domanda che nessuno osa porsi è: qual è, su noi donne, l'effettivo risultato del farsi mettere in posizione orizzontale?".

"Dai Delia!". La rimproverai fingendo costernazione.

"L'annebbiamento delle donne è tale che, pur mettendo a fuoco ogni altro elemento della nostra inferiorità, non riusciamo a farlo con quello che è la causa di tutti gli altri", affermò.

"Ma, Delia, non possiamo fare a meno del sesso", risi. "Che cosa accadrebbe alla razza umana se non...".

Ella bloccò la mia domanda e la mia risata con un gesto imperativo della mano. "Oggigiorno, le donne come te, nel loro zelo di eguaglianza, imitano gli uomini", disse. "Le donne imitano gli uomini in misura tale che il sesso a cui sono interessate non ha nulla a che fare con la riproduzione. Scambiano il sesso con la libertà, senza mai considerare ciò che il sesso provoca al loro benessere fisico ed emozionale. Siamo state così completamente indottrinate, che crediamo fermamente che il sesso sia benefico per noi".

Mi diede un colpetto col gomito e poi, come se stesse recitando una salmodia, aggiunse con tono cantilenante: "Il sesso ci fa bene. È piacevole. È necessario. Allevia la depressione, la repressione e la frustrazione. Cura il mal di testa, l'alta e la bassa pressione. Fa scomparire l'acne. Abbellisce il seno e il sedere. Regola il ciclo mestruale. In breve, è fantastico! È benefico per le donne. Tutti lo dicono. Tutti lo raccomandano". Fece una pausa di un istante e poi per finire declamò: "Una scopata al giorno leva il medico di torno".

Trovai le sue affermazioni terribilmente divertenti, ma poi divenni improvvisamente seria, mentre ricordavo che la famiglia e gli amici, incluso il nostro medico, l'avevano suggerito - sebbene non così palesemente - come cura di tutti i disturbi adolescenziali di cui soffrivo, essendo cresciuta in un ambiente molto repressivo. Avevano detto che una volta che fossi stata sposata, avrei avuto cicli mestruali regolari. Avrei guadagnato peso. Avrei dormito meglio. Avrei avuto un carattere più dolce.

"Non vedo nulla di sbagliato nel volere il sesso e l'amore", dissi sulla difensiva. "Quello che ho sperimentato a questo proposito mi è piaciuto moltissimo. E nessuno mi annebbia. Sono libera! Scelgo chi voglio e quando lo voglio".

C'era una scintilla di ilarità negli scuri occhi di Delia mentre diceva: "Scegliere il tuo compagno non altera in alcun modo il fatto che vieni scopata". Poi con un sorriso, come a voler mitigare l'asprezza del suo tono, aggiunse: "Scambiare il sesso con la libertà è l'apice dell'ironia. L'annebbiamento causato dagli uomini è così completo, così totale, che ci ha private dell'energia e dell'immaginazione necessarie per mettere a fuoco la vera causa della nostra schiavitù". Enfatizzò: "Volere un uomo sessualmente o innamorarsi di lui romanticamente sono le due sole scelte date alle schiave. E tutte le cose che ci sono state dette circa queste due scelte non sono altro che scuse per farci cadere nella complicità e nell'ignoranza".

Ero indignata. Non potevo fare a meno di pensare che fosse una sorta di megera repressa che odiava gli uomini: "Perché disprezzi così tanto gli uomini, Delia?", le chiesi nel mio tono più cinico.

"Non li disprezzo", mi assicurò. "Ciò a cui mi oppongo appassionatamente è la nostra riluttanza a esaminare quanto siamo indottrinate. La pressione che subiamo è così implacabile e ammantata di ragionevolezza che siamo diventate complici volontarie. Chiunque osi pensare diversamente viene messa da parte e derisa come una che odia gli uomini o come vittima di una anomalia".

Arrossendo, la guardai furtivamente. Decisi che poteva parlare in modo così sprezzante del sesso e dell'amore perché, dopotutto, era vecchia. I desideri fisici erano tutti alle sue spalle.

Ridacchiando dolcemente, Delia intrecciò le mani dietro alla testa. "I miei desideri fisici sono alle mie spalle non perché sono vecchia", confidò, "ma perché mi è stata data la possibilità di usare la mia energia e la mia immaginazione per diventare qualcosa di diverso rispetto alla schiava che avrei dovuto essere".

Mi sentii insultata piuttosto che sorpresa per il fatto che avesse letto i miei pensieri. Cominciai a difendermi, ma le mie parole generavano soltanto altre risate. Non appena ebbe smesso, si girò verso di me. Il suo volto era rigido e serio come quello di un insegnante che sta per sgridare uno studente. "Se non sei una schiava, com'è che ti hanno allevata per essere una *Hausfrau*?", chiese. "E com'è che pensi soltanto all'*heiraten* e al tuo futuro *Herr Gemahl* che ti *Dich mitnehmen*?".

Al suo uso del tedesco, risi così forte che dovetti fermare l'auto per non provocare un incidente. Interessata a scoprire dove aveva imparato quella lingua così bene, mi dimenticai di difendermi dai suoi sprezzanti commenti riguardo al fatto che tutto ciò che volevo nella vita era trovare un marito che mi portasse via. Comunque, incurante di quanto la implorassi, ignorò sdegnosamente il mio interesse per il suo tedesco.

"In seguito tu e io avremo un sacco di tempo per parlare del mio tedesco...", mi assicurò, poi mi guardò con derisione e aggiunse: "o del tuo essere una schiava". Prima che avessi la possibilità di ribattere, suggerì che parlassimo di qualcosa di meno personale.

"Cioè?", chiesi, avviando nuovamente l'auto.

Sistemandosi il sedile in una posizione quasi reclinata, Delia chiuse gli occhi.

"Lascia che ti racconti qualcosa dei quattro più famosi leader degli yaqui", disse dolcemente. "Sono interessata ai leader, ai loro successi o ai loro fallimenti".

Prima che avessi la possibilità di lamentarmi per il fatto che non ero affatto interessata alle storie di guerra, Delia disse che Calixto Muni fu il primo leader yaqui che aveva attratto la sua attenzione.

Non era una narratrice dotata; il suo resoconto era essenziale, quasi accademico. Tuttavia pendevo dalle sue labbra.

Calixto Muni era un indiano che aveva navigato per anni sotto bandiera pirata nei Caraibi. Dopo aver fatto ritorno alla nativa Sonora, guidò una rivolta militare contro gli Spagnoli nel 1730. Tradito, fu catturato e giustiziato da questi.

Delia mi raccontò poi, con dovizia di particolari, di come dal 1820, dopo la conquista dell'indipendenza del Messico e quando il Governo messicano cercava di dividere le terre degli yaqui, un movimento di resistenza diede luogo a una vasta rivolta. Fu Juan Bandera, disse, che, guidato dallo spirito stesso, organizzò unità militari tra gli yaqui. Spesso armati soltanto di archi e frecce, i guerrieri di Bandera combatterono le truppe messicane per quasi dieci anni. Nel 1832, Juan Bandera fu sconfitto e giustiziato.

Delia disse che il successivo leader famoso fu José Maria Leyva, meglio conosciuto come Cajeme, "colui che non beve". Era uno yaqui di Hermosillo. Era colto e aveva acquisito grandi capacità strategiche combattendo nell'esercito messicano. Grazie a quelle capacità, unificò tutte le città yaqui. Sin dalla sua prima rivolta nel 1870, Cajeme tenne il suo esercito impegnato attivamente nella rivolta. Fu sconfitto dall'esercito messicano nel 1887 a Buatachive, una roccaforte di montagna fortificata. Sebbene Cajeme fosse riuscito a sfuggire e a nascondersi a Guaymas, fu alla fine tradito e giustiziato.

L'ultimo dei grandi eroi Yaqui fu Juan Maldonado, conosciuto anche come Tetabiate, "Pietra che Rotola". Riorganizzò i resti delle forze yaqui sulle montagne Bacatete, da dove iniziò una feroce, disperata, guerriglia contro le truppe messicane che durò per più di dieci anni.

"Verso la fine del secolo", continuò Delia "il dittatore Porfirio Diaz iniziò una campagna di sterminio degli yaqui. Gli indiani venivano abbattuti mentre lavoravano nei campi. Migliaia furono fatti prigionieri e inviati nello Yucatan, nelle piantagioni di Henequen, e nella regione di Oaxaca a lavorare nei campi di canna da zucchero".

Ero impressionata dalla sua conoscenza, ma ancora non riuscivo a immaginare perché mi avesse raccontato tutto questo. "Sembri un erudito, uno storico del popolo yaqui", dissi ammirata. "Chi sei realmente?".

Per un istante sembrò sorpresa dalla mia domanda, che era puramente retorica, poi prontamente si riebbe e disse: "Ti ho detto chi sono. Semplicemente conosco parecchio sugli yaqui. Vivo tra loro, lo sai". Restò silente per un attimo, poi annuì come se fosse arrivata a qualche conclusione e aggiunse: "La ragione per cui ti ho raccontato dei leader yaqui è che sta a noi donne conoscere la forza e la debolezza del leader".

"Perché?", chiesi perplessa. "A chi interessano i leader? Sono tutti dei balordi, per quanto mi riguarda".

Delia si grattò la testa sotto la parrucca, poi starnutì ripetutamente e disse con un esitante sorriso: "Sfortunatamente, le donne devono schierarsi attorno a loro, a meno che non vogliano essere loro stesse la guida".

"E chi dovrebbero guidare?", chiesi con sarcasmo.

Mi guardò stupita, poi si strofinò l'avambraccio con un gesto infantile come il suo volto. "È difficile da spiegare", mormorò. Nella sua voce era entrata una peculiare dolcezza, un misto di tenerezza, indecisione e mancanza di interesse. "Farei meglio a non farlo. Potrei perderti completamente. Tutto ciò che posso dire, per il momento, è che non sono né un'erudita né una storica. Sono una cantastorie e non ti ho ancora narrato la parte più importante del mio racconto".

"E in che cosa consiste?", chiesi, incuriosita dal suo desiderio di cambiare argomento.

"Tutto quel che ti ho dato fino a ora sono informazioni", disse. "Ciò che non ho menzionato è il mondo magico da cui quei leader yaqui operavano. Per loro l'azione del vento e delle ombre, degli animali e delle piante erano importanti quanto quelle degli uomini. Questa è la parte che mi interessa maggiormente".

"L'azione del vento e delle ombre, degli animali e delle piante?", ripetei con scherno.

Imperturbata dal mio tono, Delia annuì. Si raddrizzò sul sedile, si levò la parrucca bionda e riccioluta e lasciò che il vento s'insinuasse attraverso i suoi lisci capelli neri. "Quelle sono le montagne Bacatete", disse, indicando le montagne alla nostra sinistra, a malapena disegnate contro la semioscurità del cielo in cui l'alba si stava affacciando.

"È là che stiamo andando?", chiesi.

"Non questa volta", disse, scivolando ancora sul suo sedile. Un sorriso enigmatico si attardava sulle sue labbra mentre era semigirata verso di me.

"Forse un giorno avrai la possibilità di visitare quelle montagne", disse chiudendo gli occhi. "Le Bacatete sono abitate da creature di un altro mondo, di un altro tempo".

"Creature di un altro mondo, di un altro tempo?", feci eco con derisoria serietà. "Chi o che cosa sono?".

"Creature", disse vagamente. "Creature che non appartengono al nostro tempo, al nostro mondo".

"Hey, hey, Delia. Stai cercando di spaventarmi?". Non potei fare a meno di ridere mentre mi voltavo a guardarla. Anche nell'oscurità, il suo volto risplendeva. Sembrava straordinariamente giovane, la pelle senza rughe sulle guance, sul mento e sul naso.

"No, no. Non sto cercando di spaventarti", disse, aggiustandosi una ciocca di capelli dietro all'orecchio. "Ti sto semplicemente parlando di ciò che da queste parti è conoscenza comune".

"Interessante. E che genere di creature sono?", indagai, mordendomi le labbra per reprimere una risata. "E le hai viste?".

"Naturalmente le ho viste", disse con indulgenza. "Non te ne parlerei se non fosse così". Sorrise dolcemente, senza traccia di risentimento. "Sono esseri che popolarono la terra in un altro tempo e ora si sono ritirati in zone isolate".

All'inizio non potei fare a meno di ridere forte per la sua credulità. Poi, notando quanto fosse seria e convinta del fatto che queste creature in effetti esistessero, decisi che invece di prendermi gioco di lei avrei dovuto accettarla. Dopo tutto, mi stava portando da una guaritrice e non volevo irritarla con le mie domande razionali.

"Quelle creature sono i fantasmi dei guerrieri yaqui che hanno perso la vita in battaglia?", chiesi. Scosse il capo negativamente, poi, come se temesse che qualcuno potesse ascoltare, si avvicinò e mi sussurrò all'orecchio: "È un fatto noto che quelle montagne sono abitate da creature incantate: uccelli che parlano, cespugli che cantano, pietre che danzano. Creature che possono assumere qualunque forma".

Ritornò ad appoggiarsi al sedile e mi guardò con aspettativa. "Gli yaqui chiamano questi esseri *surem*. Credono che i *surem* siano antichi yaqui che si rifiutarono di essere battezzati dai primi gesuiti che vennero a convertire gli indiani". Mi diede un colpetto sul braccio affettuosamente. "Fa' attenzione. Dicono che i *surem* apprezzino le donne bionde". Ridacchiò con delizia. "Forse i tuoi incubi sono dovuti a questo. Un *surem* che cerca di rapirti".

"Non crederai veramente a ciò che stai dicendo, vero?", le chiesi con derisione, incapace di trattenere la mia irritazione.

"No. Non è vero che i *surem* apprezzano le bionde", disse dolcemente. "Non amano affatto le bionde".

Anche senza girarmi a guardarla, potei percepire il suo sorriso e lo scintillio divertito nei suoi occhi. Mi infastidì enormemente. Pensai che fosse molto ingenua o molto riservata o, peggio ancora, molto pazza.

"Non crederai che quelle creature di un altro mondo esistano davvero?", le chiesi bruscamente, di cattivo umore. Poi, temendo di averla offesa, la guardai un po' ansiosa, tenendo pronta una parola di scusa.

Ma prima che potessi dire qualcosa, mi rispose con lo stesso tono di voce alto e stizzito che avevo usato io.

"Naturalmente credo che esistano. Perché non dovrebbero?".

"Semplicemente non esistono!", dissi stizzosa e autoritaria per poi scusarmi subito. Le raccontai della mia educazione pragmatica e di come mio padre mi aveva guidato a realizzare che i mostri dei miei sogni e i compagni di gioco che avevo da bambina - invisibili a chiunque, a parte me, naturalmente - non erano altro che il prodotto di un'immaginazione iperattiva.

"Sin da piccola sono stata addestrata a essere obiettiva e a qualificare ogni cosa", enfatizzai. "Nel mio mondo ci sono soltanto fatti".

"Questo è il problema delle persone", commentò Delia. "Sono così ragionevoli che il solo ascoltarle diminuisce la mia vitalità".

"Nel mio universo", continuai, ignorando il suo commento, "non c'è posto per fatti riguardanti creature di un altro mondo, che sono considerate soltanto come speculazioni e fantasticherie e", enfatizzai, "fantasie di menti disturbate".

"Non puoi essere così ottusa!", gridò divertita tra scoppi di risa, come se la mia spiegazione avesse superato ogni sua aspettativa.

"Può essere provato che quelle creature esistono?", la sfidai.

"In che cosa consisterebbe la prova?", indagò con un'aria di diffidenza ovviamente falsa.

"Se qualcun altro può vederle, questa sarebbe una prova".

"Intendi dire che se, per esempio, tu le potessi vedere, questa sarebbe la prova della loro esistenza?", chiese, avvicinando la sua testa alla mia.

"Possiamo certamente cominciare così".

Sospirando, Delia appoggiò il capo contro lo schienale del suo sedile e chiuse gli occhi. Restò silente così a lungo che ero certa che si fosse addormentata. Perciò trasalii quando si sollevò bruscamente a sedere e mi esortò a fermarmi a lato della strada. Disse che doveva fare la pipì.

Approfittando della nostra sosta, anch'io entrai nei cespugli. Mentre stavo per tirarmi su i jeans, udii una sonora voce maschile che diceva: "Delizioso!", sospirando appena dietro a me. Con la cerniera dei jeans ancora abbassata sfrecciai dov'era Delia. "Faremo meglio ad andarcene di qui velocemente!", gridai. "C'è un uomo nascosto tra i cespugli".

"Assurdo", disse. "La sola cosa che c'è dietro ai cespugli è un asino".

"Gli asini non sospirano come dei viziosi", indicai, ripetendo ciò che avevo sentito dire dall'uomo.

Delia stramazzò a terra dalle risate, poi, vedendo quanto ero tesa, allungò la mano in un gesto conciliante. "Hai effettivamente visto l'uomo?".

"Non avevo bisogno di vederlo", ritorsi. "È stato sufficiente udirlo".

Ella si attardò ancora per un attimo, poi si diresse verso l'auto. Proprio prima che salissimo sulla carreggiata, si fermò bruscamente e girandosi verso di me sussurrò: "È accaduto qualcosa di molto misterioso. Devo renderti consapevole di questo".

Mi condusse per mano al luogo in cui mi ero accucciata. E proprio lì, dietro ai cespugli, vidi un asino.

"Prima non c'era, insistetti.

Delia mi guardò con apparente piacere, poi si strinse nelle spalle e si volse all'animale. "Asinello", tubò con voce da bambina, "le hai guardato il sedere?".

È ventriloqua, pensai. Farà parlare la bestia. Comunque, tutto ciò che l'asino fece fu sonoro e ripetuto ragliare.

"Andiamo via di qui", la implorai, tirandola per la manica. "Ci dev'essere il padrone che si nasconde tra i cespugli".

"Ma questo piccolo caro non ha un padrone", tubò con la stessa sciocca voce da bambina, grattando le soffici e lunghe orecchie dell'animale.

"Certo che ha un padrone", dissi bruscamente. "Non vedi quant'è nutrito e ben tenuto?". Con una voce che stava diventando rauca per il nervosismo e l'impazienza, ribadii ancora quanto fosse pericoloso per due donne trovarsi da sole su una strada deserta a Sonora.

Delia mi guardò silenziosamente, apparentemente preoccupata. Poi annuì come se fosse d'accordo e mi fece segno di seguirla. L'asino mi camminò dietro molto vicino, spingendomi il sedere ripetutamente col muso. Mormorando un'imprecazione, mi girai, ma l'asino era sparito.

"Delia!", gridai improvvisamente spaventata. "Che cosa è accaduto all'asino?".

Impaurito dal mio grido, uno stormo di uccelli si alzò in volo. Girarono sopra di noi, poi si diressero a est verso quella fragile fessura nel cielo che segnava la fine della notte e l'inizio del giorno.

"Dov'è l'asino?", chiesi ancora con un sussurro che a malapena si poteva udire.

"Proprio di fronte a te", disse dolcemente, indicando un albero contorto e senza vita.

"Non riesco a vederlo".

"Hai bisogno di occhiali".

"Non c'è nulla che non vada nei miei occhi", dissi causticamente. "Posso persino vedere quei graziosi fiori sull'albero". Sbalordita dalla bellezza dei boccioli bianchi come la neve, splendenti nella gloria del mattino, mi avvicinai. "Che genere di albero è?".

"Palo Santo".

Per un secondo di meraviglia, pensai che l'asino che stava spuntando da dietro il tronco satinato di un colore grigio argenteo, avesse parlato. Mi volsi a guardare Delia.

"Palo Santo!", rise.

Poi la mia mente fu attraversata dal pensiero che Delia mi stesse facendo uno scherzo. L'asino probabilmente apparteneva alla guaritrice che, senza dubbio, viveva lì vicino.

"Che cosa c'è di così divertente?", chiese Delia, cogliendo sul mio volto il sorrisetto compiaciuto di chi sa.

"Mi è venuto un orribile crampo", mentii. Tenendomi le mani sullo stomaco mi accucciai. "Per favore aspettami in auto".

Nel momento in cui si volse per andarsene, mi tolsi la sciarpa e la legai attorno al collo dell'asino. Pregustai la sorpresa di Delia quando avrebbe scoperto, una volta che fossimo arrivate alla casa della guaritrice, che sapevo del suo scherzo per tutto il tempo. A ogni modo, ogni speranza di vedere nuovamente l'asino o la mia sciarpa svanì presto. Ci vollero quasi due ore per arrivare alla casa della guaritrice.

2

Erano circa le otto del mattino quando arrivammo a casa della guaritrice, alla periferia di Chudad Obregon. Era una vecchia casa massiccia, con muri imbiancati e un tetto di tegole ingrigito dall'età. Aveva finestre di ferro battuto e un'entrata ad arco.

La pesante porta che dava sulla strada era spalancata. Con la confidenza di qualcuno che ha familiarità col suo ambiente, Delia Flores mi guidò attraverso la buia entrata per un lungo corridoio, verso il retro, fino a una stanza parcamente ammobiliata, con un letto stretto, un tavolo e parecchie sedie. La cosa più strana era che la stanza aveva una porta su ciascuno dei quattro lati; erano tutte chiuse.

"Aspetta qui", mi ordinò Delia, indicando il letto con un cenno del capo. "Fa' un riposino mentre trovo la guaritrice. Potrebbe volerci un po' di tempo", aggiunse, chiudendo la porta dietro a sé.

Attesi che i suoi passi svanissero nel corridoio prima di ispezionare la più improbabile stanza da guaritrice che avessi mai visto. I muri imbiancati erano spogli; le mattonelle marrone chiaro del pavimento risplendevano come uno specchio. Non c'era altare, non c'erano le immagini o le statuette di santi, della Vergine o di Gesù che avevo sempre dato per scontato fossero presenti nelle case dei guaritori. Allungai la testa oltre ciascuna delle quattro porte. Due si aprivano su bui corridoi; le altre due conducevano a un cortile delimitato da un alto recinto.

Mentre stavo camminando in punta di piedi verso un'altra stanza, lungo un buio corridoio, udii dietro a me un ringhio sordo e minaccioso. Lentamente mi girai. Ad appena sessanta centimetri da me c'era un cane nero enorme, dall'aspetto feroce. Non mi attaccò, ma mantenne la posizione ringhiando e mostrando i denti. Senza guardare direttamente negli occhi l'animale e tuttavia non perdendolo di vista, indietreggiai verso la stanza.

Il cane mi seguì fino alla porta. La chiusi piano, proprio sul naso della bestia e mi appoggiai al muro fino a che il battito del mio cuore ritornò normale. Poi mi sdraiai sul letto e dopo alcuni istanti - senza la minima intenzione - caddi in un sonno profondo.

Fui svegliata da un tocco leggero sulla spalla. Aprii gli occhi e vidi sopra di me il volto roseo e rugoso di un'anziana donna. "Stai sognando", disse. "E io sono parte del tuo sogno".

Automaticamente annuii concorde. Comunque, non ero convinta di stare sognando. La donna era straordinariamente piccola. Non era nana; piuttosto, aveva le dimensioni di una bambina, con braccia scarne e sottili, le spalle dall'aspetto fragile.

"Sei tu la guaritrice?", chiesi.

"Io sono Esperanza", disse. "Sono colei che porta i sogni".

La sua voce era armoniosa e insolitamente bassa. Aveva una curiosa qualità esotica, come se lo spagnolo, che parlava correntemente, fosse una lingua alla quale i muscoli del suo labbro superiore non erano abituati. Gradualmente, il suono della sua voce si alzò fino a diventare una forza eterica che riempiva la stanza. Il suono mi faceva pensare all'acqua corrente nelle profondità di una caverna.

"Non è una donna", mormorai a me stessa. "È il suono dell'oscurità".

"Ora rimuoverò la causa dei tuoi incubi", disse, fissandomi con uno sguardo imperioso mentre le sue dita si stringevano leggermente attorno al mio collo.

"Li farò uscire uno dopo l'altro", promise. Le sue mani si muovevano sul mio petto come una dolce onda. Sorrise trionfante, poi mi fece segno di esaminare il palmo delle sue mani. "Vedi? Sono venuti fuori così facilmente". Mi stava guardando con un'espressione di così soddisfatta meraviglia che non potei fare a meno di dirle che non vedevo nulla nelle sue mani.

Certa che la seduta fosse finita, la ringraziai e mi sedetti. Scosse il capo in un gesto di biasimo e gentilmente mi riadagiò sul letto.

"Sei addormentata", mi ricordò. "Io sono colei che porta i sogni, rammenti?".

Mi sarebbe piaciuto insistere che ero completamente sveglia, ma tutto ciò che riuscii a fare fu di sogghignare scioccamente mentre il sonno mi trascinava nel torpore.

Risate e sussurri si affollavano attorno a me come ombre. Lottai per svegliarmi. Mi ci volle un grande sforzo per riaprire gli occhi e sedermi a guardare le persone riunite attorno al tavolo. La penombra della stanza rendeva difficile distinguerli chiaramente. Delia era tra loro. Stavo per gridare il suo nome, quando un insistente scricchiolio dietro a me mi fece girare.

Un uomo precariamente accucciato su un alto sgabello, stava sgusciando rumorosamente delle arachidi. A prima vista sembrava giovane, ma in qualche modo sapevo che era vecchio. Aveva un corpo slanciato, un volto liscio, senza barba. Il suo sorriso era un misto di astuzia e di innocenza.

"Ne vuoi?", chiese.

Prima che potessi anche solo annuire, la mia bocca si spalancò. Tutto ciò che riuscii a fare fu fissarlo mentre spostava il suo peso su una mano e senza sforzo sollevava il suo piccolo, robusto corpo. Da quella posizione mi lanciò un'arachide che finì dritta nella mia bocca spalancata.

Quasi mi soffocò. Un secco colpo tra le mie scapole immediatamente ristabilì il mio respiro. Grata, mi girai, chiedendomi chi tra le persone che ora erano tutte in piedi attorno a me, avesse reagito così prontamente.

"Sono Mariano Aureliano", disse l'uomo che mi aveva colpito sulla schiena. Mi strinse la mano. Il suo tono gentile e l'affascinante formalità del suo gesto mitigarono l'implacabile espressione dei suoi occhi e la severità dei suoi tratti aquilini. L'incurvatura verso l'alto delle sue scure sopracciglia lo facevano assomigliare a un uccello predatore. I suoi capelli bianchi e il suo volto color rame, che tradiva una lunga esposizione all'aria, indicavano vecchiaia, ma il suo corpo muscoloso emanava la vitalità della gioventù.

Nel gruppo c'erano sei donne, compresa Delia. Tutte mi strinsero la mano con la stessa eloquente formalità. Non mi dissero i loro nomi; semplicemente affermarono che erano felici di incontrarmi.

Fisicamente, non si assomigliavano tra loro. Tuttavia, c'era una sorprendente somiglianza reciproca, un contraddittorio mischiarsi di gioventù e vecchiaia, un misto di forza e delicatezza che mi sconcertava, abituata com'ero all'immediatezza della mia famiglia tedesca patriarcale e maschilista.

Proprio come per Mariano Aureliano e l'acrobata sullo sgabello, non avevo un'idea precisa dell'età delle donne. Potevano essere sia sulla quarantina che sulla sessantina.

Sperimentai una fuggevole ansietà mentre queste continuavano a fissarmi. Avevo la chiara sensazione che potessero vedere all'interno di me e che stessero riflettendo su ciò che vedevano. I sorrisi divertiti e contemplativi sui loro volti non riuscivano a rassicurarmi. Ansiosa di rompere in qualunque modo quel silenzio imbarazzante, allontanai lo sguardo da loro e fissai l'uomo sullo sgabello. Gli chiesi se fosse un acrobata.

"Io sono il signor Flores", disse. Fece un salto mortale dallo sgabello e atterrò a gambe incrociate sul pavimento.

"Non sono un acrobata", disse. "Sono uno stregone". C'era un sorriso di inconfondibile divertimento sul suo volto mentre metteva la mano in tasca e tirava fuori la mia sciarpa di seta, quella che avevo legato attorno al collo dell'asino.

"So chi sei. Sei suo marito!", esclamai, puntando un dito accusatore verso Delia. "Voi due mi avete fatto di sicuro un bello scherzo".

Il signor Flores non disse una parola. Semplicemente mi fissò in educato silenzio.

"Non sono il marito di nessuna", disse alla fine, poi, nella stessa posizione, spingendosi con le mani come se avesse le ruote, uscì dalla stanza attraverso una delle porte che conducevano al cortile.

D'impulso, saltai giù dal letto e lo seguii. Momentaneamente accecata dalla luce esterna, rimasi stordita per alcuni secondi, poi attraversai il cortile e corsi lungo il ciglio di una strada sterrata in un campo arato da poco, diviso da alti eucalipti. Faceva caldo. I raggi del sole sembravano fiamme. I solchi nel terreno scintillavano al calore come giganteschi e sinuosi serpenti.

"Signor Flores", gridai. Non ci fu risposta. Certa che si stesse nascondendo dietro a uno degli alberi, attraversai di corsa il campo.

"Fa' attenzione a quei piedi nudi!", mi avvisò una voce che veniva dall'alto. Stupefatta, guardai in su, dritta nel volto rovesciato del signor Flores. Era appeso per le gambe a un ramo. "È pericoloso e sciocco correre senza scarpe", ammonì serio, oscillando avanti e indietro come un trapezista. "Questo luogo è infestato da serpenti a sonagli. Faresti meglio a raggiungermi quassù. È fresco e sicuro".

Nonostante sapessi che i rami erano troppo in alto per poterli raggiungere, alzai le braccia con fiducia infantile. Prima che realizzassi ciò che egli intendeva fare, il signor Flores mi aveva afferrato i polsi e lanciata sull'albero con lo stesso sforzo che ci sarebbe voluto per sollevare una bambola di pezza. Stordita, rimasi seduta al suo fianco fissando le foglie fruscianti; scintillavano alla luce del sole come lamine d'oro.

"Odi ciò che il vento ti sta dicendo?", chiese il signor Flores dopo un lungo silenzio. Mosse il capo di qua e di là, cosicché potessi pienamente apprezzare la stupefacente maniera in cui muoveva le orecchie.

"Zamurito!", esclamai in un sussurro, mentre i ricordi affollavano la mia mente. Zamurito, piccola poiana, era il soprannome di un mio amico d'infanzia in Venezuela. Il signor Flores aveva gli stessi lineamenti delicati, simili a quelli di un uccello, i capelli neri come l'inchiostro e gli occhi color senape. E ancor più stupefacente, come Zamurito, riusciva a muovere le orecchie una alla volta o entrambe insieme.

Raccontai al signor Flores del mio amico che avevo conosciuto sin dall'asilo. Più avanti, alle medie, eravamo stati compagni di banco. Durante il lungo intervallo di mezzogiorno, invece di consumare il nostro pasto nel giardino della scuola, sgattaiolavamo fuori e scalavamo una collina vicina per mangiare all'ombra di quello che credevamo fosse il più alto albero di mango al mondo. I suoi rami più bassi toccavano terra; quelli più alti spazzavano le nubi. Nella stagione del raccolto facevamo indigestione dei suoi manghi.

La cima della collina fu il nostro luogo favorito fino al giorno in cui vi scoprimmo il corpo del bidello che pendeva da un alto ramo. Non osammo muoverci né piangere; nessuno dei due voleva perdere la faccia davanti all'altro. Quel giorno non scalammo i rami, ma mangiammo per terra, praticamente sotto il cadavere, chiedendoci chi di noi sarebbe scoppiato per primo. Fui io.

"Hai mai pensato di morire?", mi aveva chiesto con un sussurro Zamurito.

Guardai l'uomo impiccato. In quello stesso istante, il vento aveva frusciato tra i rami con una strana insistenza. Nel fruscio avevo distintamente udito l'uomo morto sussurrare che la morte era dolce.

Fu così insolito che mi alzai e scappai via gridando, incurante di ciò che Zamurito avrebbe potuto pensare di me.

"Il vento aveva fatto parlare con te quei rami e quelle foglie", disse il signor Flores quando ebbi finito la mia storia. La sua voce era dolce e bassa. I suoi occhi dorati risplendevano con una luce febbrile mentre continuava a spiegare che, al momento della sua morte, in un lampo istantaneo, le vecchie memorie, i sentimenti e le emozioni del bidello furono liberate e assorbite dal mango.

"Il vento fece parlare con te quei rami e quelle foglie", ripeté il signor Flores. "Perché il vento è tuo di diritto". Con uno sguardo sognante guardò le foglie, mentre i suoi occhi cercavano al di là del campo che si estendeva al sole. "Essere una donna ti mette in grado di comandare il vento", continuò. "Le donne non lo sanno, ma possono dialogare col vento in qualunque momento".

Scossi il capo senza comprendere. "Francamente, non so di che cosa stia parlando", dissi, mentre il mio tono tradiva un crescente disagio. "È come un sogno. Se non fosse perché continua senza sosta, avrei giurato di trovarmi in uno dei miei incubi".

Il suo prolungato silenzio mi irritò. Sentivo il mio volto che arrossiva per l'irritazione. "Che cosa sto facendo qui, seduta su un albero, con un vecchio pazzo?", mi chiesi. E allo stesso tempo, al pensiero di averlo offeso mi sentii apprensiva. Decisi di scusarmi per la mia rudezza.

"Capisco che le mie parole non hanno molto senso per te", ammise. "Ma è perché in te c'è troppa crosta. Ti impedisce di udire ciò che il vento ha da dire".

"Troppa crosta?", chiesi, perplessa e sospettosa. "Intendi dire che sono sporca?".

"Sì, anche quello", disse e mi fece arrossire. Sorrise e ripeté che ero avvolta da un crosta troppo spessa e che quella crosta non poteva essere lavata via col sapone e con l'acqua, per quanti bagni avessi fatto. "Sei piena di pregiudizi", spiegò. "Ti impediscono di comprendere ciò che ti sto dicendo e che il vento è ai tuoi ordini".

Mi guardò con occhio critico. "Ebbene?", chiese con impazienza. Prima che sapessi ciò che stava accadendo, mi aveva afferrato le mani e in un rapido e fluido movimento mi aveva fatto volteggiare lasciandomi cadere gentilmente a terra. Pensai di aver visto le sue braccia e le sue gambe allungarsi come degli elastici. Fu un'immagine fuggevole che immediatamente mi spiegai come una distorsione della percezione causata dal calore. Non mi soffermai sull'accaduto, poiché in quel preciso istante fui distratta dalla vista di Delia Flores e delle sue amiche che stendevano una grande tovaglia sotto l'albero vicino.

"Quando siete arrivate?", chiesi a Delia, stupita di non aver visto né udito avvicinarsi il gruppo.

"Faremo un picnic in tuo onore", disse.

"Perché oggi ti sei unita a noi", aggiunse una delle donne.

"In che modo mi sono unita a voi?", chiesi, a disagio. Non ero riuscita a capire chi avesse parlato. Passai lo sguardo dall'una all'altra, aspettandomi che una di loro mi spiegasse l'affermazione.

Indifferenti al mio crescente disagio, le donne si occuparono della tovaglia, assicurandosi che fosse distesa accuratamente. Più le guardavo e più mi preoccupavo. Mi sembrava tutto così strano. Potevo facilmente spiegarmi perché avessi accettato l'invito di Delia di vedere una guaritrice, ma non riuscivo a comprendere affatto tutte le mie successive azioni. Era come se qualcun altro si fosse impadronito delle mie facoltà razionali e facesse sì che io rimanessi lì a reagire e a dire cose che non volevo. E ora stavano per fare una festa in mio onore. Era quanto meno sconcertante. Indipendentemente da quanto vi riflettessi, non potevo immaginare cosa stessi facendo là.

"Certamente non ho meritato nulla di tutto ciò", mormorai, mentre la mia educazione tedesca stava avendo il sopravvento. "Le persone non fanno delle cose per gli altri tanto per farle".

Solo quando sentii l'esuberante risata di Mariano Aureliano, realizzai che tutti mi stavano fissando.

"Non c'è ragione di rimuginare così pesantemente su ciò che ti sta accadendo oggi", disse, toccandomi dolcemente la spalla. "Faremo un picnic perché ci piace improvvisare. E poiché oggi tu sei stata guarita da Esperanza, ai miei amici qui piace dire che il picnic è in tuo onore". Parlò quasi con indifferenza, come se stesse parlando di questioni insignificanti. Ma i suoi occhi dicevano qualcos'altro, erano duri e seri, come se fosse vitale il fatto che io lo ascoltassi attentamente.

"È una gioia per i miei amici dire che il picnic è in tuo onore. Accettalo, proprio come ne parlano loro, con semplicità e senza premeditazione". I suoi occhi divennero dolci mentre fissava le donne, poi si girò verso di me e aggiunse: "Il picnic non è affatto in tuo onore, ti assicuro. E tuttavia", rifletté, "è in tuo onore. È una contraddizione che potrai comprendere col tempo".

"Non ho chiesto a nessuno di fare nulla per me", dissi risentita. Ero diventata esageratamente seria, così com'ero sempre stata quando mi sentivo minacciata. "Delia mi ha portata qui e le sono grata". Poi mi sentii spinta ad aggiungere: "E mi piacerebbe pagare per qualunque servizio mi venga reso".

Ero certa di averli offesi; sapevo che da un momento all'altro mi sarebbe stato chiesto di andarmene. A parte ferire il mio ego, la cosa non mi avrebbe disturbato molto. Ero spaventata e ne avevo abbastanza di tutti loro.

Con mia sorpresa e irritazione, non mi presero seriamente. Risero di me. Più mi arrabbiavo, più grande era il loro divertimento. I loro occhi splendenti e divertiti erano fissi su di me, come se fossi un essere sconosciuto.

L'ira mi fece dimenticare la mia paura. Li attaccai violentemente, accusandoli di scambiarmi per una sciocca. Urlai che Delia e suo marito - non so perché insistevo ad accoppiarli - mi avevano fatto uno scherzo disgustoso.

"Mi hai portata qui", dissi rivolgendomi a Delia, "in modo che tu e i tuoi amici poteste usarmi come pagliaccio".

Più sparlavo più ridevano. Stavo per piangere di autocommiserazione, ira e frustrazione, quando Mariano Aureliano venne al mio fianco. Cominciò a parlarmi come se fossi una bambina. Volevo dirgli che sapevo come prendermi cura di me, che non avevo bisogno della sua simpatia e che stavo per tornare a casa, quando qualcosa nel suo tono, nei suoi occhi, mi calmò così tanto che ero certa mi avesse ipnotizzato. E tuttavia, sapevo che non era così.

Quel che non capivo e mi turbava era l'immediatezza e la completezza del mio cambiamento. Ciò che normalmente avrebbe richiesto dei giorni per avvenire era accaduto in un istante. Per tutta la vita non avevo fatto altro che indulgere nel rimuginare su ogni iniquità o affronto - reale o immaginario - che avevo subito. Con sistematica accuratezza, ci rimuginavo sopra fino a che ogni dettaglio veniva spiegato con mia grande soddisfazione.

Guardando Mariano Aureliano, mi venne da ridere alla mia sfuriata precedente. Non riuscivo quasi a ricordare cosa mi aveva fatto infuriare fino alle lacrime.

Delia mi tirò per il braccio e mi chiese di aiutare le altre donne a prendere i piatti di porcellana, i calici di cristallo e le posate d'argento dai vari cesti che avevano portato. Le donne non mi parlarono, né parlarono tra loro. Soltanto piccoli sospiri di piacere sfuggirono dalle loro labbra mentre Mariano Aureliano apriva le portate. C'erano *tamales, enchiladas,* uno stufato di *chili* piccante e *tortillas* fatte a mano. Non *tortillas* di grano - com'era d'uso nel Messico settentrionale e che non apprezzavo molto - ma *tortillas* di mais.

Delia mi passò un piatto con un assaggio di ogni cosa. Mangiai così avidamente che finii prima di tutti.

"Questo è il cibo più delizioso che abbia mai gustato", mi dissi entusiasta, sperando di averne ancora. Nessuno me ne offrì. Per nascondere la mia delusione, feci un commento circa la bellezza dell'antico merletto ricamato lungo il bordo della tovaglia sulla quale sedevamo.

"L'ho fatto io", disse la donna seduta alla sinistra di Mariano Aureliano. Sembrava anziana, coi capelli grigi sciolti che le nascondevano il volto. Nonostante il caldo, indossava una lunga gonna, una camicetta e un maglione.

"È autentico merletto belga", mi spiegò con voce gentile e sognante. Le sue lunghe mani affusolate, che brillavano per i deliziosi anelli che indossava, si attardarono amorevolmente sul largo pizzo. Mi spiegò il suo lavoro in dettaglio, mostrandomi gli aghi e i fili che aveva usato per il ricamo. Occasionalmente riuscivo a scorgere il suo volto attraverso tutta quella massa di capelli, ma non riuscivo capire a che cosa assomigliasse.

"È autentico merletto belga", ripeté. "Fa parte del mio corredo". Prese un calice di cristallo, sorseggiò un po' d'acqua e aggiunse:

"Anche questi fanno parte del mio corredo; sono Baccarat".

Non avevo dubbi che lo fossero. I graziosi piatti - tutti diversi - erano della più fine porcellana. Mi chiesi se una discreta sbirciatina sotto al mio sarebbe passata inosservata, quando la donna seduta alla destra di Mariano Aureliano mi incoraggiò a farlo.

"Non essere timida. Guarda pure". mi esortò. "Sei tra amici".

Con un ampio sorriso sollevò il suo piatto. "Limoges", disse. Poi alzò il mio e notò che era un Rosenthal. La donna aveva lineamenti delicati, da bambina. Era piccola, con occhi neri rotondi e ciglia folte. I suoi capelli erano neri, eccetto al centro della testa, dove erano diventati bianchi e li aveva raccolti in un piccolo chignon. C'era in lei una forza, una incisività che faceva venire i brividi mentre mi assediava con domande dirette e personali.

Non m'importava del suo tono inquisitorio. Ero abituata a essere bombardata di domande da mio padre e dai miei fratelli quando avevo un appuntamento o mi imbarcavo in qualunque genere di attività per conto mio. Mi infastidiva, ma era la normalità nei nostri rapporti a casa. Così, non avevo mai imparato a conversare. Per me la conversazione era parare attacchi verbali e difendermi a ogni costo.

Fui sorpresa quando l'interrogatorio di questa donna non mi fece immediatamente provare l'impulso di difendermi.

"Sei sposata?", chiese la donna.

"No", dissi dolcemente ma fermamente, desiderando che cambiasse argomento.

"Hai un uomo?", insistette.

"No, no, non ce l'ho", risposi, cominciando a sentire che il mio vecchio e difensivo sé veniva stuzzicato.

"C'è un tipo d'uomo dal quale sei maggiormente attratta?", continuò. "C'è qualche aspetto della personalità che preferisci in un uomo?".

Per un istante mi chiesi se si stesse prendendo gioco di me, ma sembrava genuinamente interessata, come le sue compagne. I loro volti curiosi pieni di aspettativa mi misero a mio agio. Dimenticando la mia natura bellicosa e che queste donne potevano anche essere mie nonne, parlai loro come se fossero amiche della mia età con le quali discutevo di uomini.

"Dev'essere alto e bello", cominciai. "Deve avere il senso dell'umorismo. Deve essere sensibile senza essere insipido. Deve essere intelligente, senza essere un intellettuale". Abbassai la voce e in tono confidenziale aggiunsi: "Mio padre era solito dire che gli intellettuali sono deboli nel profondo e traditori, tutti. Penso di essere d'accordo con mio padre".

"Questo è tutto ciò che vuoi in un uomo?", chiese la donna.

"No", mi affrettai a dire. "Soprattutto, l'uomo dei miei sogni dev'essere atletico".

"Come tuo padre", interruppe una delle donne.

"Naturalmente", dissi sospettosa. "Mio padre era un grande atleta. Un abile sciatore e nuotatore".

"Andavi d'accordo con lui?", chiese.

"Meravigliosamente", mi entusiasmai. "Lo adoro. Il solo pensiero di lui mi fa venire le lacrime agli occhi".

"Perché non sei con lui?".

"Siamo troppo simili", spiegai. "In questo c'è qualcosa che non riesco a comprendere o a controllare e che mi allontana".

"E tua madre?".

"Mia madre". Sospirai e feci un attimo di pausa per trovare le parole migliori per descriverla. "È molto forte. È la parte austera in me, la parte silenziosa e non ha bisogno di sostegno".

"Sei molto vicina ai tuoi genitori?".

"Nello spirito lo sono", dissi dolcemente. "In pratica, sono una solitaria. Non ho molti attaccamenti". Poi, come se qualcosa all'interno di me lo stesse tirando fuori, rivelai una pecca della mia personalità che non ammettevo nemmeno a me stessa, neppure nei momenti di maggiore introspezione. "Uso le persone piuttosto che arricchirle o prendermi cura di loro", dissi. Poi cercai immediatamente di riparare. "Ma sono certamente capace di provare affetto".

Con un misto di sollievo e delusione, passai lo sguardo dall'uno all'altro. Nessuno di loro sembrò dare alcuna importanza alla mia confessione. Le donne continuarono a chiedermi se mi consideravo coraggiosa o codarda.

"Sono una codarda confermata", affermai. "Ma sfortunatamente la mia codardia non mi ferma mai".

"Non ti ferma da che cosa?", indagò la donna che mi aveva interrogato. I suoi occhi neri erano seri e l'ampio arco delle sue sopracciglia, come una linea disegnata con un pezzo di carbone, era aggrottato.

"Dal fare cose pericolose", dissi. Compiaciuta di notare che sembravano dipendere da ogni mia parola, spiegai che un altro mio grande difetto era la facilità a mettermi nei guai.

"In quali guai di cui ci puoi raccontare ti sei trovata?", chiese. Il suo volto, che fino ad allora era stato serio, si aprì in un sorriso brillante e quasi malizioso.

"Che cosa dire dei pasticci in cui mi trovo ora?", dissi scherzando e tuttavia temendo che potessero prendere male il mio commento. Con mia sorpresa e sollievo, tutti risero e urlarono come fa la gente di paese quando qualcosa di audace e divertente la colpisce.

"Come sei finita negli Stati Uniti?", chiese la donna quando tutti si furono calmati.

Mi strinsi nelle spalle, non sapendo davvero che cosa dire. "Volevo andare a scuola", mormorai alla fine. "All'inizio mi trovavo in Inghilterra, ma non facevo molto se non divertirmi. In verità non so che cosa voglio studiare. Penso di stare cercando qualcosa, anche se non so esattamente che cosa".

"Questo ci riporta alla mia prima domanda", disse la donna, con il volto sottile e impertinente e gli occhi scuri animati e scrutatori come quelli di un animale. "Sei in cerca di un uomo?".

"Suppongo di esserlo", ammisi, poi aggiunsi con impazienza, "quale donna non lo è? E perché insistete a farmi domande a questo proposito? Avete qualcuno in mente? È una prova?".

"Abbiamo qualcuno in mente", intervenne Delia Flores. "Ma non è un uomo".

Lei e gli altri risero con tale abbandono che non potei fare a meno di ridacchiare anch'io. "Questa è decisamente una prova", mi assicurò la donna indagatrice appena tutti si furono calmati. Restò in silenzio per un momento, gli occhi che osservavano e consideravano. "Da ciò che mi hai detto, posso concludere che sei decisamente una borghese", continuò. Spalancò le sue braccia in un gesto di forzata accettazione. "Ma che cos'altro può essere una donna tedesca nata nel Nuovo Mondo?". Vide l'ira nel mio volto e con un largo sorriso, malamente contenuto sulle labbra, aggiunse: "I borghesi fanno sogni borghesi".

Vedendo che stavo per esplodere, Mariano Aureliano spiegò che lei stava ponendo tutte queste domande perché erano semplicemente incuriositi da me. Accadeva raramente che avessero degli ospiti e quasi mai giovani.

"Questo non significa che debba essere insultata", mi lamentai.

Come se non avessi detto nulla, Mariano Aureliano continuò a scusare le donne. Il suo tono gentile e la sua rassicurante pacca sulla schiena sciolsero la mia ira, proprio com'era avvenuto in precedenza. Il suo sorriso era così toccante e angelico, che non dubitai nemmeno per un attimo della sua sincerità quando cominciò ad adularmi. Disse che ero una delle persone più straordinarie e notevoli che avesse mai incontrato. Ero così commossa che lo incoraggiai a chiedermi qualunque cosa volesse sapere di me.

"Ti senti importante?", indagò.

Annuii. "Tutti siamo molto importanti per noi stessi", affermai. "Sì, penso di essere importante, non in senso generale, ma specificamente, per me stessa". Parlai a lungo del valore di una autoimmagine positiva, dell'autostima e di come fosse vitale rafforzare la nostra importanza, al fine di essere individui psichicamente equilibrati.

"E che cosa pensi delle donne?", chiese. "Pensi che siano più o meno importanti degli uomini?".

"È del tutto ovvio che gli uomini sono più importanti", dissi. "Le donne non hanno scelta. Devono essere meno importanti perché la vita familiare scivoli sul binario giusto, per così dire".

"Ma è giusto?", insistette Mariano Aureliano.

"Beh, naturalmente è giusto", dichiarai. "Gli uomini sono superiori per natura. Questo è il motivo per cui guidano il mondo. Sono stata allevata da un padre autoritario che, sebbene mi abbia allevato liberamente come i miei fratelli, mi ha insegnato che certe cose non sono così importanti per una donna. Questo è il motivo per cui non so ciò che sto facendo a scuola o ciò che voglio nella vita". Guardai Mariano Aureliano, poi con tono impotente e sconfitto aggiunsi: "Suppongo di stare cercando un uomo che sia sicuro di se stesso come mio padre".

"È una sempliciotta!", interruppe una delle donne.

"No, no, non lo è", rassicurò tutti Mariano Aureliano. "È semplicemente confusa e dogmatica come suo padre".

"Suo padre tedesco", lo corresse enfaticamente il signor Flores, sottolineando la parola *tedesco*. Era sceso dall'albero come una foglia, leggermente, senza alcun rumore. Si servì una quantità straordinaria di cibo.

"Quanto hai ragione", acconsentì Mariano Aureliano e sogghignò. "Essendo dogmatica come il padre tedesco, ripete semplicemente ciò che ha sentito dire per tutta la vita".

La mia ira che si alzava e abbassava come una misteriosa febbre non era dovuta soltanto a quello che essi dicevano di me, ma anche al fatto che parlavano di me come se non fossi presente.

"È irrecuperabile", disse un'altra donna.

"Va bene per lo scopo che abbiamo in mente", mi difese con convinzione Mariano Aureliano.

Il signor Flores sostenne Mariano Aureliano. E la sola donna che non aveva ancora parlato disse, con voce profonda e rauca, che era d'accordo con gli uomini, che ero adatta allo scopo in questione.

Era alta e slanciata. Il suo volto dalla carnagione chiara, scarno e severo, era coronato da bianchi capelli intrecciati e reso incisivo da occhi grandi e luminosi. Nonostante i suoi abiti sciupati e scoloriti, c'era qualcosa di naturalmente elegante in lei.

"Che cosa mi state facendo voi tutti?", gridai, incapace di contenermi più a lungo. "Non realizzate quanto sia disagevole per me sentirvi parlare come se io non fossi qui?".

Mariano Aureliano fissò i suoi implacabili occhi su di me. "Tu non sei qui", disse in un tono che era privo di ogni sentimento. "Almeno non ancora. Oltretutto, non conti. Né ora, né mai".

Quasi svenni dalla collera. Nessuno mi aveva mai parlato così duramente e con tale indifferenza per i miei sentimenti. "Io vomito, piscio e cago su tutti voi, dannate scoregge, bocchinari!", urlai.

"Mio Dio, una zoticona tedesca!", esclamò Mariano Aureliano e tutti risero.

Stavo per saltare su e andarmene, quando Mariano Aureliano mi diede dei colpetti ripetuti sulla schiena.

"Su, su", mormorò come se stesse facendo fare il ruttino a una bambina.

E come in precedenza, invece di risentirmi di essere trattata come una bambina, la mia ira svanì. Mi sentii leggera e felice. Scuotendo il capo senza comprendere, li guardai e ridacchiai. "Ho imparato a parlare lo spagnolo per le strade di Caracas", dissi. "Con la marmaglia. Posso imprecare orribilmente".

"Non ti sono sembrati deliziosi i *tamales* dolci?", chiese Delia, socchiudendo gli occhi in un delicato apprezzamento.

La sua domanda sembrò essere una parola d'ordine; l'interrogatorio cessò.

"Naturalmente le sono piaciuti!", rispose per me il signor Flores. "Desidera soltanto che gliene vengano serviti degli altri. Ha un appetito insaziabile". Venne a sedersi al mio fianco. "Mariano Aureliano ha superato se stesso e ha cucinato una delizia".

"Intendete dire che *lui* ha cucinato il cibo?", chiesi incredula. "Ha tutte queste donne e cucina?".

Mortificata da come potevano essere interpretate le mie parole, mi affrettai a scusarmi. Spiegai che era per me fonte di grande sorpresa che un maschio messicano cucinasse in una casa dove c'erano delle donne. La loro risata mi fece realizzare che non volevo dire nemmeno quello.

"Specialmente se le donne sono le sue donne. Non è questo che intendevi?", chiese il signor Flores, mentre le sue parole erano inframmezzate dalle risate di tutti. "Hai proprio ragione, sono le donne di Mariano, o per essere più precisi, Mariano appartiene a loro".

Si batté la mano sul ginocchio, divertito, poi si volse verso la più alta delle donne - quella che aveva parlato soltanto una volta - e disse: "Perché non le racconti di noi?".

"Ovviamente, il signor Aureliano non ha così tante mogli", la precedetti, ancora mortificata dalla mia gaffe.

"Perché no?", ribatté la donna, e tutti risero ancora. Era una risata gioiosa, infantile, tuttavia non diminuì il mio disagio. "Tutti qui siamo legati tra noi dal nostro sforzo, dal profondo affetto reciproco e dalla comprensione che senza gli altri nulla è possibile".

"Non farete mica parte di un gruppo religioso?", chiesi con una voce che tradiva la mia crescente apprensione. "Non apparterrete mica a una qualche comune?".

"Apparteniamo al potere", rispose la donna. "I miei compagni e io siamo gli eredi di un'antica tradizione. Siamo parte di un mito".

Non comprendevo ciò che stava dicendo. Guardai con disagio gli altri; i loro sguardi erano fissi su di me. Mi stavano osservando con un misto di aspettativa e divertimento.

Riportai la mia attenzione alla donna slanciata. Anche lei mi stava osservando con quella stessa divertita espressione. I suoi occhi erano così luminosi che scintillavano. Si sporse verso il suo bicchiere di cristallo e graziosamente sorseggiò la sua acqua.

"Siamo essenzialmente dei sognatori. Stiamo tutti sognando, ora. E, per il fatto che sei stata portata da noi, anche tu stai sognando con noi". Lo disse così dolcemente che davvero non realizzai quel che aveva detto.

"Intendi dire che sto dormendo e che sto facendo un sogno con voi?", chiesi con derisoria incredulità. Mi morsi le labbra per sopprimere la risata che sorgeva al mio interno.

"Non è esattamente così, ma qualcosa di abbastanza simile", ammise. Imperturbata dal mio nervoso ridacchiare, continuò a spiegare che quel che mi stava accadendo era più simile a un sogno straordinario dove tutti mi stavano aiutando sognando il mio sogno.

"Ma questa è un'idio."., cominciai a dire, ma mi fermò con un gesto della mano.

"Stiamo tutti sognando lo stesso sogno", mi assicurò. Sembrava essere trasportata da una gioia che non riuscivo a comprendere.

"Che cosa ne dite del cibo delizioso che sto mangiando?", chiesi, guardando la salsa di *chili* che era gocciolata sulla mia camicetta. Le mostrai le macchie. "Questo non può essere un sogno. Ho mangiato quel cibo!", insistetti con un tono alto e agitato. "L'ho fatto! Io l'ho mangiato!".

Mi guardò con calma compostezza, come se si fosse aspettata un tale sfogo. "Ma cosa ne dici del signor Flores che ti ha sollevato sulla cima dell'eucalipto?", chiese imperturbabile.

Ero sul punto di dirle che non mi aveva sollevata sulla cima dell'albero, ma soltanto su un ramo, quando sussurrò: "Ci hai pensato?".

"No, non ci ho pensato", dissi bruscamente.

"Naturalmente", acconsentì, annuendo con il capo consciamente, come se fosse consapevole che in quell'istante avevo ricordato che persino il ramo più basso di qualunque albero che ci circondava era impossibile da raggiungere da terra. Poi aggiunse che la ragione per cui non ci avevo pensato era che nei sogni non siamo razionali. "Nei sogni possiamo soltanto agire", enfatizzò.

"Aspetta un attimo", la interruppi. "Forse sono un po' stordita, lo ammetto. Dopotutto, tu e i tuoi amici siete le più strane persone che io abbia mai incontrato. Ma sono sveglia tanto quanto posso esserlo". Vedendo che stava ridendo di me, gridai: "Questo non è un sogno!".

Con un impercettibile cenno del capo, fece segno al signor Flores che in un rapido movimento raggiunse la mia mano e si spinse, trascinandomi con sé, fino a un ramo del più vicino eucalipto. Rimanemmo là seduti per un istante e prima che potessi dire qualcosa, mi riportò a terra, nello stesso punto dove ero stata seduta.

"Vedi che cosa intendo?", chiese la donna slanciata.

"No, non lo vedo", gridai, sapendo che avevo avuto un'allucinazione. La mia paura diventò ira e diedi il via a un torrente delle mie imprecazioni peggiori. Esaurita la mia furia, fui sommersa da un'onda di autocommiserazione e cominciai a piangere.

"Che cosa mi avete fatto?", chiesi tra i singhiozzi. "Mi avete messo qualcosa nel cibo? Nell'acqua?".

"Non abbiamo fatto nulla del genere", disse gentilmente la donna alta. "Non hai bisogno di nulla...".

Potevo a malapena udirla. Le mie lacrime erano come un velo oscuro, nebbioso; rendevano indistinto il suo volto e anche le sue parole.

"Resisti", la udii dire, sebbene non potessi vedere più né lei né i suoi compagni. "Resisti, non svegliarti ancora".

C'era una tale urgenza nel suo tono che sapevo che la mia stessa vita dipendeva dal fatto di rivederla. Con una forza sconosciuta e totalmente inaspettata, riuscii a respingere le lacrime, sentii un battito sommesso e quindi li vidi. Stavano sorridendo. I loro occhi splendevano così intensamente che le loro pupille sembravano accese da un fuoco interiore. Mi scusai prima con le donne e poi con i due uomini del mio sciocco sfogo. Ma non ne vollero sapere. Dissero che ero stata eccezionalmente brava.

"Siamo parti viventi di un mito", disse Mariano Aureliano, poi increspò le labbra e soffiò nell'aria. "Ti soffierò dalla persona che ora ha il mito nelle mani. Ti aiuterà a chiarire tutto questo".

"E chi potrebbe essere?", chiesi impertinente. Stavo per chiedere se sarebbe stato dogmatico come mio padre, ma fui distratta da Mariano Aureliano. Stava ancora soffiando nell'aria. I suoi capelli bianchi erano ritti; le sue guance erano rosse e gonfie.

Come in risposta ai suoi sforzi, una dolce brezza cominciò a vibrare attraverso gli eucalipti. Egli annuì, apparentemente consapevole dei miei pensieri e della mia confusione. Gentilmente, mi girò fino a che mi trovai di fronte le montagne Bacatete. La brezza diventò un vento, un vento così aspro e freddo che facevo fatica a respirare. Come una molla, come se fosse senza ossa, la donna alta si alzò, prese la mia mano e mi trascinò con lei attraverso i solchi dell'aratro. Ci fermammo bruscamente in mezzo al campo. Avrei potuto giurare che, con le braccia allargate, stesse richiamando la spirale di polvere e foglie morte che roteava in lontananza.

"Nei sogni, ogni cosa è possibile", sussurrò.

Ridendo, aprii le braccia per chiamare il vento. La polvere e le foglie danzarono attorno a noi con una tale forza che ogni cosa si oscurò ai miei occhi. La donna fu improvvisamente lontana. Il suo corpo sembrò dissolversi in una luce rossastra finché svanì completamente dal mio campo visivo. E poi l'oscurità mi riempì la testa.

3

Era impossibile, per me, determinare se il picnic fosse stato un sogno o se fosse effettivamente avvenuto. Ero incapace di ricordare, in ordine sequenziale, tutti gli eventi a cui avevo partecipato dal momento in cui mi ero addormentata sul letto nella stanza della guaritrice. Il mio primo, chiaro ricordo successivo fu che mi trovai a parlare con Delia, seduta al tavolo, in quella stessa stanza.

Poiché ho familiarità con vuoti di memoria di questo genere, dato che ne ho avuti spesso durante la mia infanzia, inizialmente non diedi molta importanza a questa discrepanza. Da bambina, spinta dal desiderio di giocare, spesso saltavo fuori dal letto mezza addormentata e scivolavo fuori di casa attraverso la finestra. Molte volte, in effetti, mi ero svegliata nella *plaza*, con altri bambini che non venivano messi a letto presto come me.

Non dubitavo, nella mia mente, che il picnic fosse stato reale, sebbene non riuscissi a collocarlo immediatamente in una sequenza temporale. Cercai di pensare, di ricostruire gli eventi, ma l'idea di riportare in superficie i miei vuoti di memoria infantili mi spaventava. Per qualche ragione ero riluttante a chiedere a Delia dei suoi amici e non mi forniva spontaneamente nessuna informazione. Comunque, le chiesi della seduta di cura che sapevo essere stata un sogno.

"Ho fatto un sogno elaborato circa una guaritrice", cominciai cautamente. "Non solo mi ha detto il suo nome, ma mi ha anche assicurato che aveva fatto svanire tutti i miei incubi".

"Non era un sogno", affermò Delia, mentre il suo tono rivelava chiaramente il suo dispiacere. Mi fissò con un'intensità che mi mise a disagio e fece sorgere in me la voglia di scappare via. "La guaritrice ti ha detto il suo nome", continuò, "e certamente ti ha curato dai tuoi incubi".

"Ma era un sogno", insistetti. "Nel mio sogno, la guaritrice aveva la corporatura di una bambina. Non può essere stato reale".

Delia si protese a prendere il bicchiere d'acqua sul tavolo, ma non bevve. Lo girò e rigirò, senza versare una goccia, poi mi guardò con occhi scintillanti. "La guaritrice ti ha dato l'impressione di essere piccola. Questo è tutto", disse, annuendo a se stessa, come se avesse appena trovato le parole e le considerasse soddisfacenti. Bevve l'acqua lentamente, a piccoli sorsi e i suoi occhi divennero teneri e riflessivi. "Doveva essere piccola al fine di curarti".

"Doveva essere piccola? Intendi dire che mi è soltanto sembrata piccola?".

Delia annuì ripetutamente, poi, chinandosi verso di me, sussurrò: "Vedi, stavi sognando. Tuttavia non era un sogno. La guaritrice è realmente venuta da te e ti ha guarita, ma non eri nel posto in cui ti trovi ora".

"Andiamo, Delia", obiettai. "Di che cosa stai parlando? So che era un sogno. Sono sempre perfettamente conscia di stare sognando, anche se i sogni mi sembrano completamente reali. Questa è la mia malattia, ricordi?".

"Forse, ora che ti ha curato, non è più la tua malattia, ma il tuo talento", propose Delia sorridendo. "Ma ritornando alla tua domanda, la guaritrice doveva essere piccola, come una bambina, perché tu eri molto giovane quando sono cominciati i tuoi incubi".

La sua affermazione era così bizzarra che non riuscii a dire nulla. "E ora sono guarita?", chiesi ironicamente.

"Lo sei", mi assicurò. "Nei sogni le guarigioni vengono realizzate con grande facilità, quasi senza sforzo. Quel che è difficile è far sognare le persone".

"Difficile?", chiesi, la mia voce era più aspra di quanto volessi. "Tutti sognano. Tutti dobbiamo dormire, non è vero?".

Delia alzò gli occhi al soffitto con aria di derisione, poi mi fissò e disse: "Quelli non sono i sogni di cui sto parlando, sono sogni ordinari. Il *sognare* ha uno scopo; i sogni ordinari non ne hanno".

"Certamente ne hanno!", la contraddissi enfaticamente, poi mi lanciai in una lunga diatriba sull'importanza psicologica dei sogni. Citai opere sulla psicologia, sulla filosofia e sull'arte.

Delia non era minimamente impressionata dalla mia conoscenza. Era d'accordo con me che i sogni ordinari devono in effetti aiutare a conservare la salute mentale degli individui, ma insistette che non stava parlando di questo.

"Il *sognare* ha uno scopo; i sogni ordinari non ne hanno", reiterò.

"Quale scopo, Delia?", chiesi con condiscendenza.

Girò la testa di lato, come se volesse nascondermi il suo volto. Un istante dopo tornò a guardarmi. Nei suoi occhi c'era qualcosa di freddo e distaccato e il cambiamento di espressione fu così marcato che mi spaventai. "Il *sognare* ha sempre uno scopo pratico", dichiarò. "Serve al sognatore in modi semplici o complicati. Ti è servito per liberarti dai tuoi incubi. È servito alle streghe durante il picnic per conoscere la tua essenza. Mi è servito per schermarmi dalla consapevolezza della polizia di frontiera che ha chiesto di vedere il tuo visto turistico".

"Sto cercando di capire quello che dici, Delia", mormorai. "Intendi dire che si possono ipnotizzare le persone contro la loro volontà?", chiesi con forza.

"Chiamalo così, se vuoi", disse. Sul suo viso c'era uno sguardo di calma indifferenza che manifestava poca simpatia. "Quello che non puoi ancora vedere è che tu, tu stessa, puoi entrare senza sforzo in quello che chiameresti stato ipnotico. Noi lo chiamiamo *sognare:* un sogno che non è un sogno, un sogno in cui possiamo fare quasi qualunque cosa desideriamo".

Ciò che Delia diceva mi sembrava quasi sensato, ma non trovavo le parole per esprimere i miei pensieri, i miei sentimenti. La fissavo perplessa. Improvvisamente, ricordai un evento della mia adolescenza. Quando mi fu finalmente permesso di imparare a guidare la jeep di mio padre, sorpresi la mia famiglia mostrando che sapevo già come cambiare le marce. L'avevo fatto per anni nei miei sogni. Con una sicurezza che stupiva persino me, al primo tentativo presi la vecchia strada che portava da Caracas a La Guayra, il porto sul mare. Mi domandai se dovevo raccontare a Delia questo episodio, invece le chiesi della statura della guaritrice.

"Non è una donna alta. Ma non è nemmeno così piccola come l'hai vista. Nel suo sogno di guarigione, ha proiettato la sua piccolezza a tuo beneficio e nel farlo era piccola. Questa è la natura della magia. Devi diventare ciò che vuoi sembrare".

"È una maga?", chiesi con aspettativa. Il pensiero che tutti loro lavorassero in un circo, che facessero parte di qualche spettacolo di magia, aveva attraversato la mia mente molte volte. Credevo che questo avrebbe spiegato molte cose di loro.

"No, non è una maga", disse Delia. "È una strega".

Delia mi guardò in modo così sprezzante che mi vergognai della mia domanda. "I maghi si trovano negli spettacoli", spiegò, guardandomi fisso. "Gli stregoni sono nel mondo senza essere parte del mondo".

Restò in silenzio a lungo, poi un sospiro sfuggì dalle sue labbra. "Ti piacerebbe vedere Esperanza ora?", chiese.

"Sì", dissi con bramosia. "Mi piacerebbe moltissimo".

La possibilità che la guaritrice fosse stata reale e non un sogno mi faceva girare la testa. Non credevo a Delia e tuttavia volevo crederle con tutte le mie forze. I miei pensieri correvano impazziti; improvvisamente realizzai di non aver riferito a Delia che la guaritrice del mio sogno aveva detto di chiamarsi Esperanza.

Ero così assorbita nei miei pensieri che non mi accorsi che Delia stava parlando.

"Scusa, che cos'hai detto?".

"L'unico modo in cui puoi trovare un senso a tutto questo è tornare nel sogno, affermò. Ridendo dolcemente, mosse la mano come se stesse indicando a qualcuno di venire avanti.

Le sue parole non avevano alcuna importanza per me. Stavo già pensando a un'altra cosa. Esperanza era reale. Ed ero certa che mi avrebbe chiarito ogni cosa. Inoltre, non era venuta al picnic; non mi aveva trattato in modo abominevole come tutte le altre donne. Forse ero piaciuta a Esperanza e questo pensiero, in qualche modo, ripristinò la mia sicurezza. Per nascondere i miei sentimenti a Delia, le dissi che ero ansiosa di vedere la guaritrice. "Mi piacerebbe ringraziarla e, naturalmente, ripagarla per tutto ciò che ha fatto per me".

"È già stata pagata", affermò Delia. Lo scintillio derisorio nei suoi occhi rivelava chiaramente che aveva accesso ai miei pensieri.

"Che cosa intendi con: 'È già stata pagata'?", chiesi con un tono involontariamente alto. "Chi ha pagato?".

“È difficile da spiegare”, cominciò Delia con una distaccata gentilezza che mi mise momentaneamente a mio agio. “È cominciato tutto alla festa dei tuoi amici a Nogales. Ti ho notato subito”.

“Davvero?”, chiesi speranzosa, ansiosa di sentire un complimento per i miei vestiti di gusto scelti con attenzione.

Ci fu un silenzio imbarazzante. Non riuscivo a vedere gli occhi di Delia, velati sotto le sue palpebre semichiuse. C’era qualcosa di calmo e tuttavia di stranamente inquietante nella sua voce mentre diceva che ciò che aveva notato di me era che, ogni volta che dovevo parlare alla nonna della mia amica, sembravo assente, come addormentata.

“Assente, per usare un eufemismo”, dissi. “Non hai idea di cosa ho passato, di cosa ho dovuto fare per convincere quell’anziana signora che non ero il demonio incarnato”.

Delia non sembrò avermi udito. “Seppi in un lampo che avevi una grande capacità di sognare”, continuò. “Così ti ho seguita per tutta la casa e ti ho vista in azione. Non eri pienamente consapevole di ciò che facevi o dicevi. E tuttavia agivi bene, parlando e ridendo e mentendo a più non posso per essere apprezzata”.

“Stai dicendo che sono una bugiarda?”, chiesi per gioco, ma tradendo la mia ferita. Sentivo l’impulso di arrabbiarmi. Fissai la brocca dell’acqua sul tavolo, fino a che il minaccioso sentimento non passò.

“Non oserei chiamarti bugiarda”, disse Delia con una certa enfasi. “Ti definirei una sognatrice”. C’era una grave solennità nella sua voce, ma i suoi occhi luccicavano di divertimento, di geniale malizia mentre diceva: “Gli stregoni che mi hanno addestrata mi hanno detto che non importa ciò che uno dice fino a che ha il potere di dirlo”.

La sua voce trasmetteva un entusiasmo e un’approvazione tali da farmi sentire sicura che dietro a una delle porte ci fosse qualcuno ad ascoltarci.

“E il modo di ottenere quel potere viene dal *sognare.* Tu non lo sai perché lo fai naturalmente, ma quando sei angustiata, la tua mente va istantaneamente nel *sogno*”.

“Sei stata allevata da stregoni, Delia?”, chiesi per cambiare argomento.

“Naturalmente”, dichiarò, come se fosse la cosa più naturale al mondo.

"I tuoi genitori erano stregoni?".

"Oh, no", rispose, e ridacchiò. "Gli stregoni mi trovarono un giorno e da allora in poi mi educarono".

"Quanti anni avevi? Eri una bambina?".

Delia rise, come se la mia domanda avesse raggiunto l'apice dell'umorismo. "No, non ero una bambina. Avevo forse la tua età quando mi trovarono e cominciarono a educarmi".

"Perché dici che cominciarono a educarti?".

Delia mi fissò, ma senza mettere a fuoco i suoi occhi su di me. Per un attimo pensai che non mi avesse udito o, se mi aveva udito, non mi avrebbe risposto. Ripetei la mia domanda. Si strinse nelle spalle e sorrise. "Mi educarono come si educano i bambini", disse finalmente. "Non importa quanti anni hai; nel loro mondo sei un bambino".

Temendo improvvisamente che potessimo essere ascoltate, guardai oltre le mie spalle e sussurrai: "Chi sono questi stregoni, Delia?".

"Questa è una domanda difficile", rifletté. "Per ora non posso nemmeno cominciare a risponderti. Tutto ciò che posso dirti di loro è che sono quelli che mi hanno detto che non si dovrebbe mai mentire allo scopo di essere creduti".

"E perché si dovrebbe mentire, allora?", chiesi.

"Per il puro piacere di farlo", rispose prontamente Delia. Poi si alzò dalla sedia e si diresse verso la porta che conduceva al cortile. Prima di uscire, si volse e con un ampio sorriso sul viso chiese: "Conosci il proverbio: 'Se non menti per essere creduto, puoi dire tutto quello che vuoi, indipendentemente da ciò che gli altri pensano di te'?".

"Non ho mai sentito un proverbio del genere". Sospettai che l'avesse inventato al momento; aveva il suo timbro. "Inoltre, non comprendo ciò che stai cercando di dire", aggiunsi in modo compassato.

"Sono certa che comprendi", disse, guardandomi di sfuggita tra le ciocche dei suoi capelli neri. Con un cenno del capo, m'indicò di seguirla. "Andiamo a trovare Esperanza, ora".

Balzai su e la rincorsi, per fare subito una brusca frenata sulla porta. Momentaneamente accecata dal forte chiarore esterno, rimasi là, a chiedermi cosa fosse accaduto. Da quando avevo rincorso il signor Flores attraverso il campo sembrava che il tempo non fosse trascorso. Il sole, proprio come allora, era ancora allo zenit.

Colsi un fuggevole lampo della gonna rossa di Delia mentre girava l'angolo. La rincorsi, attraversando un arco di pietra che conduceva a un incantevole patio.

Dapprincipio non vidi nulla, tanto era forte il contrasto tra l'accecante luce del sole e le intense ombre del patio. Senza fiato, rimasi semplicemente lì, perfettamente immobile, inalando l'aria umida, fragrante del profumo dei fiori d'arancio, del caprifoglio e dei piselli dolci. Rampicandosi su corde che parevano appese al cielo, i piselli dolci pendevano come un brillante e colorato tappeto tra il fogliame degli alberi, dei cespugli e delle felci.

La guaritrice che avevo visto nel mio sogno era seduta su una sedia a dondolo in mezzo al patio. Era molto più anziana di Delia e delle donne del picnic, sebbene non sapessi da che cosa potevo dedurlo. Si dondolava con un'aria di sognante abbandono. Provai un angosciante dolore che strinse in una morsa il mio intero essere, poiché avevo l'irrazionale certezza che il suo movimento ondulatorio la stesse portando sempre più lontano da me. Un'onda di agonia, un'indescrivibile solitudine, mi sommerse mentre continuavo a fissarla. Volevo attraversare il patio e trattenerla, ma qualcosa negli scuri mattoni del patio disposti in un disegno intricato, mi tenne fermi i piedi.

"Esperanza", alla fine riuscii a sussurrare, con una voce così flebile che io stessa potevo udirla a malapena. Aprì gli occhi e sorrise senza dimostrare sorpresa, come se mi stesse aspettando. Si alzò e venne verso di me. Non aveva la statura di una bambina, era alta quasi come me, un metro e cinquantacinque. Era sottile e dall'aspetto fragile, eppure emanava una vitalità che mi faceva sentire minuscola e avvizzita.

"Come sono felice di rivederti". La sua voce suonava sincera. Mi fece segno di prendere una delle sedie di vimini e di sedermi al suo fianco.

Mentre mi guardavo attorno, notai le altre donne, compresa Delia. Erano sedute su delle sedie di vimini, seminascoste dai cespugli e dagli alberi; anche loro mi stavano osservando con curiosità. Alcune di loro sorrisero, mentre le altre continuavano a mangiare *tamales* dai piatti che avevano in grembo.

Nella luce verde e ombrosa del patio - nonostante la terrena occupazione del mangiare - le donne apparivano prive di sostanza, immaginarie. Tuttavia, ciascuna di loro era vivida in modo innaturale, senza essere distinta. Sembrava che avessero assorbito la luce verdastra del patio che ci circondava come una nebbia trasparente. La fuggevole, ma inquietante idea di trovarmi in una casa popolata da fantasmi attraversò la mia mente.

"Vuoi mangiare qualcosa?", mi chiese Esperanza. "Delia ha cucinato il cibo più delizioso che tu possa immaginare".

"No, grazie", mormorai con una voce che non sembrava la mia. Notando la sua espressione interrogativa, aggiunsi flebilmente: "Non ho fame". Ero così nervosa e agitata che se anche fossi stata a digiuno da tempo non sarei stata in grado di ingoiare un solo boccone.

Esperanza doveva aver percepito la mia paura. Si piegò verso di me e mi diede un colpetto sul braccio in modo rassicurante. "Che cosa vuoi sapere?".

"Pensavo di averti visto in un sogno", mi lasciai sfuggire, poi, notando il sorriso nei suoi occhi, aggiunsi: "Sto sognando ora?".

"Sì, ma non sei addormentata", rispose, scandendo lentamente le parole.

"Com'è possibile che io stia sognando senza essere addormentata?".

"Alcune donne possono farlo con grande facilità", affermò.

"Possono sognare e non essere addormentate. Tu sei una di quelle donne. Gli altri devono lavorare un'intera vita per realizzarlo".

Percepii una sfumatura di ammirazione nella sua voce, tuttavia non mi sentivo per niente adulata. Al contrario, ero preoccupata più che mai. "Ma com'è possibile sognare senza dormire?", insistetti.

"Se ti spiegassi com'è possibile, non lo comprenderesti", rispose. "Credimi, per il momento è molto meglio rimandare le spiegazioni". Mi diede ancora un colpetto sul braccio mentre un gentile sorriso le illuminava il volto. "Per il momento è sufficiente che tu sappia che, per te, io sono colei che porta i sogni".

Non pensavo fosse sufficiente, ma non osai dirglielo. Invece, le chiesi: "Ero sveglia quando mi curasti dei miei incubi? E stavo sognando quando stavo seduta fuori nel campo con Delia e gli altri?".

Esperanza mi guardò per un lungo momento, poi annuì saggiamente, come se avesse deciso di rivelare una straordinaria verità. "Sei troppo ottusa per vedere il mistero di ciò che facciamo". Lo disse come un fatto accertato, in modo così privo di critica che non mi sovvenne di offendermi o di cercare di protestare.

"Ma tu potresti aiutarmi a vederlo, non è vero?", la implorai ansiosamente.

Le altre donne ridacchiarono. Non era derisione, ma un mormorio che echeggiava tutt'attorno a me come un coro smorzato. Il suono non sembrava venire dalle donne, ma dalle ombre del patio. Piuttosto che un ridacchiare, era un sussurro, un delicato avvertimento che non solo mi fece perdere l'impeto, ma cancellò i miei dubbi, il mio desiderio di conoscere. E seppi, senza ombra di dubbio, che ero stata sveglia e che stavo sognando entrambe le volte. Era comunque una conoscenza che non riuscivo a spiegarmi. Era qualcosa al di là delle parole. Tuttavia, dopo alcuni istanti, mi sentii spinta a dissezionare la mia realizzazione, a porla in un contesto logico.

Esperanza mi guardò con apparente piacere, poi disse: "Ti spiegherò chi siamo e che cosa facciamo".

Precedette la sua delucidazione con un'ammonizione. Mi avvisò che ciò che doveva dirmi non era facile da credere. Perciò, dovevo sospendere il giudizio e ascoltarla senza interruzioni, senza domande. "Puoi farlo?".

"Naturalmente", risposi.

Per un attimo restò in silenzio, con gli occhi che mi valutavano pensierosamente. Doveva aver percepito la mia incertezza e la domanda che stava per sfuggire dalle mie labbra.

"Non è che non voglia rispondere alle tue domande", affermò. "Solo che, a questo punto, sarà impossibile per te comprendere le risposte".

Annuii; non perché fossi d'accordo, ma temevo che se mi fossi lasciata sfuggire anche solo un pigolio avrebbe irrimediabilmente smesso di parlare.

Con una voce che non era come un dolce mormorio, mi raccontò qualcosa di incredibile e affascinante al tempo stesso. Disse di essere la discendente spirituale di stregoni che vivevano nella valle di Oaxaca millenni prima della conquista spagnola. Esperanza restò a lungo in silenzio. Con gli occhi fissi sui piselli dolci brillanti e multicolori, sembrava tornare nostalgicamente al passato.

"Per quel che mi riguarda, la parte delle attività di quegli stregoni che ti riguarda è chiamata sognare", continuò. "Quegli stregoni erano uomini e donne che possedevano gli straordinari poteri del *sognare* ed eseguivano atti che sfidavano l'immaginazione".

Con le braccia attorno alle ginocchia, l'ascoltavo. Esperanza era un'ottima narratrice ed era dotata di una buona mimica. Il suo volto cambiava a ogni svolta della sua spiegazione. A volte era il volto di una giovane donna, altre volte quello di una vecchia, o quello di un uomo o di un innocente fanciullo.

Disse che millenni fa, gli uomini e le donne possedevano una conoscenza che permetteva loro di scivolare dentro e fuori dal nostro mondo normale. E così essi divisero la loro vita in due aree: il giorno e la notte. Durante il giorno conducevano le loro attività come chiunque altro: si impegnavano in un comportamento quotidiano normale, quello che tutti si aspettano. Durante la notte, invece, diventavano sognatori. *Sognavano* sistematicamente situazioni che superavano i limiti di ciò che consideriamo essere la realtà".

Fece ancora una pausa, come se volesse darmi il tempo di lasciare che le sue parole penetrassero in profondità.

"Usando l'oscurità come un mantello", continuò, "essi realizzarono una cosa inconcepibile; erano in grado di sognare mentre erano svegli".

Anticipando la domanda a cui stavo per dar voce, Esperanza spiegò che questo *sognare* mentre erano svegli significava che potevano immergersi in un sogno che dava loro l'energia necessaria per eseguire prodezze che facevano vacillare la mente, mentre restavano perfettamente consci e vigili.

A causa dell'aggressività che regnava in casa mia, non avevo mai sviluppato l'abilità di ascoltare molto a lungo. Se non potevo intromettermi con domande dirette e provocatorie, qualunque scambio verbale, indipendentemente da quanto fosse interessante, per me era senza significato.

Non potendo ribattere divenni irrequieta. Stavo morendo dalla voglia di interrompere Esperanza. Avevo delle domande, ma ottenere delle risposte, o far sì che le cose mi venissero spiegate non era la vera ragione della mia spinta a interromperla. Ciò che volevo fare era dar spazio alla mia formidabile pulsione di avere uno scontro verbale con lei al fine di sentirmi nuovamente normale.

Come se fosse consapevole del mio tumulto, Esperanza mi fissò per un istante e poi mi fece segno di parlare. O così almeno credetti. Aprii la bocca per dire - come al solito - qualunque cosa mi passasse per la mente, anche se non era pertinente. Ma non riuscii a pronunciare una sola parola. Mi sforzai di parlare ed emisi dei versi strozzati per la delizia delle donne sullo sfondo.

Esperanza ricominciò a parlare, come se non avesse notato i miei futili sforzi. Ero sbalordita di come riuscisse ad avere la mia totale attenzione. Disse che le origini della conoscenza degli stregoni potevano essere comprese soltanto con una leggenda. Un essere superiore, commiserando la terribile condizione dell'uomo - spinto come un animale dalla ricerca del cibo e dall'istinto di riprodursi - gli donò il potere di *sognare* e gli insegnò come usare i suoi sogni.

"Le leggende, naturalmente, raccontano la verità in modo velato", spiegò. "Il loro successo nel nascondere la verità è dovuto alla convinzione dell'uomo che siano semplici storie. Le leggende di uomini che si trasformano in uccelli o angeli sono resoconti di una verità nascosta, che sembrano le fantasticherie o semplicemente le illusioni di menti primitive o squilibrate.

"Così, per migliaia d'anni, è stato compito degli stregoni creare nuove leggende e scoprire le verità velate di quelle antiche.

"Ecco dove i sognatori entrano in scena. Le donne sono le più abili nel sognare. Hanno facilità nell'abbandonarsi, nel lasciarsi andare.

"La donna che mi insegnò a *sognare* poteva mantenere duecento sogni".

Esperanza mi guardò intensamente, come se stesse valutando la mia reazione, che era di completo stordimento, poiché non avevo idea di cosa intendesse. Spiegò che mantenere un sogno significa che si può sognare qualcosa di specifico su se stessi e poter entrare in quel sogno a volontà. La sua insegnante, disse, poteva entrare a volontà in duecento sogni specifici riguardo a se stessa.

"Le donne sono sognatrici perfette", mi assicurò Esperanza. "Sono estremamente pratiche. Per sostenere un sogno, si deve essere pratici, perché il sogno dev'essere pertinente ad aspetti pratici di se stessi. Il sogno preferito della mia insegnante era quello di sognarsi come falco. Un altro era di sognarsi come un gufo. Così, a seconda del momento della giornata, poteva sognare di essere l'uno o l'altro e poiché sognava mentre era sveglia, era realmente e assolutamente un falco o un gufo".

C'era una tale sincerità e convinzione nel suo tono e nei suoi occhi che ero completamente in balia del suo incantesimo. Non dubitai di lei nemmeno per un attimo. In quel momento, nulla di ciò che avrebbe potuto dire mi sarebbe sembrato bizzarro.

Continuò a spiegare che al fine di realizzare un sogno di quella natura, le donne devono avere una disciplina di ferro. Si piegò verso di me e con un sussurro confidenziale, come se non volesse farsi sentire dagli altri, disse: "Con disciplina di ferro non intendo nessun genere di strenua pratica, ma piuttosto che le donne devono spezzare la routine di ciò che ci si aspetta da loro.

"E devono farlo in gioventù", enfatizzò. "E, ancora più importante, con la loro forza intatta. Spesso, quando le donne sono sufficientemente anziane per farla finita con la storia di fare la 'donna', decidono che è il momento di interessarsi a pensieri e ad attività non mondane o ultraterrene. Ma non sanno o non vogliono credere che molto raramente possono avere successo". Mi diede un gentile colpetto sul ventre, come se stesse suonando un tamburo. "Il segreto della forza di una donna è il suo utero".

Esperanza annuì enfaticamente, come se avesse effettivamente udito la sciocca domanda che si era affacciata nella mia mente: "Il suo utero?".

"Le donne", continuò, "devono cominciare col bruciare la loro matrice. Non possono essere il fertile terreno che dev'essere fecondato dagli uomini, seguendo il comando di Dio stesso".

Osservandomi sempre attentamente, sorrise e chiese: "Sei per caso religiosa?".

Scossi il capo. Non riuscivo a parlare. La mia gola era così contratta che riuscivo a malapena a respirare. Ero ammutolita dalla paura e dallo stupore, non tanto per quel che stava dicendo, ma per il suo cambiamento. Se me l'avessero chiesto, non sarei stata in grado di dire quando era cambiata, ma tutt'a un tratto il suo volto era giovane e raggiante; la sua vita interiore sembrava essersi accesa in lei.

"Questo è positivo!", esclamò Esperanza. "In questo modo non devi lottare contro i preconcetti", indicò. "Sono molto difficili da superare. Io sono stata allevata come una devota cattolica. Quasi ne morii quando dovetti riesaminare la mia attitudine verso la religione". Sospirò. La sua voce, malinconica, divenne dolce mentre aggiungeva: "Ma questo non fu nulla in confronto alla battaglia che dovetti affrontare per diventare una vera sognatrice".

Attesi ansiosa, quasi senza respirare, mentre una sensazione molto piacevole si diffondeva come una leggera corrente elettrica attraverso tutto il mio corpo. Pregustavo il racconto di una tremenda battaglia tra lei e terrificanti creature. Potei a malapena dissimulare la mia delusione quando rivelò che dovette combattere con se stessa.

"Per diventare una sognatrice dovetti vincere l'idea di me stessa", spiegò Esperanza. "Nulla, nulla è difficile quanto questo. Noi donne siamo le più miserabili prigioniere dell'ego. Il sé è la nostra gabbia. La nostra gabbia è fatta dai comandi e dalle aspettative riversati su di noi dal momento in cui nasciamo. Sai com'è. Se il primo figlio è un bambino, c'è una festa. Se è una bambina, ci si stringe nelle spalle e si afferma: 'Va bene lo stesso. L'amerò comunque e farò qualunque cosa per lei'".

Per rispetto dell'anziana donna non risi forte. Non avevo mai udito in tutta la mia vita affermazioni di questo genere. Mi consideravo una donna indipendente. Ma ovviamente, alla luce di ciò che Esperanza stava dicendo, non ero migliore di qualunque altra donna. E contrariamente al modo in cui avrei normalmente reagito a una simile tesi, fui d'accordo con lei. Ero sempre stata consapevole che il prerequisito per essere una donna era di essere dipendente. Mi era stato insegnato che una donna era fortunata se poteva essere desiderabile, cosicché gli uomini avrebbero lavorato per lei. Mi era stato detto che era degradante per la mia femminilità sforzarmi di fare qualcosa se questo poteva essermi dato. Mi era stato inculcato che il posto di una donna è la casa, con suo marito e i suoi figli.

"Come te, io fui allevata da un padre autoritario e tuttavia indulgente", continuò Esperanza. "Pensavo, come te, di essere libera.

Comprendere la via degli stregoni - comprendere che libertà non significava essere me stessa - quasi mi uccise. Essere me stessa significava asserire la mia femminilità. E fare questo prendeva tutto il mio tempo, lo sforzo e l'energia.

"Gli stregoni, al contrario, considerano la libertà come la capacità di compiere l'impossibile, l'inaspettato: fare un sogno che non ha basi, che non ha realtà nella vita di ogni giorno". La sua voce divenne nuovamente un sussurro mentre aggiungeva: "La conoscenza degli stregoni consiste in ciò che è eccitante e nuovo. Ciò di cui una donna ha bisogno per cambiare se stessa e diventare una sognatrice è l'immaginazione".

Esperanza disse che se non fosse riuscita a vincere il sé avrebbe condotto soltanto una normale vita da donna: la vita che i suoi genitori avevano progettato per lei. Una vita di sconfitta e umiliazione. Una vita privata di ogni mistero. Una vita programmata dalle usanze e dalla tradizione.

Esperanza mi pizzicò il braccio. Gridai di dolore. "Faresti meglio a prestare attenzione", mi rimproverò. "Lo sto facendo", mormorai in mia difesa, strofinandomi il braccio; ero certa che nessuno avrebbe notato che il mio interesse diminuiva.

"Non si viene intrappolati o allettati nel mondo degli stregoni", mi avvisò. "Si deve scegliere, sapendo ciò che ci aspetta".

Le fluttuazioni del mio stato d'animo erano stupefacenti per me, poiché erano del tutto irrazionali. Avrei dovuto esserne spaventata. Tuttavia ero calma, come se il fatto di trovarmi là fosse la cosa più naturale al mondo.

"Il segreto della forza di una donna è il suo utero", disse Esperanza e mi diede ancora una volta un colpetto sul ventre. Disse che le donne sognano col loro utero o, piuttosto, dal loro utero. Il fatto che hanno l'utero le rende perfette sognatrici.

Prima ancora che avessi finito il pensiero: "Perché l'utero è così importante?", rispose Esperanza.

"L'utero è il centro della nostra energia creativa", spiegò, "al punto che, se non ci fossero più maschi al mondo, le donne potrebbero continuare a riprodurre. E il mondo allora sarebbe popolato soltanto dalle femmine della specie umana". Aggiunse che se le donne si riproducessero unilateralmente potrebbero soltanto riprodurre cloni di se stesse.

Ero profondamente sorpresa da questa conoscenza specifica. Non potei fare a meno di interrompere Esperanza per dirle che avevo sentito parlare di riproduzioni parteno-genetiche e asessuali in una lezione di biologia.

Si strinse nelle spalle e continuò con la sua spiegazione.

"Le donne, avendo quindi l'abilità e gli organi per riprodurre la vita, hanno anche l'abilità di produrre sogni con quegli stessi organi", disse. Notando il dubbio nei miei occhi, mi avvertì: "Non crearti problemi chiedendoti come questo accada. La spiegazione è molto semplice e poiché è semplice, è la cosa più difficile da comprendere. Io stessa ho ancora delle difficoltà. Così, nel vero modo delle donne, io agisco. Sogno e lascio le spiegazioni agli uomini".

Esperanza affermò che originariamente gli stregoni di cui mi aveva parlato trasmettevano la loro conoscenza ai loro discendenti naturali o a persone di loro scelta, ma i risultati erano catastrofici. Invece di incrementare questa conoscenza, questi nuovi stregoni, che erano stati scelti con favoritismi arbitrari, tramarono per accrescere se stessi. Alla fine furono annientati e la loro distruzione quasi cancellò la conoscenza. I pochi stregoni superstiti decisero allora che la loro conoscenza non avrebbe mai più dovuto essere trasmessa ai loro discendenti o a gente di loro scelta, ma a coloro che erano stati selezionati da un potere impersonale che essi chiamarono lo spirito.

"E ora, tutto questo ci porta a te", disse Esperanza. "Gli stregoni dei tempi antichi decisero che soltanto coloro che venivano indicati si sarebbero qualificati. Tu ci sei stata indicata. Ed eccoti qui! Sei una sognatrice naturale. Sta alle forze che ci governano decidere la tua meta. Non sta a te. Né a noi, naturalmente. Puoi soltanto accettare o rifiutare".

Dall'enfasi che si avvertiva nella sua voce e dall'irresistibile luce nei suoi occhi, era ovvio che aveva fornito questa spiegazione con totale serietà. Fu questo che mi impedì di abbandonarmi al riso. Inoltre, ero troppo stanca.

La concentrazione mentale che avevo esercitato per seguirla era stata troppo intensa. Volevo dormire. Insistette che allungassi le gambe, che mi sdraiassi e mi rilassassi. Lo feci così bene che mi addormentai.

Quando riaprii gli occhi, non avevo idea di quanto avessi dormito. Cercai la rassicurante presenza di Esperanza o delle altre donne. Nel patio non c'era nessuno con me. Ma non mi sentivo sola; in qualche modo la loro presenza si attardava ancora tra il fogliame che mi circondava e mi sentivo protetta. Una brezza muoveva le foglie. La sentii sulle mie palpebre, calda e gentile. Soffiava attorno a me, poi mi superò allo stesso modo in cui passa sopra al deserto, rapida e silenziosa.

Con lo sguardo fisso sui mattoni, camminai nel patio cercando di seguire il suo intricato disegno. Con mia delizia, le linee mi conducevano da una sedia di vimini a un'altra. Cercai di ricordare chi aveva occupato ogni sedia, ma, per quanto mi sforzassi, non ci riuscivo.

Fui distratta da un delizioso profumo di cibo, speziato con cipolle e aglio. Guidata da quel profumo, arrivai alla cucina, una grande stanza rettangolare. Era deserta come il patio. E i brillanti disegni delle mattonelle che adornavano i muri mi ricordavano quelli del patio. Non continuai ad analizzare la somiglianza, poiché avevo notato il cibo lasciato sul massiccio tavolo di legno in mezzo alla stanza. Presumendo che fosse per me, mi sedetti e lo mangiai. Era lo stesso stufato che avevo mangiato al picnic. Riscaldato era ancora più gustoso.

Mentre raccoglievo i piatti per portarli al lavandino, trovai un biglietto e una mappa disegnata sotto la mia tovaglietta. Era di Delia. Suggeriva che tornassi a Los Angeles passando per Tucson, dove mi avrebbe incontrata in una certa caffetteria specificata sulla cartina. Soltanto là, scriveva, mi avrebbe parlato ulteriormente di sé e dei suoi amici.

4

Bramosa di ascoltare ciò che Delia doveva dirmi dei suoi amici, ritornai a Los Angeles attraverso Tucson. Arrivai alla caffetteria nel tardo pomeriggio. Un vecchio mi indicò uno spazio vuoto nel parcheggio. Solo quando mi aprì la portiera realizzai chi era.

"Mariano Aureliano!", esclamai. "Che sorpresa! Sono così felice di vederla! Che cosa fa qui?".

"Ti stavo aspettando", disse. "Così il mio amico e io ti abbiamo tenuto questo posto".

Vidi di sfuggita un indiano tarchiato che guidava un vecchio camioncino scoperto. Era uscito dal posto nel parcheggio che avevo occupato io.

"Temo che Delia non potrà venire", disse a mo' di scusa Mariano Aureliano. "È dovuta partire per Oaxaca inaspettatamente".

Fece un ampio sorriso e aggiunse: "Sono qui per conto suo. Spero di andar bene lo stesso".

"Non ha idea di quanto sia lieta di rivederla", dissi sinceramente. Ero convinta che lui, meglio ancora di Delia, avrebbe potuto aiutarmi a trovare un senso in tutto ciò che mi era accaduto negli ultimi giorni.

"Esperanza mi ha spiegato che ero in una specie di trance quando vi ho incontrati tutti", aggiunsi.

"Ha detto questo?", chiese quasi assente.

La sua voce, la sua attitudine, tutto il suo comportamento erano così diversi da quel che ricordavo che continuavo a fissarlo, sperando di scoprire cosa fosse cambiato.

Quel volto scolpito e inesorabile aveva perduto tutta la sua implacabilità. Tuttavia ero così immersa nel mio tumulto che non vi diedi ulteriore attenzione.

"Esperanza mi ha lasciata sola nella casa", continuai. "Lei e tutte le altre donne se ne sono andate senza salutarmi. Ma la cosa non mi ha disturbata", mi affrettai ad aggiungere. "Anche se generalmente mi disturba molto quando le persone non sono cortesi".

"Oh davvero!", esclamò, come se avessi detto qualcosa di estremamente significativo.

Temendo che potesse offendersi per quel che stavo dicendo delle sue compagne, immediatamente cominciai a spiegare che non avevo inteso realmente dire che Esperanza e le altre erano state poco amichevoli. "Al contrario, sono state molto graziose e gentili", lo rassicurai.

Stavo per rivelare ciò che Esperanza mi aveva detto, quando il suo sguardo fisso mi fermò. Non era uno sguardo irato o minaccioso. Era uno sguardo lacerante che andava oltre tutte le mie difese. Avevo la certezza che vedesse direttamente nella confusione della mia mente.

Distolsi lo sguardo per nascondere il mio nervosismo, poi gli dissi con tono leggero, quasi scherzoso, che non mi era realmente importato di essere stata lasciata sola nella casa.

"Mi affascinava il fatto di conoscere ogni angolo di quel luogo", gli confidai, poi feci una pausa di un attimo, chiedendomi quale impatto stessero provocando su di lui le mie parole. Ma egli continuò a fissarmi.

"Sono andata in bagno e ho realizzato che c'ero già stata prima", continuai. "Non c'erano specchi. Ricordai quel dettaglio prima ancora di essere entrata nella stanza. Poi ricordai che non c'erano specchi in tutta la casa. Così attraversai ogni stanza e infatti non ne ho trovati".

Notando che ancora non c'era reazione in lui, continuai dicendo che mentre ascoltavo la radio, in viaggio per Tucson, avevo realizzato che era un giorno più tardi di quanto mi fossi aspettata. "Devo aver dormito un giorno intero", terminai con tono tirato.

"Non hai affatto dormito un giorno intero", puntualizzò Mariano Aureliano con indifferenza. "Hai camminato per tutta la casa e ci hai parlato a lungo prima di cadere addormentata come un pezzo di legno".

Cominciai a ridere. La mia risata era prossima all'isteria, ma egli non sembrò notarlo. Rise anch'egli e io mi rilassai.

"Non dormo mai come un pezzo di legno", mi sentii costretta a spiegare. "Il mio sonno è estremamente leggero".

Egli taceva. Quando finalmente parlò, la sua voce era seria, esigente. "Non ti ricordi della tua curiosità a proposito di come facessero le donne a vestirsi e a pettinarsi senza guardarsi allo specchio?".

Non riuscii a trovare una risposta, ed egli continuò dicendo: "Non ti ricordi quanto trovasti strano che non ci fossero quadri alle pareti e che non ci fosse...".

"Non ricordo di aver parlato con nessuno", lo interruppi a metà frase. Poi lo guardai di sottecchi, guardinga, pensando che forse, per confondermi, stesse dicendo che avevo interagito con tutti coloro che erano nella casa quando in realtà non era accaduto nulla del genere.

"Il fatto di non ricordare non significa che ciò non sia avvenuto", disse tagliando corto. Il mio stomaco si strinse involontariamente. Non per il suo tono di voce, ma per il fatto che aveva risposto ai miei pensieri non espressi.

Certa che se avessi continuato a dire qualcosa avrei disperso la mia crescente apprensione, mi tuffai in una lunga e confusa spiegazione di come mi sentivo. Raccontai quel che era accaduto. C'erano delle interruzioni nell'ordine degli eventi mentre cercavo di ricostruire tutto quello che era successo tra la seduta di guarigione e il mio viaggio a Tucson, durante il quale realizzai che avevo perduto un'intera giornata.

"Voi mi state facendo qualcosa, qualcosa di strano e pericoloso", terminai, sentendomi momentaneamente nel giusto.

"Ora ti stai comportando scioccamente", disse Mariano Aureliano e sorrise per la prima volta. "Se qualcosa è strano e minaccioso è solo perché per te è nuovo. Sei una donna coriacea. Presto o tardi ne troverai il senso".

La parola *donna* mi irritò. Avrei preferito che avesse detto *ragazza*. Abituata com'ero a sentirmi chiedere i documenti per dimostrare di avere più di sedici anni, improvvisamente mi sentii vecchia.

"La gioventù dev'essere evidente soltanto a colui che guarda", disse come se stesse ancora leggendo nei miei pensieri. "Chiunque ti guardi deve vedere la tua giovinezza, il tuo vigore. Ma che tu ti senta una ragazzina è sbagliato. Devi essere innocente, senza essere immatura".

Per qualche inesplicabile ragione, le sue parole mi opprimevano più di quanto potessi sopportare. Volevo piangere, non perché fossi ferita, ma per la depressione. Non sapendo che cosa fare, suggerii che prendessimo qualcosa da mangiare. "Ho fame", dissi, cercando di sembrare allegra.

"No, non è vero", disse con autorità. "Stai semplicemente cercando di cambiare argomento".

Scossa dal suo tono e dalle sue parole, lo guardai stupita. La mia sorpresa rapidamente diventò ira. Non ero solo affamata, ma ero anche esausta e provata dal lungo viaggio. Volevo gridare e sfogare su di lui tutta la mia ira e la mia frustrazione, ma i suoi occhi non mi permisero di muovermi. C'era qualcosa che mi ricordava un rettile in quegli occhi ardenti che non muovevano le palpebre; per un momento pensai che mi avrebbe ingoiata, come un serpente ingoia un uccello ipnotizzato, senza difese.

Il misto di paura e collera raggiunse un tale apice che sentii il sangue affluirmi al viso. E dal lieve inarcarsi delle sue sopracciglia compresi che il mio volto era diventato paonazzo. Sin dalla prima infanzia avevo sofferto di terribili attacchi d'ira. A parte cercare di calmarmi, nessuno mi aveva mai dissuasa dall'indulgere in queste crisi. E io avevo continuato finché le avevo raffinate al punto che avevano assunto una dimensione notevole. Questi scoppi di collera non erano mai causati dal fatto che mi veniva negato ciò che volevo avere o fare, ma da iniquità - reali o immaginarie - inflitte alla mia persona.

In qualche modo, comunque, in quella circostanza provai vergogna della mia abitudine. Feci uno sforzo conscio per controllarmi, il che consumò quasi tutta la mia energia, ma infine mi calmai.

"Sei stata con noi un giorno intero, un giorno che ora non puoi ricordare", continuò Mariano Aureliano, apparentemente inalterato dal mio instabile stato d'animo. "Durante quelle ore sei stata molto comunicativa e partecipe; cosa che ci è stata estremamente utile. Quando sogni sei un essere molto migliore, più attraente, con più risorse. Ci hai permesso di conoscerti molto profondamente".

Le sue parole provocarono in me un tumulto. Ero cresciuta cercando sempre di impormi nel modo che mi era consono ed ero diventata una vera esperta nello scoprire significati nascosti dietro alle parole. 'Conoscerti molto profondamente' mi disturbava infinitamente, specialmente 'molto profondamente'. Pensai che poteva significare soltanto una cosa, ma immediatamente la scartai come ridicola.

Divenni così assorbita nelle mie elucubrazioni che non prestai più alcuna attenzione a ciò che stava dicendo. Egli continuò a descrivere la giornata che avevo perduto, ma colsi soltanto dei frammenti di quella spiegazione. Probabilmente lo stavo fissando con lo sguardo vacuo, poiché tutt'a un tratto smise di parlare.

"Non stai ascoltando", mi rimproverò con serietà.

"Che cosa mi avete fatto quand'ero in trance?", ribattei. Più che una domanda era un'accusa.

Fui scossa dalle mie stesse parole, poiché non si trattava di un'affermazione studiata; semplicemente le parole mi erano sfuggite da sole. Mariano Aureliano era ancora più sorpreso. Quasi soffocò per lo scoppio di risa che seguì la sua espressione sbalordita.

"Noi non andiamo in giro ad approfittare delle ragazzine", mi rassicurò. Non solo sembrava sincero, ma anche offeso dalla mia accusa. "Esperanza ti ha detto chi siamo. Siamo persone molto serie", enfatizzò, poi, con tono derisorio, aggiunse: "E facciamo sul serio".

"Sul serio?", chiesi bellicosa. "Esperanza non mi ha detto che cosa volete da me".

"Certo che te l'ha detto", egli replicò con una tale sicurezza che per un istante mi chiesi se non fosse stato nascosto ad ascoltare la nostra conversazione nel patio. Non gliel'avrei fatta passare liscia.

"Esperanza ti ha detto che ci sei stata indicata", continuò. "E ora noi siamo spinti da quello quanto tu sei spinta dalla paura".

"Io non sono spinta da nulla né da nessuno", gridai dimenticando completamente che non mi aveva detto cosa volevano da me. Senza essere minimamente toccato dalla mia ira, disse che Esperanza mi aveva detto molto chiaramente che da quel momento erano destinati a educarmi.

"Educarmi?", urlai. "Lei è pazzo. Ho tutta l'educazione di cui ho bisogno!".

Ignorando il mio sfogo, continuò a spiegare che il loro impegno era totale e che io lo comprendessi o meno, per loro non aveva alcuna importanza.

Lo fissai, incapace di nascondere il mio terrore. Mai prima d'allora avevo udito qualcuno esprimersi con tale palese indifferenza e tale interesse allo stesso tempo. Nello sforzo di nascondere la mia apprensione, cercai di infondere nella mia voce un ardimento che ero ben lontana dal provare, quando chiesi: "Che cosa intendete quando affermate che mi educherete?".

"Semplicemente ciò che hai sentito,". Rispose. "Siamo destinati a guidarti".

"Perché?", chiesi, spaventata e incuriosita allo stesso tempo. "Non vedete che non ho bisogno di nessuna guida, che non voglio nessuna...".

Le mie parole furono sommerse dalla gioiosa risata di Mariano Aureliano. "Certamente tu hai bisogno di guida. Esperanza ti ha già mostrato quanto priva di significato sia la tua vita".

Anticipando la mia successiva domanda, mi fece segno di tacere. "Per quanto riguarda il fatto che sia stata scelta tu e non qualcun altro, ti ha spiegato che lasciamo che sia lo spirito a dirci chi dobbiamo guidare. E lo spirito ci ha mostrato che tu eri quel qualcuno".

"Aspetti un attimo, signor Aureliano", protestai. "Davvero non voglio essere rude o ingrata, ma deve comprendere che io non sto cercando aiuto. Non voglio che nessuno mi guidi, anche se probabilmente ho bisogno di guida. Ne aborrisco anche il solo pensiero. Capisce cosa intendo? Sono stata chiara?".

"Sì, capisco che cosa intendi", fece eco, allontanandosi di un passo dal mio dito puntato. "Ma proprio perché non hai bisogno di nulla, sei la candidata più adeguata".

"Candidata?", urlai, esasperata dalla sua insistenza. Mi guardai attorno, chiedendomi se fossimo stati uditi dalla gente che entrava e usciva dalla caffetteria. "Che storia è questa?", continuai a urlare. "Lei e i suoi compagni, siete un branco di pazzi! Lasciatemi stare, ha capito? Non ho bisogno di lei né di nessuno".

Con mia sorpresa e morbosa delizia, Mariano Aureliano finalmente perse la calma e cominciò a sgridarmi, com'erano soliti fare mio padre e i miei fratelli. Con voce sapientemente controllata che mai si alzava al punto da essere udita da altri, oltre a noi, mi insultò. Mi definì stupida e viziata. E poi, come se insultarmi gli avesse dato forza, disse qualcosa di imperdonabile. Gridò che la sola qualità che io avessi mai avuto era di essere nata bionda e con gli occhi azzurri in una terra dove i capelli biondi e gli occhi azzurri sono bramati e riveriti.

"Non hai mai dovuto sforzarti per nulla", asserì. "La mentalità coloniale dei *cholos* del tuo Paese ha fatto sì che ti considerassero come se tu realmente meritassi un trattamento speciale. Il privilegio basato semplicemente sull'avere capelli biondi e occhi azzurri è il privilegio più sciocco che ci sia".

Ero livida. Non ero mai stata il tipo che si fa insultare senza replicare. I miei anni di addestramento ai violenti scontri verbali in casa e le volgarità straordinariamente pittoresche che avevo imparato, e mai dimenticato, per le strade di Caracas nella mia infanzia, quel pomeriggio resero bene. Le cose che dissi a Mariano Aureliano mi imbarazzano ancora oggi.

Ero così coinvolta che non avevo notato che l'indiano tarchiato che guidava il camioncino s'era unito a noi. Realizzai che era lì solo quando udii la sua sonora risata. Lui e Mariano Aureliano si erano praticamente accasciati e si tenevano la pancia, urlando per il divertimento.

"Che cosa c'è di così divertente?", gridai, rivolgendomi all'indiano. Insultai anche lui.

"Che donna scurrile", disse in perfetto inglese. "Se fossi stato tuo padre ti avrei lavato la bocca col sapone".

"Chi ti ha chiesto di metterti in mezzo, grosso stronzo?", Con cieca furia gli assestai un calcio allo stinco. Gridò dal dolore e mi maledì.

Stavo per prendergli il braccio e morderlo, quando Mariano Aureliano mi afferrò da dietro e mi lanciò in aria.

Il tempo si fermò. La mia discesa fu così lenta, così impercettibile, che mi sembrò di essere rimasta sospesa nell'aria per un tempo indefinito. Non atterrai con le ossa rotte, come mi ero aspettata, ma tra le braccia del massiccio indiano. Egli non barcollò nemmeno, ma mi sostenne come se non pesassi più di un cuscino, un cuscino di quarantacinque chili. Cogliendo il malvagio scintillio nei suoi occhi, ebbi la certezza che stesse per lanciarmi di nuovo in aria. Doveva aver percepito la mia paura, perché sorrise gentilmente e mi posò a terra.

Esaurita la mia furia, e la mia energia, mi appoggiai contro la mia auto e singhiozzai.

Mariano Aureliano mi cinse col braccio e mi accarezzò i capelli e le spalle, come faceva mio padre quand'ero bambina. Con un tranquillizzante mormorio, mi assicurò che non era minimamente scosso per le cose terribili che gli avevo urlato. Il senso di colpa e di autocommiserazione mi fecero soltanto piangere più forte.

Egli scosse il capo in un gesto di rassegnazione, anche se i suoi occhi splendevano di divertimento. Poi, in un ovvio sforzo di farmi ridere, anch'egli confessò che ancora non poteva credere che io conoscessi, e ancor meno usassi, un linguaggio così scurrile. "Beh, suppongo che il linguaggio esista per essere usato", rifletté, "e il linguaggio scurrile dovrebbe essere usato quando si presentano le circostanze adatte".

Non ero divertita, e una volta che l'attacco di autocommiserazione fu passato, cominciai, nel mio solito modo, a rimuginare sulla sua affermazione che tutto ciò che avevo erano i capelli biondi e gli occhi azzurri.

Mariano Aureliano doveva aver percepito i miei sentimenti, poiché mi assicurò che l'aveva detto soltanto per scuotermi e che non c'era la minima verità in quelle cose. Sapevo che stava mentendo. Per un istante mi sentii doppiamente insultata e poi mi sentii atterrita nel realizzare che le mie difese erano state fatte a pezzi. Ero d'accordo con lui. Aveva centrato il bersaglio con ogni cosa che aveva detto. Con un solo colpo mi aveva smascherata, attraversato il mio scudo, per così dire. Nessuno, nemmeno il mio peggior nemico, avrebbe potuto colpirmi con un colpo così preciso e devastante. E tuttavia, qualunque cosa avessi potuto pensare di Mariano Aureliano, sapevo che non era mio nemico.

Mi sentii completamente stordita dalla mia realizzazione. Era come se una forza invisibile stesse facendo a pezzi qualcosa all'interno di me: l'idea di me stessa. Qualcosa che mi aveva dato forza stava ora scaricandomi.

Mariano Aureliano mi prese per il braccio e mi guidò verso la caffetteria. "Facciamo una pausa", disse giovialmente. "Ho bisogno che tu mi faccia un favore".

"Deve soltanto chiedere", risposi, cercando di usare lo stesso tono.

"Prima che tu arrivassi qui, sono entrato in quella caffetteria per prendere un panino e praticamente si sono rifiutati di servirmi. Quando mi sono lamentato, il cuoco mi ha gettato fuori". Mariano

Aureliano mi guardò sconsolato e aggiunse: "Questo accade quando si è un indiano".

"Faccia rapporto al direttore", gridai con giusta indignazione, dimenticando totalmente e misteriosamente il mio tumulto.

"Questo non mi aiuterebbe minimamente", confidò Mariano Aureliano. L'unico modo in cui potevo aiutarlo, mi assicurò, era di entrare nella caffetteria, sedere al banco, ordinare un pasto elaborato e lasciar cadere una mosca morta nel mio piatto.

"E incolpare il cuoco", finii per lui. Tutto il piano sembrava così assurdo che mi fece ridere. Ma quando colsi la sua genuina aspettativa, promisi di fare quel che mi aveva chiesto.

"Aspetta qui", disse Mariano Aureliano, poi insieme con l'altro indiano - che non mi era ancora stato presentato - si diresse verso il vecchio camioncino rosso parcheggiato nella strada. Ritornarono dopo pochi istanti.

"A proposito", disse Mariano Aureliano, "quest'uomo è John. È un indiano Yuma dell'Arizona".

Volevo chiedergli se anche lui era uno stregone, ma Mariano Aureliano mi batté sul tempo. "È il membro più giovane del nostro gruppo", confidò.

Ridacchiando nervosamente, allungai la mano e dissi: "Sono lieta d'incontrarti".

"Anch'io", rispose John con una voce profonda e sonora stringendomi calorosamente la mano. "Spero che tu e io non faremo più a botte", disse con un ampio sorriso.

Sebbene non fosse molto alto, emanava la vitalità e la forza di un gigante. Anche i suoi grandi denti bianchi sembravano indistruttibili.

Scherzando, John tastò i miei bicipiti. "Scommetto che puoi stendere un uomo con un solo pugno", disse.

Prima che avessi la possibilità di scusarmi con lui per i calci e gli insulti, Mariano Aureliano mi aveva infilato in mano una scatoletta.

"La mosca", sussurrò. "John suggerisce che tu indossi questa", disse tirando fuori una parrucca nera e riccioluta da una borsa. "Non ti preoccupare, è nuovissima", mi assicurò mentre mi metteva la parrucca sulla testa. Poi, distanziandomi col braccio, mi considerò criticamente. "Niente male", rifletté, assicurandosi che la mia lunga treccia bionda fosse nascosta adeguatamente. “Non voglio che qualcuno ti riconosca”.

“Non c’è bisogno del travestimento”, affermai. “Potete scommettere che non conosco nessuno a Tucson”. Girai lo specchietto laterale della mia auto e mi guardai. “Non posso entrare così”, protestai. “Sembro un barboncino”.

Mariano Aureliano mi guardò con un’esasperata aria di divertimento mentre mi metteva a posto qualche ricciolo. “Ora, non dimenticare che devi sedere al bancone e fare un pandemonio quando scopri la mosca nel tuo piatto”.

“Perché?”.

Mi guardò come se fossi scema. “Devi attirare l’attenzione e umiliare il cuoco”, chiarì.

La caffetteria era affollata. Comunque, non ci volle molto prima che fossi seduta al banco e un’anziana cameriera dall’aria distrutta, ma amichevole, prendesse l’ordinazione.

Seminascosto dietro allo scaffale delle ordinazioni c’era il cuoco. Come i suoi due aiutanti sembrava messicano-americano. Lavorava così allegramente che ero certa fosse innocuo, incapace di malizia. Ma quando pensai al vecchio indiano che mi aspettava al parcheggio, non provai nessun senso di colpa nello svuotare la piccola scatola da fiammiferi - con una tale destrezza e velocità che nemmeno gli uomini al mio fianco lo notarono - sopra l’hamburger perfettamente cucinato che avevo ordinato.

Il mio grido di disgusto nel vedere un grosso scarafaggio morto sul mio cibo fu genuino.

“Che cosa c’è, cara?”, chiese preoccupata la cameriera.

“Come fa il cuoco ad aspettarsi che io mangi questo?”, mi lamentai. Non avevo bisogno di fingermi arrabbiata. Ero indignata, non col cuoco, ma con Mariano Aureliano. “Come può farmi questo?”, chiesi a voce alta.

“È solo uno spiacevole incidente”, spiegò la cameriera ai due curiosi e preoccupati clienti al mio fianco. Mostrò il piatto al cuoco.

“Affascinante!”, disse il cuoco, con voce alta e chiara. Grattandosi il mento pensierosamente, studiò il cibo. Non era minimamente scosso. Avevo il vago sospetto che stesse ridendo di me.

"Questo scarafaggio dev'essere caduto dal soffitto", rifletté, fissando la mia testa con affascinante interesse, "o forse dalla sua parrucca".

Prima che potessi ribattere indignata e mettere a posto il cuoco, egli si offrì di servirmi qualunque piatto del menu: "Offre la casa".

Chiesi una bistecca e delle patate al forno che mi furono portate quasi subito. Mentre stavo versando del condimento sulla lattuga, che mangio sempre per ultima, scoprii un ragno abbastanza grosso che sgusciava da sotto una foglia. Fui così sbalordita da questa palese provocazione che non riuscii nemmeno a gridare. Guardai in alto. Dietro lo scaffale delle ordinazioni c'era il cuoco che mi salutava muovendo la mano con un magnifico sorriso sul viso.

Mariano Aureliano mi stava attendendo con impazienza. "Che cos'è accaduto?", chiese.

"Lei e il suo disgustoso scarafaggio!", scoppiai, poi aggiunsi risentita: "Non è accaduto niente. Il cuoco non si è scomposto. Si è divertito immensamente, alle mie spalle, naturalmente. L'unica a rimanere scossa sono stata io".

Su sua richiesta, resi a Mariano Aureliano un dettagliato resoconto di quel che era accaduto. Più parlavo, più era compiaciuto. Sconcertata dalla sua reazione, mi arrabbiai con lui. "Cosa c'è di così divertente?", chiesi.

Egli cercò di mantenersi serio, ma le sue labbra tremolarono. La sua risatina repressa si trasformò in una sonora e deliziata risata. "Non puoi prenderti così sul serio", mi prese in giro. "Sei un'eccellente sognatrice, ma certamente non sei un'attrice".

"Non sto recitando ora. E certamente non stavo recitando nemmeno là dentro", dissi sulle difensive, con un voce alta e acuta.

"Intendo dire che avevo contato sulla tua abilità di essere convincente", disse. "Dovevi far credere al cuoco qualcosa che non era vero. Pensavo davvero che ci saresti riuscita".

"Come osa criticarmi!", gridai. "Mi sono resa ridicola a causa sua e tutto ciò che riesce a dire è che non so come recitare!". Mi strappai la parrucca e gliela lanciai. "Sono sicura che ora ho i pidocchi".

Ignorando il mio sfogo, Mariano Aureliano continuò il suo discorso affermando che Florinda gli aveva già riferito che ero incapace di fingere.

"Dovevamo verificarlo, per poterti mettere al tuo giusto posto", aggiunse con calma. "Gli stregoni sono sognatori o cacciatori che tendono l'agguato. Alcuni sono entrambe le cose".

"Che cosa sta dicendo? Che cos'è questa assurdità dei sognatori e dei cacciatori in agguato?".

"I sognatori hanno a che fare con i sogni", spiegò dolcemente. "Ottengono il loro potere, la loro saggezza, dai sogni. I cacciatori in agguato, d'altra parte, hanno a che fare con la gente, col mondo di ogni giorno. Ottengono la loro saggezza, il loro potere, dall'interagire con i loro simili".

"Ovviamente non mi conosce affatto", dissi con derisione. "Io interagisco molto bene con la gente".

"No, non è così. Tu stessa hai detto che non sai come conversare. Sei una buona bugiarda, ma menti soltanto per ottenere ciò che vuoi. Le tue bugie sono troppo specifiche; troppo personali. E sai perché?". Fece una pausa di un attimo, come per darmi il tempo di rispondere. Ma prima che potessi anche solo pensare a cosa dire, aggiunse: "Perché per te le cose sono solo nere o bianche, senza sfumature di colore intermedie. E non intendo in termini di moralità, ma in termini di convenienza. Cioè la tua convenienza. Sei una vera autoritaria". Mariano Aureliano e John si scambiarono degli sguardi, poi entrambi si misero sull'attenti, fecero battere i loro tacchi e mi fecero qualcosa di imperdonabile. Alzarono le braccia nel saluto nazista e dissero: "Mein Führer!".

Più ridevano, più grande diventava la mia furia. Sentii il sangue che mi pulsava nelle orecchie, facendomi arrossire il volto. E questa volta non feci nulla per calmarmi. Presi a calci la mia auto e ne colpii il tettuccio coi pugni.

I due uomini, invece di cercare di calmarmi - come i miei genitori o i miei amici avrebbero sicuramente cercato di fare - stavano là a ridere come se io fossi lo spettacolo più divertente del mondo.

La loro indifferenza, la loro completa mancanza di interesse per me fu così sconvolgente che la mia ira svanì spontaneamente. Non ero mai stata così completamente ignorata. Mi sentivo perduta. Capii allora che non mi restava più spazio di manovra. Non avevo mai realizzato, fino a quel giorno, che se i testimoni della mia ira non mostravano alcun interesse, non avrei saputo che cosa fare.

"Penso che ora sia confusa", disse Mariano Aureliano a John. "Non sa cosa fare". Mise il braccio attorno alle massicce spalle dell'indiano e aggiunse dolcemente, ma abbastanza forte da far sì che lo udissi: "Ora comincerà a piangere e continuerà fino a che la consoleremo. Non c'è niente di più noioso di una fighetta viziata".

Era troppo. Come un toro ferito, abbassai la testa e caricai Mariano Aureliano.

Rimase così stupito dal mio rabbioso e improvviso attacco che perse quasi l'equilibrio, dandomi il tempo di affondargli i denti nel ventre. Lanciò un urlo, un misto di dolore e riso.

John mi afferrò per i fianchi e mi tirò via. Non allentai la stretta finché il mio ponte dentale non cedette. Avevo perso i due denti davanti quando avevo tredici anni in una rissa tra studenti venezuelani e tedeschi alla Scuola Superiore Tedesca di Caracas.

Entrambi gli uomini ululavano dalle risate. John si piegò sul bagagliaio della mia Wolkswagen, tenendosi la pancia e battendo i pugni sull'auto. "Ha un buco tra i denti come un giocatore di football americano", gridò tra i sussulti.

Il mio imbarazzo era al di là di ogni descrizione. Ero così provata che mi cedettero le ginocchia e scivolai a terra come una bambola di stracci, e in effetti svenni.

Quando ripresi i sensi, ero seduta all'interno del camioncino. Mariano Aureliano mi stava massaggiando la schiena. Sorridendomi, mi accarezzò la testa ripetutamente e poi mi abbracciò.

Ero sorpresa dalla mia assenza di emozione; non ero né imbarazzata né irritata. Ero rilassata, a mio agio. Era una tranquillità, una serenità, che non avevo mai conosciuto prima. Per la prima volta nella mia vita, realizzai che non ero mai stata in pace con me stessa e con gli altri.

"Ci piaci immensamente", disse Mariano Aureliano. "Ma devi guarire dai tuoi accessi di collera. Se non lo fai, ti uccideranno. Questa volta è stata colpa mia. Devo scusarmi con te. L'ho fatto apposta per provocarti".

Ero troppo calma per dire qualcosa. Scesi dal camioncino per sgranchirmi le braccia e le gambe. I polpacci mi dolevano.

Dopo alcuni momenti di silenzio mi scusai coi due uomini. Dissi loro che da quando avevo cominciato a bere Coca Cola la mia ira era peggiorata.

"Smetti di berla", suggerì Mariano Aureliano. Poi cambiò completamente argomento e continuò a parlare come se nulla fosse accaduto. Disse che era estremamente compiaciuto che io mi fossi unita a loro.

"Compiaciuto?", chiesi senza comprendere. "Mi sono unita a voi?".

"Sì!", enfatizzò. "Un giorno avrà tutto un senso per te". Indicò uno stormo di corvi che gracchiavano sopra a noi. "I corvi sono un buon presagio. Guarda come sono belli. Sono come un dipinto nel cielo. Vederli ora è una promessa che ci rivedremo ancora".

Seguii gli uccelli finché sparirono dalla mia visuale. Quando mi girai verso Mariano Aureliano, vidi che era sparito. Il camioncino era scivolato via senza rumore.

5

Ignorando gli arbusti che mi graffiavano, rincorsi il cane che scappava velocemente tra i cespugli di salvia. Presto persi di vista la sua pelliccia dorata che scintillava attraverso i fragranti cespugli selvatici e seguii il suono dei suoi latrati, che diventava sempre più debole in lontananza.

A disagio, fissai la fitta nebbia che avanzava su di me. Si chiuse attorno al punto in cui ero e nel giro di pochi istanti non si vedeva più il cielo. Il sole del tardo pomeriggio, come una palla di fuoco che si andava spegnendo, si distingueva appena. E la magnifica vista della Baia di Santa Monica, ormai più intuita che realmente visibile dalle montagne di Santa Susana, era scomparsa con incredibile rapidità.

Non ero preoccupata che il cane si perdesse. Comunque, non avevo idea di come trovare il luogo isolato che i miei amici avevano scelto per il nostro picnic o dove si trovasse il sentiero che avevo preso per inseguire il cane.

Feci alcuni passi esitanti nella stessa direzione che il cane aveva seguito, quando qualcosa mi fece fermare. Attraverso uno squarcio nella nebbia vidi un minuscolo punto di luce che dall'alto scendeva verso di me. A questo ne seguì un altro e poi un altro, come fiammelle legate a una corda. Le luci tremolarono e vibrarono nell'aria, poi, poco prima di raggiungermi, svanirono, come se la nebbia attorno a me le avesse inghiottite.

Poiché erano scomparse soltanto a pochi metri da me, mi avvicinai al punto, ansiosa di esaminare quella straordinaria visione. Mentre guardavo fisso nella nebbia, vidi delle oscure forme umane che si libravano nell'aria, a circa un metro da terra, muovendosi come se camminassero in punta di piedi sulle nuvole. Una dopo l'altra, le forme umane si accucciarono formando un cerchio. Feci ancora qualche passo vacillante, poi mi fermai mentre la nebbia si ispessiva e le assorbiva. Rimasi immobile, non sapendo che cosa fare. Provavo una insolita paura. Non la paura che mi era familiare, ma una paura che sentivo nel corpo, nello stomaco; il tipo di terrore che devono provare gli animali. Non so quanto rimasi là. Quando la nebbia si disperse a sufficienza per permettermi di vedere, scorsi sulla mia sinistra, a circa trenta metri, due uomini seduti per terra a gambe incrociate. Parlottavano tra loro. Il suono delle loro voci sembrava diffondersi tutt'attorno a me, catturato da piccoli lembi di nebbia che erano come fiocchi di cotone. Non comprendevo quel che dicevano, ma mentre coglievo una parola qua e là, mi sentii rassicurata; parlavano in spagnolo.

"Mi sono perduta!", gridai in spagnolo.

Entrambi gli uomini si voltarono lentamente, esitanti, increduli, come se avessero un'apparizione. Mi girai, chiedendomi se ci fosse qualcuno dietro a me che stesse provocando il loro stupore. Ma non c'era nessuno.

Sogghignando, uno degli uomini si alzò, si stirò gli arti fino a che le sue giunture scricchiolarono, poi coprì a grandi passi la distanza che ci separava. Era giovane, basso e di corporatura tarchiata, con spalle massicce e una grossa testa. I suoi occhi scuri esprimevano divertimento e curiosità.

Gli dissi che avevo fatto un'escursione con degli amici e che mi ero perduta inseguendo il loro cane. "Non ho idea di come raggiungerli", terminai.

"Non puoi proseguire da questa parte", mi avvisò l'uomo. "Siamo su un precipizio". Mi prese con sicurezza per il braccio e mi condusse sull'orlo stesso del precipizio, a non più di tre metri da dove mi ero fermata.

"Questo mio amico", disse, indicando l'altro uomo che era rimasto seduto a fissarmi, "aveva appena finito di dirmi che c'è un antico cimitero indiano qui sotto quando sei apparsa e ci hai spaventato quasi a morte". Studiò il mio volto, la mia lunga treccia bionda e chiese: "Sei svedese?".

Ancora stupita da ciò che il giovane aveva detto del cimitero, fissai la nebbia. In circostanze normali, come studentessa di antropologia, sarei stata emozionata di scoprire un antico cimitero indiano. In quel momento, comunque, non mi importava affatto che ce ne fosse uno in quel baratro di nebbia sotto di me. Tutto quel che riuscivo a pensare era che se non fossi stata distratta da quelle luci, avrei finito per essere sepolta anch'io.

"Sei svedese?", chiese di nuovo l'uomo.

"Sì", mentii e immediatamente me ne pentii. Non riuscivo a pensare ad alcun modo di correggermi senza perdere la faccia.

"Parli lo spagnolo perfettamente", commentò l'uomo. "Gli svedesi hanno un orecchio meraviglioso per le lingue".

Sebbene mi sentissi terribilmente in colpa, non potei fare a meno di aggiungere che più che un dono era una necessità, per gli scandinavi, imparare varie lingue se volevano comunicare con il resto del mondo.

"Inoltre", confessai, "sono cresciuta in Sud America".

Per qualche strana ragione questa informazione sembrò rendere perplesso il giovane. Scosse il capo incredulo e poi rimase a lungo in silenzio, assorto nei suoi pensieri. Poi, come se fosse arrivato a una qualche conclusione, mi prese allegramente per mano e mi guidò dov'era seduto l'altro uomo.

Non avevo intenzione di socializzare. Volevo ritornare dai miei amici il più presto possibile. Ma il giovane mi faceva sentire così a mio agio che invece di chiedere loro di ricondurmi sul sentiero, feci un dettagliato resoconto delle luci e delle forme umane che avevo appena visto.

"Com'è strano che lo spirito l'abbia risparmiata", mormorò l'uomo seduto come se parlasse a se stesso, con le sopracciglia scure aggrottate. Ma ovviamente stava parlando al suo compagno, il quale mormorò qualcosa che non afferrai. Si scambiarono sguardi cospiratori, intensificando la mia sensazione di disagio.

"Chiedo scusa", dissi, rivolgendomi all'uomo seduto. "Non ho capito ciò che stava dicendo".

Mi fissò aggressivamente e immusonito.

"Sei stata avvisata del pericolo", disse con voce profonda e risonante. "Gli emissari della morte sono venuti ad aiutarti".

"Chi?", mi sentii costretta a chiedere, anche se lo avevo compreso perfettamente. Lo esaminai accuratamente. Per un istante, ebbi la certezza di conoscerlo, ma mentre continuavo a fissarlo, realizzai che non l'avevo mai visto prima. Tuttavia non riuscivo a scartare completamente la sensazione di conoscerlo. Non era giovane come l'altro, ma non era nemmeno vecchio. Era sicuramente indiano. La sua pelle era scura. I suoi capelli erano di un nero intenso, dritti e spessi come i peli di una spazzola. Ma non era soltanto il suo aspetto esteriore che mi era quasi familiare; era così imbronciato come solo io sapevo esserlo.

Evidentemente a disagio sotto il mio scrutinio, si alzò bruscamente. "Ti porterò dai tuoi amici", mormorò. "Seguimi e non osare cadere. Cadresti su di me e ci uccideresti entrambi", aggiunse con tono burbero.

Prima che avessi l'opportunità di dire che non ero una zoticona maldestra, ci guidò per il ripido fianco della montagna nella direzione opposta rispetto al precipizio.

"Sa dove sta andando?", gli gridai con una voce resa acuta dal nervosismo. Non riuscivo a orientarmi; non che fossi normalmente brava in questo, ma non mi ero accorta di essere salita su una collina mentre inseguivo il cane.

L'uomo si volse. Un piccolo ghigno divertito illuminò rapidamente il suo volto, sebbene i suoi occhi non sorridessero. Mi guardò con uno sguardo inespressivo, di pietra.

"Ti sto portando dai tuoi amici", fu tutto quel che disse.

Non mi piaceva, tuttavia gli credevo. Non era molto alto - circa un metro e sessanta - e aveva le ossa piccole; tuttavia il suo corpo dava l'idea di una persona tarchiata, massiccia e compatta. Si muoveva nella nebbia con straordinaria sicurezza scendendo con facilità e grazia da quella che mi sembrava una discesa quasi verticale. Il giovane era dietro a me e mi aiutava ogni volta che non riuscivo a procedere. Aveva i modi solleciti di un gentiluomo all'antica. Le sue mani erano forti e belle e incredibilmente tenere al tatto. La sua forza era tremenda. Mi sollevò facilmente sopra la sua testa parecchie volte. Forse non era una prodezza straordinaria considerando il mio scarso peso, ma era impressionante, se si tiene presente che poggiava su uno sterrato argilloso e che non era più alto di me se non di sei, sette centimetri.

"Devi ringraziare gli emissari della morte", insistette l'uomo che ci aveva guidati, mentre arrivavamo al piano.

"Dovrei che cosa?", chiesi beffarda. Il pensiero di dire grazie agli 'emissari della morte' mi sembrava ridicolo. "Devo inginocchiarmi?", chiesi ridendo.

L'uomo non mi considerava divertente. Si mise le mani sui fianchi e mi guardò dritto negli occhi, con il volto affilato che non sorrideva. C'era qualcosa di minaccioso nel suo aspetto, nei suoi occhi scuri a mandorla, sotto le folte sopracciglia che si riunivano sopra il suo naso ben modellato.

Bruscamente, mi volse la schiena e andò a sedersi su una roccia vicina. "Non possiamo lasciare questo luogo finché non ringrazi gli emissari della morte", disse.

Improvvisamente, mi sovvenne che ero sola in un luogo dimenticato da Dio. Ero bloccata dalla nebbia con due strani uomini, uno dei quali, forse, pericoloso. Sapevo che non si sarebbe mosso dal lì fino a che non avessi realizzato la sua ridicola richiesta. Con mio stupore, invece di sentirmi spaventata, avevo voglia di ridere.

Il sorriso consapevole sul volto dell'uomo più giovane rivelava chiaramente che sapeva come mi sentivo e che ne era deliziato.

"Non devi arrivare a inginocchiarti", mi disse e poi, incapace di trattenere oltre il suo divertimento, cominciò a ridere. Era un suono vivace e aspro che rotolava come ciottoli attorno a me. I suoi denti erano bianchi come la neve e perfettamente uniformi, come quelli di un bambino. Il suo volto aveva uno sguardo allo stesso tempo monello e gentile. "È sufficiente dire grazie", mi esortò. "Dillo. Che cos'hai da perdere?".

"Mi sento stupida", confidai, cercando deliberatamente di accattivarmelo. "Non lo farò".

"Perché?", chiese in un tono distaccato. "Ti ci vorrà soltanto un secondo e", enfatizzò sorridendo, "non ne avrai alcun danno".

Nonostante tutto, dovetti sorridere. "Mi dispiace, ma non posso farlo", ripetei. "Sono fatta così. Nel momento in cui qualcuno insiste che io faccia qualcosa che non voglio fare, divento tesa e arrabbiata".

Con gli occhi a terra, il mento appoggiato alle nocche delle mani, il giovane annuì pensierosamente. "È un fatto che qualcosa ti ha impedito di farti male, forse persino di morire", disse dopo una lunga pausa. "Qualcosa di inesplicabile".

Ero d'accordo con lui. Ammisi persino che era tutto sorprendente anche per me. E cercai di sostenere una tesi sui fenomeni che avvengono fortuitamente nel luogo giusto e al momento giusto.

"Questo è molto appropriato", disse. Poi fece un ampio sorriso e audacemente mi diede un colpetto sul mento. "Ma ciò non spiega il tuo caso particolare", disse. "Hai ricevuto un dono. Chiama il donatore coincidenza, circostanze, catena di eventi, o quello che vuoi, ma rimane il fatto che ti è stato risparmiato un dolore, un danno".

"Forse hai ragione", ammisi. "Dovrei essere più grata".

"Non più grata, più duttile, più fluida", disse e rise. Vedendo che stavo per arrabbiarmi, allargò le braccia come per abbracciare i cespugli di salvia che ci circondavano.

"Il mio amico crede che ciò che hai visto abbia a che fare col cimitero indiano che si trova proprio qui sotto".

"Non vedo un cimitero", dissi sulla difensiva.

"È difficile riconoscerlo", spiegò guardandomi con gli occhi socchiusi, come se avesse dei disturbi agli occhi. "E non è la nebbia che impedisce di vederlo. Anche in un giorno di sole, non si vedono altro che cespugli di salvia". Si inginocchiò e sogghignando mi guardò. "Comunque, per l'occhio addestrato, è una macchia di salvia dalla forma insolita". Si sdraiò sul terreno, supino, con la testa leggermente piegata sulla sinistra e mi fece segno di fare la stessa cosa.

"Questo è il solo modo per vederlo chiaramente", spiegò, mentre giacevo a terra al suo fianco. "Non l'avrei saputo se non grazie a questo mio amico che conosce ogni genere di cose interessanti ed eccitanti".

Dapprincipio non vidi nulla, poi, una dopo l'altra intravidi le rocce nel folto sottobosco. Scure e splendenti, come se fossero state lavate dalla nebbia, sedevano incurvate in cerchio, più simili a creature che a pietre.

Soffocai un grido mentre realizzavo che il cerchio di rocce era esattamente come il cerchio di figure umane che avevo visto in precedenza nella nebbia.

"Ora sono veramente spaventata", mormorai, spostandomi a disagio. "Ti ho detto che ho visto delle figure umane sedute in cerchio". Lo guardai per vedere se il suo volto tradiva disapprovazione o derisione prima di aggiungere: "È troppo assurdo, ma potrei quasi giurare che queste rocce sono le persone che ho visto".

"Lo so", sussurrò, così piano che dovetti avvicinarmi a lui. "È tutto molto misterioso", continuò. "Il mio amico che, devi aver notato, è indiano, dice che certi cimiteri indiani come questo, hanno una fila o un cerchio di massi. I massi sono gli emissari della morte". Mi guardò attentamente e poi, come se volesse assicurarsi di avere tutta la mia attenzione, confidò: "Bada bene, sono gli emissari, non la rappresentazione degli emissari".

Continuai a fissare l'uomo, non solo perché non sapevo come prendere le sue affermazioni, ma anche perché il suo volto continuava a cambiare mentre parlava e sorrideva. Non che cambiassero i suoi lineamenti, ma diventavano quelli di un bambino di sei anni, di un ragazzo di diciassette e anche di un vecchio.

"Queste sono strane credenze", continuò, sembrando indifferente al mio sguardo indagatore. "Non vi davo troppo credito fino al momento in cui sei uscita dal nulla, proprio mentre il mio amico mi stava raccontando degli emissari della morte, e poi ci hai detto che li avevi appena visti.

"Se fossi diffidente", continuò e il suo tono divenne improvvisamente minaccioso, "crederei che tu e lui siate d'accordo".

"Non lo conosco!". Mi difesi, indignata solo all'idea; poi sussurrai piano, cosicché solo lui potesse udire: "Francamente, il tuo amico mi dà i brividi".

"Se fossi diffidente", ripeté il giovane ignorando la mia interruzione, "crederei che voi due stiate in effetti cercando di spaventarmi. Ma non sono diffidente. Così, la sola cosa che posso fare è sospendere il giudizio e chiedermi chi tu sia".

"Ebbene, non chiederti chi sono io", dissi con irritazione. "E comunque non so di che diavolo stai parlando". Lo guardai con occhio torvo, irosamente. Non avevo simpatia per il suo dilemma. Anche lui mi dava i brividi.

"Sta parlando del ringraziare gli emissari della morte", disse l'uomo più anziano. Si era avvicinato al punto in cui ero sdraiata e mi guardava dall'alto in modo molto particolare.

Ansiosa di allontanarmi da quel luogo e da quei due pazzi, mi alzai e gridai i miei ringraziamenti. La mia voce echeggiò, come se il sottobosco fosse diventato roccia. Ascoltai fino a che il suono morì. Poi, come impossessata e contro il mio buon senso, di nuovo gridai ripetutamente i miei ringraziamenti.

"Sono sicuro che gli emissari sono più che soddisfatti", disse l'uomo più giovane, toccandomi la caviglia. Ridendo, si rotolò sulla schiena. C'era una forza meravigliosa nei suoi occhi, nel deliziato potere della sua risata. Non dubitai nemmeno per un istante, nonostante la leggerezza con cui l'avevo fatto, di aver effettivamente ringraziato gli emissari della morte. E, cosa ancor più strana, mi sentivo protetta da loro.

"Chi siete voi due?". Rivolsi la domanda al più giovane. Con mossa agile e armoniosa balzò in piedi. "Io sono José Luis Cortéz; i miei amici mi chiamano Joe", disse, allungando la mano per stringere la mia. "E questo qui è il mio amico Gumersindo Evans-Pritchard".

Temendo di scoppiare ridere a quel nome, mi morsi le labbra e cominciai a grattarmi un'immaginaria puntura sul ginocchio. "Una mosca, penso", dissi, guardando prima uno e poi l'altro. Entrambi ricambiarono lo sguardo, sfidandomi a prendermi gioco del nome. Nei loro volti c'era un'espressione così seria che la mia risata svanì.

Gumersindo Evans-Pritchard cercò la mia mano, che pendeva mollemente al mio fianco e me la strinse vigorosamente. "Sono deliziato di fare la sua conoscenza", disse in perfetto inglese, con un accento da alta borghesia britannica. "Per un momento ho pensato che lei fosse una di quelle fighette boriose...".

Immediatamente spalancai gli occhi e la bocca. Sebbene qualcosa in me registrasse che le sue parole erano più un complimento che un insulto, il mio shock fu tuttavia così intenso che rimasi come paralizzata. Non ero pudibonda - nelle circostanze giuste sapevo offendere più di chiunque altro - ma per me c'era qualcosa di così spaventosamente offensivo nel suono della parola *fighetta* che mi ammutoliva.

Joe venne in mio soccorso. Si scusò per il suo amico, spiegando che Gumersindo era un agguerrito demolitore di tabù sociali. Prima che avessi la possibilità di dire che Gumersindo aveva certamente fatto a pezzi il mio senso del decoro, Joe aggiunse che la propensione di Gumersindo a essere iconoclasta era dovuta al fatto che il suo cognome era Evans-Pritchard.

"Non dovrebbe sorprendere nessuno", notò Joe. "Suo padre è un inglese che ha abbandonato sua madre, una donna indiana di Jalisco, prima che Gumersindo nascesse".

"Evans-Pritchard?", ripetei guardinga, poi mi rivolsi a Gumersindo e gli chiesi se per lui andava bene che Joe mostrasse a un'estranea gli scheletri di famiglia.

"Non ci sono scheletri nell'armadio", rispose Joe per il suo amico, "e sai perché?". Mi fissò con i suoi vividi occhi scuri che non erano né bruni né neri, ma del colore delle ciliegie mature.

Smarrita, scossi il capo per dire no, mentre la mia attenzione era completamente presa dal suo irresistibile sguardo. Un occhio sembrava ridere di me, l'altro era mortalmente serio, sinistro e minaccioso.

"Perché quelli che chiami scheletri nell'armadio sono la sorgente della forza di Gumersindo", continuò Joe. "Sai che suo padre è un famoso antropologo inglese? Gumersindo lo odia".

Gumersindo annuì quasi impercettibilmente, come se fosse fiero del suo odio.

Non riuscivo quasi credere alla mia buona fortuna. Si riferivano niente meno che a E. E. Evans-Pritchard, uno dei più importanti antropologi del ventesimo secolo. E proprio durante quel trimestre, in cui stavo preparando una ricerca all'U.C.L.A.[1] sulla storia dell'antropologia sociale e dei più eminenti personaggi del campo.

Che colpo! Dovetti trattenermi dal gridare e dal saltare per l'eccitazione. Arrivare a scoprire un così importante segreto. Un grande antropologo che seduce e abbandona una donna indiana. Non ero per niente preoccupata che Evans-Pritchard non avesse svolto alcun lavoro in Messico - era principalmente conosciuto per le sue ricerche in Africa - poiché ero sicura di scoprire che durante una delle sue visite negli Stati Uniti si era recato in Messico. Ne avevo la prova vivente di fronte a me.

Sorridendo dolcemente, fissai Gumersindo e feci la silenziosa promessa che, naturalmente, non avrei rivelato nulla senza il suo permesso. Beh, forse avrei detto qualcosa giusto a uno dei miei professori, pensai. Dopotutto, non capita ogni giorno di avere questo genere di informazioni.

La mia mente era un vortice di possibilità. Forse una piccola conferenza con solo pochi studenti scelti, in casa di uno dei miei professori. Avevo già scelto quale; non mi piaceva particolarmente, ma apprezzavo la maniera piuttosto infantile in cui cercava di impressionare i suoi studenti. Ci incontravamo periodicamente a casa sua. Tutte le volte che vi ero stata, avevo scoperto sulla sua scrivania un biglietto, lasciato là come per caso, scrittogli da un famoso antropologo, Claude Levi-Strauss.

"Non ci hai detto il tuo nome", disse Joe educatamente, tirandomi gentilmente per la manica.

"Carmen Gebauer", dissi senza esitazioni, dando il nome di una delle mie amiche d'infanzia. Per attenuare il mio disagio e il senso di colpa per aver mentito con tale facilità, chiesi a Joe se fosse argentino. Vedendo la sua smorfia perplessa, mi affrettai ad aggiungere che la sua inflessione era decisamente argentina. "Anche se non sembri argentino", precisai.

"Sono messicano", disse. "E a giudicare dal tuo accento, sei cresciuta a Cuba o in Venezuela".

Non volevo continuare quel tipo di conversazione e sveltamente cambiai argomento. "Sai come ritornare sul sentiero?", chiesi, improvvisamente preoccupata che i miei amici ora potessero essere in ansia.

"No, non lo so", confessò Joe con candore infantile. "Ma Gumersindo Evans-Pritchard lo sa".

Gumersindo ci condusse attraverso il *chaparral,*[1] su per uno stretto sentiero sull'altro fianco della montagna. Non ci volle molto prima che udissimo le voci dei miei amici e il latrato del loro cane.

Provai un intenso sollievo e allo stesso tempo ero delusa e perplessa per il fatto che nessuno dei due uomini avesse cercato di scoprire come mettersi in contatto con me.

"Sono sicuro che ci incontreremo ancora", disse Joe educatamente congedandosi.

Gumersindo Evans-Pritchard mi sorprese baciandomi galantemente la mano. Lo fece in modo così naturale e grazioso che non mi sovvenne di ridere di lui.

"È genetico", spiegò Joe. "Anche se è inglese soltanto a metà, la sua raffinatezza è impeccabile. È un vero gentiluomo!".

Senza un'altra parola o uno sguardo all'indietro, entrambi scomparvero nella nebbia. Dubitai moltissimo che li avrei mai rivisti. Presa dal rimorso per aver mentito sul mio nome, ero sul punto di rincorrerli, quando il cane dei miei amici quasi mi buttò a terra saltandomi addosso e cercando di leccarmi il viso.

6

Ammutolita, fissai l'oratore. Nel suo completo giacca e gilet, coi capelli corti e ricci e il viso ben rasato, Joe Cortéz sembrava un uomo d'altri tempi in mezzo a studenti coi capelli lunghi, con la barba e le collane, vestiti in modo informale, in una delle grandi sale per conferenze dell'Università della California, a Los Angeles.

Sveltamente, mi insinuai nella poltrona vuota dell'ultima fila della sala affollata, posto che mi era stato tenuto da quella stessa amica con cui ero andata a fare un'escursione nelle montagne di Santa Susana.

"Chi è?", le chiesi.

Scuotendo il capo incredula, mi guardò con impazienza, poi scrisse *Carlos Castaneda* su un pezzo di carta.

"Chi diavolo è Carlos Castaneda?", chiesi e ridacchiai involontariamente.

"Ti ho dato il suo libro", sibilò, poi aggiunse che era un famoso antropologo che aveva fatto un notevole lavoro in Messico.

Stavo per confidare alla mia amica che l'oratore era lo stesso uomo che avevo incontrato sulle montagne, il giorno in cui mi ero perduta. Ma, per qualche buona ragione, non dissi nulla. Quell'uomo era responsabile dell'aver quasi distrutto la nostra amicizia, a cui tenevo immensamente. La mia amica era stata irremovibile nella sua convinzione che la storia del figlio di Evans-Pritchard fosse spazzatura. Avevo insistito che i due uomini non avevano nulla da guadagnare nel raccontarmi una frottola. Semplicemente, sapevo che avevano candidamente detto la verità. La mia amica, infuriata con me per il fatto che ci avevo creduto, mi definì una sciocca credulona. Poiché nessuna delle due aveva voluto cedere, la nostra discussione si era piuttosto animata. Suo marito, sperando di porre un freno alla nostra frenesia, aveva suggerito che forse avevo detto la verità. Infastidita dalla sua mancanza di solidarietà, la mia amica gli aveva urlato di tacere.

Tornando a casa in auto eravamo rimaste imbronciate e la nostra amicizia venne messa a dura prova. Ci vollero un paio di settimane per eliminare le sensazioni sgradevoli. Nel frattempo, avevo messo alla prova le mie informazioni sul figlio di Evans-Pritchard con parecchie persone più versate di me o della mia amica nelle questioni antropologiche e sugli antropologi. Inutile a dirsi, mi fecero sentire un'idiota. Per ostinazione mi aggrappai alla cieca opinione che io sola conoscevo la verità. Ero stata educata a essere pratica; se qualcuno mente, lo fa per ottenere qualcosa che non può guadagnare altrimenti. E io non potevo immaginare che cosa quegli uomini avessero da guadagnare.

Prestai poca attenzione alla conferenza di Carlos Castaneda. Ero troppo impegnata a chiedermi quale ragione avesse per mentirmi circa il suo nome. Incline com'ero a dedurre le motivazioni altrui da una semplice affermazione o da un'osservazione, ebbi una giornata campale nel cercare una ragione che giustificasse il suo comportamento. Ma poi ricordai che anch'io gli avevo dato un nome falso e non riuscivo a capacitarmi del perché l'avessi fatto.

Dopo una lunga elucubrazione, decisi che avevo mentito perché, automaticamente, non mi ero fidata di lui. Era troppo sicuro, troppo galletto per ispirarmi fiducia. Mia madre mi aveva educata a non fidarmi degli uomini latini, specialmente se non erano un po' servili. Diceva sempre che i maschi latini sono come galli da combattimento, interessati soltanto a combattere, a mangiare e a scopare, nell'ordine, e sicuramente le avevo creduto senza mai riflettere nemmeno una volta.

Alla fine guardai Carlos Castaneda. Non riuscivo a trovare né capo né coda a ciò di cui parlava. Ma ero affascinata dai suoi movimenti. Sembrava parlare con tutto il corpo e le sue parole, piuttosto che uscire dalla bocca, sembravano fluire dalle sue mani, che muoveva con la grazia e l'agilità di un prestigiatore.

Arditamente, dopo la conferenza lo raggiunsi. Era circondato dagli studenti. Era così sollecito e premuroso con le donne che automaticamente lo disprezzai.

"Mi hai mentito sul tuo nome, Joe Cortéz", dissi in spagnolo, puntandogli un dito accusatore.

Tenendosi la mano sulla pancia, come se avesse ricevuto un colpo, mi fissò con quella stessa espressione esitante e incredula che aveva avuto quando mi vide per la prima volta sulle montagne.

"È una menzogna anche che il tuo amico Gumersindo sia il figlio di Evans-Pritchard", aggiunsi prima che si riavesse dalla sorpresa di rivedermi. "Non è così?".

Mi fece un gesto con cui mi implorava di non dire altro. Non sembrava minimamente imbarazzato. Ma c'era una così chiara e semplice meraviglia nei suoi occhi che la mia sdegnata collera fu bloccata sul nascere. Mi tenne gentilmente per il polso, come se temesse che me ne andassi.

Dopo aver finito di parlare con gli studenti, mi condusse silenziosamente verso una panchina isolata, ombreggiata da un gigantesco pino, nella zona settentrionale del Campus.

"Tutto questo è così strano che sono veramente senza parole", disse in inglese mentre ci sedevamo. Mi fissò come se non potesse credere che fossi seduta al suo fianco. "Non avrei mai pensato di rivederti", rifletté a voce alta. "Dopo che ci lasciammo, il mio amico e io, - a proposito, il suo nome, è Nestor - discutemmo molto di te. Concludemmo che eri una mezza apparizione". Bruscamente passò allo spagnolo e disse che erano persino tornati sul luogo dove mi avevano lasciata nella speranza di ritrovarmi.

"Perché volevate ritrovarmi?", chiesi in inglese, sicura che avrebbe risposto in inglese che era tornato là perché gli piacevo. In spagnolo, non c'è un modo per dire semplicemente che si apprezza un altro. La risposta dev'essere necessariamente più colorita e allo stesso tempo più precisa. In spagnolo, si può evocare un buon sentimento - *me caes bien* - o far sorgere una grande passione - *me gustas*.

La mia candida domanda lo fece sprofondare in un lungo silenzio. Sembrava combattuto sull'opportunità di dovermi parlare o meno. Alla fine, disse che incontrarmi nella nebbia, quel pomeriggio, aveva provocato in lui un profondo sconvolgimento. Mentre rivelava tutto questo, il suo volto era rapito e la sua voce tradiva la più profonda soggezione, mentre aggiungeva che incontrarmi nella sala conferenze l'aveva quasi ucciso.

"Perché?", chiesi, stuzzicata nella mia vanità. E istantaneamente me ne pentii perché ero convinta che mi avrebbe detto che era perdutamente innamorato di me e questo sarebbe stato troppo inquietante. Non avrei saputo come rispondere.

"È una storia molto lunga", disse, ancora pensieroso. Mosse le labbra come se stesse parlando a se stesso, facendo le prove di quel che avrebbe detto subito dopo.

Conoscevo i modi di un uomo che si prepara a sferrare il suo attacco.

"Non ho letto la tua opera", dissi, per sviarlo in una differente direzione. "Di che cosa parla?".

"Ho scritto un paio di libri sulla stregoneria", egli rispose.

"Che tipo di stregoneria? Vudù, spiritismo o che cosa?".

"Sai niente della stregoneria?", chiese con una nota di aspettativa nella voce.

"Naturalmente, ci sono cresciuta insieme. Ho passato molto tempo sulla costa venezuelana. È una zona famosa per i suoi stregoni. La maggior parte delle estati della mia infanzia l'ho passata con una famiglia di streghe".

"Streghe?".

"Sì", dissi, compiaciuta per la sua reazione. "Avevo una governante che era una strega. Era una negra di Puerto Cabello. S'è presa cura di me fino all'adolescenza. Entrambi i miei genitori lavoravano e quand'ero piccola erano ben lieti di lasciarmi nelle sue mani. Era in grado di occuparsi di me molto meglio di loro. Mi lasciava fare quel che desideravo. I miei genitori, naturalmente, lasciavano che mi portasse dove voleva. Durante le vacanze scolastiche mi portava con sé a trovare la sua famiglia. Non era la sua famiglia naturale, ma la sua famiglia di stregoneria. Sebbene non mi venisse permesso di partecipare a nessuno dei loro rituali e sedute di trance, sono riuscita a vedere molto".

Mi guardò incuriosito, come se non mi credesse. Poi chiese con un sorriso divertito: "Che cos'era che faceva di quella donna una strega?".

"Un sacco di cose. Uccideva polli e li offriva agli dei in cambio di favori. Lei e i suoi compagni stregoni - uomini e donne - danzavano fino a che entravano in trance. Recitava incantesimi segreti che avevano il potere di guarire i suoi amici e nuocere ai suoi nemici. La sua specialità erano le pozioni d'amore. Le preparava con piante medicinali e ogni genere di rifiuto corporeo, come sangue mestruale, unghie tagliate e capelli, preferibilmente peli pubici. Faceva amuleti per la buona fortuna al gioco o in questioni d'amore".

"E i tuoi genitori permettevano tutto questo?", chiese incredulo.

"A casa nessuno ne sapeva niente, tranne me e i clienti della mia governante, naturalmente", spiegai. "Faceva visite a domicilio come qualunque altro dottore. In casa, tutt'al più bruciava delle candele dietro al bidè ogni volta che avevo degli incubi. Dato che questo sembrava aiutarmi e non c'era pericolo che qualcosa prendesse fuoco, tra le mattonelle, mia madre le permetteva apertamente di farlo".

Improvvisamente si alzò e cominciò a ridere.

"Cosa c'è di così divertente?", chiesi, domandandomi se pensasse che avevo inventato tutto. "È la verità, ti assicuro".

"Affermi qualcosa a te stessa e, per quanto ti riguarda, una volta che l'hai fatto diventa verità", disse col viso serio.

"Ma ti ho detto la verità", insistetti, certa che si stesse riferendo alla mia governante.

"Posso vedere dentro le persone", disse con calma. "Per esempio, vedo che sei convinta che ti farò delle *avances*. Ti sei convinta di questo e ora è la verità. Di questo ti sto parlando".

Cercai di dire qualcosa, ma l'indignazione mi tolse il respiro. Avrei voluto scappare via. Ma sarebbe stato troppo umiliante.

Aggrottò leggermente le sopracciglia ed ebbi la spiacevole impressione che conoscesse quel che provavo. Il mio viso divenne rosso. Tremavo d'ira repressa. Tuttavia, nel giro di pochi istanti, mi sentii straordinariamente calma. Non era frutto di nessuno sforzo conscio da parte mia; tuttavia ebbi la netta sensazione che qualcosa in me fosse cambiato. Avevo il vago ricordo di essere già passata in precedenza attraverso un'esperienza simile, ma il ricordo scivolava via non appena si affacciava.

"Che cosa mi stai facendo?", balbettai.

"Accade semplicemente che vedo nella gente", disse con tono contrito. "Non avviene sempre e sicuramente con tutti, ma solo con le persone a cui sono intimamente associato. Non so perché posso vedere dentro di te".

La sua sincerità era evidente. Sembrava molto più stupito di me. Sedette nuovamente e si fece più vicino sulla panchina. Rimanemmo per un po' in totale silenzio. Fu un'esperienza molto piacevole essere in grado di lasciar cadere ogni sforzo per mantenere viva la conversazione senza sentirsi stupidi. Guardai il cielo; era senza nuvole e trasparente come un vetro blu. Una dolce brezza soffiava attraverso i rami di pino e gli aghi cadevano su di noi come una pioggia gentile. Poi la brezza diventò un vento e le foglie gialle e secche cadute dal vicino sicomoro volarono verso di noi; turbinarono attorno a noi con un suono dolce e ritmico. Con un'ultima improvvisa folata il vento trasportò le foglie su nel cielo.

"Questa è stata una bella esibizione dello spirito", mormorò. "Ed era per te. Il vento, le foglie che turbinavano nell'aria di fronte a noi. Lo stregone con cui lavoro direbbe che era un presagio. Qualcosa ti ha indicata a me, nel preciso istante in cui pensavo fosse meglio andarmene. Ora non posso più lasciarti".

Pensando soltanto alla sua ultima affermazione, mi sentii inspiegabilmente felice. Non era la felicità del trionfo, il tipo di giubilo che si prova quando tutto va come vorremmo. Era piuttosto un sentimento di profondo benessere che non durò molto. Il mio imperioso sé improvvisamente prese il sopravvento richiedendo che mi liberassi di quei pensieri e di quei sentimenti. Non avevo ragione di stare lì. Avevo perso una lezione, saltato il pranzo con i miei veri amici e mancato ai miei tuffi giornalieri nella piscina della palestra femminile.

"Forse è meglio che me ne vada", dissi. Doveva essere un'affermazione di sollievo, ma quando la comunicai, suonò come se mi sentissi dispiaciuta per me stessa - il che in qualche modo era vero.

Ma invece di andarmene, gli chiesi, più disinvoltamente che potevo, se fosse stato sempre in grado di vedere dentro la gente.

"No, non sempre". Il suo tono gentile faceva intuire chiaramente che era conscio del mio tumulto interiore. "Il vecchio stregone con cui lavoro mi ha insegnato di recente come fare".

"Pensi che potrebbe insegnare anche a me?".

"Sì, penso di sì". Sembrò stupito dalla sua stessa affermazione. "Se prova per te quello che provo io, certamente cercherà di farlo".

"Conoscevi la stregoneria prima?", chiesi timidamente, uscendo piano dalla mia agitazione.

"In America Latina tutti pensano di conoscerla e così anch'io. In quel senso, mi ricordi me stesso. Come te, ero convinto di sapere che cosa fosse la stregoneria. Ma poi, quando realmente l'incontrai, capii che non era come credevo".

"Com'era?".

"Semplice. Così semplice da essere allarmante", confidò. "Pensiamo che la stregoneria sia temuta a causa della sua malvagità. La stregoneria che ho incontrato io non è affatto malvagia e per questo è la cosa più temuta che ci sia".

L'interruppi e commentai che probabilmente si stava riferendo alla stregoneria bianca contrapposta a quella nera.

"Non dire assurdità, dannazione!", mi disse bruscamente. Lo shock di udirlo rivolgersi a me in quel modo fu così grande che annaspai per trovare il respiro. Fui istantaneamente rigettata nel tumulto. Egli girò il viso per evitare il mio sguardo. Aveva osato urlare contro di me. Divenni così furiosa che temetti di venire meno. Mi ronzavano le orecchie. Mi comparvero davanti agli occhi delle macchie nere. L'avrei colpito se non si fosse tolto dalla mia portata rapidamente.

"Sei molto indisciplinata", disse risedendosi. "E molto violenta. La tua governante deve aver soddisfatto ogni tuo capriccio e deve averti trattata come se fossi fatta di cristallo". Osservando la mia espressione torva, continuò a dire che non mi aveva urlato dietro per impazienza o ira. "Personalmente non m'importa che tu ascolti o meno", spiegò. "Ma importa a qualcun altro da parte del quale ti ho sgridato. Qualcuno che ci sta osservando".

Dapprincipio rimasi perplessa, poi mi sentii a disagio. Mi guardai attorno chiedendomi se il suo maestro-stregone ci stesse osservando.

Egli mi ignorò e continuò a dire: "Mio padre non mi ha mai informato che abbiamo un testimone costante. E non l'ha mai menzionato perché non lo sapeva. Proprio come te".

"Che genere di assurdità stai dicendo?". La mia voce rauca, arrabbiata, rifletteva i miei sentimenti del momento. Mi aveva urlato dietro, mi aveva insultata. Mi offendeva che mi stesse stordendo di chiacchiere come se nulla fosse accaduto. Se credeva che avrei ignorato le sue azioni, lo attendeva una sorpresa. "Non la passerai liscia", pensai, sorridendo maliziosamente. "Non con me, amico".

"Sto parlando di una forza, di un'entità, di una presenza che non è né una forza né un'entità né una presenza", spiegò con un angelico sorriso. Sembrava totalmente indifferente al mio stato d'animo bellicoso. "Sembra un discorso incomprensibile, ma non lo è. Mi sto riferendo a qualcosa che solo gli stregoni conoscono. Lo chiamano spirito. Il nostro osservatore personale, il nostro perenne testimone".

Non so esattamente come o quale precisa parola innescò il meccanismo, ma improvvisamente ebbe la mia piena attenzione. Continuò a parlare di questa forza che, disse, non era Dio o qualcosa che aveva a che fare con la religione o la moralità, ma una forza impersonale, un potere che è a disposizione di tutti se soltanto imparassimo a ridurci a nulla. Mi tenne persino per mano e non m'importò. In effetti, mi piaceva la sensazione del suo forte e tenero tocco. Divenni morbosamente affascinata dallo strano potere che aveva su di me. Ero stupita dal fatto che avrei voluto stare seduta con lui su quella panchina all'infinito, con la mia mano nella sua.

Continuò a parlare. E io continuai ad ascoltare ogni parola che diceva. Ma allo stesso tempo mi chiedevo perversamente quando mi avrebbe toccato la gamba. Sapevo che non gli sarebbe bastato tenermi per mano e che non avrei potuto fare nulla per fermarlo. O ero io che non volevo fare nulla per fermarlo?

Spiegò che era stato superficiale e indisciplinato tanto quanto si poteva esserlo, ma che non aveva mai conosciuto la differenza, poiché era imprigionato dallo stato d'animo del tempo.

"Che cos'è lo stato d'animo del tempo?", gli chiesi con voce aspra, poco amichevole, affinché non pensasse che mi piaceva stare con lui.

"Gli stregoni la chiamano la modalità del tempo", disse. "Ai nostri giorni è la preoccupazione del ceto medio. Io sono un uomo del ceto medio proprio come tu sei una donna del ceto medio".

"Classificazioni di questo genere non hanno alcuna validità", lo interruppi rudemente, strappando la mia mano dalla sua. "Sono semplicemente generalizzazioni", aggrottai le sopracciglia sospettosa. C'era qualcosa di sorprendentemente familiare nelle sue parole, ma non riuscivo a pensare dove le avessi udite in precedenza o quale significato potessi attribuirvi. Tuttavia, ero sicura che avessero per me un significato vitale, se solo avessi potuto ricordare ciò che già sapevo di esse.

"Non propinarmi queste sciocchezze da sociologa", disse giovialmente. "Ne sono consapevole quanto te".

Abbandonandomi a un'onda di totale frustrazione, gli presi la mano e gliela morsi. "Sono veramente dispiaciuta", mormorai immediatamente, prima che si riavesse dalla sorpresa. "Non so perché l'ho fatto. Non ho più morso nessuno da quand'ero bambina". Scivolai nell'angolo più estremo della panchina, pronta alla sua replica. Non venne.

"Sei assolutamente primitiva", fu tutto ciò che disse, strofinandosi la mano stordito.

Emisi un profondo sospiro di sollievo. Il suo potere su di me era stato fatto a pezzi. E ricordai che aveva un vecchio debito con me. Mi aveva fatta diventare lo zimbello dei miei amici studenti di antropologia.

"Ritorniamo al nostro problema originale", dissi, cercando di risvegliare la mia ira. "Perché mi hai raccontato tutte quelle assurdità sul figlio di Evans-Pritchard? Devi aver realizzato che mi sarei resa ridicola". Lo osservai attentamente, certa che affrontarlo in questo modo, dopo il morso, gli avrebbe fatto perdere il suo autocontrollo o almeno lo avrebbe scosso. Mi aspettavo che si mettesse a urlare, che perdesse la sua sicurezza e la sua impudenza. Ma rimase imperturbato. Trasse un profondo respiro e assunse un'espressione seria.

"So che sembra semplicemente il caso di chi inventa storie per divertimento", cominciò con tono leggero, casuale. "Ma non è così semplice". Fece una risatina soffocata, poi mi ricordò che allora non sapeva che ero una studentessa di antropologia e che mi sarei resa ridicola. Fece una pausa di un attimo, come se stesse cercando le parole giuste, poi si strinse nelle spalle e aggiunse: "Davvero non posso spiegarti ora perché ti ho presentato il mio amico come il figlio di Evans-Pritchard, a meno che non ti racconti molto altre cose su di me e sui miei scopi. E questo non è opportuno".

"Perché no?".

"Perché più saprai di me e più resterai invischiata". Mi considerò pensierosamente e potei vedere nei suoi occhi che era sincero. "Non intendo coinvolgimento mentale. Intendo che diverrai personalmente coinvolta da me".

Questa era una così evidente vanteria che riguadagnai tutta la mia sicurezza. Ritornai alla mia ben sperimentata risata sarcastica e gli dissi con tono tagliente: "Sei proprio disgustoso. Conosco il tuo genere. Sei il tipico esempio di presuntuoso *macho* latino con cui ho combattuto tutta la vita".

Vedendo l'espressione di sorpresa sul suo viso, incalzai col mio tono più altezzoso: "Come osi pensare che resterò coinvolta da te?".

Non arrossì come mi sarei aspettata. Batté le mani sulle ginocchia e scoppiò a ridere come se quella fosse la cosa più divertente che avesse mai udito. E con mio totale sgomento cominciò a farmi il solletico fra le costole come se fossi una bambina.

Temendo di scoppiare a ridere - soffro il solletico - urlai di indignazione. "Come osi toccarmi!". Mi alzai per andarmene. Tremavo. E poi il mio shock aumentò perché mi risedetti.

Vedendo che stava per farmi ancora il solletico, chiusi le mani a pugno e le tenni di fronte a me. "Ti spacco il naso se mi tocchi ancora,", lo avvisai.

Del tutto indifferente alla mia minaccia, reclinò il capo contro lo schienale della panchina e chiuse gli occhi. Rise gaiamente, una risata profonda che mi fece venire i brividi. "Sei la tipica tedesca cresciuta in mezzo ai meticci", disse girandosi di fianco verso di me.

"Come sai che sono tedesca? Non te l'ho detto", dissi con una voce incrinata che avrebbe voluto essere minacciosa.

"Ho saputo che eri tedesca quando ti ho incontrata la prima volta", disse. "L'hai confermato nel momento in cui hai mentito dicendo che eri svedese. Solo i tedeschi nati nel Nuovo Mondo dopo la seconda guerra mondiale mentono così. Naturalmente se vivono negli Stati Uniti".

Non l'avrei ammesso con lui, ma aveva ragione. Avevo spesso percepito l'ostilità della gente non appena veniva a sapere che i miei genitori erano tedeschi. Ai loro occhi questo ci rendeva automaticamente nazisti. Era perfettamente inutile puntualizzare che i miei genitori erano idealisti. Naturalmente, dovevo ammettere con me stessa che, da buoni tedeschi, credevano che la loro razza fosse intrinsecamente migliore, ma basilarmente erano anime gentili che erano state apolitiche per tutta la vita.

"Tutto quello che ho fatto è stato di essere d'accordo con te", precisai acidamente. "Hai visto capelli biondi, occhi azzurri, zigomi alti e tutto quello che hai pensato è stato che fossi svedese. Non hai molta immaginazione, non è così?", incalzai. "Non avevi ragione di mentire, a meno che tu non sia un fottuto bugiardo per natura", continuai, mentre la mia voce si alzava contro il mio volere. Toccandogli il petto con l'indice aggiunsi derisoria: "Joe Cortéz, eh?".

"Il tuo nome è davvero Cristina Gebauer?", rilanciò, imitando la mia odiosa e sonora voce.

"Carmen Gebauer!", gridai, offesa che non avesse ricordato correttamente il nome. Poi, vergognandomi improvvisamente del mio sfogo, mi lanciai in una caotica difesa di me stessa. Dopo alcuni istanti, realizzando che non sapevo quel che dicevo, mi fermai bruscamente e confessai che ero in effetti tedesca e che Carmen Gebauer era il nome di un'amica di adolescenza.

"Questo mi piace,", disse dolcemente, con un ampio sorriso a malapena accennato sulle labbra.

Non potevo dire se si stesse riferendo alla mia menzogna o alla mia confessione. I suoi occhi erano pieni di gentilezza e divertimento. Con voce tenera, meditabonda, cominciò a raccontarmi la storia della sua amica d'infanzia, Fabiola Kunze.

Confusa dalla sua reazione, mi girai e fissai il vicino sicomoro e i pini più in là. Poi, ansiosa di nascondere il mio interesse per la sua storia, cominciai a giocherellare con le unghie; spingevo indietro le pellicine e mi toglievo lo smalto, metodicamente e pensierosamente.

La storia di Fabiola Kunze assomigliava così tanto alla mia vita che dopo alcuni istanti dimenticai del tutto la mia pretesa indifferenza e cominciai ad ascoltare con attenzione. Sospettai che stesse inventando la storia e tuttavia dovetti dargli credito grazie ai dettagli che soltanto la figlia di una famiglia tedesca del Nuovo Mondo avrebbe potuto conoscere.

Sembra che Fabiola fosse spaventata a morte dai ragazzi latini di pelle scura, ma era egualmente spaventata dai tedeschi. I latini la spaventavano per la loro irresponsabilità; i tedeschi, perché erano così prevedibili.

Dovetti trattenermi dal ridere forte quando descrisse alcune scene della casa di Fabiola in un pomeriggio domenicale, in cui due dozzine di tedeschi sedevano attorno a un tavolo magnificamente imbandito - con le migliori porcellane cinesi, l'argenteria e la cristalleria - e lei doveva ascoltare due dozzine di monologhi fatti passare per conversazioni.

Mentre procedeva nel racconto dettagliato di quei pomeriggi domenicali, cominciai a sentirmi sempre più a disagio: c'era il padre di Fabiola che proibiva dibattiti politici in casa sua, ma mirava irresistibilmente a iniziarne uno, cercando modi tortuosi per poter raccontare barzellette sporche sui preti cattolici. O il mortale terrore di sua madre: la sua fine porcellana era nelle mani di quei goffi zoticoni.

Le sue parole erano imbeccate a cui rispondevo inconsciamente. Cominciai a rivedere scene dei miei pomeriggi domenicali come immagini proiettate sul muro. Ero un autentico fascio di nervi. Volevo battere i piedi e lasciarmi andare come soltanto io sapevo fare. Volevo odiare quell'uomo, ma non ci riuscivo. Volevo vendetta, scuse, ma non potevo averne da lui. Volevo dominarlo. Volevo che si innamorasse di me per poterlo rifiutare.

Vergognandomi dei miei immaturi sentimenti, compii un grande sforzo per controllarmi. Fingendomi annoiata, mi piegai verso di lui e chiesi: "Perché hai mentito riguardo al tuo nome?".

"Non ho mentito", rispose. "Questo è il mio nome. Ho parecchi nomi. Gli stregoni hanno differenti nomi per differenti occasioni".

"Com'è conveniente!", esclamai sarcasticamente.

"Molto conveniente", ribatté, e mi fece un rapido occhiolino che mi mandò su tutte le furie.

E poi fece qualcosa di completamente bizzarro e inaspettato. Mi abbracciò. Non c'era alcuna sfumatura sessuale nel suo abbraccio. Era lo spontaneo, dolce e semplice gesto di un bambino che vuole confortare un amico. Il suo tocco mi calmò istantaneamente e così completamente che cominciai a singhiozzare in modo incontrollato.

"Sono una merda", confessai. "Vorrei picchiarti e invece guardami, sono tra le tue braccia". Stavo per aggiungere che mi piaceva, quando un flusso di energia irruppe attraverso di me. Come se mi fossi risvegliata da un sogno, lo spinsi lontano. "Lasciami andare", sibilai e mi allontanai calcando i piedi nel terreno.

Lo udii soffocare dalle risate. Non ero per niente toccata dal suo riso; il mio scoppio d'ira si era istantaneamente dissolto. Stavo là impalata, tutta tremante, incapace di allontanarmi. E poi, come se fossi attaccata a un gigantesco elastico, ritornai alla panchina.

"Non prendertela", disse gentilmente. Sembrava conoscere esattamente ciò che mi stava riportando alla panchina. Mi diede dei colpetti sulla schiena, come si fa con un bambino dopo il pasto.

"Non è quello che tu o io facciamo", continuò. "È qualcosa di esterno che sta agendo su di noi. Agisce su di me da lungo tempo. Ora vi sono abituato. Ma non riesco a comprendere perché agisca su di te. Non chiedermi che cos'è", disse, anticipando la mia domanda. "Non posso ancora spiegartelo".

Non gli avrei comunque chiesto qualcosa. La mia mente aveva smesso di funzionare. Mi sentivo esattamente come se fossi addormentata e stessi sognando di parlare.

Qualche istante dopo, il mio torpore passò. Mi sentii più animata e tuttavia non proprio a posto.

"Che cosa mi sta accadendo?", chiesi.

"Sei messa a fuoco e spinta da qualcosa che non origina da te", disse. "Qualcosa ti sta spingendo, usando me come strumento. Qualcosa sta sovrimponendo un altro metro di misura alle tue convinzioni di borghese".

"Non cominciare con quell'idiozia della borghesia", dissi flebilmente. Era più simile a un'implorazione. Sorrisi con impotenza, pensando di aver perso la mia solita audacia.

"Queste, comunque, non sono le mie opinioni o le mie idee", disse. "Io sono, come te, un prodotto dell'ideologia borghese. Immagina il mio orrore quando sono giunto faccia a faccia con un'ideologia differente e più dominante. Mi ha lacerato".

"Che ideologia è?", chiesi docilmente, con la voce così bassa che era a malapena udibile.

"Un uomo mi ha portato quell'ideologia", spiegò. "O piuttosto, lo spirito ha parlato e agito su di me attraverso di lui. Quell'uomo è uno stregone. Ho scritto di lui. Il suo nome è Juan Matus. È colui che mi ha fatto affrontare la mia mentalità di borghese.

"Juan Matus una volta mi ha posto una grande domanda: 'Che cosa pensi che sia un'università?' Io, naturalmente, gli risposi da sociologo: 'Un centro di apprendimento superiore.' Mi corresse e dichiarò che un'università dovrebbe essere chiamata un 'Istituto della Borghesia', perché è l'istituzione che seguiamo per perfezionare ulteriormente i nostri valori borghesi. Frequentiamo l'Istituto per diventare professionisti, disse. L'ideologia della nostra classe sociale ci dice che dobbiamo prepararci a occupare posizioni dirigenziali. Juan Matus disse che gli uomini vanno negli Istituti della Borghesia per diventare ingegneri, avvocati, medici, eccetera e le donne ci vanno per trovare un buon marito, qualcuno che pensi a loro e che sia il padre dei loro figli, idoneo, naturalmente, dal punto di vista dei valori della borghesia".

Volevo contraddirlo. Volevo gridargli che io conoscevo gente che non era necessariamente interessata alla carriera o a cercare uno sposo, che conoscevo gente che era interessata alle idee, all'apprendimento fine a se stesso. Ma non conoscevo persone così. Sentivo una terribile pressione al petto ed ebbi un attacco di tosse secca. Non era la tosse o il disagio fisico che mi faceva contorcere sulla panchina e mi impediva di discutere con lui. Era la certezza che stesse parlando di me: frequentavo l'università proprio per trovare l'uomo giusto.

Ancora mi alzai, pronta ad andarmene. Avevo persino allungato la mano per stringere la sua in segno di congedo, quando sentii un potente strattone alla schiena. Fu così forte che dovetti sedermi per non cadere. Sapevo che non mi aveva toccato; non l'avevo mai perso di vista.

Pensieri di persone che non ricordavo affatto, di sogni che non avevo del tutto dimenticato, si affollarono nella mia mente, formando un intricato quadro dal quale non riuscivo a divincolarmi. Volti sconosciuti, frasi udite a metà, oscure immagini di luoghi e visioni offuscate di persone mi gettarono momentaneamente in una specie di limbo. Stavo quasi per ricordare qualcosa di quel caleidoscopio di immagini e suoni. Ma la cognizione scivolò via e un sentimento di calma e benessere mi sopraffece. Una tranquillità così profonda che annullò ogni mio desiderio di impormi.

Allungai le gambe come se non avessi alcuna preoccupazione al mondo - e al momento non ne avevo - e cominciai a parlare. Non ricordavo di aver mai parlato così francamente in precedenza e non riuscivo a capire perché improvvisamente fossi così inerme con lui. Gli raccontai del Venezuela, dei miei genitori, della mia fanciullezza, della mia irrequietezza, della mia vita senza significato. Gli raccontai cose che non avrei ammesso nemmeno con me stessa.

"Studio antropologia dall'anno scorso e realmente non so perché", dissi. Cominciavo a sentirmi leggermente a disagio per le mie stesse rivelazioni. Mi spostai nervosamente sulla panchina, ma non riuscii a esimermi dall'aggiungere: "I due argomenti che mi interessano maggiormente sono la letteratura spagnola e quella tedesca. Essere iscritta alla facoltà di antropologia sfida tutto quel che conosco di me stessa".

"Questo dettaglio mi affascina non poco", disse. "Non so spiegarlo ora, ma sembra che io sia stato messo qui perché tu mi trovassi o viceversa".

"Che cosa significa tutto questo?", chiesi, poi arrossii, realizzando che stavo interpretando e incentrando tutto sulla mia femminilità.

Egli sembrava completamente consapevole del mio stato mentale. Mi prese la mano e se la premette contro il cuore. "*Me gustas, nibelunga!*", esclamò con enfasi e per sicurezza tradusse le parole in inglese: "Sono irresistibilmente attratto da te, nibelunga". Mi guardò con gli occhi di un grande amatore e poi scoppiò in una rauca risata. "Se sei convinta che prima o poi devo dirtelo, tanto vale che te lo dica adesso".

Invece di arrabbiarmi per il fatto che mi stava prendendo in giro, risi; il suo umorismo mi dava grande piacere. Gli unici Nibelunghi che conoscevo si trovavano sui libri di mitologia tedesca di mio padre. Siegfried e i Nibelunghi. Per quanto potessi ricordare, erano esseri sotterranei, magici, del mondo dei nani.

"Mi stai definendo nana?", gli chiesi per gioco.

"Dio non voglia!", protestò. "Ti sto definendo essere mitologico tedesco".

Poco dopo, come se fosse la sola cosa che potevamo fare, ci dirigemmo in auto verso le montagne di Santa Suzana, nel punto in cui c'eravamo incontrati. Nessuno di noi pronunciò una sola parola mentre ce ne stavamo seduti sul precipizio che sovrastava il cimitero indiano. Commossi da un impulso di pura amicizia, restammo seduti là in silenzio, incuranti del pomeriggio che scivolava nella sera.

7

Joe Cortéz parcheggiò il furgone ai piedi di una collina. Girò attorno al mezzo per aprirmi la portiera e con gesto galante mi aiutò a scendere. Mi sentii sollevata che finalmente ci fossimo fermati, sebbene non potessi immaginare perché. Non eravamo arrivati da nessuna parte. Eravamo in viaggio dalla mattina presto. Il calore del giorno, il piatto deserto, il sole impietoso e la polvere della strada erano soltanto un vago ricordo mentre respiravo la fredda e pesante aria della sera.

Agitata dal vento, l'aria turbinava attorno a noi come qualcosa di palpabile, qualcosa di vivo. Non c'era la luna. E le stelle, incredibili per numero e splendore, sembravano solo intensificare il nostro isolamento. Sotto quell'inquieto splendore, le colline e il deserto si stendevano attorno a noi, quasi invisibili, pieni di ombre e suoni mormoranti. Cercai di orientarmi guardando il cielo, ma non sapevo come identificare le costellazioni.

"Di fronte a noi c'è l'est", sussurrò Joe Cortéz, come se avessi parlato ad alta voce; poi, pazientemente, cercò di indicarmi le costellazioni principali nel cielo estivo. Ricordavo soltanto la stella Vega, perché il nome mi ricordava uno scrittore spagnolo del diciassettesimo secolo, Lope De Vega.

Mentre sedevamo in silenzio sul tettuccio del suo furgone guardando il cielo, la mia mente vagabondava sugli eventi del viaggio.

Meno di ventiquattr'ore prima, mentre mangiavamo in un ristorante giapponese nel centro di Los Angeles, mi aveva chiesto all'improvviso se l'avrei accompagnato a Sonora per alcuni giorni.

"Mi piacerebbe andarci", dissi impulsivamente. "L'anno scolastico è terminato. Sono libera. Quando pensi di partire?".

"Questa sera!", disse. "Subito dopo cena".

Risi, certa che il suo invito fosse uno scherzo. "Non posso partire con così poco preavviso", dissi. "Che cosa ne dici di partire domani?".

"Questa sera", insistette dolcemente. Poi allungò la mano per stringere la mia in una formale stretta di mano. Soltanto quando vidi il divertimento per la birichinata nei suoi occhi, realizzai che non stava dicendo arrivederci, ma suggellando un accordo.

"Quando vengono prese delle decisioni, devono essere messe in atto immediatamente", disse, lasciando le parole sospese a mezz'aria di fronte a me. Entrambi le fissammo come se potessimo davvero vederne la forma e la misura.

Annuii, a malapena consapevole di aver preso una decisione. La possibilità era lì, fuori di me, pronta, inevitabile. Non avevo bisogno di fare nulla per realizzarla. Allora, improvvisamente, con dirompente chiarezza, ricordai l'altro mio viaggio a Sonora un anno prima. Il mio corpo si irrigidì per la paura e lo shock, mentre dal profondo si riaffacciavano quelle immagini, sconnesse nella loro sequenza. Gli eventi di quello strano viaggio erano svaniti dalla mia mente conscia in modo così completo e definitivo che, solo fino a un attimo prima, era come se non fossero mai avvenuti. Ma ora erano chiari nella mia mente come il giorno in cui erano accaduti.

Tremando, non di freddo, ma di un terrore indefinibile, mi girai a guardare Joe Cortéz per raccontargli di quel viaggio. Mi stava fissando con una strana intensità; i suoi occhi erano come gallerie, profondi e scuri; assorbivano il mio sgomento. Ma fecero anche svanire le immagini di quel viaggio. Una volta che le immagini ebbero perso il loro impulso, tutto quel che rimase nella mia mente fu un banale e vuoto pensiero. In quell'istante ritenni, nella mia solita maniera categorica, di non poter dire nulla a Joe Cortéz, perché una vera avventura decreta sempre il suo corso e gli eventi più memorabili ed eccitanti della mia vita erano sempre stati quelli con il cui corso non avevo interferito.

"Come vuoi che ti chiami? Joe Cortéz o Carlos Castaneda?", chiesi con nauseante giovialità femminile.

Il suo viso color rame si corrugò in un sorriso.

"Sono il tuo compagno d'infanzia. Dammi un nome. Io ti chiamo *nibelunga*".

Non riuscivo a trovare un nome adatto. Gli chiesi: "C'è un qualche ordine nei tuoi nomi?".

"Beh, rifletté, "Joe Cortéz è un cuoco, un giardiniere, un uomo che sa fare un po' di tutto; un uomo sollecito e riflessivo. Carlos

Castaneda è un uomo del mondo accademico, ma non credo che tu l'abbia ancora incontrato". Mi guardò fisso e sorrise; c'era qualcosa di infantile che ispirava un'intensa fiducia in quel sorriso.

Decisi di chiamarlo Joe Cortéz.

Passammo la notte, in stanze separate, in un motel di Yuma, in Arizona. Dopo aver lasciato Los Angeles, per tutto il lungo viaggio mi ero preoccupata fino alla nausea del modo in cui ci saremmo disposti per dormire. In certi momenti avevo temuto che mi sarebbe saltato addosso prima di essere arrivati al motel. Dopotutto, era un uomo giovane e forte, troppo sicuro di sé e aggressivo. Non mi sarei preoccupata così se fosse stato americano o europeo. Ma dato che era latino-americano, semplicemente sapevo quali fossero le sue supposizioni. Accettare il suo invito a passare alcuni giorni con lui significava essere pronta a condividere il suo letto.

La sua premura e il suo comportamento pieno di riguardi verso di me per tutto il lungo viaggio erano dettagli che confermavano perfettamente quel che pensavo e che mi aspettavo da lui: stava preparando il terreno.

Era tardi quando arrivammo al motel. Egli andò nell'ufficio del direttore per informarsi sulle nostre stanze. Io restai nell'auto, immaginando sinistre situazioni una dopo l'altra.

Ero così assorbita nelle mie fantasie, che non notai il suo ritorno. Quando sentii tintinnare delle chiavi davanti a me, feci un salto sul sedile e lasciai cadere il sacchetto di carta marrone che avevo tenuto inconsciamente stretto contro il petto. Conteneva tutto il necessario per la toilette che avevamo comperato lungo la strada.

"Ti ho preso una stanza sul retro del motel", disse. "È lontana dalla statale". Indicò la porta a pochi passi da noi e aggiunse: "Io dormirò in questa, vicino alla strada. Sono abituato a dormire con qualsiasi rumore". Ridacchiò. "Queste erano le sole due stanze rimaste".

Delusa, presi la chiave dalla sua mano. Tutte le mie fantasticherie crollarono. Non avrei avuto l'opportunità di rifiutarlo. Non che realmente volessi farlo. Tuttavia il mio intero essere reclamava una vittoria, anche piccola.

"Non vedo perché dovremmo affittare due stanze", dissi con studiata casualità. La mia mano tremava mentre recuperavo il necessario per la toilette dal fondo dell'auto e infilavo tutto nel sacchetto di carta. Quello che avevo detto mi sembrava incredibile, tuttavia non riuscii a fermarmi. "Il traffico non ti lascerà riposare e hai bisogno di dormire almeno quanto me".

Non credetti nemmeno per un attimo che qualcuno potesse dormire con tutto il rumore che veniva dalla statale.

Senza guardarlo, scesi dall'auto e poi mi udii proporre: "Potremmo dormire nella stessa stanza, in due letti, cioè".

Rimasi là per un attimo paralizzata e sgomenta. Non avevo mai fatto una cosa del genere in precedenza, né avevo mai avuto una reazione così schizoide. Stavo dicendo parole che non volevo pronunciare. O le volevo dire ma non sapevo cosa provavo?

La sua allegria mise fine alla mia confusione. Rise così tanto che alcune persone in una delle stanze accesero la luce e ci gridarono di smetterla.

"Dormire nella stessa stanza e lasciare che tu mi salti addosso nel cuore della notte?", disse scosso dall'ilarità. "Magari subito dopo la doccia. Certamente no".

Arrossii così intensamente che mi sentii bruciare le orecchie. Volevo morire di vergogna. Questa non era una delle mie fantasticherie. Rientrai nell'auto e sbattei la portiera. "Portami alla fermata dell'autobus Greyhound", gli sibilai con furia repressa. "Perché diavolo sono venuta con te? Dovrei farmi esaminare la testa!".

Ancora ridendo, egli aprì la portiera e gentilmente mi tirò fuori. "Non solo dormiremo nella stessa stanza, ma nello stesso letto". Mi guardò timidamente. "Per favore, lasciami fare l'amore con te!", implorò, come se realmente lo volesse.

Stupefatta, mi divincolai dalla sua presa e urlai: "No, per tutta la tua fottuta vita!".

"Voilà", disse. "Questo è un rifiuto così feroce che non oso insistere". Mi prese la mano e la baciò. "Mi hai rifiutato e mi hai messo a posto. Basta problemi. Sei vendicata".

Mi girai allontanandomi da lui, pronta a piangere. La mia contrarietà non era dovuta alla sua riluttanza a passare la notte con me - se si fosse aspettato questo, veramente non avrei saputo che cosa fare - ma al fatto che mi conosceva meglio di quanto mi conoscessi io. Mi ero rifiutata di dar credito a ciò che pensavo fosse un modo di adulare se stesso. Era capace di vedere dentro di me. Improvvisamente, questo mi spaventò. Si avvicinò e mi abbracciò. Era un abbraccio dolce e semplice. Com'era accaduto in precedenza, il mio tumulto svanì completamente, come se non fosse mai esistito. Ricambiai l'abbraccio e ancora dissi una cosa incredibile: "Questa è l'avventura più eccitante della mia vita".

Avrei voluto ritirare immediatamente la mia affermazione. Le parole che mi erano sfuggite non erano mie. Non sapevo nemmeno cosa intendevo. Questa non era l'avventura più eccitante della mia vita. Avevo fatto molti viaggi eccitanti. Avevo girato il mondo.

La mia irritazione raggiunse l'apice quando mi baciò per darmi la buona notte, rapidamente e dolcemente, come si bacia una bambina, e ciò mi piacque, mio malgrado. Non avevo volontà. Mi spinse per il corridoio verso la mia stanza.

Maledicendomi, mi sedetti sul letto e piansi di frustrazione, ira e autocommiserazione. Da quel che potevo ricordare, nella mia vita avevo sempre fatto a modo mio. Vi ero abituata. Essere confusa e non sapere ciò che volevo era un sensazione del tutto nuova per me e molto sgradevole.

Dormii irrequieta, con i vestiti addosso, fino a che egli bussò alla porta, al mattino presto, per svegliarmi.

Viaggiammo tutto il giorno, vagabondando per strade secondarie. Come mi aveva detto, Joe Cortéz era davvero un uomo premuroso. Per tutto il lungo viaggio fu il compagno più gentile, sollecito e divertente che si potrebbe desiderare. Mi coccolò con cibo, canzoni e storie. Aveva una voce da baritono sorprendentemente profonda, ma chiara. E conosceva tutte le mie canzoni preferite. Sdolcinate canzoni d'amore di ogni paese sudamericano, tutti i loro inni nazionali, le vecchie ballate e persino le ninnananne. Le sue storie mi facevano ridere fino a farmi dolere i muscoli addominali. Come narratore, mi teneva avvinta a ogni svolta della sua storia. Era un mimo nato. La sua straordinaria imitazione di ogni possibile accento sudamericano - incluso il particolare portoghese del Brasile - era più che mimica, era magia.

"Faremo meglio a scendere dal tetto dell'auto". La voce di Joe Cortéz si insinuò tra le mie fantasticherie. "Di notte fa freddo nel deserto".

"È un ambiente duro", dissi, desiderando di risalire in auto e di allontanarci. A disagio, lo osservai prendere delle borse dall'auto. Aveva portato ogni sorta di regali per la gente che stavamo andando a visitare.

"Perché hai parcheggiato qui, in mezzo al deserto?".

"Fai delle domande sciocche, nibelunga", rispose. "Ho parcheggiato qui perché qui è dove termina il nostro viaggio con l'auto".

"Siamo arrivati alla nostra misteriosa destinazione di cui non puoi parlare?", chiesi in tono sarcastico.

La sola cosa che aveva guastato quel viaggio incantevole era stato il suo rifiuto di dirmi dove stavamo andando esattamente.

Nel giro di un millesimo di secondo divenni così arrabbiata con lui che ero pronta a dargli un pugno sul naso. Il pensiero che la mia improvvisa irritabilità fosse semplicemente il risultato di un giorno lungo e stancante, mi portò un necessario senso di sollievo.

"Adesso sto diventando cattiva, ma non volevo esserlo", dissi con tono gioviale che suonava falso persino a me. La mia voce era così tesa che rivelava quanto mi costasse trattenere la mia ira. Il fatto che potessi infuriarmi con lui così facilmente e così rapidamente mi preoccupava.

"Realmente non sai conversare", disse con un ampio sorriso. "Sai solo costringere".

"Oh, capisco, Joe Cortéz se n'è andato. Stai cominciando a insultarmi nuovamente come Carlos Castaneda?".

Ridacchiò gaiamente al mio commento, che a quel punto non voleva essere divertente. "Questo luogo non è in mezzo al deserto", disse. "La città di Arizpe è vicina".

"E il confine degli Stati Uniti è a nord", recitai. "E Chihuahua è a est. E Los Angeles è da qualche parte a nord-ovest di qui".

Scosse il capo in modo denigratorio e si mise in marcia. Camminammo silenziosamente attraverso il *chaparral* che potevo sentire più che vedere, lungo uno stretto sentiero tortuoso. Il sentiero diventava sempre più largo mentre ci avvicinavamo a una vasta radura circondata da bassi alberi mesquite. Nell'oscurità si potevano discernere le sagome di due case. La più grande delle due aveva delle luci all'interno. La più piccola, buia, era a qualche distanza.

Raggiungemmo la casa più grande. Pallide falene svolazzavano nella luce che filtrava attraverso le imposte.

"Devo avvisarti che la gente che stai per incontrare è un po' strana", disse con un sussurro. "Non dire nulla. Lascia parlare me".

"Dico sempre quello che voglio", risposi. "E non mi piace che mi venga detto come comportarmi. Non sono una bambina. Inoltre, i miei modi sono impeccabili. Posso assicurarti che non ti metterò in imbarazzo".

"Scendi dal tuo piedistallo, dannazione!", mi sibilò con voce molto controllata.

"Non trattarmi come se fossi tua moglie, Carlos Castaneda", gridai con tutta la mia voce, pronunciando il suo cognome come avevo sentito che si doveva fare, con una tilde sulla *enne,* sapendo che lo detestava.

Ma non si arrabbiò. Lo fece ridere, così come accadeva spesso quando mi aspettavo che esplodesse d'ira. Non gli succede mai, pensai e sospirai depressa. Aveva la più straordinaria equanimità. Nulla sembrava mai agitarlo o fargli perdere la pazienza. Anche quando gridava, sembrava sempre recitare.

Proprio mentre stava per bussare, la porta si aprì. L'ombra nera di un uomo magro si stagliò nel rettangolo di luce. Con un gesto impaziente del braccio, ci fece entrare.

Entrammo in un vestibolo pieno di piante. Rapidamente, come se temesse di mostrare il suo volto, l'uomo ci precedette e, senza una parola di saluto, aprì una porta interna con pannelli di vetro tintinnanti.

Lo seguimmo lungo un buio corridoio e attraverso un patio interno, dove un giovane seduto su una sedia di vimini stava suonando una chitarra e cantando con voce tenera, piena d'angoscia. Nel momento in cui ci notò fece una pausa. Non ricambiò il mio saluto e ricominciò a suonare mentre giravamo un angolo e scendevamo per un altro corridoio egualmente buio.

"Perché tutti sono così maleducati?", sussurrai all'orecchio di Joe Cortéz. "Sei sicuro che questa sia la casa giusta?".

Ridacchiò piano. "Te l'ho detto, sono eccentrici", mormorò.

"Sei sicuro di conoscere questa gente?", insistetti.

"Che razza di domanda è?", mi disse brusco con un tono quieto ma minaccioso. "Naturalmente la conosco".

Eravamo arrivati a una soglia illuminata. Le sue pupille scintillarono.

"Resteremo qui questa notte?", chiesi a disagio.

"Non ne ho idea", mi sussurrò all'orecchio, e poi mi baciò sulla guancia. "E per favore, non fare più domande. Sto facendo del mio meglio per compiere una manovra quasi impossibile".

"Che manovra è?", sussurrai di rimando. Un'improvvisa realizzazione mi fece sentire ansiosa e a disagio, ma anche eccitata. Lo spunto era stata la parola *manovra.*

Evidentemente consapevole dei miei sentimenti interiori, spostò le borse che portava in un solo braccio e gentilmente mi prese la mano baciandola - il suo tocco fece scorrere dei brividi piacevoli attraverso il mio corpo - e mi guidò attraverso la soglia. Entrammo in un ampio salotto illuminato fiocamente e parcamente ammobiliato. Non era come avrei immaginato fosse un salotto messicano di provincia. I muri e il basso soffitto erano di un bianco immacolato; non c'era un quadro né una decorazione sul muro a guastare quel candore.

Contro il muro di fronte alla porta c'era un grande divano. Su di esso sedevano tre donne anziane elegantemente vestite. Non riuscivo a vedere distintamente i loro volti, ma nella fioca luce sembravano stranamente simili - senza assomigliare effettivamente l'una all'altra - e vagamente familiari. Ero così stupita che quasi non notai le due persone sedute sulle comode poltrone vicine.

Nella mia ansia di raggiungere le tre donne, feci involontariamente un gigantesco balzo. Non avevo notato che la stanza aveva un dislivello nel pavimento di mattoni. Mentre ritrovavo l'equilibrio, notai il magnifico tappeto orientale e la donna seduta su una delle poltrone.

"Delia Flores!", esclamai. "Mio Dio! Non posso crederci!". La toccai, poiché avevo bisogno di assicurarmi che non fosse un parto della mia immaginazione. "Che cosa sta accadendo?", chiesi invece di salutarla. In quello stesso istante realizzai che le donne sul divano erano le stesse donne che avevo incontrato l'anno precedente nella casa della guaritrice.

Rimasi senza fiato, agghiacciata, stordita per lo shock. Un rapido e debole sorriso si affacciò all'angolo della loro bocca mentre si giravano verso il vecchio dai capelli bianchi seduto sull'altra poltrona.

"Mariano Aureliano". La mia voce era soltanto un debole e tremante sussurro. Tutta la mia energia era svanita. Mi girai per affrontare Joe Cortéz e con quella stessa flebile voce lo accusai di avermi ingannato. Volevo gridare contro di lui, insultarlo, fargli male fisicamente. Ma non mi restava più forza, nemmeno quella sufficiente a sollevare un braccio. Realizzai a malapena che, come me, egli era inchiodato al pavimento, col volto color cenere per lo shock e lo stupore.

Mariano Aureliano si alzò dalla sua poltrona e si avvicinò con le braccia allargate per abbracciarmi.

"Come sono felice di rivederti". La sua voce era tenera e i suoi occhi brillavano dall'eccitazione e dalla gioia. Mi sollevò da terra con un abbraccio da orso. Il mio corpo era inerte, non avevo forza, né desiderio di ricambiare il suo caldo abbraccio. Non riuscivo a dire una parola. Mi mise giù e andò a salutare Joe Cortéz con lo stesso affetto.

Delia Flores e le sue amiche vennero verso di me. Una dopo l'altra mi abbracciarono e mi sussurrarono qualcosa all'orecchio. Mi sentii confortata dal loro affettuoso approccio e dalle loro tenere voci, ma non compresi nulla di ciò che dicevano. La mia mente non era là con me. Potevo udire e percepire, ma non riuscivo a trarre un senso da quel che percepivo e udivo.

Mariano Aureliano mi fissò e con voce chiara che lacerò la nebbia della mia mente disse: "Non sei stata ingannata. Ti ho detto fin dall'inizio che ti avrei soffiata da lui".

"Così lei è...". Scossi il capo, incapace di terminare la frase, mentre finalmente diventava chiaro in me che Mariano Aureliano era l'uomo di cui Joe Cortéz mi aveva parlato così tanto, Juan Matus, lo stregone che aveva cambiato il corso della sua vita.

Aprii la bocca per dire qualcosa, ma si richiuse. Avevo la sensazione di essere staccata dal mio corpo. La mia mente non era in grado di sopportare altro. E poi vidi il signor Flores emergere dall'ombra. Nel realizzare che era l'uomo che ci aveva guidati in casa, svenni.

Quando riguadagnai coscienza, ero sdraiata sul divano. Mi sentivo straordinariamente riposata e libera dall'ansietà. Chiedendomi quanto a lungo fossi rimasta svenuta, mi sedetti e alzai il braccio per guardare il mio orologio da polso. "Sei stava svenuta esattamente due minuti e venti secondi", annunciò il signor Flores, studiando il suo polso senza orologio. Era seduto su un'ottomana di pelle vicino al divano. In posizione seduta sembrava molto più alto di quando era in piedi, perché le sue gambe erano corte e il suo torso lungo.

"Com'è terribilmente drammatico svenire", disse, venendo a sedersi al mio fianco sul divano. "Sono veramente dispiaciuto di averti spaventata". I suoi occhi giallo-ambra, luccicanti di divertimento, smentivano il tono genuinamente interessato della sua voce. "E mi scuso per non averti salutato alla porta". Il suo volto rifletteva uno stupore che rasentava l'incanto mentre mi tirava la treccia. "Con i tuoi capelli nascosti sotto il cappello e con quella pesante giacca di pelle pensavo fossi un ragazzo".

Mi alzai e dovetti aggrapparmi al divano. Ero ancora un po' stordita. Incerta, mi guardai attorno. Le donne non erano più nella stanza e non c'era nemmeno Joe Cortéz. Mariano Aureliano era seduto su una delle poltrone, guardando fisso di fronte a sé. Forse dormiva a occhi aperti.

"Quando vi ho visto mentre vi tenevate per mano", continuò il signor Flores, "ho temuto che Charlie Spider fosse diventato frocio". Disse tutta la frase in inglese. Pronunciò le sue parole magnificamente e precisamente, con gusto genuino.

"Charlie Spider?", risi sentendo quel nome e alla sua formale pronuncia inglese. "Chi è?".

"Non lo sai?", chiese con gli occhi spalancati in un'espressione sinceramente perplessa.

"No, dovrei?".

Si grattò la testa, perplesso dal mio diniego, poi chiese: "Con chi ti sei tenuta per mano?".

"Carlos mi ha tenuta per mano mentre entravamo in questa stanza".

"Ecco", disse il signor Flores, fissandomi con rapita approvazione, come se avessi risolto un indovinello particolarmente difficile. Poi, vedendo la mia espressione ancora disorientata, aggiunse: "Carlos Castaneda non è soltanto Joe Cortéz, ma è anche Charlie Spider".

"Charlie Spider", mormorai piano. È un nome molto orecchiabile". Di tutti e tre i nomi, era quello che mi piaceva di più, senza dubbio perché amavo molto i ragni[1]. Non mi spaventavano minimamente, nemmeno i grossi ragni tropicali. Gli angoli del mio appartamento erano sempre pieni di ragnatele. Ogni volta che pulivo, non riuscivo a distruggere quelle tele trasparenti.

"Perché si fa chiamare Charlie Spider?", chiesi con curiosità.

"Nomi diversi per situazioni diverse". Il signor Flores recitò la risposta come se fosse uno slogan. "Chi dovrebbe spiegarti tutto questo è Mariano Aureliano".

"Il nome del signor Aureliano è anche Juan Matus?".

Il signor Flores annuì enfaticamente. "Certamente lo è", disse, con un ampio e gioioso sorriso. "Anche lui ha nomi diversi per situazioni diverse".

"E lei, signor Flores, anche lei ha diversi nomi?".

"Flores è il mio solo nome. Genaro Flores". Il suo tono era poco serio. Si piegò verso di me e con un insinuante sussurro propose: "Mi puoi chiamare Genarito".

Scossi involontariamente la testa. C'era qualcosa in lui che mi spaventava più che Mariano Aureliano. A livello razionale, non riuscivo a decidere cos'era che mi faceva sentire così. Apparentemente, il signor Flores sembrava molto più avvicinabile dell'altro uomo. Era infantile, giocoso e dai modi semplici. Tuttavia, non mi sentivo a mio agio con lui.

"La ragione per cui ho un solo nome", il signor Flores si insinuò nelle mie fantasticherie, "è che io non sono un nagual".

"E che cos'è un nagual?".

"Ah, questo è terribilmente difficile da spiegare". Sorrise in modo disarmante. "Soltanto Mariano Aureliano o Isidoro Baltazar possono spiegartelo".

"Chi è Isidoro Baltazar?".

"Isidoro Baltazar è il nuovo nagual".

"Non mi dica più nulla, per favore", dissi frettolosamente. Tenendomi la mano sulla fronte mi sedetti ancora sul divano. "Mi sta confondendo, signor Flores, e sono ancora un po' debole". Lo guardai implorante e chiesi: "Dov'è Carlos?".

"Charlie Spider sta tessendo qualche sogno ragnesco". Il signor Flores disse tutta la frase nel suo inglese stravagante per poi ridacchiare allegramente come se stesse gustando uno scherzo particolarmente ben riuscito. Guardò allegramente Mariano Aureliano - ancora fermo a fissare il muro - poi me e ancora il suo amico. Doveva aver percepito la mia crescente apprensione, poiché si strinse con impotenza nelle spalle, alzò le mani in un gesto rassegnato e disse: "Carlos, conosciuto anche come Isidoro Baltazar, è andato a visitare...".

"È partito?". Il mio grido fece sì che Mariano Aureliano si girasse a guardarmi. Ero più turbata per il fatto di essere rimasta sola coi due vecchi che per aver appreso che Carlos Castaneda era conosciuto con un altro nome e che era il nuovo nagual, qualunque cosa significasse. Mariano Aureliano si alzò dalla sua poltrona, si inchinò profondamente e, tendendomi la mano per aiutarmi ad alzarmi disse: "Cosa potrebbe essere più delizioso e appagante per due vecchi che vegliare su di te fino a che ti risveglierai dai tuoi sogni?".

Il suo affascinante sorriso e la sua cortesia all'antica erano irresistibili. Mi rilassai istantaneamente. "Non potrei immaginare nulla di più incantevole", acconsentii allegramente e lasciai che mi guidasse, attraverso il corridoio, in una sala da pranzo ben illuminata, verso un tavolo di mogano dalla forma ovale, al lato estremo della stanza. Galantemente, preparò una sedia per me, attese fino a che fui comodamente seduta, poi disse che non era troppo tardi per la cena e che egli stesso sarebbe andato in cucina per portarmi qualcosa di buono da mangiare. La mia offerta di aiutarlo fu graziosamente respinta.

Il signor Flores, invece di camminare fino al tavolo, fece un balzo attraverso la stanza spingendosi con le mani e calcolando la distanza con una precisione tale che atterrò a pochi centimetri dal tavolo. Sogghignando, sedette al mio fianco. Il suo volto non mostrava traccia di sforzo; non gli mancava nemmeno il respiro.

"Benché neghi di essere un acrobata, credo che lei e i suoi amici facciate parte di uno spettacolo di illusionismo", dissi.

Il signor Flores balzò dalla sua sedia, con il volto corrucciato da un'espressione monella. "Hai assolutamente ragione. Facciamo parte di uno spettacolo magico!", esclamò, allungandosi a prendere una delle due brocche di terracotta. Mi versò una tazza di cioccolata calda.

"Costituisce per me un pasto con un pezzo di formaggio". Mi tagliò una fetta di formaggio *manchego*.

Insieme erano superbi. Ne avrei voluto ancora, ma non me ne offrì. Pensavo che una tazza - era stata riempita soltanto a metà - non fosse sufficiente. Avevo sempre avuto un debole per la cioccolata e potevo mangiarne quantità straordinarie senza conseguenze. Ero certa che se mi fossi concentrata sul mio desiderio di averne ancora sarebbe stato obbligato a versarmene un'altra tazza senza che io dovessi chiederla. Da bambina ero in grado di farlo quando volevo qualcosa abbastanza intensamente.

Avidamente, lo osservai prendere altre due tazze e due piatti dall'alto armadio cinese. Notai che tra la cristalleria, le porcellane e l'argenteria sugli scaffali c'era uno strano assortimento di statuine d'argilla pre-ispaniche e mostri preistorici di plastica.

"Questa è la casa delle streghe", disse il signor Flores con tono cospiratore, come per spiegare l'incongruenza.

"Le mogli di Mariano Aureliano?", chiesi audacemente.

Egli non rispose, ma mi fece segno di girarmi. Mariano Aureliano era in piedi dietro a me.

"Le stesse", disse allegramente Mariano Aureliano, mettendo una zuppiera di porcellana sul tavolo. "Le stesse streghe che hanno preparato questa deliziosa zuppa". Con un mestolo d'argento me ne servì un piatto e mi esortò ad aggiungervi un pezzo di limone e una fetta di avocado.

Lo feci, poi divorai tutto in pochi bocconi. Ne mangiai parecchi piatti, fino a che mi sentii sazia, quasi rimpinzata. Rimanemmo seduti attorno al tavolo a lungo. La zuppa ebbe un meraviglioso effetto calmante su di me. Ero a mio agio. Qualcosa che generalmente in me era molto cattivo, era stato spento. Il mio intero essere, corpo e spirito, era grato che non dovessi usare dell'energia per difendermi.

Annuendo con il capo, come se stesse silenziosamente confermando ciascuno dei miei pensieri, Mariano Aureliano mi osservò con occhi acuti e divertiti. Stavo per rivolgermi a lui come Juan Matus, quando anticipò il mio intento e disse. "Io sono Juan Matus per Isidoro Baltazar. Per te, io sono il nagual Mariano Aureliano". Sorridendo, si avvicinò e sussurrò con tono confidenziale: "L'uomo che ti ha portata qui è il nuovo nagual. Il nagual Isidoro Baltazar. Questo è il nome che dovresti usare quando parli con lui o di lui.

"Non sei del tutto addormentata, ma neanche del tutto sveglia", continuò a spiegare Mariano Aureliano, "così sarai in grado di comprendere e ricordare ogni cosa che diremo". Notando che stavo per interromperlo, aggiunse con serietà: "E questa notte non farai domande stupide".

Non tanto il suo tono, ma quanto una forza, qualcosa in lui faceva venire i brividi. La mia lingua era paralizzata, mentre la testa, spontaneamente, fece un gesto di assenso.

"Devi metterla alla prova", ricordò il signor Flores al suo amico. Uno scintillìo decisamente malvagio apparve nei suoi occhi mentre aggiungeva: "O meglio ancora, lascia che la metta alla prova io stesso".

Mariano Aureliano fece una pausa, un lungo e deliberato momento carico di minacciose possibilità, e mi guardò criticamente, come se i miei lineamenti gli fornissero l'indizio di qualche importante segreto.

Ipnotizzata dai suoi occhi acuti e penetranti, non mossi nemmeno le palpebre.

Egli annuì pensierosamente e il signor Flores mi chiese con tono profondo e serio: "Sei innamorata di Isidoro Baltazar?".

E che io sia dannata se non dissi sì con voce meccanica e inanimata.

Il signor Flores venne ancor più vicino, finché le nostre teste quasi si toccarono e con un sussurro pieno di riso represso chiese: "Sei davvero pazzamente innamorata di lui?".

Io dissi di sì ancora ed entrambi gli uomini scoppiarono in una fragorosa risata divertita. Il suono della loro risata, rimbalzando nella stanza come una pallina da ping-pong, alla fine ruppe il mio stato simile alla trance. Mi aggrappai al suono e mi tirai fuori dall'incantesimo.

"Che diavolo succede?", gridai con tutta la mia voce.

Trasalendo, entrambi sobbalzarono sulle loro sedie. Mi guardarono, poi si guardarono l'un l'altro e scoppiarono di nuovo a ridere con estatico abbandono. Più eloquenti erano i miei insulti, più grande il loro divertimento. C'era qualcosa di così contagioso nella loro risata che non potei fare a meno di ridacchiare anch'io.

Non appena ci fummo tutti calmati, Mariano Aureliano e il signor Flores mi bombardarono di domande. Erano particolarmente interessati a come e quando avevo incontrato per la prima volta Isidoro Baltazar. Ogni assurdo, piccolo dettaglio li rallegrava. Dopo che ebbi raccontato gli eventi per la quarta o quinta volta, avevo sia migliorato che gonfiato la mia storia a ogni racconto, o avevo ricordato dettagli che non mi sarei sognata di poter ricordare.

"Isidoro Baltazar ha visto attraverso di te e attraverso l'intera faccenda", giudicò Mariano Aureliano quando finalmente finii con i miei vari resoconti. "Ma non vede ancora abbastanza bene. Non ha nemmeno intuito che ti avevo mandata da lui".

Mi guardò maliziosamente e si corresse: "Non sono stato realmente io a mandarti da lui. È stato lo spirito. Lo spirito ha scelto me per compiere il suo volere, comunque, e io ti ho soffiata da lui quando eri maggiormente potente, nel mezzo del tuo sogno a occhi aperti". Parlò con leggerezza, quasi con indifferenza; solo i suoi occhi lasciavano trasparire l'urgenza del suo insegnamento. "Forse il potere del tuo sognare da sveglia è stato la ragione per cui Isidoro Baltazar non ha realizzato chi eri, anche se ti stava vedendo. Anche se lo spirito ha fatto sì che egli 'sapesse' fin dalla prima volta che ha messo gli occhi su di te. Una manifestazione di luce nella nebbia è la rivelazione ultima. Com'è stato stupido da parte di Isidoro Baltazar non vedere l'ovvietà".

Ridacchiò sommessamente e io annuii concorde, senza sapere per che cosa annuivo.

"Questo ti mostrerà che essere uno stregone non è una gran cosa", continuò. "Isidoro Baltazar è uno stregone. Essere un uomo di conoscenza è diverso. Per questo, gli stregoni qualche volta devono attendere un'intera vita".

"Qual è la differenza?", chiesi.

"Un uomo di conoscenza è un leader", spiegò, a voce bassa, sottile e misteriosa. "Gli stregoni hanno bisogno di leader per essere guidati nel campo dello sconosciuto. Una guida si rivela attraverso le sue azioni. Le guide non hanno etichette con il prezzo sulla testa, il che significa che non c'è modo di comperarle o corromperle, né di allettarle o confonderle".

Si sistemò più comodamente sulla sedia e continuò dicendo che tutta la gente del suo gruppo si era presa la briga di studiare i leader di tutte le epoche, per vedere se qualcuno di loro corrispondeva ai requisiti.

"Ne avete trovato qualcuno?".

"Qualcuno", ammise. "Quelli che abbiamo trovato potevano essere nagual". Si premette il dito contro le labbra e aggiunse: "I nagual sono, quindi, leader naturali, uomini dotati di tremenda energia che diventano stregoni aggiungendo un'altra dote al loro repertorio, l'ignoto. Se questi stregoni riescono a diventare uomini di conoscenza, allora non c'è praticamente limite a quello che possono fare".

"Le donne possono...", non mi lasciò finire.

"Le donne, come imparerai un giorno, possono fare cose infinitamente più complesse di questo", affermò. "Isidoro Baltazar ti ha ricordato qualcuno che hai incontrato in precedenza?", interruppe il signor Flores.

"Beh", cominciai espansiva, "mi sentivo completamente a mio agio con lui. Come se l'avessi conosciuto da tutta la vita. Mi ricordava forse qualcuno conosciuto durante la mia infanzia, forse un amico dimenticato".

"Così, davvero non ti ricordi di averlo incontrato in precedenza?", interruppe il signor Flores.

"Intende in casa di Esperanza?", chiesi, domandandomi se l'avessi visto a casa della guaritrice e non me lo ricordassi.

Scosse il capo deluso. Poi, evidentemente non più interessato alla mia risposta, continuò chiedendo se avessi visto qualcuno che ci salutava mentre stavamo arrivando alla casa.

"No", dissi. "Non ho visto nessuno che ci salutava".

"Rifletti bene", insistette.

Dissi ai due uomini che dopo Yuma, invece di andare verso est per Nogales sulla statale 8 - la direzione più logica - Isidoro Baltazar si era diretto a sud, nel Messico, poi a est attraverso "El Gran Desierto", poi ancora a nord negli Stati Uniti attraverso Sonoyta, ad Ajo, in Arizona e poi ancora in Messico a Caborca, dove avevamo consumato un delizioso pasto a base di lingua di bue in salsa verde di chili.

"Dopo essere salita in auto con la pancia piena, prestai poca attenzione alla strada", ammisi. "So che abbiamo attraversato Sant'Ana e che poi ci siamo diretti a nord verso Cananea e poi ancora a sud. Un'autentica confusione, per la verità".

"Non ricordi di aver visto nessuno sulla strada?", insistette il signor Flores. "Nessuno che ti salutava?".

Chiusi con forza gli occhi nel tentativo di visualizzare qualcuno che ci salutava. Ma il mio ricordo del viaggio era fatto di storie, canzoni e stanchezza fisica. E poi, mentre stavo per aprire gli occhi, l'immagine di un uomo balenò di fronte a me. Dissi loro che ricordavo vagamente di aver visto un giovane, alla periferia di una di quelle città, che pensavo stesse cercando di ottenere un passaggio.

"Può averci salutato", dissi. "Ma non ne sono certa".

Entrambi risero come bambini che cercano con fatica di non rivelare un segreto.

"Isidoro Baltazar non era troppo sicuro di trovarci", commentò allegramente Mariano Aureliano. "Questo è il motivo per cui ha seguito questa bizzarra rotta. Ha seguito il sentiero degli stregoni, la pista del coyote".

"Perché non avrebbe dovuto essere sicuro di trovarvi?", interruppi.

"Non sapeva se ci avrebbe trovato fino a che non vide il giovane che lo salutava", spiegò Mariano Aureliano. "Quel giovane è una sentinella dell'altro mondo. Il suo saluto era il segno che continuare andava bene. Isidoro Baltazar avrebbe dovuto sapere immediatamente, allora, chi eri veramente, ma è troppo simile a te, estremamente cauto e quando non è cauto, è estremamente avventato". Fece una pausa di un attimo per lasciare agire le parole, poi aggiunse con enfasi: "Muoversi tra questi due punti è il modo più sicuro di perdere il battello. La troppa cautela acceca altrettanto sicuramente quanto l'avventatezza".

"Non riesco a comprendere la logica di tutto questo", mormorai stancamente. Mariano Aureliano spiegò: "Ogni volta che Isidoro Baltazar porta un ospite, deve percepire il segnale della sentinella prima di continuare il suo viaggio.

"Una volta portò una ragazza di cui era innamorato". Il signor Flores ridacchiò chiudendo gli occhi come trasportato dal ricordo della ragazza. "Una ragazza alta, dai capelli scuri, una ragazza forte. Grossi piedi. Volto carino. Guidò per tutta la Baia della California e la sentinella non lo lasciò mai passare".

"Intende dire che porta le sue ragazze?", chiesi con curiosità morbosa. "Quante ne ha portate?".

"Parecchie", disse candidamente il signor Flores. "Naturalmente, l'ha fatto del tutto di sua iniziativa. Il tuo caso è diverso", puntualizzò. "Tu non sei la sua ragazza; tu stavi semplicemente tornando. Isidoro Baltazar quasi esalò l'ultimo respiro quando scoprì di essere stato così stupido da non aver colto tutte le indicazioni dello spirito. È stato solamente il tuo autista. Ti stavamo aspettando".

"Cosa sarebbe accaduto se la sentinella non fosse stata là?".

"Ciò che accade sempre quando Isidoro Baltazar viene accompagnato", rispose Mariano Aureliano, "non ci avrebbe trovato, perché non sta a lui scegliere chi portare nel mondo degli stregoni".

La sua voce era seducente e tenera mentre aggiungeva: "Solo coloro che lo spirito ci ha indicato possono bussare alla nostra porta, dopo essere stati introdotti in essa da uno di noi".

Stavo per interrompere, ma, ricordando la sua ammonizione a non fare domande stupide, subito mi premetti la mano contro la bocca.

Sogghignando con apprezzamento, Mariano Aureliano continuò a dire che nel mio caso era stata Delia a portarmi nel loro mondo. "È una delle due colonne, per così dire, che sostengono la nostra porta. L'altra è Clara. La incontrerai presto".

C'era una genuina ammirazione nei suoi occhi e nella sua voce mentre diceva: "Delia ha attraversato il confine semplicemente per portarti a casa. Il confine è un fatto reale, ma gli stregoni lo usano simbolicamente. Tu eri dall'altra parte e dovevi essere portata qui, da questa parte. Dall'altra parte c'è il mondo di ogni giorno, qui da questa parte c'è il mondo degli stregoni.

"Delia ti ha introdotto dolcemente, un lavoro da vero professionista. È stata una manovra impeccabile che apprezzerai sempre di più col passare del tempo".

Mariano Aureliano si sollevò un po' sulla sedia e raggiunse la fruttiera di porcellana sulla credenza. La pose di fronte a me. "Serviti. Sono deliziose".

Estasiata, fissai le polpose albicocche secche sul piatto dipinto a mano e poi ne assaggiai una. Erano più che deliziose. Me ne misi in bocca tre.

Il signor Flores mi strizzò l'occhio. "Continua", mi esortò. "Mettile tutte in bocca prima che ti portiamo via il piatto".

Arrossii e cercai di scusarmi con la bocca piena di albicocche.

"Non scusarti!", esclamò Mariano Aureliano. "Sii te stessa, ma sii te stessa con controllo. Se vuoi finire le albicocche, allora finiscile e basta. Ciò che non dovresti mai fare è finirle e poi sentirti dispiaciuta di averlo fatto".

"Ebbene, le finirò", dissi, e questo li fece ridere.

"Sai di avere incontrato Isidoro Baltazar l'anno scorso?", chiese il signor Flores. Si stava equilibrando così precariamente sulla sua sedia inclinata che temetti sarebbe caduto all'indietro facendo a pezzi la vetrina con le porcellane. Un malizioso scintillio di delizia albeggiò nei suoi occhi, mentre cominciava a canticchiare a bocca chiusa una nota canzone *ranchera*. Invece delle parole originali, imbastì una canzoncina che raccontava la storia di Isidoro Baltazar, un famoso cuoco di Tucson. Un cuoco che non perdeva mai la calma, nemmeno quando veniva accusato di mettere scarafaggi morti nel cibo.

"Oh!", esclamai. "Il cuoco! Il cuoco della caffetteria era Isidoro Baltazar! Ma non può essere vero", mormorai. "Non penso avrebbe...", mi fermai a metà frase. Continuai a fissare Mariano Aureliano, sperando di scoprire qualcosa nel suo volto, in quel naso aquilino, in quegli occhi penetranti. Tremai involontariamente, in un improvviso rabbrividire. C'era qualcosa di selvaggio nei suoi occhi freddi.

"Sì?", mi esortò. "Non pensi che avrebbe...", mi esortò a terminare la frase con un movimento della testa.

Stavo per dire, vanamente, che non pensavo che Isidoro Baltazar potesse mentirmi così spudoratamente. Comunque, non riuscivo a dirlo.

Gli occhi di Mariano Aureliano divennero ancora più duri, ma io ero troppo scossa, troppo dispiaciuta per me stessa per sentirmi spaventata.

"Quindi, dopo tutto, sono stata ingannata", finalmente esplosi, fissandolo sdegnata. "Isidoro Baltazar aveva sempre saputo chi ero. È tutta una beffa".

"È tutto un gioco", acconsentì prontamente Mariano Aureliano. "Però è un gioco meraviglioso. L'unico degno di essere giocato". Fece una pausa come per darmi il tempo di lamentarmi ulteriormente. Ma prima che avessi la possibilità di farlo, mi ricordò la parrucca che aveva messo sui miei capelli. "Se tu non hai riconosciuto Isidoro Baltazar - che non era travestito - che cosa ti fa pensare che egli ti abbia riconosciuta nel tuo completo da barboncino?".

Mariano Aureliano continuò a osservarmi. I suoi occhi avevano perso la loro durezza; ora erano tristi, stanchi. "Non sei stata ingannata. Non eri stata nemmeno allettata. Non che non lo farei se lo ritenessi necessario", puntualizzò con un tono leggero e dolce. "Ti ho detto come stavano le cose fin dall'inizio. Hai assistito a eventi stupendi, tuttavia non li hai notati. Come la maggior parte delle persone, associ la stregoneria a un comportamento bizzarro, a rituali, a droghe e incantesimi". Si avvicinò, piegandosi in avanti e abbassò la sua voce a un lieve sussurro, poi aggiunse che la vera stregoneria è una sottilissima e squisita manipolazione della percezione.

"La vera stregoneria", interruppe il signor Flores, "non permette l'interferenza umana".

"Ma il signor Aureliano afferma che mi ha soffiata da Isidoro Baltazar", feci notare con immatura impertinenza. "Questo non è interferire?".

"Io sono un nagual", disse semplicemente Mariano Aureliano. "Io sono il nagual Mariano Aureliano e il fatto che io sia il nagual mi mette in grado di manipolare la percezione".

Avevo prestato molta attenzione alle sue parole, ma non avevo la più vaga idea di ciò che intendesse con 'manipolare la percezione'. Per puro nervosismo, mi allungai a prendere l'ultima albicocca secca sul piatto.

"Ti ammalerai", disse il signor Flores. "Sei così piccola, eppure sei un gran... rompiscatole".

Mariano Aureliano venne dietro di me, poi mi premette la schiena in un modo tale che mi fece tossire fuori l'ultima albicocca che mi ero messa in bocca.

8

A questo punto, la sequenza degli eventi, come la ricordo, diventa offuscata. Non so cosa sia accaduto dopo. Forse mi sono addormentata senza rendermene conto o forse la pressione che Mariano Aureliano esercitò sulla mia schiena fu così forte che svenni.

Quando mi riebbi, ero sdraiata sopra una stuoia sul pavimento. Aprii gli occhi e istantaneamente divenni conscia dell'intenso splendore intorno a me. Sembrava che nella stanza fosse entrata la luce del sole. Sbattei le palpebre ripetutamente, chiedendomi se ci fosse qualcosa che non andava nei miei occhi. Non riuscivo a mettere a fuoco.

"Signor Aureliano", chiamai. "C'è qualcosa che non va nei miei occhi". Cercai di sedermi, ma non ci riuscii.

Non c'erano né il signor Aureliano né il signor Flores in piedi accanto a me; c'era una donna. Si stava chinando su di me, coprendo la luce. I suoi capelli neri scendevano liberamente lungo i suoi fianchi e sulle sue spalle; aveva un volto rotondo e un seno imponente. Di nuovo cercai di sedermi. Non mi toccò, tuttavia sapevo che in qualche modo mi stava tenendo giù.

"Non chiamarlo signor Aureliano", disse, "o Mariano. Questo è molto irriverente da parte tua. Chiamalo nagual e quando parli di lui, chiamalo nagual Mariano Aureliano. Gli piace il suo nome completo". La sua voce era melodiosa. Mi piaceva.

Mi sentivo petulante. Volevo chiederle il perché di tutte quelle assurdità sul mancargli di rispetto. Avevo udito Delia e tutte le altre donne chiamarlo coi nomi più ridicoli e occuparsi di lui esageratamente, come se fosse la loro bambola preferita. Certamente ne aveva goduto ogni minuto. Ma non riuscivo a ricordare quando e dove vi avevo assistito.

"Comprendi?", chiese la donna.

Volevo dire sì, ma non avevo voce. Cercai, senza risultato, di aprire la bocca e dire qualcosa. Quando insistette nel sapere se avevo compreso, tutto quel che riuscii a fare fu annuire.

Mi offrì la sua mano per aiutarmi ad alzarmi, ma prima ancora che mi toccasse, ero già in piedi come se il mio desiderio di alzarmi avesse sostituito l'effettivo contatto con la sua mano e mi avesse tirato su, in posizione seduta, prima di lei.

Sbalordita, volevo chiederle spiegazioni, ma potei a malapena tenermi eretta. E per quanto riguarda il parlare, le parole semplicemente si rifiutavano di uscire dalla mia bocca.

Mi accarezzò ripetutamente i capelli. Ovviamente, era perfettamente consapevole della mia condizione. Sorrise gentilmente e disse: "Stai sognando".

Non la udii dire questo, ma sapevo che le sue parole erano passate direttamente dalla sua mente alla mia. Annuì e mi disse che, in effetti, potevo udire i suoi pensieri e che lei poteva udire i miei. Mi assicurò che era come una finzione della mia immaginazione, tuttavia poteva agire con me o su di me.

"Fa' attenzione!", mi ordinò. "Non muovo le labbra ma ti sto parlando. Fa' la stessa cosa".

La sua bocca non si muoveva affatto. Chiedendomi se sarei riuscita a percepire un movimento delle sue labbra mentre pronunciava silenziosamente le parole, volevo premerle le dita sulla bocca. Il suo aspetto era molto attraente, ma minaccioso. Prese la mia mano e se la premette contro le labbra sorridenti. Non sentii nulla.

"Come posso parlare senza le labbra?", pensai.

"Hai un'apertura tra le gambe", disse direttamente nella mia mente. "Focalizza su di essa la tua attenzione. La vagina parla".

Quel commento risvegliò il mio lato umoristico. Risi così tanto che mi mancò il respiro e svenni ancora.

La donna mi scosse fino a risvegliarmi. Ero ancora sulla stessa stuoia sul pavimento, ma un po' rialzata, sostenuta da uno spesso cuscino dietro la schiena. Sbattei le palpebre e tremai, poi trassi un lungo respiro e la guardai. Era seduta sul pavimento al mio fianco.

"Non sono portata a svenire", dissi. E mi sorpresi per il fatto di essere in grado di pronunciare le parole. Il suono della mia voce era così rassicurante che risi forte e ripetei la stessa frase molte volte.

"Lo so, lo so", mi calmò. "Non ti preoccupare, comunque non sei del tutto sveglia. Io sono Clara. Ci siamo già incontrate da Esperanza".

Avrei dovuto protestare o chiederle che cosa intendesse, invece, senza dubitare per un istante, accettai che ero ancora addormentata e che ci eravamo incontrate da Esperanza.

Ricordi, pensieri nebbiosi, visioni di persone, di luoghi, cominciarono a emergere lentamente. Un chiaro pensiero si affacciò alla mia mente: una volta avevo sognato che l'avevo incontrata. Era un sogno. Quindi non vi avevo mai pensato in termini di eventi reali. Nel momento in cui incappai in quella realizzazione, ricordai Clara.

"Naturalmente ci siamo incontrate", dissi trionfante. "Ma ci siamo incontrate in un sogno, quindi non sei reale. Ora probabilmente sto sognando, perciò posso ricordarti".

Sospirai, contenta che tutto potesse essere spiegato così facilmente e mi rilassai contro lo spesso cuscino. Un altro ricordo chiaro di un sogno si affacciò alla mia mente. Non riuscivo a ricordare esattamente quando avevo fatto quel sogno, ma lo ricordavo chiaramente, come se l'evento fosse effettivamente avvenuto; in esso, Delia mi aveva presentato a Clara. Aveva descritto Clara come la più socievole delle sognatrici.

"Ha amici che realmente l'adorano", mi aveva confidato Delia. La Clara di quel sogno era molto alta, forte e paffuta. Mi aveva osservato con insistenza, come si osserva un membro di una specie sconosciuta, con occhi attenti e sorrisi nervosi. E, nonostante il suo insistente scrutinio, mi era piaciuta immensamente. I suoi occhi erano analitici, sorridenti e verdi. Ciò che ricordavo meglio della sua intensa osservazione era che mi aveva guardato senza sbattere le palpebre, come un gatto.

"So che questo è soltanto un sogno, Clara", ripetei, come se avessi bisogno di rassicurarmi.

"No, questo non è soltanto un sogno, è un sogno speciale", mi contraddisse con forza Clara. "Sbagli a intrattenere pensieri del genere. I pensieri hanno potere; sii vigile con essi".

"Tu non sei reale, Clara", insistetti, con una voce forzata, dai toni acuti. "Sei un sogno. Questo è il motivo per cui non riesco a ricordarti quando sono sveglia".

La mia ostinata insistenza fece ridere Clara. "Non hai mai cercato di ricordarmi", spiegò finalmente. "Non ce n'era ragione. Noi donne siamo tremendamente pratiche. È la nostra grande pecca o la nostra grande dote".

Stavo per chiederle quale fosse l'aspetto pratico del ricordarla ora, quando anticipò la mia domanda.

"Dato che sono di fronte a te, hai bisogno di ricordarmi. E lo fai". S'inchinò e fissandomi con il suo sguardo da gatto, aggiunse: "E non mi dimenticherai più. Gli stregoni che mi hanno educata hanno detto che le donne hanno bisogno di due ripetizioni di qualunque cosa per solidificarla. Due visioni di qualcosa, due letture, due spaventi, eccetera. Tu e io ora ci siamo incontrate due volte. Ora sono solida e reale".

Per provare quanto fosse reale, tirò su le maniche della sua camicetta e gonfiò i bicipiti. "Toccali", mi esortò. E io, ridacchiando, lo feci. In effetti aveva dei muscoli sodi e forti. Sembravano reali come qualunque altra cosa. Mi fece toccare anche i muscoli della sua coscia e del suo polpaccio.

"Se questo è un sogno speciale", dissi con cautela, "che cosa ci faccio in questo sogno?".

"Qualunque cosa tu desideri", disse. "Fino a ora stai andando bene. Non posso guidarti però, perché non sono la tua insegnante del sognare.

Sono semplicemente una grassa strega che si prende cura delle altre streghe. È stata la mia compagna, Delia, che ti ha introdotto nel mondo degli stregoni, proprio come una levatrice. Ma non è stata lei la prima a scoprirti. È stata Florinda".

"Chi è Florinda?", ridacchiai senza controllo. "E quando mi ha trovato?".

"Florinda è un'altra strega", disse pratica Clara. Poi cominciò anch'ella a sogghignare. "L'hai incontrata. È quella che ti ha preso nel suo sogno nella casa di Esperanza. Ricordi il pic-nic?".

"Ah", esclamai in segno di apprezzamento. "Intendi la donna alta con la voce rauca?". Ero raggiante. Avevo sempre ammirato le donne alte.

"La donna alta con la voce rauca,", confermò Clara. "Ti ha trovato un paio d'anni fa a un party a cui avevi partecipato col tuo ragazzo. Una cena di gala a Houston, nel Texas, a casa di un petroliere".

"Cosa ci faceva una strega a un party in casa di un petroliere?", chiesi. Poi sperimentai in pieno l'impatto della sua affermazione. Restai ammutolita. Sebbene non ricordassi di aver visto Florinda, certamente ricordavo il party. Vi ero andata con un amico che era venuto col suo jet privato da Los Angeles solo per partecipare a quel party e ripartire il giorno dopo. Io ero la sua interprete. C'erano parecchi uomini d'affari messicani, a quel party, che non parlavano inglese.

"Gesù!", esclamai sottovoce. "Che strana svolta degli eventi!". Descrissi minuziosamente il party a Clara. Era la prima volta che mi recavo nel Texas. Come un'ammiratrice dei divi del cinema, lanciavo sguardi seducenti agli uomini, non perché fossero belli, ma perché mi sembravano così strani coi loro cappelli Stetson, coi loro completi color pastello e gli stivali da cow-boy. Il petroliere aveva assunto degli animatori che avevano messo in scena uno spettacolo di varietà degno di Las Vegas, in una grotta-night club allestita per l'occasione. L'ambiente vibrava di musica rumorosa e luci psichedeliche. E il cibo era superbo.

"Perché Florinda aveva partecipato a un party del genere?", chiesi.

"Il mondo degli stregoni è la cosa più strana che ci sia", disse Clara per tutta risposta. Balzò su come un'acrobata dalla posizione seduta a quella in piedi, senza usare le braccia. Passeggiò per la stanza, avanti e indietro di fronte alla mia stuoia. Aveva un aspetto formidabile con la sua gonna lunga, scura, la giacca da cow boy di tessuto grezzo - ricamata a colori vivaci sulla schiena - e i suoi robusti stivali da cow boy. Un cappello australiano, abbassato sugli occhi come se dovesse proteggersi dal sole di mezzogiorno, costituiva il tocco finale al suo aspetto eccentrico e bizzarro.

"Come trovi il mio completo?", chiese, fermandosi di fronte a me. Il suo volto era raggiante.

"È grande!", dissi con entusiasmo. Certamente aveva il carattere e la sicurezza per indossare qualunque completo.

"È davvero forte".

S'inginocchiò al mio fianco sulla stuoia e con un sussurro confidenziale disse: "Delia è verde dall'invidia. Siamo sempre in competizione nell'indossare l'abbigliamento più pazzo, che dev'essere originale senza essere stupido". Restò in silenzio per un momento mentre i suoi occhi mi osservavano valutandomi. “Sei la benvenuta alla competizione”, offrì. “Vuoi unirti a noi nel nostro gioco?”.

Annuii enfaticamente e mi enumerò le regole del gioco.

“Originalità, praticità, prezzi bassi e niente vanagloria, disse rapidamente. Poi si alzò di nuovo e compì alcuni giri attorno alla stanza. Ridendo, crollò al mio fianco e disse: “Florinda pensa che io dovrei incoraggiarti a partecipare. Dice che a quel party ha scoperto che avevi talento per indossare completi assolutamente pratici”.

Poté a malapena finire la frase; fu sopraffatta da un attacco di di riso soffocato.

“Florinda mi ha parlato, là?”, chiesi e la fissai timidamente, chiedendomi se mi avrebbe raccontato quello che avevo omesso di dire nel mio resoconto - informazioni che non avrei offerto spontaneamente.

Clara scosse il capo, poi mi fece un sorriso distratto, inteso a scoraggiare ulteriori domande sul party.

“Com’è che Delia si trovava a quel battesimo a Nogales, in Arizona?”, chiesi, spostando la conversazione sugli eventi dell’altro party.

“Florinda l’ha mandata là”, ammise Clara infilando tutti i suoi capelli sciolti nel cappello australiano. “Si è intrufolata al party dicendo a tutti che era venuta con te”.

“Aspetta un attimo!”, la interruppi. “Questo non è un sogno. Che cosa stai cercando di farmi?”.

“Sto cercando di istruirti”, disse Clara, senza alterare la sua aria di indifferenza. Il suo tono era piatto, quasi casuale. Non sembrava si curasse degli effetti che le sue parole avevano su di me. Tuttavia mi osservò attentamente mentre aggiungeva: “Questo è un sogno e stiamo certamente parlando nel tuo sogno, perché anch’io sto sognando il tuo sogno”.

Che le sue bizzarre affermazioni fossero sufficienti ad acquietarmi era la prova che stavo sognando. La mia mente divenne calma, sonnolenta e accondiscendente. Mi udii parlare, con una voce che non dipendeva dal mio volere. “Florinda non avrebbe potuto sapere in alcun modo del mio viaggio a Nogales”, dissi. “L’invito della mia amica è stato accettato d’impulso sul momento”.

“Sapevo che questo ti sarebbe risultato incomprensibile”, sospirò Clara, poi, guardandomi negli occhi e soppesando attentamente le parole dichiarò: "Florinda è tua madre più di qualunque madre tu abbia mai avuto".

Trovavo la sua informazione irrazionale, ma non riuscii a dire una parola.

"Florinda ti sente", continuò Clara. C'era uno scintillio diabolico nei suoi occhi mentre aggiungeva: "Usa un localizzatore. Sa sempre dove sei".

"Che localizzatore?", chiesi. La mia mente all'improvviso era completamente sotto controllo. Il pensiero che qualcuno potesse conoscere in ogni momento che cosa stessi facendo mi riempiva di terrore.

"I suoi sentimenti per te sono un localizzatore", disse Clara con magnifica semplicità e in un tono così dolce e armonioso che fece svanire la mia apprensione.

"Quali sentimenti per me, Clara?".

"Chi lo sa, bambina?", disse pensosamente. Tirò su le gambe, cingendole con le braccia e posò il mento sulle ginocchia. "Non ho mai avuto una figlia così".

Ancora il mio stato d'animo cambiò bruscamente dal divertimento all'apprensione. Nella maniera razionale e riflessiva che mi caratterizzava, cominciai a preoccuparmi delle sottili implicazioni dell'affermazione di Clara. E furono proprio le mie conclusioni razionali che accesero nuovamente i miei dubbi. Questo non poteva essere un sogno. Ero sveglia; la mia concentrazione era troppo acuta perché fosse diversamente.

Scivolando dal cuscino che mi sosteneva la schiena, socchiusi gli occhi. Continuai a osservare Clara attraverso le ciglia, chiedendomi se sarebbe lentamente svanita come svaniscono le persone e le scene nei sogni. Ma non svanì. Mi sentii momentaneamente certa di essere sveglia e che lo fosse anche Clara.

"No, non siamo sveglie", mi contraddisse penetrando ancora nei miei pensieri.

"Posso parlare", dissi per convalidare il mio stato di totale coscienza.

"Gran cosa!", ridacchiò. "Ora farò qualcosa che ti sveglierà, cosicché potrai continuare la conversazione da sveglia dav-ve-ro". Pronunciò l'ultima parola con grande cura allungandola in modo esagerato.

"Aspetta, aspetta, Clara", implorai. "Dammi il tempo di adattarmi a tutto questo". Preferivo la mia incertezza a ciò che avrebbe potuto farmi.

Sorda alla mia implorazione, Clara si alzò e raggiunse la brocca d'acqua posata su di un tavolino vicino. Sempre sogghignando tenne la brocca sopra la mia testa. Cercai di spostarmi di fianco, ma non fui in grado di farlo. Il corpo non mi obbediva; sembrava incollato alla stuoia. Prima che versasse effettivamente l'acqua su di me, sentii uno spruzzo freddo e leggero sul viso. Il freddo, piuttosto che l'umidità, produsse una sensazione molto peculiare. Per prima cosa offuscò il volto di Clara che mi sovrastava, proprio come le increspature distorcono la superficie dell'acqua; poi la sensazione di freddo si concentrò nello stomaco e mi tirò all'interno, come una manica che viene rovesciata dall'interno all'esterno. Il mio ultimo pensiero fu che stavo per affogare in una brocca d'acqua. Bolle su bolle di oscurità girarono attorno a me fino a che ogni cosa sparì.

Quando tornai nuovamente in me, non ero più sdraiata sulla stuoia sul pavimento, ma sul divano nel salotto. Due donne, in piedi a un'estremità del divano, mi fissavano con gli occhi spalancati, curiosi. Florinda, la donna alta con i capelli bianchi e la voce rauca, era seduta accanto a me e sussurrava una vecchia ninnananna - o così mi sembrava - e mi accarezzava i capelli, il viso, le braccia, con grande tenerezza.

Il suo tocco e il suono della sua voce mi tenevano giù. Giacevo semplicemente là, con i miei occhi spalancati sui suoi, certa di trovarmi nel mezzo di uno dei miei vividi sogni che sempre cominciavano come sogni e terminavano come incubi. Florinda mi stava parlando, mi stava dicendo di guardare nei suoi occhi. Le sue parole si muovevano senza suono, come ali di farfalla. Ma ciò che vidi nei suoi occhi mi riempì di una sensazione familiare - l'irrazionale, abbietto terrore che sperimentavo nei miei incubi. Balzai su e mi fiondai dritta verso la porta. Fu l'automatica reazione animalesca che avevo sempre avuto in un incubo.

"Non aver paura, mia cara", disse la donna alta, raggiungendomi. "Rilassati. Siamo tutti qui per aiutarti. Non c'è motivo di sentirti scossa. Feriresti il tuo piccolo corpo sottoponendolo a uno spavento inutile".

Mi ero fermata vicino alla porta, non perché mi avesse persuaso a rimanere, ma perché non riuscivo ad aprirla - dannata porta. Freneticamente, tirai e spinsi la porta; non si muoveva. La donna alta era appena dietro a me. Il mio tremore aumentò. Tremavo così forte che il corpo mi doleva e il cuore batteva così all'impazzata, in modo così irregolare, che pensavo mi sarebbe scoppiato nel petto.

"Nagual!", gridò la donna alta, girando il capo verso una spalla. "Faresti meglio a fare qualcosa. Sta per morire di paura".

Non vidi a chi stava parlando, ma nella mia selvaggia ricerca di una via di fuga, scorsi una seconda porta dall'altra parte della stanza. Ero certa che in me fosse rimasta energia sufficiente per raggiungerla con un balzo, ma le gambe mi cedettero. Come se la vita avesse già abbandonato il mio corpo, caddi inerte sul pavimento. Esalai il mio ultimo respiro. Le lunghe braccia della donna mi raccolsero come le ali di una grande aquila. Mi trattenne, mise la sua bocca sulla mia e alitò dell'aria in me.

Lentamente, il mio corpo si rilassò, il battito cardiaco tornò normale. Ero pervasa da una strana pace che rapidamente diventò una selvaggia eccitazione. Non era la paura a riempirmi di euforia selvaggia, ma il suo respiro; era caldo, mi bruciava la gola, i polmoni, lo stomaco, l'inguine, scorrendo dappertutto, fino alle mani e ai piedi. In un lampo, seppi che la donna era esattamente come me, solo più alta, tanto alta quanto avrei voluto essere io. Provai un tale amore per lei che feci qualcosa di strano: la baciai appassionatamente.

Sentii le sue labbra allargarsi in un sorriso. Poi buttò indietro il capo e rise. "Questa piccola disgraziata mi ha baciata", disse, rivolgendosi agli altri.

"Sto sognando!", e tutti risero con un abbandono infantile.

Dapprincipio non potei fare a meno di ridere anch'io. Nel giro di pochi istanti, comunque, ero tornata quella di sempre, imbarazzata dopo un altro dei miei atti impulsivi e arrabbiata per essere stata colta sul fatto.

La donna alta mi abbracciò. "Sono Florinda", disse e mi sollevò cullandomi tra le sue braccia come fossi una neonata. "Tu e io siamo uguali", continuò. "Tu sei piccola quanto avrei voluto esserlo io. È un grande svantaggio essere alte. Nessuno può mai cullarti. Sono alta un metro e settantacinque".

"Io un metro e cinquantacinque", confessai. Ed entrambe ridemmo perché c'eravamo intese alla perfezione. A me mancava poco per misurare un metro e cinquantacinque, ma arrotondavo sempre. Ero certa che Florinda avesse invece arrotondato per difetto. Le baciai le guance e gli occhi. L'amavo di un amore che per me era incomprensibile. Era un sentimento intoccato dal dubbio, dal terrore o dall'aspettativa. Era l'amore che si prova nei sogni.

Come se fosse completamente d'accordo con me, Florinda ridacchiò teneramente. La luce elusiva dei suoi occhi, il biancore spettrale dei suoi capelli, risvegliavano in me ricordi lontani. Mi sembrava di conoscerla dal giorno della mia nascita. Mi sovvenne che i bambini che apprezzano le loro madri devono essere bambini smarriti. L'amore filiale unito all'ammirazione per l'essere fisico della madre deve dar luogo a un sentimento di amore totale, come l'amore che io provavo per quella donna alta e misteriosa.

Mi mise giù. "Questa è Carmela", disse, girandomi verso una donna bellissima dagli occhi e dai capelli scuri. I suoi lineamenti erano delicati e la sua pelle era perfetta; aveva il liscio e diafano pallore di chi sta molto al chiuso.

"Faccio soltanto bagni lunari", mi sussurrò all'orecchio mentre mi abbracciava. "Dovresti fare la stessa cosa. Sei troppo chiara di carnagione per restare esposta al sole; stai rovinando la tua pelle".

Riconobbi la sua voce, più che qualunque altra cosa. Era la stessa donna che mi aveva fatto tutte quelle domande dirette e personali al picnic. La ricordavo da seduta. Mi era sembrata piccola e fragile. Con mia sorpresa, era otto o dieci centimetri più alta di me. Il suo corpo forte e muscoloso mi faceva sentire insignificante al confronto.

Cingendomi le spalle con un braccio come fosse un mantello, Florinda mi guidò verso la seconda donna che era rimasta in piedi di fianco al divano quando mi ero svegliata. Era muscolosa e alta, ma non alta quanto Florinda. Non era bella nel senso comune - i suoi lineamenti erano troppo marcati per esserlo - tuttavia c'era in lei qualcosa di molto attraente che colpiva, compresa la leggera peluria sul labbro superiore che ovviamente non si curava di strappare. Percepii in lei una tremenda forza, una tensione che era completamente sotto controllo e tuttavia presente.

"Questa è Zoila", mi disse Florinda. Zoila non accennò minimamente a stringermi la mano o ad abbracciarmi. Carmela rise e parlò per Zoila: "Sono molto felice di rivederti".

La bocca di Zoila si mosse nel più grazioso dei sorrisi, rivelando denti bianchi grandi e uniformi. Mentre la sua lunga e affusolata mano ingioiellata mi accarezzava la guancia, realizzai che era la donna il cui volto era stato nascosto sotto una massa di capelli arruffati. Era lei che aveva cucito il ricamo belga sulla tovaglia su cui c'eravamo seduti durante il picnic.

Le tre donne mi circondarono e mi fecero sedere sul divano. "La prima volta che ti abbiamo incontrata stavi sognando", disse Florinda. "Così non abbiamo realmente avuto il tempo di interagire. Questa volta, comunque, sei sveglia, quindi raccontaci di te".

Stavo per interromperla per dire che quello era un sogno e che durante il picnic, che fossi addormentata o sveglia, avevo raccontato loro ogni cosa di me che valesse la pena di conoscere.

"No, no, ti sbagli", disse Florinda, come se avessi espresso i miei pensieri a voce alta. "Sei completamente sveglia, ora. E vogliamo sapere cos'hai fatto dal nostro ultimo incontro. Raccontaci specificamente di Isidoro Baltazar".

"Vuoi dire che questo non è un sogno?", chiesi timidamente.

"No. Questo non è un sogno", mi assicurò. "Stavi sognando alcuni minuti fa, ma ora è diverso".

"Non vedo la differenza".

"Perché sei una buona sognatrice", spiegò. "I tuoi incubi sono reali. L'hai detto tu stessa".

Il mio intero corpo divenne teso. E poi, come se sapesse di non poter sostenere un altro attacco di paura, si abbandonò al momento. Ripetei loro ciò che avevo già raccontato molte volte a Mariano Aureliano e al signor Flores in precedenza. Questa volta, comunque, ricordavo dettagli che prima avevo completamente trascurato, come i due lati del volto di Isidoro Baltazar, i due stati d'animo simultanei che aveva rivelato e che erano chiaramente evidenti dai suoi occhi. Il sinistro era minaccioso, inquietante; il destro era amichevole, aperto.

"È un uomo pericoloso", affermai, trasportata dalle mie osservazioni. "Ha il peculiare potere di muovere gli eventi nella direzione che preferisce, mentre lui rimane all'esterno, a osservare gli altri che si dibattono".

Le donne erano prese da quello che dicevo. Florinda mi fece segno di continuare.

"Ciò che rende la gente così vulnerabile al suo fascino è che si tratta di un uomo generoso", continuai. "E la generosità è forse la sola virtù a cui nessuno di noi può resistere, poiché siamo miserabili, indipendentemente dal nostro retroterra". Realizzando quello che avevo detto, mi fermai bruscamente e fissai le donne sbalordita.

"Non so come mi sia venuta questa frase", mormorai nel tentativo di scusarmi. "Veramente non so perché l'abbia detta, non avendo nemmeno pensato in questi termini di Isidoro Baltazar. Non sono io a parlare. Non sono nemmeno capace di formulare questo genere di giudizi".

"Non ha importanza, bambina, dove hai preso questi pensieri", disse Florinda. "Ovviamente stai attingendo direttamente dalla sorgente stessa. Tutti lo fanno - attingere dalla sorgente stessa - ma ci vuole uno stregone per esserne consapevoli".

Non compresi quello che stava cercando di dirmi. Affermai di nuovo di non avere intenzione di parlare troppo o di vantarmi.

Florinda ridacchiò e mi considerò per alcuni attimi pensierosamente. "Agisci come se fossi in un sogno. Sii audace e non ti scusare", disse.

Mi sentii stupida, incapace di analizzare quello che provavo. Florinda annuì, come se fosse d'accordo, poi si volse verso le sue compagne e disse: "Raccontatele di noi".

Carmela si schiarì la gola e senza guardarmi disse: "Noi tre e Delia formiamo un'unità. Trattiamo con il mondo di ogni giorno".

Pendevo dalle sue labbra, ma non compresi affatto.

"Siamo l'unità degli stregoni che si occupa della gente", chiarì Carmela. "C'è un'altra unità di quattro donne che non ha nessun rapporto con la gente". Mi prese la mano tra le sue e ne esaminò il palmo - come se dovesse leggervi il mio destino - poi la chiuse gentilmente a pugno e aggiunse: "Tu sei come noi in generale. Cioè, tu puoi avere a che fare con la gente. E sei come Florinda in particolare". Fece ancora una pausa e con uno sguardo sognante sul viso ripeté quello che Clara mi aveva già detto. "È stata Florinda a trovarti", disse. "Perciò, fino a che rimani nel mondo degli stregoni, appartieni a lei. Lei ti guiderà e si occuperà di te".

Il suo tono esprimeva una tale assoluta certezza che fece sorgere in me una genuina preoccupazione.

"Non appartengo a nessuno", dissi. "E non ho bisogno che nessuno si occupi di me". La mia voce era forzata, innaturale, incerta.

Silenziosamente, le donne mi osservarono con un sorriso divertito sul viso.

"Pensate che io abbia bisogno di guida?", chiesi con tono di sfida, fissandole una dopo l'altra. I loro occhi erano socchiusi, le loro labbra aperte negli stessi sorrisi contemplativi. L'impercettibile cenno del loro mento chiaramente indicava che stavano aspettando che finissi di parlare. "Penso di sapermi arrangiare molto bene da sola nella vita", terminai debolmente.

"Ti ricordi cos'hai fatto al party quando ti ho trovata?", mi chiese Florinda.

Mentre la fissavo sbalordita, Carmela mi sussurrò nell'orecchio: "Non ti preoccupare, puoi sempre trovare il modo di spiegare qualunque cosa". Mi fece un segno col dito senza sembrare minimamente turbata. Al pensiero che potessero sapere che avevo camminato nuda al party di fronte a dozzine di persone, fui colta dal panico.

Fino a quel momento, se non ero stata proprio fiera del mio bizzarro comportamento, l'avevo almeno accettato. Nel mio modo di pensare, quello che avevo fatto a quel party era una manifestazione della mia spontanea personalità. Per prima cosa avevo fatto una lunga cavalcata con l'ospite, in abito da sera e senza la sella, per mostrargli - dopo che mi aveva sfidata scommettendo che non ci sarei riuscita - che a cavallo ero brava quanto qualunque altro cowboy. In Venezuela avevo uno zio che possedeva una fattoria con un allevamento di cavalli e avevo cavalcato sin da piccola. Dopo aver vinto la scommessa, stordita per lo sforzo e l'alcool, mi tuffai nella sua gigantesca piscina. Nuda.

"Ero là, vicino alla piscina, quando ti sei tuffata nuda", disse Florinda, che evidentemente aveva accesso ai miei ricordi. "Mi hai sfiorato con le tue natiche nude. Hai scioccato tutti, inclusa me. Mi era piaciuta la tua audacia. Soprattutto, mi era piaciuto il fatto che avevi camminato nuda per tutto il tragitto, dall'altro lato della piscina, solo per sfiorarmi. La presi come l'evidenza che lo spirito ti stava indicando a me".

"Non può essere vero", mormorai. "Se tu fossi stata a quel party, ti avrei ricordata. Sei troppo alta ed hai un aspetto appariscente per non essere notata". Non voleva essere un complimento. Volevo convincermi che ero stata ingannata, manipolata.

"Mi era piaciuto il fatto che fossi disposta a fare di tutto pur di metterti in mostra", continuò Florinda. "Eri un clown. Ansiosa di attirare l'attenzione su di te a ogni costo, specialmente quando sei saltata su quel tavolo e hai danzato per un attimo, scuotendo le natiche senza vergogna, mentre l'ospite urlava a più non posso".

Invece di imbarazzarmi, i suoi commenti mi riempirono di un incredibile senso di benessere e delizia. Mi sentivo liberata. Il segreto era stato svelato. Il segreto che non avevo mai osato ammettere, cioè che amavo mettermi in mostra e che avrei fatto qualunque cosa per ottenere attenzione. Un nuovo stato d'animo mi colse, definitivamente più umile, meno difensivo. Temevo, comunque, che tale stato d'animo non sarebbe durato. Sapevo che qualunque intuizione e realizzazione avessi raggiunto nei sogni non era mai durata a lungo. Ma forse Florinda aveva ragione, questo non era un sogno e la mia nuova attitudine mentale sarebbe durata.

Evidentemente al corrente dei miei pensieri, le tre donne annuirono enfaticamente. Invece di sentirmi incoraggiata dal loro assenso, questo fece soltanto riemergere le mie incertezze. Come avevo temuto, il mio stato d'animo introspettivo durò poco. Nel giro di pochi istanti bruciavo dai dubbi. E volevo un po' di respiro.

"Dov'è Delia?", chiesi.

"È a oaxaca", disse Florinda aggiungendo: "Era qui solo per salutarti".

Avevo pensato che se avessi cambiato argomento avrei avuto un po' di respiro e la possibilità di recuperare le mie forze. Stavo affrontando qualcosa contro la quale non avevo risorse. Non potevo accusare direttamente Florinda - come avrei fatto normalmente con chiunque - di dire menzogne al fine di manipolarmi. Non potevo dirle che sospettavo mi avessero fatto ubriacare e poi spostata di stanza in stanza mentre ero inconscia.

"Quello che dici è davvero assurdo, Florinda", la rimproverai. "Non posso credere che ti aspetti che ti prenda sul serio". Mordendomi l'interno del labbro, la fissai a lungo e duramente.

Gli occhi di Florinda sembravano dirmi che comprendeva il mio imbarazzo.

"Non hai altra possibilità se non quella di prendermi seriamente", disse. Sebbene il suo tono fosse gentile, era definitivo.

Mi girai verso le altre due donne, sperando in una qualche risposta, qualunque cosa che potesse calmare la mia crescente apprensione.

"Se qualcun altro ti guida, è in effetti molto facile sognare", confidò Carmela. "Il solo inconveniente è che quel qualcuno dev'essere un nagual".

"Non ho fatto altro che sentire parlare di nagual", dissi. "Che cos'è un nagual?".

"Un nagual è uno stregone di grande potere che può guidare altri stregoni attraverso e al di fuori dell'oscurità", spiegò Carmela. "Ma il nagual stesso ti ha raccontato tutto questo un po' di tempo fa. Non ricordi?".

Mentre il mio corpo si contorceva nello sforzo di ricordare, Florinda intercedette.

"Gli eventi che viviamo nella vita di ogni giorno sono facili da ricordare. Abbiamo molta pratica in questo. Ma gli eventi vissuti nei sogni sono un'altra cosa. Dobbiamo sforzarci strenuamente per riportarli indietro, semplicemente perché il corpo li immagazzina in luoghi differenti.

"Con le donne che non hanno il tuo cervello da sonnambula", disse, "le istruzioni del sognare cominciano facendo disegnare loro una mappa del loro corpo; un lavoro coscienzioso che rivela dove tengono immagazzinate le visioni dei sogni".

"Come si disegna questa mappa, Florinda?", chiesi, genuinamente interessata.

"Assestando sistematicamente dei piccoli colpi a ogni centimetro del corpo", disse. "Ma non posso dirti di più. Sono tua madre, non la tua insegnante del sognare, la quale raccomanda un martelletto di legno per il colpire vero e proprio. E raccomanda anche di picchiettare soltanto le gambe e i fianchi. Molto raramente il corpo immagazzina quelle memorie nel petto e nella pancia. Nel petto, nella schiena e nella pancia, sono immagazzinati i ricordi della vita di ogni giorno. Ma questa è un'altra questione.

"Quello che ti interessa ora è che ricordare i sogni ha a che fare con la pressione fisica sul punto specifico dove quella visione è immagazzinata. Per esempio, se spingi la tua vagina facendo pressione sulla clitoride, ricorderai quello che Mariano Aureliano ti ha detto", concluse con una specie di semplice allegria.

La fissai sbalordita, poi scoppiai in una risata nervosa. Non avrei spinto nulla.

Anche Florinda rise allegramente e sembrava gioire del mio imbarazzo. "Se non lo farai", minacciò, "semplicemente chiederò a Carmela di farlo per te".

Mi girai a guardare Carmela. Con un mezzo sorriso che stava per diventare una risata, mi assicurò che effettivamente avrebbe premuto la mia vagina per me.

"Non ce n'è bisogno!", gridai sgomenta. "Ricordo ogni cosa!". E in effetti, ricordavo. E non solo quello che Mariano Aureliano aveva detto, ma anche altri eventi.

"Il signor Aureliano è...".

"Clara ti ha detto di chiamarlo nagual Mariano Aureliano", mi interruppe Carmela a metà della frase.

"I sogni sono porte spalancate sull'ignoto", disse Florinda, accarezzandomi la testa. "I nagual guidano per mezzo dei sogni. E l'atto di sognare con uno scopo è l'arte degli stregoni. Il nagual Mariano Aureliano ti ha aiutata a entrare nei sogni che tutti noi abbiamo sognato".

Sbattei ripetutamente le palpebre. Scossi il capo, poi caddi indietro sui cuscini del divano, scioccata dall'assurdità di tutto quello che stavo ricordando.

Ricordai che avevo sognato di loro un anno prima a Sonora, un sogno che era durato, pensavo, per sempre. In quel sogno, avevo incontrato Clara, Nélida ed Hermelinda. L'altro gruppo, le sognatrici. Mi avevano detto che la guida di quel gruppo era Zuleica, ma che non potevo ancora sognare di lei.

Mentre il ricordo di quel sogno diventava chiaro nella mia mente, divenne anche palese che tra quelle donne nessuna era superiore o inferiore alle altre. Che una donna fosse a capo di ciascun gruppo non era in alcun modo una questione di potere, prestigio o realizzazione, ma semplicemente una questione di efficienza. Non sapevo perché, ma ero convinta che tutto ciò che importava loro fosse il profondo affetto che provavano l'una per l'altra.

In quel sogno tutti mi avevano detto che Zuleica era la mia insegnante del sognare. Questo era tutto ciò che riuscivo a ricordare. Proprio come Clara mi aveva detto, avevo bisogno di vederle o di sognarle ancora una volta per solidificare la mia conoscenza. Al momento non erano altro che memorie disincarnate.

Udii vagamente Florinda dire che dopo alcuni ulteriori tentativi sarei riuscita molto meglio a passare dalla mia memoria dei sogni al sogno che stavo sognando e poi al normale stato di veglia.

Udii Florinda ridacchiare, ma non ero più nella stanza. Ero all'aperto e stavo attraversando il *chaparral*. Camminavo lentamente lungo un sentiero invisibile, un po' a disagio, poiché non c'era luce, non c'era luna, non c'erano stelle nel cielo.

Attratta da una forza invisibile, entrai in una grande stanza. Era buia all'interno, a parte le linee di luce che si intersecavano da una parete all'altra sui visi delle persone sedute in due cerchi, uno interno e uno esterno. La luce divenne più brillante e poi più debole, come se qualcuno nel cerchio stesse giocando con un interruttore, accendendolo e spegnendolo.

Riconobbi Mariano Aureliano e Isidoro Baltazar seduti, schiena contro schiena, al centro del cerchio interno. Più che i loro volti conoscevo piuttosto la loro energia. Non che la loro energia fosse più brillante o differente da quella di chiunque altro. Ce n'era semplicemente di più; era potente, solida. Era una splendida e grande massa informe di inesauribile splendore.

La stanza era piena di luce. Tutto era vivido e chiaro in ogni angolo. Nel locale c'era una tale chiarezza che ogni cosa si distingueva nitidamente, specialmente quelle linee di luce che erano collegate alle persone sedute nel cerchio, o che emanavano da loro. Tutte le persone erano connesse da linee di luce e sembrava che fossero i punti di sospensione di una gigantesca ragnatela. Tutti comunicavano senza parole, attraverso la luce. Ero attirata da quella silenziosa ed elettrica tensione, fino a che anch'io non divenni un punto in quella rete luminosa.

"Che cosa succede?", chiesi, guardando Florinda. Ero sdraiata sul divano, con la testa appoggiata al suo grembo.

Ella non rispose; né lo fecero Carmela o Zoila che erano sedute vicino a lei con gli occhi chiusi. Ripetei parecchie volte la mia domanda, ma tutto quello che udii fu il lieve respiro delle tre donne. Ero certa che fossero addormentate, tuttavia sentivo i loro quieti e penetranti occhi su di me. L'oscurità e il silenzio si muovevano nella casa come qualcosa di vivo, che portava con sé un vento gelido e il profumo del deserto.

9

Tremando di freddo, mi avvolsi bene la coperta attorno alle spalle e mi sedetti. Ero in uno strano letto, in una strana stanza ammobiliata soltanto con il letto e un comodino, tuttavia tutto quanto attorno a me emanava familiarità. Ma non riuscivo a capire perché tutto mi fosse così familiare. Forse sto ancora dormendo, pensai. Come faccio a sapere che questo non è un sogno? Sprofondai ancora nei cuscini. Rimasi lì con le braccia dietro la testa e lasciai che i bizzarri eventi che avevo testimoniato e vissuto - per metà sogno, per metà ricordi - attraversassero la mia mente.

Naturalmente, tutto era cominciato l'anno prima, quando mi ero recata a casa della guaritrice con Delia Flores. Aveva affermato che il picnic a cui avevo partecipato laggiù era stato un sogno. Avevo riso di lei e respinto le sue affermazioni bizzarre.

Comunque, aveva ragione. Ora sapevo che il picnic era stato un sogno. Non un mio sogno, ma quello sognato dagli altri e al quale ero stata invitata. Come un ospite che vi partecipava. Il mio errore, fino a ora, era stato di cercare ostinatamente di negarlo, di gettarlo via come un inganno, senza sapere cosa intendevo con inganno. Tutto quello che ero riuscita a fare era bloccare quell'evento nella mia mente così completamente da non esserne mai consapevole.

Ciò di cui avevo bisogno era accettare che disponiamo di un binario per i sogni, un solco dove corrono soltanto i sogni. Se mi fossi impegnata a ricordare il sogno che avevo fatto a Sonora, come un semplice sogno, sarei riuscita a trattenere la meraviglia dell'accaduto mentre il sogno veniva sognato.

Più speculavo su questo aspetto e su tutte le cose che mi stavano accadendo ora, più grande diventava il mio disagio. Ma ciò che mi sorprendeva maggiormente era di non essere spaventata da tutta questa gente che, sebbene fosse pronta a sostenermi, costituiva sotto ogni aspetto un gruppo inquietante. E in me, improvvisamente, sorse la comprensione che la ragione per la quale non ero spaventata era dovuta al fatto che li conoscevo molto bene. La prova era che costoro avevano dato voce alla strana e tuttavia confortante sensazione che avevo provato: stavo tornando a casa.

Scartai tutti questi pensieri subito dopo averli formulati e onestamente mi chiesi se non fossi squilibrata e se essi non avessero trovato il modo di focalizzarsi su questo aspetto per aumentare il mio squilibrio. In modo serio e sistematico ripassai la storia della mia famiglia, nel tentativo di ricordare ogni cosa che potevo aver udito sulle malattie mentali.

C'era la storia di uno prozio materno che, Bibbia alla mano, predicava agli angoli delle strade. Poi, sia il mio bisnonno che mio nonno, allo scoppio della Prima e della Seconda Guerra Mondiale, rispettivamente, si suicidarono quando realizzarono che per loro tutto era perduto. Una delle mie nonne si sparò quando capì di aver perso la sua bellezza e il suo fascino.

Mi piaceva credere di aver ereditato il mio sentimento di distacco per il fatto di essere la degna nipote di tutti quei pazzi. Avevo sempre ritenuto che questo sentimento di distacco fosse all'origine della mia audacia.

Questi morbosi pensieri mi procurarono una tale ansietà che balzai giù dal letto. Con movimenti nervosi, a scatti, tirai il mio corpo fuori dalla coperta. Con mio grande stupore, mi trovai infagottata in una pesante camicia da notte di flanella. Indossavo spesse calze di lana che mi arrivavano al ginocchio, guanti di lana e un cardigan. "Devo essere ammalata", mormorai a me stessa sconcertata. "Altrimenti, perché avrei freddo con tutti questi vestiti?". Di solito dormivo nuda, indipendentemente dal clima.

Soltanto allora notai la luce del sole nella stanza; arrivava attraverso la spessa finestra semi-opaca. Ero certa che la luce, riflettendosi sui miei occhi, mi avesse svegliata. E davvero, avevo bisogno di trovare il bagno. Preoccupata che la casa non avesse bagni interni, mi incamminai verso la porta scorrevole dall'altra parte della stanza, che era aperta, e infatti c'erano un bidè e un vaso da notte col coperchio.

"Dannazione! Non posso usare come water un bidè!", urlai. La porta si aprì ed entrò Florinda. "Va tutto bene", disse abbracciandomi. "C'è una latrina. Il bidè è una reliquia del passato".

"Che fortuna che sia già mattino", risi. "Nessuno verrà mai a sapere che sono troppo vigliacca per andare alla latrina col buio".

Florinda mi guardò stranamente, poi distolse lo sguardo e alla fine disse con un sussurro: "Che cosa ti fa pensare che sia mattina?".

"Il sole mi ha svegliata poco fa", dissi spostandomi verso la finestra. Senza comprendere, fissai l'oscurità all'esterno. Il volto di Florinda s'illuminò. Sembrò controllarsi, ma poi le sue spalle furono scosse dalle risa, mentre indicava la lampada accesa, dietro al letto. Avevo scambiato la brillante lampada per la luce del sole.

"Che cosa ti rende così sicura di essere sveglia?", chiese.

Mi girai a guardarla e dissi: "Il mio insopprimibile bisogno di andare in bagno".

Mi prese per il braccio e disse: "Lascia che ti accompagni alla latrina prima che tu te la faccia addosso".

"Non andrò da nessuna parte finché non mi dirai se sono sveglia o sto sognando", gridai!

"Che caratterino!", esclamò Florinda, abbassando la testa fino a toccare la mia fronte con la sua. I suoi occhi erano spalancati. "Stai sognando da sveglia", aggiunse, pronunciando ogni parola con attenzione.

A dispetto della mia crescente apprensione, cominciai a ridere. Il suono della mia risata, che riverberò nella stanza come un'eco lontana, disperse la mia ansietà. In quel momento non mi preoccupava se ero sveglia o se stavo sognando. Tutta la mia attenzione era focalizzata sul raggiungere il bagno.

"Dov'è la latrina?", grugnii.

"Sai dov'è", disse Florinda, incrociando le braccia sul petto. "E non la raggiungerai mai in tempo a meno che tu non voglia intensamente essere là. Ma non portare la latrina nel tuo letto. Questo si chiama sognare pigramente, il modo sicuro per sporcare il letto. Vai tu alla latrina in un batter d'occhio".

Con mio grande sgomento, cercai di raggiungere la porta ma non ci riuscii. Ai miei piedi mancava la sicurezza sufficiente per camminare. Lentamente, con incertezza, come se fossero incapaci di decidere in che direzione andare, si mossero, uno dopo l'altro. Non potendo accettare che i miei piedi non fossero più sotto il mio controllo, cercai di rendere più veloci i movimenti sollevando, con le mani, un piede dopo l'altro. Florinda sembrava non curarsi di quel che mi stava accadendo. Mentre ero inchiodata sul posto, lacrime di frustrazione e autocommiserazione mi spuntarono dagli occhi. Le mie labbra pronunciarono la parola *aiuto*, ma dalla bocca non uscì alcun suono.

"Che cosa succede?", chiese Florinda mentre mi afferrava un braccio e gentilmente mi spingeva sul pavimento. Mi sfilò i pesanti calzini di lana ed esaminò i miei piedi; ora sembrava sinceramente preoccupata. Volevo spiegare che la mia incapacità di muovermi era dovuta al mio esaurimento emotivo. Ma per quanto mi sforzassi, non riuscivo a tradurre in parole i miei pensieri. Mentre mi sforzavo di pronunciare un suono, notai che qualcosa non funzionava nella mia vista: i miei occhi non erano più in grado di mettere a fuoco le immagini. Il volto di Florinda rimaneva indistinto e sfuocato, indipendentemente da quanto strizzassi gli occhi e avvicinassi il mio viso al suo.

"So che cosa ti sta accadendo", mi sussurrò Florinda all'orecchio. "Devi andare alla latrina. Fallo! Imponiti di essere là!".

Annuii enfaticamente. Sapevo che effettivamente stavo sognando da sveglia o, piuttosto, che stavo vivendo in un'altra realtà che ancora non mi apparteneva pienamente, ma alla quale avevo accesso tramite questa gente. Poi mi sentii inspiegabilmente a mio agio. E improvvisamente mi trovai in una latrina, non in una latrina sognata, ma in una reale.

Mi ci volle molto tempo per mettere alla prova ciò che mi circondava, per assicurarmi che fosse reale. E lo era.

Poi tornai nella stanza, ma non so come. Florinda disse qualcosa che lodava la mia capacità di sognare. Prestai poca attenzione ai suoi commenti, poiché ero distratta dal mucchio di coperte accatastate contro il muro. Al mio risveglio non le avevo notate, tuttavia ero certa di averle già viste in precedenza.

La mia sensazione di benessere svanì rapidamente mentre cercavo di ricordare dove avevo visto quelle coperte. La mia angoscia crebbe. Non sapevo più se ero ancora nella stessa casa in cui ero arrivata la sera prima con Isidoro Baltazar o se ero in qualche altro luogo.

"Di chi è questa stanza?", chiesi. "E chi mi ha infagottato con tutti questi vestiti?". Udire la mia voce mi terrorizzava.

Florinda mi accarezzò i capelli e con voce tenera e gentile disse che per il momento questa era la mia stanza e che era stata lei a infagottarmi, affinché non prendessi freddo. Spiegò che il deserto è ingannevole, specialmente di notte.

Mi guardò con un'espressione enigmatica, come se stesse accennando a qualcos'altro. E mi disturbò, perché le sue parole non mi davano alcun indizio di ciò a cui si riferiva. I miei pensieri vagavano senza direzione. La parola chiave, decisi, era *deserto*. Non avevo realizzato che il luogo delle streghe era il deserto. Vi eravamo arrivati in modo talmente contorto che non ero riuscita ad accertare dove fosse localizzata esattamente la casa.

"Di chi è questa casa, Florinda?", chiesi.

Ella sembrò combattuta in qualche profondo dilemma, mentre la sua espressione cambiava parecchie volte dal pensieroso al preoccupato. "Sei a casa", disse finalmente; la sua voce era piena di un'emozione profonda. Prima che potessi ricordarle che non aveva risposto alla mia domanda, mi fece segno di stare zitta e puntò un dito verso la porta.

Nell'oscurità esterna qualcosa frusciava. Potevano essere il vento e le foglie, ma sapevo che non era così. Era un suono calmante, familiare; mi riportò alla memoria il picnic. In particolare mi riportò alla mente le parole di Mariano Aureliano: "Ti soffierò, come ho soffiato gli altri, da quella persona che ora ha il mito nelle mani".

Le parole mi risuonarono nelle orecchie; mi girai a guardare, chiedendomi se per caso Mariano Aureliano fosse entrato nella stanza e le stesse ripetendo ad alta voce in quello stesso istante.

Florinda annuì. Mi aveva letto nella mente. E i suoi occhi, fissi sui miei, mi stavano forzando a riconoscere la mia comprensione dell'affermazione di Mariano Aureliano. Al picnic non avevo dato molto peso alla sua affermazione; mi era semplicemente sembrata troppo bizzarra. Ora ero così curiosa di scoprire chi fossero veramente "gli altri", che non potevo permettermi di lasciare che l'argomento della conversazione scivolasse via.

"Isidoro Baltazar ha parlato di alcune persone che lavorano con lui", cominciai cautamente. "Ha detto che gli erano state affidate e che era suo sacro dovere aiutarle. Sono coloro che... sono state soffiate da lui?", chiesi esitante.

Florinda annuì col capo; un debole sorriso si affacciava sulle sue labbra mentre trovava divertente la mia riluttanza a menzionare la parola *soffiate*. "Sono coloro che il vecchio nagual ha soffiato dal nuovo nagual; sono donne e sono come te".

"Come me?", chiesi incerta. Desiderai di non essere stata così assorbita dai miei sorprendenti mutamenti di stato d'animo e di sentimenti verso Isidoro Baltazar durante il viaggio, avrei preferito aver prestato più attenzione a tutto quello che mi aveva rivelato del suo mondo.

"In che modo quelle donne sono come me?", chiesi, poi aggiunsi: "Le conosci?".

"Le ho viste", disse senza sbilanciarsi.

"Quante donne sono state soffiate da Isidoro Baltazar?", chiesi con malcelato dispiacere. Il solo pensiero di esse era sia eccitante che allarmante.

Florinda era divertita dalla mia reazione. "Alcune. E non ti assomigliano fisicamente; tuttavia sono come te. Intendo dire che si assomigliano tra loro nel modo in cui ci assomigliamo le mie compagne streghe e io, spiegò Florinda. "Non eri tu stessa sorpresa da quanto sembravamo simili quando ci hai incontrate la prima volta?".

Notando il mio cenno di conferma, continuò a spiegare che ciò che aveva reso così simili lei e le sue compagne - nonostante le ovvie differenze fisiche - era la loro dedizione senza pregiudizi al mondo degli stregoni. "Siamo unite da un affetto che per te è ancora incomprensibile".

"Ci scommetto", affermai quanto più cinicamente potevo. Poi la mia curiosità e l'eccitazione circa le donne che erano state soffiate da Isidoro Baltazar ebbe la meglio su di me. "Quando le incontrerò?".

"Quando le troverai", disse Florinda. La sua voce, sebbene fosse bassa, aveva una forza straordinaria che, per un attimo, rese tutto silente in me.

"Come posso trovarle se non le conosco? È impossibile".

"Non per una strega", commentò con naturalezza. "Come ti ho già detto, non assomigli a loro fisicamente, ma la luminosità all'interno di te è brillante quanto quella al loro interno. Le riconoscerai da quello splendore". I suoi occhi erano fissi su di me, come se in effetti potesse vedere la luminosità al mio interno. "È la luminosità degli stregoni". La sua espressione era seria, la sua voce insolitamente bassa.

Volevo fare qualche commento impudente, ma qualcosa nei suoi modi mi allarmò. "Posso vedere quella luminosità?", chiesi.

"Abbiamo bisogno del nagual per questo", disse Florinda e indicò il nagual Mariano Aureliano che stava in piedi nell'angolo buio della stanza. Non l'avevo affatto notato, ma non trovai per niente allarmante la sua improvvisa apparizione.

Florinda gli disse ciò che volevo. Egli mi fece segno di seguirlo al centro della stanza. "Ti mostrerò quello splendore", disse, poi si accucciò e alzando entrambe le mani mi fece segno di salire sulla sua schiena.

"Un giro a cavalluccio?". Non feci nessuno sforzo per nascondere la mia delusione. "Non doveva farmi vedere la luminosità degli stregoni?". Sebbene ricordassi chiaramente le sue parole, che la vera stregoneria non è un comportamento bizzarro, non sono rituali, droghe o incantesimi, tuttavia mi aspettavo un'esibizione, una dimostrazione del suo potere, come compiere incantesimi e gettare erbe sul fuoco.

Ignorando la mia delusione, Mariano Aureliano mi esortò a mettergli le braccia attorno al collo, con leggerezza, per non soffocarlo.

"Non pensa che sono un po' troppo vecchia per essere trasportata così?", lo ammonii.

La risata di Mariano Aureliano gorgogliò dentro di lui, esplodendo con oltraggiosa delizia. Con un rapido movimento balzò in piedi. Infilando le sue braccia dietro le mie ginocchia, mi fece scivolare in una posizione confortevole e uscì nel corridoio, ma la mia testa non colpì lo stipite della porta. Camminava così velocemente e senza sforzo che avevo la netta sensazione di fluttuare nel lungo e buio corridoio. Mi guardai attorno curiosa. Comunque, ci muovevamo troppo velocemente per poter lanciare più di qualche fugace occhiata alla casa. Un delicato e tuttavia persistente profumo permeava ogni cosa: una fragranza di boccioli d'arancio e la freschezza dell'aria fredda.

Fuori il cortile era offuscato dalla nebbia. Tutto ciò che fui in grado di vedere fu una massa uniforme di sagome oscure. Spire di nebbia trasformavano il luogo, rivelando e nascondendo strane forme di alberi e pietre. Non eravamo nella casa delle streghe. Ero sicura di questo. Non udivo nulla se non un respiro ritmico. Non potevo dire se fosse il respiro del nagual Mariano Aureliano o il mio. Il suono si diffondeva per tutto il cortile. Faceva tremare le foglie come se un vento soffiasse attraverso i rami. Il tremolio s'insinuò nel mio corpo a ogni respiro. Mi stordì così tanto che rafforzai la presa attorno alle sue spalle per non perdere coscienza. Prima che avessi la possibilità di dirgli quello che stavo sperimentando, la nebbia si chiuse attorno a me e mi sentii dissolvere nel nulla.

"Appoggia il mento sulla mia testa". La voce del nagual Mariano Aureliano veniva da lontano. Le parole mi fecero trasalire, poiché avevo completamente dimenticato di essere a cavalcioni su di lui.

"Qualunque cosa tu faccia, non lasciarmi andare", aggiunse con grande insistenza mentre mi spingeva sulla parte alta della sua schiena, in modo che la mia testa fosse di sopra alla sua.

"Che cosa potrebbe accadere se lasciassi la presa?", chiesi con un tono che tradiva la mia crescente apprensione. "Cadrei semplicemente a terra, non è vero?". La mia voce era diventata terribilmente stridula.

Mariano Aureliano rise dolcemente, ma non rispose. Con calma camminò avanti e indietro per l'ampio cortile, a passi leggeri e delicati, quasi in una sorta di danza. E poi, per un istante, ebbi la netta impressione che ci stessimo alzando nell'aria; eravamo senza peso. Sentii che avevamo effettivamente viaggiato attraverso l'oscurità per un fuggevole istante, poi percepii il terreno solido attraverso il corpo di Mariano Aureliano. Che la nebbia si fosse alzata o che fossimo in un altro cortile, non riuscivo a individuare come, ma qualcosa era cambiato. Forse si trattava solo dell'aria; era più pesante, più difficile da respirare. Non c'era la luna e la luce delle stelle era fioca, eppure il cielo era luminoso come se, in un punto lontano, si fosse acceso. Lentamente, come se qualcuno li stesse tratteggiando nell'aria, apparvero i contorni degli alberi.

A non più di un metro e mezzo di distanza, di fronte a un albero *zapote* particolarmente alto e rigoglioso, Mariano Aureliano si fermò bruscamente. Ai piedi di quell'albero c'era un gruppo di persone, forse dodici o quattordici. Le lunghe foglie, appesantite dalla bruma, nascondevano i loro volti. Una strana luce verde che emanava dall'albero rendeva ogni persona vivida in modo innaturale. I loro occhi, i loro nasi, le loro labbra, tutti i loro lineamenti scintillavano in quella luce verde, ma i loro volti non mi dicevano nulla. Non riconoscevo nessuno di loro. Non riuscivo nemmeno a determinare se fossero maschi o femmine; erano semplicemente persone. "Che cosa stanno facendo?", sussurrai all'orecchio di Mariano Aureliano. "Chi sono?".

"Tieni il mento sulla mia testa", sibilò.

Premetti il mento con fermezza contro la sua testa, temendo di spingere troppo e di far sprofondare tutto il mio viso nel suo cranio.

Sperando di riconoscere qualcuno dalla voce, augurai loro la buonasera.

Sulle loro labbra spuntarono dei fuggevoli sorrisi. Invece di ricambiare il mio saluto, distolsero lo sguardo. Da in mezzo a loro giunse uno strano suono. Un suono che li energizzava, poiché anch'essi, come l'albero, cominciarono a risplendere. Non di una luce verde, ma di uno splendore dorato che si fondeva in un tutt'uno che emanava guizzi di luce fino a che tutti diventarono una sola grande palla dorata sospesa sotto l'albero.

Poi la sfera dorata si dissolse in tante chiazze luminose. Come gigantesche lucciole, apparivano e scomparivano tra gli alberi, seminando, al loro passaggio, luce e ombra.

"Ricorda quello splendore", mormorò Mariano Aureliano. La sua voce echeggiò nella mia testa. "È lo splendore... del surem".

Un improvviso soffio di vento disperse le sue parole. Il vento era vivo; soffiava contro l'oscurità del cielo. Soffiava con grande violenza, con un suono strano e lacerante. Poi il vento si diresse contro di me; ero certa che volesse distruggermi. Gridai di dolore mentre un soffio particolarmente ghiacciato mi lacerava i polmoni. Il freddo si diffuse attraverso il mio corpo fino a che mi sentii diventare rigida.

Non potevo dire se era stato Mariano Aureliano a parlare o il vento stesso. Il vento rumoreggiava nelle mie orecchie, cancellando ogni altra cosa attorno a me. Poi giunse all'interno dei miei polmoni. Si torceva come una cosa viva, bramoso di divorare ogni cellula del mio corpo. Mi sentii collassare e seppi che stavo per morire. Ma il ruggito terminò. Il silenzio fu così improvviso che potevo udirlo. Risi forte, grata di essere ancora viva.

10

Il letto era grande, soffice e comodo. Una radiosità dorata riempiva la stanza. Sperando di prolungare ancora un po' quel momento di benessere, chiusi gli occhi e mi seppellii in una sonnolenta beatitudine fra le fragranti lenzuola di lino e il cuscino delicatamente profumato di lavanda.

Potevo sentire ogni muscolo, ogni osso del mio corpo tendersi mentre ricordavo gli eventi notturni, frammenti sconnessi di un sogno divinamente terribile. Non c'era continuità, non c'era una sequenza lineare in quello che avevo sperimentato durante quelle interminabili ore. Durante la notte mi ero svegliata due volte, in letti differenti, in stanze diverse, persino in case diverse.

Come se avessero vita propria, queste immagini sconnesse si ammucchiavano e si espandevano, tutte insieme, in un labirinto che in qualche modo ero in grado di comprendere istantaneamente. Cioè, percepivo ogni evento simultaneamente. La sensazione di quelle immagini che crescevano dal mio cranio per diventare un'enorme e fantastica acconciatura era così reale che saltai giù dal letto e sfrecciai attraverso la stanza fino al comò. Lo specchio a tre pannelli era coperto di carta di riso. Cercai di strapparne un angolo, ma la carta era attaccata al vetro come una pelle.

La vista della spazzola col dorso d'argento e il pettine abbinato, le bottiglie di profumo e i contenitori dei cosmetici, sul comò, ebbero su di me un effetto calmante; anch'io avrei disposto le bottiglie e le piccole ampolle in ordine di dimensione, in fila come utensili. In qualche modo sapevo di trovarmi nella stanza di Florinda, nella casa delle streghe; questa consapevolezza ripristinò il mio equilibrio.

La stanza di Florinda era enorme; il letto e il comò erano il solo mobilio. Erano situati agli angoli opposti, lontano dai muri e di traverso, a formare uno spazio triangolare. Contemplai a lungo la disposizione del letto e del comò, ma non riuscii a decidere se seguiva un modello esoterico, il cui significato mi sfuggiva, o se fosse semplicemente il risultato di un capriccio estetico di Florinda.

Curiosa di scoprire dove conducevano le tre porte della stanza, le provai tutte. La prima era chiusa dall'esterno. La seconda si apriva su un piccolo patio di forma rettangolare delimitato da delle mura. Perplessa, fissai il cielo, fino a che mi sovvenne che non era mattino, come avevo presunto risvegliandomi, ma tardo pomeriggio. Non mi sentivo disturbata dal fatto di aver dormito tutto il giorno; al contrario, ero molto contenta. Insonne incallita, sono sempre molto contenta quando dormo più a lungo.

La terza porta si apriva sul corridoio. Ansiosa di trovare Isidoro Baltazar, avanzai fino al salotto; era vuoto. C'era qualcosa di severo nella maniera netta e precisa in cui era disposto il mobilio. Nulla lasciava credere che qualcuno si fosse seduto sul divano e sulle poltrone la notte prima. Anche i cuscini sembravano rigidi, come se fossero sull'attenti.

La sala da pranzo, al di là del corridoio, sembrava egualmente abbandonata, egualmente austera. Non c'era nemmeno una sedia fuori posto. Sulla levigata superficie del tavolo di mogano non c'era né una crosta né una macchia, nulla tradiva il fatto che, la sera prima, mi ero seduta lì, col nagual Mariano Aureliano e il signor Flores, a cenare.

Nella cucina, separata dalla sala da pranzo da un vestibolo arcuato e uno stretto corridoio, trovai una brocca, riempita a metà di *champurrado* e un piatto coperto che conteneva dei *tamales* dolci. Ero troppo affamata per disturbarmi a scaldarli. Mi versai una tazza piena della densa cioccolata e mangiai i tre dolci di mais direttamente dall'involucro della pannocchia in cui erano contenuti. Farciti con pezzetti di ananas, uvetta e mandorle sgusciate, erano deliziosi.

Per me era inconcepibile essere stata lasciata sola in casa. Tuttavia non potevo ignorare l'immobilità che mi circondava. Non era la confortante pace di cui si è consci quando le persone stanno volontariamente in silenzio, ma piuttosto la soverchiante mancanza di suono di un luogo abbandonato. La possibilità che, in effetti, fossi stata abbandonata mi fece quasi soffocare con un pezzo di *tamale*.

Tornando alla stanza di Florinda, feci una sosta di fronte a ogni porta che superavo. "C'è qualcuno in casa?", gridai, mentre bussavo ripetutamente. Nessuna risposta.

Stavo per uscire, quando udii distintamente qualcuno chiedere: "Chi sta chiamando?". La voce era profonda e rauca, ma non potevo dire se era stato un uomo o una donna a parlare. Non riuscivo a determinare da quale direzione, tantomeno da quale stanza, fosse giunta la voce.

Ritornai sui miei passi e gridai ancora con tutta la mia voce chiedendo se c'era qualcuno in casa. Arrivata al lato estremo del corridoio, esitai per un attimo di fronte a una porta chiusa. Spinsi la maniglia, poi, piano piano, aprii una fessura e scivolai dentro.

Con gli occhi ben chiusi, mi appoggiai contro il muro e attesi che il mio batticuore si normalizzasse. "Supponiamo che qualcuno mi sorprenda qui", pensai, sentendomi colpevole. Ma la mia curiosità superava qualsiasi sentimento di malefatta, mentre inspiravo l'aria di mistero, di incantesimo che permeava la stanza.

C'erano delle tende pesanti e scure e l'unico chiarore proveniva da un'alta lampada da lettura. Il suo enorme paralume, ornato di fiocchi, proiettava un cerchio di luce gialla sulla sedia a sdraio vicino alla finestra.

Al centro esatto della stanza, c'era un letto a baldacchino; avvolto dalle tende, che dominava lo spazio come un trono. Le statuette orientali di bronzo e di legno, disposte sui quattro tavolini rotondi in ciascun angolo, sembravano messe a guardia della stanza, come divinità celesti.

Libri, giornali e riviste erano ammucchiati sulla scrivania francese e sui cassettoni. Sul comò bombato non c'erano specchi e invece di un pettine, una spazzola o boccette di profumo e cosmetici, sulla superficie di vetro c'era una serie di tazzine dall'aspetto fragile. Fili di perle, catene d'oro, anelli e spille spuntavano dalle delicate tazze dall'orlo dorato, come un tesoro abbandonato. Riconobbi due anelli, li avevo visti sulla mano di Zoila.

Lasciai per ultima l'ispezione del letto. Quasi con reverenza, come se fosse effettivamente un trono, tirai la tenda e mi sentii mancare il respiro per la delizia: i cuscini a colori brillanti sulle lenzuola di seta verde mi ricordavano i fiori selvatici in un prato.

E tuttavia un involontario brivido scosse il mio corpo mentre mi trovavo in piedi in mezzo alla stanza. Non potei fare a meno di sentire che il calore, il mistero e l'incanto che quella stanza emanava non erano altro che un'illusione.

La sensazione di essere entrata in una sorta di miraggio si rivelò ancora più pronunciata nella terza stanza. Anch'essa, a prima vista, sembrava calda e amichevole. L'aria stessa era tenera e amorevole. Dai muri sembravano rimbalzare echi di risate. Comunque, quell'atmosfera di calore era soltanto una tenue e fuggevole impressione, come l'eterea luce del sole che filtra attraverso i veli di una finestra senza vetri.

Come nell'altra stanza, il letto dominava lo spazio. Anch'esso era circondato da un baldacchino e decorato con cuscini dai colori brillanti che erano stati disposti con noncuranza.

Contro il muro c'era una macchina per cucire; era una vecchia macchina a pedali dipinta a mano. Vicino a essa c'era un'alta libreria. Invece di libri, gli scaffali erano stipati di contenitori pieni di magnifici bottoni, sete e panni di gabardine, tutti accuratamente disposti per colore e tessuto.

Allineate sopra un tavolino accanto alla finestra c'erano sei parrucche di colori diversi, infilate su delle zucche vuote. Tra esse c'era quella bionda che avevo visto indossare da Delia Flores e quella bruna e riccioluta che Mariano Aureliano aveva infilato sulla mia testa, fuori dalla caffetteria, a Tucson.

La quarta stanza era un po' più lontana dalle altre, nella parte opposta del corridoio. Paragonata alle altre due, dava l'impressione di essere vuota. Gli ultimi raggi del sole pomeridiano filtravano attraverso una grata, riflettendosi sul pavimento come un tappeto di luci e ombre, un ondulato quadrato di disegni rettangolari.

I pochi mobili erano disposti così artisticamente da far sembrare lo spazio più ampio di quanto effettivamente fosse. Alcune basse librerie con le antine di vetro erano disposte lungo le pareti. In fondo, in un'alcova, c'era uno stretto letto. La coperta a scacchi bianchi e grigi che pendeva si intonava alle ombre sul pavimento. Il raffinato scrittoio di teak con la sua delicata sedia color ebano dai disegni di bronzo dorato, non diminuiva il generale senso di severità della stanza, ma piuttosto l'incrementava. Sapevo che era la stanza di Carmela.

Avrei voluto controllare i titoli dei libri dietro ai pannelli di vetro, ma la mia ansietà era troppo grande. Come se qualcuno mi stesse inseguendo, sfrecciai nel corridoio e lungo di esso fino al patio interno. Sedetti su una delle sedie di vimini; stavo tremando e sudando, tuttavia le mie mani erano gelide. Non era stato il senso di colpa a farmi tremare - non mi sarebbe importato di essere scoperta mentre curiosavo in giro - ma la qualità aliena, ultraterrena, che quelle stanze magnificamente ammobiliate emanavano. Il silenzio che proveniva dai muri era un silenzio innaturale. Non aveva nulla a che fare con l'assenza dei suoi abitanti, ma con l'assenza di sentimenti ed emozioni che generalmente permeano i luoghi vissuti.

Ogni volta che qualcuno aveva fatto riferimento alle donne come a streghe, avevo riso dentro di me; nessuna di loro agiva o sembrava come mi sarei aspettata che le streghe apparissero o agissero, palesemente inquietanti e sinistre. Ma ora sapevo con certezza che erano effettivamente diverse dagli altri esseri umani. Ciò che mi spaventava era il fatto che erano diverse in un modo che non riuscivo a comprendere, in un modo che non potevo nemmeno concepire.

Un suono basso e rauco mise fine ai miei inquietanti pensieri. Seguendo quel distinto e misterioso rumore, mi allontanai in punta di piedi lungo il corridoio, lontano dalle stanze da letto, verso l'altro lato della casa. Il rauco suono proveniva da una stanza sul retro della cucina. Avanzai piano, soltanto per scoprire che il suono moriva nell'istante in cui premevo l'orecchio contro la porta. Ricominciava non appena mi allontanavo. Perplessa, ancora una volta appoggiai l'orecchio alla porta e lo stridente suono prontamente cessò. Mi appoggiai e mi allontanai parecchie volte e, come se dipendesse dalle mie azioni, il suono rauco iniziava o smetteva.

Determinata a scoprire chi si stava nascondendo - o, peggio, chi cercava di spaventarmi - afferrai la maniglia. Incapace di aprire la porta, annaspai per parecchi minuti prima di realizzare che era chiusa e che la chiave era rimasta nella serratura.

Che qualcosa di pericoloso potesse essere stato confinato in quella stanza, e per una buona ragione, mi sovvenne solo quando ormai ero entrata.

Un'opprimente semioscurità era come aggrappata alle pesanti tende tirate, come qualcosa di vivo che attirava le ombre dell'intera casa in questa enorme stanza. La luce si fece ancor più fioca; le ombre si ispessirono attorno a quelli che sembravano mobili scartati e piccole ed enormi figure fatte di legno e metallo dall'aspetto peculiare.

Lo stesso suono rauco che mi aveva attirata in quella stanza ruppe il silenzio. Come felini in cerca della preda, le ombre attraversavano la stanza. Paralizzata dal terrore, osservai la tenda; pulsava e respirava come un mostro dei miei incubi.

Improvvisamente, il suono e il movimento cessarono; l'immobile silenzio era ancora più spaventoso. Mi girai per andarmene e il suono pulsante, stridente, ricominciò. Risolutamente, attraversai la stanza e tirai la tenda. Risi forte quando scoprii un pannello di vetro rotto nella porta all'inglese. Il vento aspirava e soffiava alternativamente la tenda attraverso lo squarcio.

La luce pomeridiana che si stava dissolvendo, penetrando attraverso la tenda scostata cambiò disposizione alle ombre della stanza e rivelò uno specchio ovale sul muro, parzialmente nascosto da una delle figure di metallo dallo strano aspetto. Mi schiacciai tra la scultura e il muro e fissai estaticamente l'antico vetro veneziano; era offuscato e macchiato dall'età e distorceva la mia immagine così grottescamente che corsi fuori dalla stanza.

Uscii dalla casa attraverso la porta sul retro. Il vasto spiazzo retrostante era deserto. Il cielo era ancora illuminato, ma gli alti alberi da frutta che circondavano il terreno avevano già assunto la luce del crepuscolo. Uno stormo di corvi passò sopra la mia testa; le loro nere ali in movimento offuscavano lo splendore del cielo e la notte rapidamente discese sul cortile.

Con un sentimento di totale depressione e disperazione, mi sedetti per terra e piansi. Più piangevo, più piacere provavo nel lamentarmi a piena voce.

Il rumore di un rastrello mi fece sussultare, tirandomi fuori dalla mia autocommiserazione. Guardai in su e vidi una persona esile che rastrellava delle foglie trascinandole verso un piccolo fuoco sul retro dello spiazzo.

"Esperanza!", gridai, correndo verso di lei, solo per fermarmi bruscamente nel realizzare che non era lei, ma un uomo. "Mi dispiace", mormorai scusandomi. "L'ho scambiata per qualcun altro". Allungai la mano e mi presentai. Cercai di non fissarlo, ma non potei farne a meno.

Non ero del tutto sicura che non fosse Esperanza travestita da uomo.

Egli mi prese la mano, stringendola delicatamente e disse: "Io sono il custode". Non mi disse il suo nome.

Nella mia, la sua mano sembrava fragile come l'ala di un uccello. Era un uomo magro, anziano. Anche il suo volto era simile a quello di un uccello, aquilino e con occhi acuti. I suoi capelli bianchi erano divisi in ciuffi soffici. Non solo la sua corporatura esile e il suo aspetto da uccello mi ricordavano Esperanza, ma anche il volto rugoso e privo di espressione e gli occhi splendenti e limpidi come quelli di un bambino, mentre i denti erano piccoli, regolari e molto bianchi.

"Sa dov'è Florinda?", chiesi. Scosse il capo e io aggiunsi: "Sa dove sono andati gli altri?".

Restò in silenzio per un lungo momento e poi, come se non gli avessi chiesto nulla, ripeté che lui era il custode. "Mi prendo cura di ogni cosa".

"Davvero?", chiesi guardandolo sospettosamente. Era così fragile e dall'aspetto così minuscolo che non sembrava capace di prendersi cura di nulla, nemmeno di se stesso.

"Mi prendo cura di ogni cosa", ripeté, sorridendo dolcemente, come se potesse così cancellare i miei dubbi. Stava per dire qualcos'altro, ma invece si mordicchiò il labbro inferiore pensosamente per un momento, poi si girò e continuò a rastrellare le foglie ammucchiandole con movimenti rapidi, precisi e sicuri.

"Dove sono tutti?", chiesi.

Pose il mento sulla sua mano appoggiata all'estremità del rastrello e mi guardò con espressione assente. Poi, sogghignando in modo insano, si guardò attorno, come se da un momento all'altro qualcuno potesse materializzarsi da dietro uno degli alberi da frutta.

Sospirando rumorosamente e con impazienza, mi girai per andarmene.

Egli si schiarì la gola e con voce tremante e rauca per l'età disse: "Il vecchio nagual ha portato Isidoro Baltazar sulle montagne". Non mi guardò; i suoi occhi erano focalizzati da qualche parte, in lontananza. "Ritorneranno tra un paio di giorni".

"Giorni?", strillai indignata. "È sicuro di aver capito bene?". Sgomenta per il fatto che il mio più pessimistico timore si fosse avverato, potei soltanto mormorare: "Come ha potuto lasciarmi qui da sola?".

"Sono partiti la notte scorsa", disse il vecchio riprendendo una foglia che il vento aveva allontanato dal mucchio di fronte a sé.

"È impossibile", lo contraddissi con forza. "Siamo arrivati qui soltanto l'altra sera. L'altra sera tardi", enfatizzai.

Indifferente al mio tono rude e autoritario e alla mia presenza, il vecchio diede fuoco al piccolo mucchio di foglie che aveva davanti.

"Isidoro Baltazar non ha lasciato un messaggio per me?", chiesi, accucciandomi accanto a lui. "Non ha lasciato un biglietto o qualcosa?". Sentii l'impulso di gridare, ma per qualche ragione non osai. Qualcosa di misterioso, nell'aspetto del vecchio, mi sconcertava. Il pensiero che fosse Esperanza travestita ancora mi rodeva.

"Esperanza è andata con loro sulle montagne?", chiesi. La mia voce tremava, perché, improvvisamente, venni afferrata da un disperato desiderio di ridere. Non c'era nulla che potesse fare per convincermi che era in effetti un uomo, se non calarsi i pantaloni e mostrarmi i suoi genitali.

"Esperanza è in casa", mormorò, la sua attenzione fissa sul piccolo mucchio di foglie che bruciavano. "È in casa con gli altri".

"Non sia ridicolo, non è in casa", lo contraddissi rudemente. "Non c'è nessuno in casa. Li ho cercati tutto il pomeriggio. Ho controllato ogni stanza".

"È nella casa piccola", ripeté ostinatamente l'uomo, osservandomi intentamente, così come aveva osservato le foglie bruciare. Lo scintillio malizioso nei suoi occhi mi faceva venir voglia di prenderlo a calci.

"Quale piccola...", la mia voce svanì mentre ricordavo l'altra casa, quella che avevo visto al nostro arrivo. Effettivamente, pensare a quel luogo mi causava un intenso dolore fisico.

"Poteva dirmi subito che Esperanza è nella casetta", dissi stizzita. Furtivamente, mi guardai attorno, ma non riuscii a vedere il posto. Gli alti alberi e il muro la nascondevano alla visuale. "Vado a vedere se Esperanza è davvero là come afferma lei", dissi alzandomi.

Anche il vecchio si alzò e, girandosi verso l'albero più vicino, prese una lampada a petrolio e un sacco di tela che pendeva da un ramo basso. "Temo di non poterti lasciare andare là da sola", disse.

“Non capisco perché”, ribattei irritata. “Forse non ne è al corrente, ma io sono ospite di Florinda. Sono stata accompagnata alla casetta l’altra sera”. Feci un attimo di pausa e per ribadire il concetto aggiunsi: “Ci sono stata sicuramente”.

Egli ascoltò attentamente, ma il suo viso sembrava dubbioso. “È difficile arrivarci”, mi avvertì infine. “Devo preparare il sentiero. Devo...”. Sembrò accorgersi di un pensiero che non voleva esprimere. Si strinse nelle spalle, poi ripeté che doveva preparare il sentiero per me.

“Che cosa c’è da preparare?”, chiesi irritata. “Deve tagliare il *chaparral* con un *machete*?”.

“Io sono il custode. Preparo il sentiero”, ripeté ostinatamente e si sedette a terra per accendere la lampada a petrolio. Per un istante la fiamma vacillò nell’aria, poi bruciò con forza. I suoi lineamenti apparivano scarni, senza rughe, come se la luce avesse cancellato i segni del tempo. “Non appena avrò finito con queste foglie, ti ci accompagnerò io stesso”.

“L’aiuto”, mi offrii. Chiaramente, il vecchio non connetteva molto bene e bisognava assecondarlo. Lo seguii in giro per lo spiazzo e l’aiutai a raccogliere le foglie in piccoli mucchi che egli prontamente bruciava. Non appena la cenere si raffreddava, l’infilava nel sacco di tela. Il sacco era rinforzato con della plastica. Fu questo particolare dettaglio - il rinforzo di plastica - che mi riportò alla memoria un ricordo d’infanzia dimenticato. Mentre mettevamo i mucchi di cenere nel sacco, gli raccontai che da bambina, quando vivevo in un villaggio vicino a Caracas, venivo spesso svegliata dal rumore del rastrello. Sgusciavo sempre fuori dal letto e, a carponi, strisciavo per il corridoio oltre le stanze dei miei genitori e dei miei fratelli, verso il salotto che dava sulla plaza. Facendo attenzione ai cardini che scricchiolavano, aprivo le imposte di legno delle finestre e infilavo la testa tra le sbarre di ferro battuto. Il vecchio incaricato di ripulire la plaza era sempre là a salutarmi con un sorriso sdentato e insieme rastrellavamo le foglie cadute durante la notte, raccogliendole in piccoli mucchi, mentre qualunque altro genere di spazzatura veniva messo nei bidoni. Bruciavamo questi mucchi e non appena la cenere si era raffreddata, la mettevamo in un sacco di tela rinforzato con la seta. Egli affermava che le fate dell'acqua che dimoravano in un fiume sacro sulle vicine montagne, trasformavano la cenere in polvere d'oro.

"Anche lei conosce le fate che trasformano la cenere in polvere d'oro?", chiesi, notando quanto il custode fosse deliziato dalla mia storia.

Non rispose, ma ridacchiò con un tale piacere e un tale abbandono che non potei fare a meno di ridere anch'io. Prima che me ne accorgessi, avevamo raggiunto l'ultimo mucchio di cenere, vicino a una porta ad arco in una rientranza del muro; lo stretto cancello di legno era spalancato.

Al di là del *chaparral*, quasi nascosta dalle ombre, c'era l'altra casa. Dalle finestre non trapelava nessuna luce e sembrava che scivolasse lontana da me. Chiedendomi se la casa fosse una creazione della mia immaginazione, un luogo ricordato in sogno, sbattei ripetutamente le palpebre e mi strofinai gli occhi. C'era qualcosa che non andava, decisi, mentre mi ricordavo di essere andata nella casa delle streghe la notte prima con Isidoro Baltazar. Ricordavo la casa più piccola sulla destra di quella grande. Allora come mai, mi chiesi, ora potevo vedere il posto dal cortile retrostante la casa delle streghe? Nello sforzo di orientarmi, mi spostai qua e là, ma non ci riuscii. Inciampai nel vecchio che era accovacciato tra i mucchi di cenere e caddi su di lui. Con stupefacente agilità si alzò e mi aiutò a sollevarmi. "Sei piena di cenere", disse, pulendomi il viso con la manica della sua camicia kaki.

"Eccola!", gridai. Chiaramente delineata contro il cielo, l'elusiva casa sembrava fosse solo a pochi passi da dove mi trovavo. "Eccola là", ripetei, saltando su e giù, come se così facendo potessi tenere al suo posto la casa, trattenerla nel tempo. "Questa è la vera casa delle streghe", aggiunsi, standо ferma di fronte al vecchio, in modo che potesse finire di pulirmi il viso dalla cenere. "La casa grande è soltanto una facciata".

"La casa delle streghe", disse lentamente il vecchio, assaporando le sue parole. Poi ridacchiò, evidentemente divertito. Con la ramazza spinse nel suo sacco di tela la cenere che rimaneva, poi mi fece segno di seguirlo attraverso il cancello.

Due alberi d'arancio crescevano dall'altra parte, lontano dal muro. Una fresca brezza soffiava attraverso i rami in fiore, ma i fiori non si muovevano. Non cadevano a terra. Contro il fogliame scuro, i boccioli sembravano intarsiati, come se fossero fatti di quarzo color del latte. Come sentinelle, i due alberi stavano di guardia sullo stretto sentiero. Il sentiero era bianco e molto dritto, come una linea disegnata sul terreno con un righello.

Il vecchio mi passò la lampada a petrolio, poi tirò fuori una manciata di cenere dal suo sacco di tela e le versò da una mano all'altra - come se stesse pesandola - prima di spargerla a terra.

"Non fare nessuna domanda e fai come dico", disse. La sua voce non era più rauca. Aveva una qualità aerea; suonava energica e convincente. S'inchinò leggermente e camminando all'indietro, lasciò che il resto della cenere cadesse direttamente dal suo sacco sullo stretto sentiero. "Tieni i piedi sulla linea di cenere", ammonì. "Se non lo farai non arriverai mai alla casa".

Tossii per nascondere la mia risata nervosa. Aprendo le braccia, mi equilibrai sulla stretta linea di cenere come se fosse una corda tesa. Ogni volta che ci fermavamo affinché il vecchio riprendesse fiato, mi giravo a guardare la casa che avevamo appena lasciato; sembrava retrocedere in lontananza. E quella di fronte a noi non sembrava avvicinarsi. Cercai di convincermi che si trattava semplicemente di un'illusione ottica, tuttavia avevo la vaga certezza che da sola non sarei mai riuscita ad arrivare a nessuna delle due case.

Come se percepisse il mio disagio, il vecchio mi diede un rassicurante colpetto sul braccio. "Questo è il motivo per cui preparo il sentiero". Guardò nel suo sacco di tela e aggiunse: "Ora non ci vorrà molto per arrivare. Semplicemente ricorda di tenere i piedi sulla linea di cenere. Se lo farai, sarai in grado di andare avanti e indietro in qualunque momento".

La mia mente mi diceva che l'uomo era folle. Il mio corpo, comunque, sapeva che senza di lui e la sua cenere ero perduta. Ero così intenta a tenere i piedi sulla debole riga che, quando finalmente arrivammo di fronte alla porta, rimasi sorpresa.

Il vecchio mi prese la lampada dalle mani, si schiarì la gola, poi batté con le nocche un leggero colpetto sul pannello intarsiato. Non attese una risposta, ma spalancò la porta ed entrò.

"Non vada così veloce!", gridai, temendo di rimanere indietro. Lo seguii in uno stretto vestibolo. Lasciò la lampada a olio su un tavolino. Poi, senza una parola e senza guardarsi indietro, aprì una porta al limite estremo e scomparve nell'oscurità.

Guidata da un vago ricordo, entrai nella stanza fiocamente illuminata, dirigendomi direttamente verso la stuoia sul pavimento. Nella mia mente non c'erano dubbi, ora, che ero stata lì la sera prima e che avevo dormito su quella stessa stuoia. Quello di cui non ero tanto sicura era innanzitutto come fossi arrivata in quella stanza. Che Mariano Aureliano mi avesse trasportata sulla schiena attraverso il *chaparral* era chiaro nella mia mente. Ero anche certa di essermi svegliata in quella stanza - prima di venire trasportata dal vecchio nagual - con Clara che sedeva al mio fianco sulla stuoia.

Sicura che nel giro di pochi istanti tutto mi sarebbe stato spiegato, mi sedetti sulla stuoia. La luce della lampada tremolò e poi si spense. Percepii, piuttosto che vedere, cose e persone che si muovevano attorno a me. Udii un mormorio di voci, suoni indistinti che provenivano da ogni angolo. Fra tutti questi rumori, riconobbi un fruscio familiare di gonne e un sommesso ridacchiare.

"Esperanza?", sussurrai. "Dio! Sono così contenta di vederti!". Sebbene mi aspettassi di vedere proprio lei, rimasi stordita quando sedette al mio fianco sulla stuoia. Timidamente le toccai il braccio.

"Sono io", mi assicurò.

Solo dopo aver udito la sua voce, mi convinsi che in effetti era Esperanza e non il custode che si era cambiato i pantaloni e la camicia kaki per mettere il frusciante corpetto e il vestito bianco. E una volta che sentii il tranquillizzante tocco della sua mano sul mio viso, tutti i pensieri sul custode svanirono.

"Come sono arrivata qui?", chiesi.

"Ti ha portata qui il custode", rise. "Non ricordi?". Si girò verso il basso tavolino e riaccese la lampada a petrolio. "Sto parlando dell'altra notte", chiarii. "So che ero qui. Mi sono svegliata su questa stuoia. Clara era qui con me. E c'erano Florinda e le altre donne...". La mia voce si perse mentre ricordavo che mi ero svegliata successivamente nel salotto dell'altra casa e poi ancora su un letto. Scossi il capo, come se così facendo potessi rimettere ordine nei miei ricordi. Guardai disperatamente Esperanza, sperando che potesse riempire le mie lacune. Le dissi delle difficoltà che avevo nel ricordare gli eventi notturni in ordine sequenziale.

"Non dovresti avere nessun problema", disse. "Segui la pista dei sogni; ora stai sognando da sveglia".

"Intendi dire che in questo stesso momento sono addormentata?", chiesi con tono derisorio. Mi piegai verso di lei e chiesi: "Sei addormentata anche tu?".

"Non siamo addormentate", ripeté, pronunciando le parole accuratamente. "Tu e io stiamo sognando da sveglie". Alzò le mani con un gesto d'importanza. "Ti ho detto che cosa fare l'anno scorso. Ricordi?".

Improvvisamente mi venne in soccorso un pensiero, come se qualcuno me l'avesse appena sussurrato all'orecchio: "Quando si è nel dubbio, si devono separare le due piste, la pista degli affari ordinari e la pista dei sogni, poiché ciascuna ha un differente stato di consapevolezza". Mi sentii inebriata, perché sapevo che la prima pista che si dovrebbe mettere alla prova è quella dei sogni; se la situazione del momento non si adatta a quella pista, allora non si sta sognando.

La mia esultanza svanì rapidamente quando cercai di mettere alla prova la pista dei sogni. Non avevo idea di come procedere con essa né di che cosa in realtà fosse la pista dei sogni. E, peggio ancora, non riuscivo a ricordare chi me ne aveva parlato.

"Sono stata io", disse Esperanza proprio dietro a me. "Hai progredito molto nel regno dei sogni. Hai quasi ricordato ciò che ti ho detto l'anno scorso, il giorno dopo il picnic. Quella volta ti ho rivelato che, quando non sai se stai sognando o se sei sveglia, dovresti mettere alla prova la pista lungo la quale corrono i sogni - il che significa la consapevolezza che abbiamo nei sogni - percependo la cosa con cui sei in contatto. Se stai sognando, la tua sensazione ti ritorna come un'eco. Se non ritorna, allora non stai sognando".

Sorridendo, mi pizzicò la coscia e disse: "Prova con la stuoia su cui sei sdraiata. Percepiscila con il posteriore; se la sensazione ritorna, allora stai sognando".

Non provai alcuna sensazione al mio intorpidito posteriore. In effetti, ero così insensibile che non sentivo la stuoia. Mi sembrava di giacere sulle ruvide mattonelle del pavimento.

Sentivo un forte impulso a dirle che dovrebbe essere l'opposto: se la sensazione ritorna, allora si è svegli, ma mi controllai in tempo. Poiché sapevo senza ombra di dubbio che quel che intendeva con "la sensazione ritorna", non aveva nulla a che fare con ciò che normalmente s'intende con sensazione. La distinzione tra l'essere svegli e il sognare da svegli ancora mi sfuggiva, tuttavia ero certa che il significato non avesse nulla a che fare col nostro modo abituale di comprendere la consapevolezza.

Proprio allora, comunque, dalla mia bocca uscirono delle parole senza che potessi esercitare alcun alcun controllo su di esse. Dissi: "So che sto sognando da sveglia e questo è tutto". Sentivo di essere vicina a un nuovo livello di comprensione più profondo e tuttavia non riuscivo ad afferrarlo. "Quel che vorrei sapere è: quando mi sono addormentata?", chiesi.

"Ti ho già detto che non sei addormentata. Stai sognando da sveglia".

Cominciai a ridere involontariamente, in una maniera quieta, ma molto nervosa. Non sembrò notarlo o curarsene.

"Quando è avvenuta la transizione?".

"Quando il custode ti ha fatto attraversare il *chaparral* e hai dovuto concentrarti sul tenere i piedi sulla cenere".

"Deve avermi ipnotizzata!", esclamai, con voce per niente piacevole. Cominciai a parlare incoerentemente, incespicando nelle parole senza riuscire a esprimermi sensatamente, fino a che, alla fine, piansi accusandoli tutti.

Esperanza mi osservò silenziosamente, con le sopracciglia inarcate e gli occhi spalancati per la sorpresa. Provai immediatamente vergogna per il mio sfogo, ma allo stesso tempo ero contenta di aver parlato, poiché fui colta da un momentaneo sollievo, come quello che si ottiene dopo una consolazione.

"La tua confusione", continuò, "trae origine dalla tua facilità a spostarti da uno stato di consapevolezza all'altro con grande agio. Se ti fossi sforzata, come fa chiunque altro, di conseguire una transizione facile, allora sapresti che sognare da svegli non è ipnosi". Fece una pausa, poi terminò dolcemente: "Sognare da svegli è lo stato più sofisticato che gli esseri umani possano conseguire".

Guardò fisso nella stanza, come se una spiegazione più chiara potesse improvvisamente giungerle da qualcuno che si nascondeva nell'ombra. Poi si volse verso di me e chiese: "Hai mangiato quel poco cibo?".

Il suo cambio di argomento mi prese di sorpresa e cominciai a balbettare. Una volta che mi fui riavuta, le dissi che in effetti avevo mangiato i *tamales* dolci. Ero così affamata che non mi ero curata di riscaldarli; erano deliziosi.

Giocando pigramente col suo scialle, Esperanza mi chiese di farle un resoconto di quello che avevo fatto da quando mi ero svegliata nella stanza di Florinda.

Come se mi fosse stato somministrato il siero della verità, dissi avventatamente più di quanto intendessi rivelare. Ma Esperanza non sembrò dare importanza al mio ficcanasare nelle stanze delle donne. Non era impressionata dal fatto che sapessi a chi apparteneva ciascuna stanza.

Quel che le interessava moltissimo, comunque, era il mio incontro con il custode. Con un inconfondibile sorriso di divertimento sul viso, mi ascoltò mentre le raccontavo la storia di aver confuso l'uomo con lei. Quando accennai al fatto che a un certo punto avevo pensato di chiedegli di abbassarsi i pantaloni per controllare i suoi genitali, si accasciò sulla stuoia, urlando dalle risate.

Si piegò verso di me e sussurrò in modo allusivo al mio orecchio: "Ti tranquillizzerò". C'era uno scintillio malizioso nei suoi occhi mentre aggiungeva: "Ti mostrerò i mei".

"Non ce n'è bisogno, Esperanza", dissi cercando di evitarlo. "Non dubito che tu sia una donna".

"Non si può mai essere troppo sicuri di ciò che si è". Disse con noncuranza, evitando le mie parole. Indifferente al mio imbarazzo - causato non tanto dalla sua imminente nudità, ma dal pensiero che dovevo guardare il suo vecchio e raggrinzito corpo - si sdraiò sulla stuoia e con grande distinzione lentamente sollevò la gonna.

La curiosità ebbe la meglio sul mio imbarazzo. La fissai a bocca aperta. Non portava mutande. Non aveva peli pubici. Il suo corpo era incredibilmente giovane, la carne forte e soda, i muscoli delineati delicatamente. La sua pelle era tutta di un uniforme color rosa ramato. Su di essa non c'erano segni di smagliature, non c'erano capillari rotti: nulla deturpava la perfezione del suo ventre e delle sue gambe.

Mi allungai a toccarla, come se avessi bisogno di rassicurare me stessa che la sua pelle serica e liscia fosse reale e aprì le labbra della sua vagina con le dita. Distolsi lo sguardo, non tanto per l'imbarazzo, quanto per le mie emozioni conflittuali. Il problema non era la nudità, maschile o femminile che fosse. Ero cresciuta del tutto liberamente a casa; nessuno faceva particolare attenzione a evitare di essere visto nudo. Mentre ero a scuola in Inghilterra, un'estate ero stata invitata a passare un paio di settimane in Svezia nella casa al mare di un'amica. Tutta la famiglia apparteneva a una colonia nudista e tutti adoravano il sole con ogni poro della loro pelle nuda.

Vedere Esperanza nuda era diverso. Ero stranamente eccitata. Non mi ero mai realmente focalizzata sugli organi genitali di una donna. Naturalmente mi ero esaminata accuratamente allo specchio e da ogni possibile angolazione. Avevo anche visto dei film pornografici che non soltanto non mi erano piaciuti, ma che avevo anche trovato offensivi. Vedere Esperanza così intimamente fu un'esperienza sconvolgente, poiché avevo sempre dato per scontato le mie risposte sessuali. Pensavo che come donna mi sarei eccitata soltanto con un uomo. Il mio sopraffacente desiderio di saltarle addosso mi colse completamente di sorpresa ed era controbilanciato dal fatto che non avevo un pene. Quando Esperanza improvvisamente si alzò dalla stuoia e si tolse la camicetta annaspai sensibilmente, poi fissai il pavimento fino a che la febbrile sensazione di pizzicore al viso e al collo cessò.

"Guardami!", ordinò Esperanza impaziente. I suoi occhi erano brillanti; le guance erano arrossate. Era completamente nuda. Il suo corpo era slanciato, tuttavia appariva più robusta e più forte di quando era vestita. Il suo seno era sodo e appuntito.

"Toccalo!", ordinò con tono dolce e allusivo.

Le sue parole echeggiarono nella stanza come un suono disincarnato, un ritmo ipnotico che diventava una vibrazione nell'aria, un pulsare del suono intuito piuttosto che udito, che a poco a poco si contraeva e si ripeteva fino a battere veloce e forte, come il ritmo del mio cuore.

Poi, tutto ciò che udii e sentii fu la risata di Esperanza.

"Per caso c'è il custode nascosto qui?", chiesi, quando potei parlare. Ero diventata improvvisamente sospettosa e colpevole della mia audacia.

"Spero di no!", gridò, con un'aria di tale sgomento che mi fece ridere.

"Dov'è?", chiesi. I suoi occhi si spalancarono, poi sogghignò come se stesse per scoppiare a ridere. Ma si controllò e con tono serio disse che il custode era da qualche parte nei campi e che si prendeva cura di entrambe le case, ma non andava in giro a spiare nessuno.

"È davvero il custode?", chiesi cercando di sembrare scettica. "Non voglio parlar male di lui, ma davvero non sembra in grado di prendersi cura di nulla".

Esperanza ridacchiò, poi disse che la sua fragilità era ingannevole. "È molto abile", mi assicurò. "Devi fare attenzione con lui. Gli piacciono le ragazze giovani, specialmente quelle bionde". Si chinò più vicina e, come se temesse di essere udita, sussurrò al mio orecchio: "Ti ha fatto delle *avances*?".

"Cielo, no!", lo difesi. "È stato squisitamente educato e d'aiuto. Solo che...". La mia voce diventò un sussurro e la mia attenzione cominciò a vagare in un modo strano sul mobilio della stanza, che non potevo vedere, poiché la piccola fiamma della lampada a petrolio gettava più ombre che luci su ciò che mi circondava.

Quando finalmente riuscii a riportare la mia attenzione su di lei, non ero più preoccupata del custode. Tutto quello a cui potevo pensare, con una persistenza di cui non riuscivo a liberarmi, era perché Isidoro Baltazar fosse partito per le montagne senza farmelo sapere, senza lasciarmi un biglietto.

"Perché mi ha lasciata così?", chiesi, rivolgendomi a Esperanza. "Deve aver detto a qualcuno quando tornerà". Notando il sorriso affettato di chi sa, aggiunsi bellicosa: "Sono sicura che tu sai che cosa sta accadendo".

"Non lo so", insistette, completamente incapace di compredere la mia situazione. "Non mi interesso a queste cose e non dovresti interessartene nemmeno tu. Isidoro Baltazar è andato. E questo è tutto. Ritornerà tra un paio di giorni, tra un paio di settimane. Chissà. Dipende tutto da quello che accade sulle montagne".

"Dipende tutto?", urlai. Trovai abominevole la sua mancanza di comprensione e compassione. "E io?", domandai. "Non posso restare qui per settimane".

"Perché no?", chiese innocentemente Esperanza.

La guardai come se fosse demente, poi scoppiai a dire che non avevo nulla per vestirmi, che non avevo nulla da fare lì. La mia lista di lamentele era senza fine; le elencai senza sosta fino a che fui esausta.

"Semplicemente devo tornare a casa, nel mio normale ambiente", terminai. Sentii giungere le inevitabili lacrime e feci del mio meglio per sopprimerle.

"Normale?". Esperanza ripeté la parola lentamente, come se stesse assaporandola. "Puoi andartene in qualunque momento desideri. Nessuno ti sta trattenendo. Si può facilmente disporre che tu venga accompagnata fino alla frontiera dove puoi prendere un autobus Greyhound diretto a Los Angeles".

Annuii, non fidandomi a parlare. Non volevo neanche questo. Non sapevo quel che volevo, ma il pensiero di partire era insopportabile. In qualche modo sapevo che se partivo non avrei mai ritrovato queste persone, nemmeno Isidoro Baltazar a Los Angeles. Cominciai a piangere senza controllo. Non sarei stata in grado di tradurlo in parole, ma la desolazione di una vita, di un futuro senza di loro, per me era insopportabile. Non notai che Esperanza aveva lasciato la stanza e non notai il suo ritorno. Non avrei notato nulla se non fosse stato per il delizioso aroma di cioccolata calda che mi solleticava il naso.

"Ti sentirai meglio dopo aver mangiato", mi assicurò, mettendomi un vassoio in grembo. Sorridendo lentamente e affettuosamente, sedette vicino a me e mi confidò che non c'era nulla come la cioccolata per scacciare la tristezza.

Non potevo essere più d'accordo. Bevvi alcuni sorsi esitanti e mangiai parecchie delle *tortillas* al burro. Le dissi che, sebbene non conoscessi realmente lei o nessuno dei suoi amici, non potevo concepire di non rivederli mai più. Confessai che con lei e con il suo gruppo provavo una libertà e un benessere che non avevo mai sperimentato altrove in precedenza. Era una strana sensazione, spiegai, parzialmente fisica, parzialmente psicologica e che sfidava totalmente l'analisi. Potevo descriverla soltanto come un senso di benessere o come la certezza che finalmente avevo trovato il luogo a cui appartenevo.

Esperanza conosceva esattamente quello che stavo cercando di esprimere. Disse che aver fatto parte del mondo degli stregoni anche per breve tempo creava dipendenza. Non importava tanto l'ammontare del tempo, enfatizzò, quanto l'intensità degli incontri. "E i tuoi incontri sono stati molto intensi", disse.

"Davvero?", chiesi.

Esperanza sollevò le sopracciglia con sincera sorpresa, poi si accarezzò il mento con atteggiamento esagerato, come se stesse cogitando su un problema che non aveva soluzione. Dopo un lungo silenzio, alla fine, disse: "Camminerai più leggera dopo che avrai realizzato pienamente che non c'è possibilità di tornare alla tua vecchia vita". La sua voce, sebbene fosse bassa, aveva una forza straordinaria. I suoi occhi sostennero i miei per un attimo e in quell'istante seppi che cosa significavano le sue parole.

"Niente sarà più lo stesso per me", dissi dolcemente.

Esperanza annuì. "Ritornerai al mondo, ma non al tuo mondo, alla tua vecchia vita", disse sollevandosi dalla stuoia con la brusca maestà che hanno a disposizione le persone piccole. Si affrettò verso la porta, soltanto per fermarsi improvvisamente. "È selvaggiamente eccitante fare qualcosa senza sapere perché lo si sta facendo", disse, girandosi a guardarmi. "Ed è ancora più eccitante accingersi a fare qualcosa senza sapere quale sarà il risultato finale".

Non potevo essere meno d'accordo. "Ho bisogno di sapere quel che sto facendo", dichiarai. "Ho bisogno di sapere in cosa mi sto buttando".

Sospirò e alzò le mani in una comica disapprovazione. "La libertà fa terribilmente paura". Parlò con asprezza e prima che avessi la possibilità di rispondere, aggiunse gentilmente: "La libertà richiede atti spontanei. Non hai idea di che cosa sia abbandonarsi spontaneamente...".

"Ogni cosa che faccio è spontanea", la interruppi. "Perché pensi che sia qui? Pensi che io abbia ponderato molto se avrei dovuto venire o meno?".

Ritornò alla stuoia e rimase in piedi a guardarmi per un lungo momento prima di dire: "Naturalmente non ci hai pensato molto.

Ma i tuoi atti di spontaneità sono dovuti a mancanza di riflessione, piuttosto che a un atto di abbandono". Batté il piede per impedirmi di interromperla ancora. "Un atto veramente spontaneo è un atto in cui ti abbandoni completamente". Solo dopo una profonda riflessione, continuò: "Un atto in cui tutti i pro e i contro sono stati presi in considerazione e doverosamente scartati, poiché non ti aspetti nulla, non rimpiangi nulla. Con azioni di questo natura, gli stregoni invitano la libertà".

"Non sono uno stregone", mormorai sottovoce, tirandole il lembo del vestito per impedirle di andarsene. Ma mise in chiaro che non le interessava continuare la nostra conversazione.

La seguii all'aperto, al di là dello spiazzo, sul sentiero che conduceva all'altra casa.

Come aveva fatto in precedenza il custode, anch'ella mi esortò a tenere i piedi sulla linea di cenere. "Se non lo farai", ammonì, "cadrai nell'abisso".

"Abisso?", ripetei incerta, guardando attorno a me la massa del buio *chaparral* che si estendeva d'ambo le parti.

Si alzò una leggera brezza. Da un'oscura massa di ombre si alzarono voci e sussurri. Istintivamente, mi aggrappai alla gonna di Esperanza.

"Riesci a sentirli?", chiese, girandosi verso di me.

"Chi dovrei udire?", mormorai raucamente.

Esperanza allora si avvicinò ancora di più, come se temesse di essere udita e mi sussurrò all'orecchio: "*Surem* di un altro tempo; usano il vento per vagare attraverso il deserto, sempre vigili".

"Intendi fantasmi?".

"Non sono fantasmi", disse in modo definitivo e ricominciò a camminare.

Mi assicurai che i miei piedi rimanessero sulla linea di cenere e non le lasciai andare la gonna fino a che non si fermò bruscamente al centro del patio della grande casa. Per un istante esitò, come se non riuscisse a decidere in quale parte della casa dovesse portarmi. Poi percorse i vari corridoi e svoltò diverse volte fino a che ci fermammo in un'immensa stanza che era sfuggita alla mia precedente esplorazione della casa. Le pareti erano colme di libri fino al soffitto.

Da una parte della stanza c'era un lungo e massiccio tavolo di legno. Dall'altra parte pendeva una bianca amaca tessuta a mano.

"Che stanza magnifica!", esclamai. "Di chi è?".

"Tua", offrì graziosamente Esperanza. Andò verso un baule di legno vicino alla porta e lo aprì. "Le notti sono fredde", avvisò, passandomi tre spesse coperte di lana.

"Intendi dire che posso dormire qui?", chiesi eccitata. Tutto il mio corpo fremeva di piacere mentre imbottivo l'amaca con le coperte e vi sprofondavo dentro. Da bambina avevo dormito spesso su un'amaca. Sospirando di appagamento, mi dondolai avanti e indietro, poi allungai le gambe e mi stirai voluttuosamente. "Sapere come dormire su un'amaca è come sapere andare in bicicletta: non si dimentica mai", le dissi. Ma non c'era nessuno ad ascoltarmi. Esperanza se n'era andata senza che io me ne accorgessi.

11

Spensi la luce e giacqui immobile sulla mia amaca, cullata dai rumori della casa, strani scricchiolii e il gocciolio dell'acqua che proveniva da un filtro di terracotta fuori dalla mia stanza.

Bruscamente mi alzai a sedere mentre lungo il corridoio echeggiava un inconfondibile rumore di passi. "Chi potrebbe essere a quest'ora?", pensai. Attraversai in punta di piedi la stanza e appoggiai l'orecchio alla porta. I passi erano pesanti. Il cuore mi batteva veloce e forte mentre i passi si avvicinavano. Si fermarono di fronte alla mia porta. Quel bussare aveva un carattere d'urgenza e sebbene lo stessi aspettando, mi fece trasalire. Balzai indietro rovesciando una sedia.

"Hai avuto un incubo?", chiese Florinda entrando nella stanza. Lasciò la porta semiaperta e la luce del corridoio illuminò l'interno. "Pensavo saresti stata felice di udire il suono dei miei passi", disse ironicamente, sorridendomi. "Non volevo piombarti addosso all'improvviso". Raddrizzò la sedia e appoggiò un paio di pantaloni kaki e una camicia sullo schienale. "Regali del custode. Dice che puoi tenerli".

"Tenerli?", ripetei, guardando i vestiti sospettosamente. Sembravano puliti e stirati. "Cosa c'è che non va nei miei jeans?".

"Ti sentirai più a tuo agio con questi pantaloni durante il lungo viaggio fino a Los Angeles", disse Florinda.

"Ma io non voglio partire!", gridai allarmata. "Resterò qui fino a che tornerà Isidoro Baltazar.

Florinda rise, poi, notando che stavo per piangere, disse: "Isidoro Baltazar è tornato, ma se desideri puoi rimanere ancora".

"Oh! No, non voglio", dissi avventatamente. L'ansietà che avevo provato negli ultimi due giorni era dimenticata. Così come tutte le domande che avrei voluto porre a Florinda. Riuscivo solo a pensare che Isidoro Baltazar era tornato. "Posso vederlo ora?", chiesi.

"Temo di no". Florinda mi fermò prima che lasciassi la stanza.

Per un attimo non registrai la sua frase. La fissai senza comprendere e lei ripeté che non era possibile vedere il nuovo nagual quella notte.

"Perché no?", chiesi, meravigliata. "Sono sicura che lui vorrebbe vedermi".

"Sono certa che vorrebbe", prontamente acconsentì. "Ma sta dormendo profondamente e non puoi svegliarlo". Era un rifiuto così crudele che tutto quello che riuscii a fare fu fissarla ammutolita.

Florinda guardò a lungo il pavimento, poi mi fissò. La sua espressione era triste. Per un istante credetti che avrebbe ceduto e mi avrebbe portato a trovare Isidoro Baltazar. Invece, con tagliente fermezza, ripeté: "Temo che tu non possa vederlo stanotte". Frettolosamente, come se temesse di potere ancora cambiare idea, mi abbracciò e mi baciò e poi lasciò la stanza. Spense la luce all'esterno, poi si girò nell'ombra del corridoio per guardarmi e disse: "Ora va' a dormire".

Restai sveglia e agitata a rigirarmi per ore. Infine, poco prima dell'alba mi alzai e indossai i vestiti che Florinda mi aveva portato. Mi andavano bene, tranne i pantaloni, che dovetti stringere ai fianchi con un pezzo di corda, poiché non mi ero portata una cintura.

Con le scarpe in mano, scivolai nel corridoio superando la stanza del custode, fino all'entrata sul retro. Facendo attenzione ai cardini cigolanti, aprii la porta con cautela e soltanto in una fessura. Fuori era ancora buio, tuttavia un azzurro dolce e splendente si stava diffondendo attraverso il cielo a oriente. Corsi verso l'apertura ad arco nel muro di cinta, fermandomi un attimo accanto ai due alberi che, all'esterno, costeggiavano il sentiero. L'aria era carica della fragranza dei boccioli d'arancio. Qualunque dubbio potessi ancora avere sul fatto di attraversare il *chaparral* svanì non appena vidi che sul terreno era stata sparsa della cenere fresca. Senza ulteriori indigi, mi lanciai verso l'altra casa.

La porta era aperta. Non entrai subito. Mi accucciai sotto una finestra e attesi qualche suono. Non dovetti attendere a lungo prima di udire un sonoro russare. Ascoltai per un po' e poi entrai. Guidata da quel distinto russare, entrai direttamente nella stanza sul retro della casa. Nell'oscurità, potevo a malapena distinguere la forma che giaceva sulla stuoia, tuttavia non ebbi alcun dubbio che fosse Isidoro Baltazar. Temendo che potesse spaventarsi svegliandosi troppo bruscamente, ritornai nella stanza di fronte e sedetti sul divano. Ero così eccitata che non riuscivo a sedere tranquilla. Ero fuori di me dalla gioia al pensiero che si sarebbe destato da un momento all'altro. Per due volte ritornai in punta di piedi nella stanza e lo guardai. Nel sonno si era girato e non russava più.

Dovevo essermi appisolata sul divano. Nel mio dormiveglia percepii che qualcuno era entrato nella stanza. Mi sollevai un po' per mormorare: "Sto aspettando che Isidoro Baltazar si svegli", ma sapevo che dalla mia bocca non era uscito alcun suono. Feci uno sforzo conscio per sedermi. Barcollai intontita prima di riuscire a focalizzare i miei occhi sull'uomo in piedi al mio fianco. Era Mariano Aureliano. "Isidoro Baltazar dorme ancora?", gli chiesi.

Il vecchio nagual mi fissò a lungo. Chiedendomi se stessi sognando, audacemente mi allungai a toccare la sua mano solo per lasciarla ricadere bruscamente. Bruciava come fosse fuoco.

Alzò le sopracciglia, apparentemente sorpreso dalle mie azioni. "Non potrai vedere Isidoro Baltazar fino al mattino". Parlò lentamente, come se pronunciare le parole gli costasse grande sforzo.

Prima che avessi la possibilità di dire che era quasi mattino, che avrei atteso Isidoro Baltazar sul divano, sentii sulla pelle la bruciante mano di Mariano Aureliano che mi spingeva oltre la soglia.

"Torna alla tua amaca".

Si alzò una folata di vento. Mi girai per protestare, ma Mariano Aureliano non era più lì. Il vento riverberava nella mia testa come un profondo gong. Il suono divenne sempre più tenue, fino a diventare una mera vibrazione. Aprii la bocca per prolungare gli ultimi deboli echi.

Era mattino inoltrato quando mi svegliai sull'amaca, con addosso i vestiti che Florinda mi aveva portato. Automaticamente, quasi senza pensare, uscii, attraversai lo spiazzo fino alla piccola casa. La porta era chiusa. Bussai ripetutamente. Chiamai, ma non ci fu risposta. Cercai di spalancare le finestre ma anch'esse erano chiuse. Ero così scossa che stavo per piangere. Corsi giù per la collina fino al piccolo spiazzo di fianco alla strada, nell'unico luogo dove si poteva parcheggiare un'auto. Il furgone di Isidoro Baltazar non era lì. Camminai lungo la strada sterrata per parecchio tempo, cercando tracce fresche di pneumatici. Non ce n'erano.

Più confusa che mai, ritornai alla casa. Sapendo che sarebbe stato inutile cercare le donne nelle loro stanze, restai al centro del patio interno e chiamai Florinda con tutta la mia voce. Non c'erano suoni, eccetto l'eco della mia stessa voce.

Per quanto ripensassi molte volte a ciò che Florinda aveva detto, non riuscivo a trovare una risposta soddisfacente. La sola cosa della quale potevo essere certa era che Florinda era venuta nella mia stanza, nel cuore della notte, per portarmi i vestiti che stavo indossando. La sua visita e la sua affermazione che Isidoro Baltazar era tornato, dovevano aver innescato in me un vivido sogno.

Per smettere di speculare sul perché fossi sola nella casa - non sembrava esserci nemmeno il custode - cominciai a lavare i pavimenti. Pulire aveva sempre avuto un effetto calmante su di me. Avevo finito tutte le stanze, inclusa la cucina, quando udii distintamente il rumore di un motore Volkswagen. Corsi giù per la collina e mi lanciai su Isidoro Baltazar ancora prima che uscisse dal furgone, buttandolo quasi a terra.

"Non riesco ancora a crederci", rise, stringendomi in un forte abbraccio. "Tu eri quella di cui il nagual mi aveva parlato tanto. Sai che quasi sono svenuto quando ti hanno salutata?".

Non attese il mio commento, ma mi abbracciò ancora e ridendo, mi sollevò da terra. Poi, come se un freno fosse stato tolto all'interno di lui, cominciò a parlare senza fermarsi. Disse che sapeva di me da un anno; il nagual gli aveva detto che gli stava affidando una strana ragazza. Il nagual l'aveva descritto metaforicamente come il "Mezzogiorno di un chiaro giorno che non è né ventoso né calmo, né freddo né caldo, ma si alterna fra questi, facendo impazzire".

Isidoro Baltazar confessò che essendo il borioso asino che era, aveva immediatamente pensato che il nagual si stesse riferendo alla sua ragazza.

"Chi è la tua ragazza?", lo interruppi.

Fece un brusco movimento con la mano, chiaramente dispiaciuto per le mie parole.

"Questa non è una storia di fatti", ritorse. "Questa è una storia di idee. Quindi capisci quanto sono idiota". La sua irritazione si tramutò rapidamente in un radioso sorriso.

"Effettivamente, credevo di poter scoprire da solo chi fosse quella ragazza". Fece una piccola pausa, quindi aggiunse dolcemente: "Ho coinvolto nella mia ricerca persino una donna sposata e con figli".

Trasse un profondo sospiro, poi sogghignò e disse: "La morale della mia storia è che nel mondo degli stregoni si deve cancellare l'ego o esso diventa una cortina di nebbia, poiché, in questo mondo, non c'è modo, per le persone comuni come noi di predire nulla".

Poi, notando che stavo piangendo, mi distanziò col braccio e mi fissò con ansia. "Che cosa c'è, nibelunga?".

"Niente, davvero", risi tra i singhiozzi, asciugandomi le lacrime. "Non ho una mentalità che possa preoccuparsi del mondo delle storie astratte", aggiunsi cinicamente e nel tono più duro che potei assumere. "Mi preoccupo del qui e ora. Non hai idea di che cosa ho passato in questa casa".

"Naturalmente, certo che ne ho idea", egli ribatté con deliberata durezza. "Ci sono stato per anni". Mi guardò con occhio indagatore e chiese: "Quel che voglio sapere è perché non mi hai detto che eri già stata con loro?".

"Stavo per farlo, ma non mi è sembrato importante", mormorai confusa. Poi la mia voce acquisì un tono fermo e stabile, mentre le parole si riversavano involontariamente fuori di me. "Sembra che incontrarli sia stata la sola cosa importante che io abbia mai fatto". Per nascondere la mia sorpresa, cominciai immediatamente a lamentarmi di essere stata lasciata sola nella casa.

"Non ho avuto la possibilità di farti sapere che partivo per le montagne con il nagual", sussurrò con un improvviso, incontenibile sorriso.

"Ho dimenticato tutto questo", lo rassicurai. "Sto parlando di oggi. Questa mattina, quando mi sono svegliata, mi aspettavo che tu fossi qui. Ero certa che avessi passato la notte nella casetta piccola a dormire su una stuoia. Quando non sono riuscita a trovarti, mi ha colto il panico".

Notando il suo volto perplesso, gli raccontai della visita notturna di Florinda, del mio successivo sogno, che mi ero trovata sola nella casa al mio risveglio quella mattina. Sembravo incoerente. I miei pensieri e le mie parole erano tutti mischiati. Comunque, non riuscivo a smettere di parlare.

"Ci sono così tante cose che non posso accettare", dissi, mettendo finalmente termine alla mia diatriba. "Ma non posso nemmeno rifiutarle".

Isidoro Baltazar non disse una parola. Continuò a fissarmi come se si aspettasse che continuassi, le sue sopracciglia erano inarcate in modo inquisitivo e derisorio. Il suo volto era sottile, incavato, color fumo. La sua pelle emanava una strana freschezza e un debole profumo di terra, come se avesse passato i suoi giorni sottoterra in una caverna.

Ogni pensiero tumultuoso svanì mentre guardavo nel suo minaccioso occhio sinistro, con il suo sguardo terribile e impietoso. In quel momento non importava più che cosa fosse verità e che cosa illusione, il sogno all'interno di un sogno. Risi sonoramente, sentendomi leggera come il vento. Sentivo che un insopportabile peso veniva sollevato dalle mie spalle, mentre continuavo a guardare fisso il suo occhio da stregone. Lo riconobbi. Florinda, Mariano Aureliano, Esperanza e il custode avevano tutti un occhio così. Consacrato per sempre all'assenza di sentimento, senza emozione, quell'occhio rispecchia il vuoto. Come se avesse rivelato a sufficienza, una palpebra interna - come nell'occhio della lucertola - si chiuse sulla pupilla sinistra.

Prima che avessi la possibilità di fare un commento sul suo occhio da stregone, Isidoro Baltazar li chiuse entrambi per un istante. Quando li riaprì erano esattamente uguali, scuri e illuminati di allegria; l'occhio dello stregone sembrava solo un'illusione. Mi cinse le spalle con un braccio e ci incamminammo su per la collina.

"Prendi le tue cose", disse poco prima di raggiungere la casa. "Ti aspetto nel furgone".

Mi sembrò strano che non venisse dentro con me, ma al momento non pensai di chiedergli spiegazioni. Solo mentre stavo raccogliendo le mie poche cose mi sovvenne che forse temeva le donne. La possibilità mi fece ridere forte, poiché improvvisamente seppi, con una certezza che mi stupì, che la sola cosa che Isidoro Baltazar non temeva erano le donne.

Stavo ancora ridendo quando raggiunsi il furgone ai piedi della collina.

Aprii la bocca per spiegare a Isidoro Baltazar la causa della mia allegria, quando una strana, intensa emozione mi sopraffece.

Fu una fitta così forte che non potei parlare. Quella che sentivo non era passione sessuale. Né un affetto platonico. Non era neanche il sentimento che provavo per i miei genitori o i miei fratelli o i miei amici. Semplicemente lo amavo di un amore che non era toccato da aspettative, dubbi o timori.

Come se avessi parlato a voce alta, Isidoro Baltazar mi abbracciò così intensamente che potei a malapena respirare.

Procedevamo molto lentamente. Allungai il collo fuori dal finestrino sperando di vedere il custode tra gli alberi da frutta. "Mi sembra strano partire così", riflettei, rilassandomi nuovamente sul sedile. "In un certo senso, stanotte Florinda mi ha salutata. Ma avrei voluto poter ringraziare Esperanza e il custode".

La strada sterrata girava attorno alla collina e nel percorrere una stretta curva, il retro della piccola casa divenne visibile. Isidoro Baltazar fermò l'auto e spense il motore. Indicò il fragile vecchio seduto su una cesta di fronte alla casa. Volevo uscire dal furgone e correre su per la collina, ma egli mi trattenne. "Fagli semplicemente un cenno di saluto", sussurrò.

Il custode si alzò dalla cesta. Il vento faceva sbattere la sua giacca e i suoi pantaloni, troppo larghi, come se fossero delle ali. Rise sonoramente, poi si piegò all'indietro e, sfruttando apparentemente la spinta del vento, fece un doppio salto mortale. Per un momento sembrò sospeso nell'aria. Non atterrò mai a terra, ma svanì, come se il vento l'avesse risucchiato via.

"Dov'è andato?", sussurrai con timore reverenziale.

"Dall'altra parte", ridacchiò Isidoro Baltazar con infantile delizia. "Questo è il suo modo di salutarti". Mise nuovamente in moto il furgone. Come se mi stesse lanciando un'esca, di tanto in tanto, mi guardava con derisione. "Che cos'è che ti disturba, nibelunga?", chiese alla fine.

"Tu sai chi è, non è vero?", dissi con tono accusatorio. "Non è il custode, vero?".

Isidoro Baltazar aggrottò leggermente le sopracciglia, poi, dopo un lungo silenzio, mi ricordò che, per me, il nagual Juan Matus era Mariano Aureliano. Mi assicurò che doveva esserci una buona ragione per il fatto che lo conoscessi sotto quel nome. "Sono sicuro che c'è un motivo altrettanto valido per cui il vecchio non ti ha rivelato il suo nome".

Ribattei che poiché sapevo chi era Mariano Aureliano, non capivo lo scopo della simulazione del vecchio. "Inoltre", enfatizzai con aria di sufficienza, "so chi è il custode". Guardai con la coda dell'occhio per afferrare la reazione di Isidoro Baltazar. Il suo volto non rivelava nulla.

"Come tutte le persone, nel mondo degli stregoni, il custode è uno stregone", disse. "Ma tu non sai chi è". Si volse a guardarmi fugacemente, poi concentrò nuovamente la sua attenzione sulla strada. "Dopo tutti questi anni, io non conosco la vera identità di nessuno di loro, incluso il nagual Juan Matus. Sino a che sono con lui penso di sapere chi sia. Ma nel momento in cui ha girato le spalle non so cosa pensare".

Con fare quasi sognante, Isidoro Baltazar continuò a dire che nella quotidianità, i nostri stati soggettivi sono condivisi da tutti i nostri simili. Per questa ragione, sappiamo sempre quello che i nostri simili farebbero in determinate circostanze.

"Sbagli, sei completamente in errore", gridai. "Non sapere cosa farebbero in date circostanze i nostri simili è la cosa eccitante della vita. Questa è una delle poche cose eccitanti rimaste. Non dirmi che vuoi rinunciarvi".

"Non sappiamo cosa farebbero esattamente i nostri simili", spiegò pazientemente, "ma potremmo scrivere una lista di possibilità che sarebbe attendibile. Una lista molto lunga, te lo concedo, tuttavia una lista limitata. Per scrivere questa lista, non abbiamo bisogno di chiedere ai nostri simili le loro preferenze. Tutto quello che dobbiamo fare è metterci nei loro panni e scrivere le possibilità che ci sono pertinenti. Saranno vere per tutti, poiché le condividiamo. I nostri stati soggettivi sono condivisi da tutti noi". Disse che la nostra conoscenza soggettiva del mondo è conosciuta come comune buon senso. Può essere leggermente diversa da gruppo a gruppo, da cultura a cultura, tuttavia, nonostante tutte queste differenze, il comune buon senso è sufficientemente omogeneo per giustificare l'affermazione che il mondo di ogni giorno è un mondo intersoggettivo.

"Con gli stregoni, comunque, il comune buon senso a cui siamo abituati non è più in vigore", enfatizzò. "Essi hanno un altro genere di comune buon senso, poiché hanno altri generi di stati soggettivi".

"Vuoi dire che sono come esseri di un altro pianeta?", chiesi.

Isidoro Baltazar rise. "Sì, sono come esseri di un altro pianeta".

"È questo il motivo per cui sono così misteriosi?".

"Non penso che misteriosi sia il termine giusto", commentò pensosamente. "Trattano col mondo di ogni giorno in modo diverso. Il loro comportamento ci sembra misterioso perché non condividiamo lo stesso significato e perché non abbiamo il metro per misurare quello che per loro è comune buon senso, così scegliamo di credere che il loro comportamento sia misterioso".

"Fanno ciò che facciamo noi: dormono, cucinano i loro pasti, leggono", l'interruppi. "Tuttavia non sono mai riuscita a coglierli sul fatto. Credimi, sono misteriosi".

Sorridendo, scosse il capo. "Hai visto quello che hanno voluto farti vedere", insistette. "E comunque non ti stavano nascondendo nulla. Tu non potevi vedere. Questo è tutto".

Stavo per contraddirlo, ma non volevo dispiacerlo. Non perché avesse ragione, poiché davvero non comprendevo quello di cui parlava, piuttosto, sentivo che tutto il mio ficcanasare non mi aveva fornito un solo indizio su ciò che erano o facevano queste persone. Sospirando, chiusi gli occhi e appoggiai la testa contro lo schienale.

Durante il viaggio gli raccontai ancora del mio sogno. Quanto era stato reale vederlo addormentato mentre russava sulla stuoia di paglia. Gli raccontai della mia conversazione con Mariano Aureliano, del calore della sua mano. Più parlavo, più mi convincevo che non era stato affatto un sogno. Mi misi in un tale stato di agitazione che finii per piangere.

"Non so che cosa mi hanno fatto", dissi. "Nemmeno ora sono del tutto sicura se sono sveglia o se sto sognando. Florinda ha continuato a dirmi che stavo sognando da sveglia".

Isidoro Baltazar annuì, poi disse dolcemente: "Il nagual Juan Matus la chiama consapevolezza intensa".

"Consapevolezza intensa,", ripetei.

Le parole si scandivano facilmente dalla mia lingua anche se suonavano esattamente come l'opposto del sognare da svegli. Ricordavo vagamente di averle udite in precedenza. Florinda o Esperanza avevano usato quel termine, ma non riuscivo a ricordare in quale contesto. Le parole erano sul punto di suggerirmi qualche significato, per quanto vago, ma il mio cervello era già troppo intontito dai miei infruttuosi tentativi di raccontare le mie giornate nella casa delle streghe.

Indipendentemente da quanto mi sforzassi, c'erano certi episodi che non riuscivo a ricordare. Arrancavo con le parole che in qualche modo impallidivano e morivano di fronte ai miei stessi occhi, come una visione scorta e ricordata a metà. Non che avessi dimenticato nulla, ma piuttosto le immagini mi giungevano frammentate, come pezzi di un puzzle che non si incastravano. Questa dimenticanza era una sensazione fisica, come se su certe parti del mio cervello fosse calata la nebbia.

"Così sognare da svegli e consapevolezza intensa sono la stessa cosa?". Più che una domanda era un'affermazione il cui significato mi sfuggiva. Mi spostai sul sedile e, sedendomi su una gamba ripiegata, mi girai verso Isidoro Baltazar. Il sole delineava il suo profilo. I capelli neri e riccioluti che cadevano sulla sua fronte alta, gli zigomi scolpiti, il naso pronunciato, il mento e le labbra ben disegnate gli conferivano un aspetto da antico romano.

"Devo essere ancora in consapevolezza intensa,", dissi. "Non ti avevo mai osservato prima".

L'auto sbandò sulla strada quando gettò indietro la testa. "Stai certamente sognando da sveglia", affermò, battendosi una mano sulla coscia. "Non ti ricordi che sono piccolo, scuro e dall'aspetto insignificante?".

Ridacchiai. Non perché fossi d'accordo con la sua descrizione, ma era l'unica cosa che ricordavo di avergli sentito dire alla conferenza che aveva tenuto il giorno in cui l'avevo incontrato ufficialmente. Il mio divertimento fu rapidamente sostituito da una strana ansietà. Sembrava che fossero passati dei mesi, invece di due soli giorni da quando eravamo andati a casa delle streghe.

"Il tempo passa in modo diverso nel mondo degli stregoni", disse Isidoro Baltazar, come se avessi pensato a voce alta. "E lo si sperimenta in modo diverso". Continuò dicendo che uno degli aspetti più difficili del suo apprendistato era stato l'avere a che fare con sequenze di eventi in termini di tempo. Spesso si trovavano tutti mischiati nella sua mente, immagini confuse che sprofondavano ancor più ogni volta che cercava di metterle a fuoco. "Soltanto ora, con l'aiuto del nagual, ricordo aspetti ed eventi dei suoi insegnamenti avvenuti anni fa", disse.

"In che modo ti aiuta?", chiesi. "Ti ipnotizza?".

"Mi fa cambiare livello di consapevolezza", disse. "E quando lo fa, non solo ricordo gli eventi passati, ma li rivivo".

"Come riesce a farlo?", insistetti. "Intendo dire, farti cambiare livello".

"Fino a poco fa credevo che venisse realizzato con un colpetto secco sulla schiena, tra le scapole", disse. "Ma ora sono del tutto certo che la sua semplice presenza mi fa cambiare livello di consapevolezza".

"Allora ti ipnotizza", insistetti.

Scosse il capo e disse: "Gli stregoni sono esperti nel cambiare livelli di consapevolezza. Alcuni sono così esperti che possono cambiare il livello di consapevolezza degli altri".

Annuii. Avevo già numerose altre domande, ma mi fece segno di pazientare.

"Gli stregoni", continuò, "rendono evidente che l'intera natura della realtà è differente da quello che riteniamo che sia; cioè, da quello che ci è stato insegnato. Intellettualmente, siamo propensi a stuzzicarci con l'idea che la cultura determini chi siamo, come ci comportiamo, cosa vogliamo conoscere, cosa siamo in grado di sentire. Ma non siamo propensi a incarnare quest'idea, ad accettarla come qualcosa di concreto, di pratico. E la ragione di questo è che non siamo pronti ad accettare che la cultura determina anche ciò che siamo in grado di percepire.

"La stregoneria ci rende consapevoli di realtà differenti, di possibilità differenti, non soltanto del mondo, ma anche di noi stessi, fino al punto in cui non siamo più in grado di credere nemmeno ai presupposti più imprescindibili su noi stessi e il nostro ambiente".

Ero sorpresa di poter assorbire le sue parole così facilmente, quando in realtà non le comprendevo.

"Uno stregone non è consapevole soltanto di realtà diverse", continuò, "ma usa quella conoscenza nella vita pratica. Gli stregoni sanno - non soltanto intellettualmente, ma anche praticamente - che la realtà, o il mondo come lo conosciamo, consiste soltanto di un assenso estorto a ognuno di noi. Quell'assenso potrebbe essere fatto crollare, poiché si tratta soltanto di un fenomeno sociale. E quando crolla, l'intero mondo crolla con esso".

Notando che non riuscivo a seguire il suo discorso, cercò di presentarlo da un'altra angolazione. Disse che il mondo sociale determina la nostra percezione in proporzione alla sua utilità a guidarci attraverso la complessità dell'esperienza nella vita quotidiana. Il mondo sociale pone dei limiti a ciò che percepiamo, pone dei limiti a ciò che siamo capaci di percepire. "Per uno stregone, la percezione può andare al di là di questi parametri prestabiliti", enfatizzò. "Questi parametri sono costruiti e sostenuti dalle parole, dalla lingua, dai pensieri. Cioè, dalla convenzione".

"E gli stregoni non acconsentono...?", chiesi a titolo di prova, nello sforzo di comprendere la sua premessa.

"Essi acconsentono", disse lanciandomi uno sguardo, "ma la loro convenzione è differente. Gli stregoni rompono la convenzione normale, non solo intellettualmente, ma anche fisicamente o praticamente o comunque si voglia definire. Gli stregoni fanno crollare i parametri della percezione predeterminata socialmente e per comprendere cosa gli stregoni intendano con questo, si deve diventare praticanti. Cioè, si deve essere dedicati; si devono dare sia la mente che il corpo. Ci dev'essere un abbandono conscio e senza timori".

"E il corpo?", chiesi sospettosamente, chiedendomi immediatamente che sorta di rituali potesse coinvolgere. "Che cosa vogliono fare con il mio corpo?".

"Nulla, nibelunga", rise. Poi, con tono serio ma gentile, aggiunse che né il mio corpo né la mia mente erano ancora in condizione di seguire l'arduo sentiero dello stregone. Notando la mia protesta, subito concesse che non c'era nulla che non andasse nella mia mente o nel mio corpo.

"Adesso aspetta un minuto!", interruppi con forza.

Isidoro Baltazar ignorò la mia interruzione e continuò a dire che il mondo degli stregoni è un mondo sofisticato e che non è sufficiente comprenderne i principi intuitivamente. Si deve anche assimilarli intellettualmente.

"Contrariamente a quello che credono le persone", spiegò, "gli stregoni non praticano oscuri rituali esoterici, ma precedono i nostri tempi. E la caratteristica del nostro tempo è la ragione. In generale siamo uomini ragionevoli. Gli stregoni, comunque, sono *uomini di ragione*, che è una faccenda totalmente diversa. Gli stregoni sono innamorati delle idee; hanno coltivato la ragione fino ai suoi limiti estremi, poiché credono che soltanto comprendendo pienamente l'intelletto possaono incarnare i principi della stregoneria senza perdere di vista la loro stessa sobrietà e integrità. Qui è dove gli stregoni differiscono drasticamente da noi. Abbiamo pochissima sobrietà e ancor meno integrità".

Mi guardò fugacemente e sorrise. Avevo la spiacevole impressione che sapesse esattamente cosa stavo pensando, o, piuttosto, che sapesse che non riuscivo affatto a pensare. Avevo compreso le sue parole, ma il loro significato mi eludeva. Non sapevo cosa dire. Non sapevo nemmeno che cosa chiedere. Per la prima volta in vita mia, mi sentii completamente stupida. Questo non mi faceva comunque sentire fuori posto, poiché intuivo che aveva ragione. Il mio interesse per le questioni intellettuali era sempre stato debole e superficiale. Essere innamorati delle idee era un concetto totalmente estraneo a me.

Nel giro di poche ore eravamo arrivati alla frontiera con l'Arizona, ma ciononostante il viaggio era stato stranamente spossante. Volevo parlare, ma non sapevo che cosa dire, o piuttosto, non riuscivo a trovare le parole per esprimermi. Mi sentivo in qualche modo intimidita da tutto quello che era accaduto. Era per me una sensazione nuova!

Percependo la mia incertezza e il mio disagio, Isidoro Baltazar cominciò a parlare. In modo candido ammise di essere ancor oggi sconcertato dal mondo degli stregoni, dopo così tanti anni di studio e interazione con loro.

"E quando dico studio, intendo realmente studio". Rise e si colpì la coscia per sottolineare l'affermazione.

“Proprio questa mattina sono stato scosso dal mondo degli stregoni in un modo impossibile da descrivere”. Parlò con un tono che era un misto di asserzione e lamentela, tuttavia nella sua voce c’era un così deliziato potere, una sorta di meravigliosa forza interiore che mi sentii sollevata. Mi diede l’impressione che potesse fare qualunque cosa, sopportare qualunque cosa senza permettere che qualcosa avesse importanza. Percepii in lui volontà, abilità di vincere ogni ostacolo.

“Pensa, credevo davvero di essere stato via col nagual soltanto per due giorni”. Ridendo, si girò verso di me e mi scosse con la sua mano libera.

Ero rimasta così assorbita dal suono, dalla vitalità della sua voce, che non avevo capito di cosa stesse parlando. Gli chiesi di ripetere quello che aveva detto. Lo fece e ancora non capii il significato.

“Non capisco che cosa ti ecciti così tanto”, dissi finalmente, improvvisamente irritata dalla mia incapacità di afferrare ciò che stava cercando di dirmi. “Te ne sei andato per due giorni. E allora?”.

“E allora?”, La sua esclamazione a voce alta mi fece sobbalzare sul sedile e picchiai la testa contro il tetto del furgoncino.

Mi fissò dritto negli occhi, ma non disse una parola. Sapevo che non mi stava accusando di nulla, tuttavia sentivo che si stava prendendo gioco della mia musoneria, dei miei stati d’animo mutevoli, della mia mancanza di attenzione. Parcheggiò il veicolo lungo la strada, spense il motore, poi si girò sul sedile e si mise di fronte.

“E ora voglio che tu mi dica tutto quello che hai sperimentato”. Nella sua voce c’era un’eccitazione nervosa, irrequietezza, vitalità. Mi assicurò che l’ordine sequienziale degli eventi non importava nulla. Il suo irresistibile sorriso era così rassicurante che gli raccontai tutto quello che ricordavo.

Ascoltò con attenzione, di tanto in tanto ridacchiando, esortandomi con un cenno del mento ogni volta che esitavo.

“Così, tutto questo ti è accaduto in...”, fece una pausa, mi guardò con occhi luminosi e poi, in modo del tutto naturale, aggiunse: “due giorni?”.

“Sì”, dissi fermamente.

Incrociò le braccia sul petto con un gesto espansivo.

“Ebbene, ho delle notizie per te”, disse. Lo sguardo divertito dei suoi occhi smentiva la serietà del suo tono, la ferma espressione delle sue labbra serrate. “Sono stato via per dodici giorni, ma pensavo fossero soltanto due. Pensavo che tu ne avessi apprezzato l'ironia, che avessi tenuto meglio il computo del tempo. Ma non è stato così. Sei proprio come me. Abbiamo perso dieci giorni”.

“Dieci giorni”, mormorai meravigliata, poi mi girai a guardare fuori dal finestrino. Non dissi una parola per il resto del viaggio. Non che non gli credessi. Non che non volessi parlare. Ma non c'era nulla che volessi dire; anche dopo aver comprato il *Los Angeles Times* dal primo giornalaio che incontrammo, dal quale ebbi la conferma che avevo perso effettivamente dieci giorni.

Ma erano veramente perduti?

Mi posi questa domanda, tuttavia non desideravo una risposta.

12

L'ufficio-studio di Isidoro Baltazar consisteva di una stanza rettangolare che dava su un parcheggio, una piccola cucina e un bagno con le mattonelle rosa. Mi ci portò la sera che tornammo da Sonora. Troppo esausta per notare qualcosa, lo seguii su per le due rampe di scale, lungo un buio corridoio tappezzato, fino all'appartamento numero otto. Nello stesso istante in cui la mia testa toccò il cuscino, mi addormentai e sognai di essere ancora per strada. Avevamo guidato senza interruzione per tutto il viaggio da Sonora, alternandoci al volante e facendo delle soste solo per mangiare o riempire il serbatoio.

L'appartamento era ammobiliato in modo spartano. Oltre al letto matrimoniale, c'era un lungo tavolo da picnic che gli serviva come scrivania, una sedia pieghevole e due armadietti di metallo in cui teneva i suoi appunti. Parecchi vestiti e una mezza dozzina di camicie pendevano nei due grandi armadi a muro in corridoio. Il resto dello spazio era occupato da libri. Erano disposti a mucchi. Non c'erano scaffali. I libri sembrava non fossero mai stati toccati, tantomeno letti. Anche le credenze in cucina erano piene di libri, a parte uno scaffale che conteneva un piatto, una tazza, un coltello, una forchetta, un cucchiaio. Sul fornello c'erano una teiera e una casseruola.

Nel giro di tre settimane mi trovai un nuovo appartamento, a circa un miglio dall'U.C.L.A., a mezzo isolato dal suo ufficio-studio. Tuttavia continuai a trascorre la maggior parte del mio tempo da lui. Aveva disposto un secondo letto matrimoniale per me, un tavolino e una sedia pieghevole - identica alla sua - dall'altra parte della stanza.

Nei sei mesi che seguirono, Sonora divenne per me un luogo mitologico. Non avendo più alcun desiderio di bloccare le mie esperienze, sovrapposi i ricordi delle due volte che ero stata là. Ma per quanto cercassi, non riuscivo a ricordare nulla degli undici giorni che avevo perduto: uno nel primo viaggio, dieci nel secondo.

Isidoro Baltazar rifiutò decisamente anche solo di menzionare l'idea di aver perduto quei giorni. A volte ero completamente d'accordo con lui; l'assurdità di considerare quei giorni perduti solo perché non riuscivo a ricordarli mi sembrava così evidente che ero piena di gratitudine per il fatto che non desse importanza alla questione. Era chiaro che mi stava proteggendo. Altre volte, comunque, senza alcuna ragione, nutrivo un profondo risentimento. Era suo dovere aiutarmi, chiarirmi il mistero, mi ripetevo, fino a che mi convincevo che stava appositamente nascondendomi qualcosa.

"Diventerai pazza se continuerai a rimuginare sempre sulla stessa cosa", disse finalmente un giorno. "E tutto il tuo tormento sarà stato vano, perché non risolverà nulla". Esitò un attimo, come se fosse riluttante a dar voce a quello che stava per dire, poi si strinse nelle spalle e aggiunse con tono di sfida: "Perché non usi la stessa energia in maniera più pratica, come elencare ed esaminare le tue cattive abitudini".

Invece di accettare un concetto del genere, immediatamente contrattaccai usando l'altra lamentela che ribolliva all'interno di me. Non avevo ancora incontrato le altre giovani donne che gli erano state affidate dal vecchio nagual.

Mi aveva parlato così tanto di loro che mi sembrava già di conoscerle. Ogni volta che gli avevo chiesto di loro, aveva risposto alle mie domande con abbondanza di particolari. Parlava di loro estaticamente. Con profonda e ovviamente sincera ammirazione, aveva detto che un estraneo le avrebbe descritte attraenti, intelligenti, colte - erano tutte laureate - sicure di sé e molto indipendenti. Per lui, comunque, erano molto più di questo; erano esseri magici che condividevano il suo destino. Erano legate a lui da vincoli di affetto e dedizione che non avevano nulla a che fare con l'ordinamento sociale. Condividevano la loro ricerca di libertà, aveva detto.

Una volta gli diedi persino un ultimatum. "Devi portarmi da loro, altrimenti...".

Isidoro Baltazar rise allegramente; una risata profonda. "Tutto quello che posso dirti è che nulla è come te lo immagini. E non c'è modo di stabilire quando finalmente le incontrerai. Dovrai semplicemente attendere".

"Ho aspettato abbastanza!", gridai. Non notando alcuna reazione sul suo viso, aggiunsi con tono derisorio: "Ti stai illudendo, se credi che troverò un mucchio di donne a Los Angeles. Non so nemmeno dove iniziare a cercarle".

"Le troverai nel modo in cui hai trovato me", affermò. "Nel modo in cui hai trovato Mariano Aureliano".

Lo guardai di sottecchi. Non potei fare a meno di sospettare che in lui ci fosse una sorta di segreta malizia. "Non ti stavo cercando", dissi stizzosamente. "Né stavo cercando Mariano Aureliano. Credimi, incontrare te e lui è stato puramente casuale".

"Non ci sono incontri casuali nel mondo degli stregoni", fece notare distrattamente. Stavo per dirgli che non mi serviva questo genere di consiglio, quando aggiunse con tono serio: "Le incontrerai quando il tempo sarà appropriato. Non hai bisogno di andare a cercarle".

Guardando il muro, contai fino a dieci, poi mi girai verso di lui sorridente e dissi dolcemente: "Il problema con te è che sei tipicamente latino. Per te va sempre bene domani. Non concepisci di finire le cose". Alzai la voce per impedirgli di interrompermi. "Insisto per incontrare le tue amiche, perché voglio affrettare le cose".

"Affrettare le cose?", ripeté senza comprendere. "Che cosa c'è da affrettare?".

"Mi hai detto quasi tutti i giorni che resta poco tempo", gli ricordai. "Tu, proprio tu, parli sempre di com'è importante per me incontrarle, ma ti comporti come se avessi di fronte a te l'eternità".

"Te lo dico costantemente perché voglio affrettare e ripulire il tuo essere interiore, non perché voglia che azioni insignificanti vengano fatte quanto più velocemente tu possa", disse con impazienza. "Non sta a me presentartele. Se dipendesse da me, non resterei qui seduto ad ascoltare le tue stupidaggini". Chiuse gli occhi e sospirò esageratamente in segno di derisoria rassegnazione. Sorrise, poi mormorò dolcemente: "Sei troppo ottusa per vedere quello che sta accadendo".

"Non sta accadendo nulla", ritorsi, ferita dal suo insulto. "Non sono stupida come pensi. Ho notato quest'aria di ambivalenza nelle tue reazioni verso di me. Qualche volta ho la netta impressione che tu non sappia che cosa fare con me".

"Io so esattamente che cosa fare", mi contraddisse.

"Allora perché sembri sempre indeciso quando propongo qualcosa?". Le parole mi erano sfuggite da sole. Isidoro Baltazar mi guardò tagliente. Per un attimo mi aspettai che mi attaccasse con quelle pungenti e dure parole che sapeva usare, demolendomi col suo affilato criticismo. Ma la sua voce era sorprendentemente gentile quando disse che avevo ragione nella mia valutazione.

"Attendo sempre fino a che gli eventi operano una scelta per me", affermò. "E poi mi muovo con velocità e vigore. Ti lascerò indietro se non fai attenzione".

"Sono già molto indietro", dissi con un tono di autocommiserazione. "Dato che non mi aiuterai a trovare queste donne, sono destinata a rimanere indietro".

"Ma questo non è il vero e urgente problema", disse. "Non hai ancora preso la tua decisione. Questo è il problema". Sollevò le sopracciglia con aspettativa, come se attendesse il mio sfogo successivo.

"Non so che cosa intendi. Che cosa devo decidere?".

"Non hai deciso di unirti al mondo degli stregoni. Sei sulla soglia, guardi dentro, in attesa di vedere che cosa accadrà. Stai aspettando che qualcosa di pratico faccia sì che ne valga la pena".

Mi sentii salire in gola parole di protesta. Ma prima che potessi dare sfogo alla mia profonda indignazione, disse che avevo l'erroneo concetto che spostarmi in un nuovo appartamento e abbandonare il mio vecchio stile di vita fosse un cambiamento".

"Che cos'è allora?", chiesi sarcasticamente.

"Non hai lasciato indietro nulla, eccetto i tuoi beni", disse, ignorando il mio tono. "Per alcune persone questo è un passo gigantesco. Per te, comunque, non è nulla. Tu non ti curi dei possessi".

"No, non me ne curo", acconsentii. Poi insistetti nel dire che indipendentemente da quel che credeva, avevo preso la decisione di unirmi al mondo degli stregoni molto tempo prima. "Perché pensi che me ne starei seduta qui se non mi fossi ancora decisa?".

"Ti sei certamente unita a noi fisicamente", affermò. "Ma non nello spirito. Ora attendi una mappa, un confortante progetto, prima di prendere la tua decisione finale. Nel frattempo, continuerai ad assecondarci. Il problema principale con te è che vuoi essere convinta che il mondo degli stregoni ha qualcosa da offrire".

"Non ce l'ha?", dissi precipitosamente.

Isidoro Baltazar si girò verso di me, con una smorfia di delizia sul viso.

"Sì, ha qualcosa di molto speciale da offrire. Si chiama libertà. Comunque, non c'è la garanzia che riuscirai a conseguirla. Anzi, la garanzia non c'è per nessuno di noi".

Annuii pensierosa, poi gli chiesi cosa avrei dovuto fare per convincerlo che mi ero effettivamente unita al mondo degli stregoni.

"Non devi convincere me. Devi convincere lo spirito. Devi chiudere la porta dietro a te".

"Quale porta?".

"Quella che ancora tieni aperta. La porta che ti permetterà di sfuggire se le cose non ti piaceranno o non si adatteranno alle tue aspettative".

"Stai dicendo che me ne andrei?".

Mi guardò con un'espressione enigmatica, poi si strinse nelle spalle e con una voce che era appena un mormorio disse: "Questa è una faccenda fra te e lo spirito".

"Ma se tu stesso credi che... "

"Io non credo nulla", affermò. "Sei venuta in questo mondo nel modo in cui sono venuti tutti. Non è stato per merito dell'azione di nessuno. E non sarà per l'azione di nessuno se tu o chiunque altro deciderà di andarsene".

Lo fissai confusa. "Ma sicuramente tu cercherai di convincermi... se io...", balbettai.

Scosse il capo prima che finissi di parlare. "Non convincerò né te né nessun altro. Non ci sarà potere nella tua decisione se ogni volta che inciampi o dubiti devi essere spinta".

"Ma chi mi aiuterà?", chiesi terrorizzata.

"Io. Sono il tuo servo". Sorrise, non cinicamente, ma timidamente e dolcemente. "Ma servo lo spirito, innanzitutto. Un guerriero non è uno schiavo, ma un servo dello spirito. Gli schiavi non hanno scelta. I servi sì. La loro scelta è di servire impeccabilmente.

"Il mio aiuto è privo di calcolo", continuò. "Non posso investire su di te e neanche, naturalmente, tu puoi investire su di me o sul mondo degli stregoni. Questa è la premessa basilare di quel mondo: in esso non viene fatto nulla che possa essere considerato utile; sono permessi solo atti strategici. Questo è quello che il nagual Juan Matus mi ha insegnato ed è il modo in cui vivo: uno stregone pratica quello che predica. E tuttavia nulla viene fatto per ragioni pratiche. Quando arriverai a comprendere e a praticare questo, avrai chiuso la porta dietro a te".

Un lungo silenzio senza respiro calò tra noi. Cambiai posizione sul letto dov'ero seduta. I pensieri si affollavano nella mia mente. Forse nessuno degli stregoni mi avrebbe creduta, ma ero sicuramente cambiata, un cambiamento che dapprincipio era stato quasi impercettibile. Lo notai perché aveva a che fare con la cosa più difficoltosa che alcune di noi donne possano incontrare: la gelosia e il bisogno di sapere.

Le mie scenate di gelosia erano un pretesto, non necessariamente conscio, ma tuttavia erano una specie di posa. Qualcosa in me imponeva che io fossi gelosa di tutte le altre donne nella vita di Isidoro Baltazar. Ma qualcos'altro era acutamente consapevole che la vita del nuovo nagual non era la vita di un uomo ordinario, nemmeno quella di uno che poteva avere molte mogli. La nostra relazione, se poteva essere chiamata così, non si adattava a nessun tipo di modello convenzionale conosciuto, indipendentemente da quanto io cercassi di catalogarla. Perché la gelosia e la possessività abbiano una presa, c'è bisogno di uno specchio, non soltanto proprio, ma anche di quello del compagno. E Isidoro Baltazar non rispecchiava più gli impulsi, i bisogni, i sentimenti e le emozioni di un uomo.

Il mio bisogno di conoscere la vita di Isidoro Baltazar era una necessità impellente; il fatto che non mi permettesse mai un reale ingresso nel suo mondo privato, semplicemente mi logorava. E tuttavia non facevo nulla a questo proposito. Sarebbe stato molto semplice seguirlo o ficcanasare nei suoi documenti e scoprire una volta per tutte chi realmente fosse, mi rammentavo spesso. Ma non potevo farlo. Qualcosa in me sapeva che non potevo agire con lui come avrei fatto normalmente. Ciò che me lo impediva, più di qualunque senso di proprietà, era la fiducia che mi aveva accordato. Mi aveva accordato pieno accesso ai suoi beni e questo me lo rendeva, non solo nella pratica, ma anche nei miei pensieri, inviolabile.

Risi ad alta voce. Comprendevo quello che era stato un atto strategico da guerriero. Isidoro Baltazar sbagliava. Scambiava la mia abitudine al malumore, di un'intera vita, e la pignoleria tedesca con la mancanza di impegno. Non importava. Sapevo che almeno avevo cominciato a comprendere e a praticare la strategia del guerriero, per lo meno quando era presente - non necessariamente presente nel suo studio, ma presente a Los Angeles. In sua assenza, comunque, iniziavo spesso a vacillare e quando mi accadeva, generalmente andavo a dormire da lui.

Una notte, mentre stavo infilando la chiave nella serratura, sentii un braccio che dall'interno mi tirava dentro. Gridai di terrore. "Che cosa... che cosa...", balbettai, mentre la mano che mi teneva il braccio allentava la presa. Cercando di recuperare il mio equilibrio, mi appoggiai contro il muro. Il mio cuore batteva all'impazzata. "Florinda!". La fissai sbalordita. Aveva addosso un lungo abito, stretto in vita. I suoi capelli cadevano sciolti lungo i fianchi e sulla schiena. Mi chiedevo se fosse reale o semplicemente l'apparizione di un'ombra, incorniciata com'era dalla debole luce alle sue spalle. Mi mossi verso di lei e furtivamente le toccai la manica.

"Sei tu, Florinda? O sto sognando?".

"Sono io, cara, quella autentica".

"Come sei arrivata qui? Sei sola?". Ero ben consapevole della futilità di quella domanda.

"Se avessi saputo che arrivavi, avrei iniziato prima le pulizie", dissi, cercando di sorridere. Le labbra mi restarono appiccicate ai denti. "Mi piace pulire lo studio di Isidoro Baltazar di notte. Pulisco sempre di notte".

Invece di fare un commento, Florinda si girò di fianco e la luce la colpì sul viso. Un malizioso sorriso di divertimento si affacciò ai suoi occhi. "Ti ho detto di non seguire mai nessuno di noi né di venire senza inviti. Sei fortunata", disse. "Sei fortunata che qualcun altro non ti abbia tirato dentro questa notte".

"Chi altri avrebbe potuto tirarmi dentro?", chiesi con una spavalderia che ero ben lontana dal provare.

Florinda mi fissò per un lungo istante, poi si girò e disse sopra le sue spalle: "Qualcuno a cui non sarebbe importato niente che tu morissi di paura". Scosse il capo leggermente; il suo profilo era delineato dalla debole luce. Rise dolcemente e, muovendo la mano nell'aria, come per spazzare via le parole, attraversò la stanza dirigendosi verso la piccola cucina. Non sembrava che camminasse, pareva piuttosto che scivolasse in una sorta di danza spontanea. I suoi lunghi capelli bianchi sciolti sulla schiena, scintillavano come una cortina argentea nella flebile luce.

Cercando di imitare la sua graziosa camminata, la seguii. "Ho una chiave, sai", le dissi. "Vengo qui ogni giorno, a qualunque ora, da quando siamo ritornati da Sonora. Praticamente vivo qui".

"Isidoro Baltazar non ti ha detto di non venire qui quando è in Messico?". Il tono di Florinda era piatto, quasi casuale. Non mi stava accusando, tuttavia sentivo che era così.

"Può aver detto qualcosa", commentai con studiata indifferenza. Notando che alzava le sopracciglia, mi sentii spinta a difendermi. Le dissi che restavo spesso lì da sola e non pensavo facesse nessuna differenza che Isidoro Baltazar fosse a cinque o cinquecento miglia di distanza. Resa più audace dai suoi ripetuti cenni d'assenso, le confidai che oltre a studiare sui miei libri di scuola, trascorrevo ore a mettere a posto i libri negli scaffali. Li avevo ridisposti per autore e per argomento.

"Alcuni dei libri sono così nuovi che le pagine sono ancora da tagliare", spiegai. "Le ho divise. In effetti, è quello che sono venuta a fare qui stanotte".

"Alle tre del mattino?", esclamò.

Arrossendo, annuii. "Ci sono un sacco di pagine ancora da tagliare. Ci vuole molto tempo, perché si deve fare molta attenzione a non danneggiarle. Comunque, è un lavoro rilassante. Mi aiuta a dormire".

"Straordinario", disse dolcemente Florinda.

Incoraggiata dalla sua ovvia approvazione, continuai a parlare. "Sono sicura che puoi comprendere che cosa mi dà lo stare qui", dissi. "In questo appartamento mi sento distaccata dalla mia vecchia vita, da ogni cosa e da chiunque a parte Isidoro Baltazar e il suo mondo magico. L'aria stessa mi riempie di un senso di totale lontananza". Sospirai a lungo e rumorosamente. "Qui non mi sento mai sola, anche se la maggior parte del tempo resto qui con me stessa. Qualcosa nell'atmosfera di questo appartamento mi ricorda la casa delle streghe. Quella stessa freddezza e mancanza di sentimento, che dapprincipio ho trovato così disturbante, permea i muri. Ed è precisamente questa mancanza di calore, questa lontananza, che cerco giorno e notte. La trovo stranamente rassicurante. Mi dà forza".

"Incredibile", sussurrò Florinda, incredula e portò il bollitore al lavello. Disse qualcosa che non udii per il rumore dell'acqua, poi mise il bollitore pieno sul fornello.

"Sono così felice che tu ti senta a casa qui". disse, sospirando drammaticamente. "La sicurezza che devi provare in questo piccolo nido, sapendo di avere un compagno...". Aggiunse nel tono più faceto che avrei dovuto fare tutto ciò che potevo per rendere felice Isidoro Baltazar, comprese le pratiche sessuali che descrisse con orribile franchezza.

Stupefatta di sentirle dire cose del genere, la fissai a bocca spalancata. Con la sicurezza e l'efficienza di chi conosce bene la disposizione degli oggetti in cucina, prese due tazze, la mia particolare teiera e la scatola dei biscotti coi pezzetti di cioccolata che tenevo nascosta nella credenza, dietro ai grossi dizionari di Tedesco e Francese.

Sorridendo, Florinda si girò verso di me e chiese bruscamente: "Chi ti aspettavi di trovare qui questa notte?".

"Non te!", dissi avventatamente, realizzando troppo tardi che la mia risposta mi aveva scoperto. Mi buttai in una lunga ed elaborata spiegazione sul perché credevo che avrei potuto trovare là, se non tutte, almeno una delle altre giovani donne.

"Attraverseranno il tuo cammino quando il tempo sarà maturo", disse Florinda. "Non sta a te forzare un incontro con loro".

Prima di capire cosa stavo dicendo, mi sorpresi a biasimare lei, come pure Mariano Aureliano e Isidoro Baltazar per la mia ficcanaseria. Le dissi che per loro era poco pratico - per non dire impossibile - aspettarsi che io restassi in attesa che qualche donna sconosciuta incrociasse la mia strada e ritenere che l'avrei effettivamente riconosciuta da qualcosa di così inconcepibile come il suo splendore interiore. Come al solito, più mi lamentavo, più mi sentivo meglio.

Florinda mi ignorò. "Uno, due cucchiaini e uno per la teiera", proclamò con un accento esageratamente britannico, mentre dosava il tè. Poi, nella maniera più casuale, commentò che la sola cosa capricciosa e poco pratica era che io pensassi e trattassi Isidoro Baltazar come un uomo.

"Non so che cosa intendi", dissi sulla difensiva.

Mi guardò intensamente finché arrossii. "Sai esattamente cosa intendo", affermò. Poi versò il tè nelle tazze. Con un rapido gesto del capo m'indicò quale delle due dovevo prendere. Con la scatola dei biscotti in mano si sedette sul letto di Isidoro Baltazar, quello più vicino alla cucina. Lentamente sorseggiò il tè. Sedetti accanto a lei e feci lo stesso.

"Non sei per niente cambiata", disse tutt'a un tratto.

"È esattamente quello che mi ha detto Isidoro Baltazar qualche giorno fa", risposi. "So, comunque, di essere cambiata molto".

Le dissi che il mio mondo era stato ribaltato da quando ero tornata da Sonora. Le raccontai nei dettagli come avevo trovato un nuovo appartamento, come mi ero trasferita lasciando indietro tutto quello che possedevo. Non fece nemmeno un cenno, ma rimase seduta in silenzio, rigida come una roccia.

"In effetti, non posso prendermi molto merito per aver cambiato le mie abitudini o per essere diventata inaccessibile", concessi, ridendo nervosamente e con incertezza per il suo silenzio. "Chiunque sia in stretto contatto con Isidoro Baltazar dimentica che ci sono dei confini tra la notte e il giorno, tra i giorni lavorativi e le vacanze".

La guardai con la coda dell'occhio, compiaciuta delle mie parole. "Il tempo semplicemente scorre e dà spazio a qualche...", non riuscii a finire la frase. Ero stata colpita da uno strano pensiero. Nessuno, per quanto ricordassi, mi aveva mai parlato di alterare la routine o diventare inaccessibile.

Guardai Florinda con attenzione, poi il mio sguardo vacillò involontariamente. "Era stata lei?", mi chiesi. Da dove avevo preso queste idee? E quel che più era sorprendente, era che sapevo esattamente cosa significavano.

"Questo dovrebbe fungere da avvertimento che qualcosa sta per uscire da te", disse Florinda, come se avesse seguito il mio flusso di pensieri. Continuò dicendo che qualunque cosa avessi fatto finora nei sogni, non aveva infuso le mie ore di veglia della necessaria durezza, della necessaria autodisciplina della quale si ha bisogno per avanzare nel mondo degli stregoni.

"Non ho mai fatto nulla come questo in vita mia", dissi. "Dammi un'opportunità. Sono nuova in questo".

"Naturalmente", acconsentì prontamente. Reclinò il capo contro i cuscini e chiuse gli occhi. Restò in silenzio così a lungo che pensai si fosse addormentata e così sussultai quando disse: "Un vero cambiamento non è un cambiamento di stati d'animo, di attitudine o di aspetto. Un vero cambiamento coinvolge una totale trasformazione del sé".

Osservando che stavo per interromperla, mi premette le dita contro le labbra e aggiunse: "Il tipo di cambiamento di cui sto parlando non può essere realizzato in tre mesi, in un anno o in dieci. Ci vuole un'intera vita". Disse che era straordinariamente difficile diventare qualcosa di diverso da quello che si è stati educati a essere.

"Il mondo degli stregoni è un sogno, un mito, tuttavia è reale quanto il mondo di ogni giorno", continuò Florinda. "Per percepire e agire nel mondo degli stregoni, dobbiamo toglierci la maschera quotidiana che ci è stata messa sul viso sin dal giorno in cui siamo nati e dobbiamo indossare la seconda maschera, quella che ci metterà in grado di vedere noi stessi e il nostro ambiente per ciò che realmente sono: eventi sorprendenti che sbocciano nell'esistenza transitoria e non vengono mai più ripetuti.

"Dovrai creare tu stessa quella maschera". Si sistemò più comodamente sul letto e, mettendo le mani a coppa attorno alla tazza che avevo riempito di nuovo, bevve a piccoli sorsi rumorosi.

"Come farò a creare questa maschera?", chiesi.

"Sognando il tuo altro sé", mormorò. "Certamente non cambiando semplicemente indirizzo, vestiti o libri". Mi diede un'occhiata di sfuggita e sogghignò con derisione.

"E certamente non credendo di avere un nuovo uomo".

Prima che potessi negare la sua brutale accusa, disse che esternamente ero una persona fluida, capace di muoversi con grande velocità. Ma dentro ero rigida e inflessibile. Come Isidoro Baltazar aveva già commentato, affermò che era sbagliato credere che trasferirmi in un nuovo appartamento e regalare tutto quello che possedevo fosse un cambiamento.

Chinai il capo accettando la sua critica. Avevo sempre avuto bisogno di liberarmi delle cose. E, come aveva detto lei, era fondamentalmente un bisogno istintivo. Con dispiacere dei miei genitori, sin dall'infanzia mi ero periodicamente liberata di vestiti e giocattoli. La mia gioia di vedere la mia stanza e i miei armadi ordinati e quasi vuoti era maggiore di quella di possedere le cose.

Qualche volta la mia spinta era così prepotente che ripulivo anche gli armadi dei miei genitori e dei miei fratelli. Raramente qualcuno si accorgeva che gli mancava qualcosa, perché mi premuravo sempre di disfarmi di vestiti che non avevo visto addosso a nessuno per un po'. Tuttavia, ogni tanto accadeva che tutta la famiglia esplodesse in un'improvvisa e totale confusione con mio padre che andava di stanza in stanza aprendo cassetti e urlando, alla ricerca di una certa camicia o di un paio di pantaloni.

Florinda rise, poi si alzò in piedi e si avvicinò alla finestra che dava sul vialetto. Fissò la tenda tirata come se potesse vedervi attraverso. Volgendo il capo, disse che per una donna è molto più facile che per un uomo rompere i legami con la famiglia e col passato.

"Sulle donne non si fa affidamento. Questa mancanza di responsabilità dà alle donne molta fluidità. Sfortunatamente, le donne non fanno mai uso di questo vantaggio o lo fanno raramente". Camminò per la stanza accarezzando con la mano l'ampio armadietto di metallo e il tavolo pieghevole. "La cosa più difficile da afferrare nel mondo degli stregoni è che esso offre totale libertà".

Si girò per guardarmi e disse dolcemente: "Ma la libertà non è gratuita".

"Quanto costa la libertà?".

"La libertà ti costerà la maschera che indossi", disse. "La maschera che sembra così comoda e difficile da togliere, non perché si adatti bene, ma perché l'hai indossata a lungo".

Smise di passeggiare per la stanza e si fermò di fronte al tavolo pieghevole.

"Sai che cos'è la libertà?", chiese retoricamente. "La libertà è totale assenza di preoccupazione circa se stessi", disse, sedendosi vicino a me sul letto. "E il modo migliore di non essere preoccupati per se stessi è essere preoccupati per gli altri".

"Io lo sono", le assicurai. "Penso costantemente a Isidoro Baltazar e alle sue donne".

"Sono certa che sia così", acconsentì prontamente Florinda. Scosse il capo e sbadigliò. "È ora che tu cominci a dare forma alla tua nuova maschera. La maschera che non può avere lo stampo di nessun altro se non il tuo. Dev'essere scolpita nella solitudine. Altrimenti non ti calzerà perfettamente. Altrimenti ci saranno sempre dei momenti in cui la maschera sarà troppo stretta, troppo larga, troppo calda, troppo fredda...". La sua voce si perdeva mentre continuava a enumerare i più strani disagi.

Seguì un lungo silenzio e poi con la stessa voce sonnolenta disse: "Scegliere il mondo degli stregoni non è solo questione di affermare di averlo fatto. Devi agire in quel mondo. Nel tuo caso, devi sognare. Hai sognato da sveglia da quando sei tornata?".

Imbronciata ammisi che non l'avevo fatto.

"Allora non hai ancora preso la tua decisione", osservò severamente. "Non stai modellando la tua nuova maschera. Non stai sognando il tuo nuovo sé.

"Gli stregoni sono vincolati al loro mondo solamente per mezzo della loro impeccabilità". Uno scintillio balenò nei suoi occhi mentre aggiungeva: "Gli stregoni non hanno interesse a convertire nessuno alle loro opinioni. Non ci sono guru o saggi tra gli stregoni, soltanto nagual. Sono i capi non perché conoscano di più o perché siano in qualche modo stregoni migliori, ma semplicemente perché hanno più energia. Non mi riferisco necessariamente alla forza fisica", precisò, "ma a una certa configurazione del loro essere che permette loro di aiutare gli altri a spezzare i parametri della percezione".

"Se gli stregoni non sono interessati a convertire nessuno alle loro opinioni, perché allora Isidoro Baltazar è l'apprendista del vecchio nagual?", la interruppi.

"Isidoro Baltazar è apparso nel mondo degli stregoni allo stesso modo in cui sei apparsa tu", disse. "Qualunque cosa ve l'abbia portato, non poteva essere ignorato da Mariano Aureliano. Era suo dovere insegnare a Isidoro Baltazar tutto quello che sapeva del mondo degli stregoni". Spiegò che nessuno aveva cercato Isidoro Baltazar o me. Qualunque cosa ci avesse portato nel loro mondo non aveva nulla a che fare con l'azione o il volere di nessuno. "Nessuno di noi farebbe nulla per tenerti in questo mondo magico contro la tua volontà", disse sorridendo. "Tuttavia faremmo l'immaginabile e l'inimmaginabile per aiutarti a restarvi".

Florinda si girò di fianco, come se volesse nascondermi il viso. Un istante dopo guardò indietro da sopra le spalle. Nei suoi occhi c'era qualcosa di freddo e distaccato e il cambiamento d'espressione era così rimarchevole che mi spaventai. Istintivamente mi allontanai da lei.

"La sola cosa che né io né Isidoro Baltazar faremmo, se è per questo, è aiutarti a essere il tuo vecchio, brutto, avido, indulgente sé. Sarebbe una presa in giro".

Come se volesse addolcire l'insulto, mi mise le braccia attorno alle spalle e mi abbracciò. "Ti dirò di che cosa hai bisogno", sussurrò. Poi restò in silenzio così a lungo che pensai avesse dimenticato quello che stava per dire.

"Hai bisogno di una buona notte di sonno", mormorò alla fine.

"Non sono minimamente stanca", risposi. La mia risposta era automatica e realizzai che la maggior parte delle mie reazioni erano dettate dal fatto di voler contraddire quello che mi veniva detto. Per me avere ragione era una questione di principio.

Florinda rise teneramente, poi mi abbracciò ancora. "Non essere così tedesca", mormorò. "E non aspettarti che ogni cosa ti venga sillabata chiaramente e precisamente". Aggiunse che nulla nel mondo degli stregoni era chiaro e preciso; ma le cose si dispiegavano lentamente e in maniera vaga. "Isidoro Baltazar ti aiuterà", mi assicurò. "Comunque, ricorda che non ti aiuterà nel modo in cui ti aspetti di essere aiutata".

"Che cosa vuoi dire?", chiesi, svincolandomi dalle sue braccia in modo da poterla guardare.

"Non ti dirà quello che vuoi sentirti dire. Non ti dirà come comportarti, poiché, come già sai, non ci sono né regole né regolamenti nel mondo degli stregoni". Ridacchiò gioiosamente, apparentemente divertita della mia crescente frustrazione. "Ricorda sempre, ci sono soltanto improvvisazioni", aggiunse, poi, sbadigliando a tutta bocca, si stese completamente sul letto e si allungò a prendere una delle coperte ben piegate che erano ammucchiate sul pavimento. Prima di coprirsi, si alzò sul gomito e mi guardò intensamente. C'era qualcosa di ipnotico nella sua voce sonnolenta mentre mi diceva che dovevo sempre tenere a mente che viaggiavo sullo stesso sentiero del guerriero di Isidoro Baltazar.

Chiuse gli occhi e con una voce che era quasi troppo debole per essere udita disse: "Non perderlo mai di vista. Le sue azioni ti guideranno in maniera così abile che non lo noterai nemmeno. È un guerriero impeccabile e impareggiabile".

Le scossi il braccio con apprensione. Temevo si addormentasse prima di finire di parlare.

Senza aprire gli occhi, Florinda disse: "Se lo osservi attentamente, vedrai che Isidoro Baltazar non cerca amore o approvazione. Noterai che rimane impassibile in qualunque condizione. Non chiede nulla, tuttavia è pronto a dare ogni cosa di se stesso. Cerca avidamente un segnale dallo spirito nella forma di una parola gentile, di un gesto appropriato e quando lo ottiene, esprime i suoi ringraziamenti raddoppiando i suoi sforzi.

"Isidoro Baltazar non giudica. Egli riduce intensamente se stesso a nulla per ascoltare, osservare, in modo da poter conquistare ed essere umiliato dalla sua conquista o essere sconfitto e uscire migliorato dalla sua sconfitta.

"Se lo osservi attentamente, vedrai che Isidoro Baltazar non si arrende. Può essere vinto, ma non si arrenderà mai. E soprattutto, Isidoro Baltazar è libero".

Morivo dalla voglia di interromperla, di gridare che mi aveva già detto tutto questo, ma prima che potessi chiederle qualcos'altro, Florinda era profondamente addormentata.

Temendo di non ritrovarla al mattino se fossi tornata al mio appartamento, mi sedetti sull'altro letto. Strani pensieri cominciarono ad attraversare la mia consapevolezza. Mi rilassai. Mi lasciai andare completamente, finché realizzai che erano staccati dal resto dei miei normali pensieri. Li vidi come raggi di luce, come lampi d'intuizione.

Seguendo uno di questi lampi d'intuizione, decisi di sentire coi glutei il letto su cui posavo. E con mia sbigottita sorpresa, il mio posteriore sembrava fosse sprofondato nel letto stesso. Per un istante ero il letto e il letto si allungava a toccare il mio sedere. Gustai questa sensazione per parecchio tempo. Seppi allora che stavo sognando e compresi con totale chiarezza che avevo appena sentito quello che Esperanza aveva descritto come: "Le mie sensazioni che mi vengono ributtate indietro"". E allora il mio intero essere si fuse o, meglio ancora, esplose.

Volevo ridere forte per la pura gioia di farlo, ma non volevo svegliare Florinda. Avevo ricordato tutto! Ora non avevo più difficoltà a ricordare quello che avevo fatto nella casa delle streghe in quei dieci giorni perduti. Avevo sognato! Sotto l'occhio vigile di Esperanza, avevo sognato ripetutamente di svegliarmi nella casa delle streghe o in casa di Esperanza o altre volte in altri luoghi che non riuscivo a vedere al momento.

Clara aveva insistito che qualunque cosa vedessi nei sogni, per essere fissata in modo permanente nella mia memoria, dovevo prima sognarla due volte. Avevo visto tutte le donne più di due volte; erano definitivamente incise nella mia memoria. Mentre sedevo là sul letto a guardare Florinda che dormiva, ricordai le altre donne del gruppo degli stregoni con cui avevo interagito, in uno stato simile al sogno, durante quei giorni dimenticati. Le vidi chiaramente, come se fossero di fronte a me o, piuttosto, come se fossi stata trasportata fisicamente indietro a quegli eventi.

La più singolare, per me, era Nélida, che assomigliava così tanto a Florinda e che inizialmente credetti fosse sua gemella. Non solo era alta e magra come Florinda, ma aveva lo stesso colore di occhi, di capelli e di carnagione; erano simili anche nelle espressioni. Anche il temperamento era uguale, tranne che Nélida sembrava più docile, meno energica. Sembrava che le mancasse la saggezza di Florinda e la sua energia. Tuttavia in Nélida c'era una forza paziente e silenziosa che era molto rassicurante.

Hermelinda poteva facilmente essere scambiata per la sorella più giovane di Carmela. Era sottile, alta un metro e cinquantacinque e delicatamente dolce, come le sue squisite maniere. Sembrava essere meno sicura di sé di Carmela. Parlava dolcemente e si muoveva a rapidi scatti che in qualche modo le infondevano più grazia. Le sue compagne mi dissero che la sua timidezza e la sua quiete riuscivano a tirar fuori il meglio negli altri e che non poteva avere a che fare con un gruppo o nemmeno con due persone allo stesso tempo.

Clara e Delia erano una stupenda coppia di burlone. Non erano così grandi come potevano sembrare a prima vista. Era la loro robustezza, il loro vigore e la loro energia a far pensare che fossero donne grandi. Si sfidavano fra loro in giochi piacevoli e competitivi. Esibivano i loro bizzarri ed eccentrici vestiti alla minima occasione. Entrambe suonavano molto bene la chitarra e avevano una voce bellissima; cantavano, cercando di superarsi l'una con l'altra, non soltanto in spagnolo, ma anche in inglese, in tedesco, in francese e perfino in italiano. Il loro repertorio includeva ballate, canti popolari, qualsiasi canzone famosa, comprese le più recenti. Bastava che canticchiassi solo la prima strofa della canzone che sia Clara che Delia immediatamente la finivano per me. E poi avevano le loro gare di poesia, per scrivere versi improvvisati.

Mi scrivevano delle poesie e le facevano scivolare sotto la porta senza firma. Io dovevo indovinare chi era l'autrice. Affermavano che se veramente le amavo come loro amavano me, avrei riconosciuto l'autrice d'intuito.

Quello che rendeva la loro competitività deliziosamente attraente era il fatto che non c'era un vero scontro in essa. Era fatta per intrattenere, non per sminuire l'altra. Inutile dirlo, Clara e Delia si divertivano quanto i loro spettatori.

Se prendevano qualcuno in simpatia, come sembravano aver fatto con me, non c'erano limiti al loro affetto e alla loro lealtà. Entrambe mi difesero con stupefacente perseveranza anche quando avevo torto. Ai loro occhi ero perfetta e non potevo sbagliare. Da loro imparai che era una responsabilità reciproca mantenere quella fiducia. Non che temessi di deluderle e cercassi di vivere secondo le loro aspettative, ma piuttosto mi veniva naturale credere di essere perfetta e comportarmi con loro in maniera impeccabile.

La più strana fra tutte le donne era la mia insegnante del sognare, Zuleica, che non m'insegnò mai nulla. Non mi parlò nemmeno, mai, o forse non aveva notato che esistevo.

Zuleica, proprio come Florinda, era molto bella; forse non così singolare, ma bella in modo più etereo. Era piccola; i suoi occhi erano scuri e le sopracciglia ben disegnate, il piccolo naso e la bocca perfetti erano incorniciati dai capelli ricci che stavano diventando grigi e accentuavano la sua aurea ultraterrena.

La sua non era una bellezza media, ma una bellezza sublime, temperata dal suo indomito autocontrollo. Era profondamente consapevole di quanto fosse comico sembrare belli e attraenti agli occhi degli altri.

Sapeva riconoscere la sua bellezza e la usava come se fosse un premio che aveva vinto. Era, perciò, totalmente indifferente verso tutto e tutti.

Zuleica aveva imparato a parlare da ventriloqua e aveva trasformato questa capacità in un'arte superiore. Secondo lei, le parole pronunciate muovendo le labbra diventano più equivoche di quanto realmente siano.

Ero piacevolmente attratta dall'abitudine di Zuleica di parlare come ventriloqua a muri, tavoli, porcellane e qualunque altro oggetto si trovasse di fronte, così continuavo a seguirla ogni volta che faceva un'apparizione. Camminava per la casa come se non toccasse terra, senza muovere l'aria. Quando chiesi agli altri stregoni se fosse un'illusione, spiegarono che Zuleica detestava lasciare impronte.

Dopo che ebbi incontrato e interagito con tutte le donne, mi spiegarono la differenza tra i sognatori e i cacciatori.

Li chiamavano i due pianeti. Florinda, Carmela, Zoila e Delia erano cacciatrici: esseri forti con grande energia fisica; persone intraprendenti che ottengono ciò che vogliono; lavoratrici instancabili; specialiste di quello stravagante stato di consapevolezza che chiamavano sognare da svegli.

L'altro pianeta - le sognatrici - era composto delle altre quattro donne: Zuleica, Nélida, Hermelinda e Clara. Avevano una qualità più eterea. Non che fossero meno energiche; piuttosto la loro energia era semplicemente meno appariscente; proiettavano un senso di ultraterreno anche quando erano impegnate nelle attività più mondane. Erano specializzate in un altro particolare stato di consapevolezza chiamato *sognare in mondi diversi da questo.* Mi fu detto che questo è lo stato di consapevolezza più complesso che le donne possano raggiungere.

Quando le sognatrici e le cacciatrici lavoravano insieme, le cacciatrici fungevano da strato protettivo, duro, esterno, che nascondeva quello più interno. Le sognatrici formavano il nucleo più interno; erano come una soffice matrice che faceva da cuscino allo strato più duro ed esterno.

Durante quei giorni, nella casa delle streghe, si presero cura di me come se fossi il loro bene più prezioso; mi coccolarono come una bambina. Mi cucinarono i miei cibi preferiti; mi prepararono i vestiti più eleganti e più belli che avessi mai avuto. Mi riempirono di regali, dalle cose più sciocche ai gioielli più preziosi che mettevano da parte, in attesa del giorno in cui mi sarei svegliata, dissero.

C'erano altre due donne nel mondo degli stregoni. Erano entrambe cacciatrici. Due ragazze grasse: Martha e Teresa. Entrambe erano graziose da vedere e avevano un appetito sublime. Non volevano ingannare nessuno, ma avevano un nascondiglio in un angolo segreto della credenza dove tenevano biscotti, cioccolatini e canditi assortiti. Con mia grande delizia, mi resero partecipe fin dall'inizio del loro nascondiglio segreto e mi incoraggiarono a servirmi liberamente, cosa che, naturalmente, feci.

Martha era la più anziana delle due. Era sui venticinque anni, un misto esotico di sangue tedesco e indiano. Il suo colorito, se non proprio bianco, era quantomeno pallido. I suoi folti capelli neri erano soffici e ondulati e incorniciavano un viso ampio dagli zigomi pronunciati. I suoi occhi a mandorla erano di un brillante verde-blu e le sue orecchie erano piccole e delicate, come quelle di un gatto, soffici e quasi trasparenti.

Martha era incline a lunghi, dolorosi sospiri - tedeschi, affermava - e a silenzi malinconici, eredità della sua anima india. Aveva recentemente iniziato a prendere lezioni di violino, che praticava a ogni ora del giorno. Invece di criticarla e arrabbiarsi, erano tutti d'accordo nel dire che Martha aveva molto orecchio musicale.

Teresa era alta a malapena un metro e mezzo, ma la sua corporatura robusta la faceva sembrare più alta. Più che messicana sembrava un'indiana dell'India. La sua pelle perfetta era di un ricco e cremoso marrone chiaro. I suoi occhi a mandorla, limpidi e scuri, erano circondati da lunghe ciglia ricurve, così pesanti che tenevano le palpebre abbassate, dandole un'espressione sognante, remota. La sua gentilezza e la sua dolce disposizione d'animo facevano desiderare di proteggerla.

Anche Teresa era un'artista. Verso sera dipingeva acquerelli. Col suo cavalletto, i suoi pennelli, i colori e l'acqua, sedeva per ore nel cortile, in attesa che la luce e le ombre fossero quelle giuste. Poi, con controllo e fluidità zen, sfrecciava sul foglio coi suoi pennelli pieni di colore.

Il blocco dei miei ricordi nascosti era venuto a galla. Ero esausta. Il ritmo del sommesso russare di Florinda, che saliva e scendeva nella stanza come un'eco lontana, era ipnotizzante.

Quando aprii gli occhi, la prima cosa che feci fu di chiamare il suo nome. Ma non rispose. Il letto era vuoto. Il lenzuolo giallo rimboccato accuratamente sotto il materasso, non recava traccia che qualcuno si fosse seduto, tantomeno che vi avesse dormito. I due cuscini erano ritornati nella loro abituale posizione - appoggiati contro il muro - e la coperta che aveva usato era ammucchiata con le altre sul pavimento.

Ansiosa, cercavo nell'appartamento una traccia, un'indicazione che lei fosse effettivamente stata lì. Ma non trovai nulla, nemmeno un lungo capello grigio in bagno.

13

Ogni volta che ero completamente sveglia, non mi ricordavo affatto di quei giorni perduti, sapevo solo, con assoluta certezza, che non erano persi. Durante quel periodo mi era accaduto qualcosa, qualcosa con un significato interiore che mi sfuggiva. Non feci uno sforzo conscio per ricatturare tutte quei vaghi ricordi, semplicemente sapevo che erano lì, seminascosti, come qualcuno che si conosce superficialmente, qualcuno di cui non si riesce a ricordare esattamente il nome.

Non ero mai stata una grande dormitrice, ma da quella notte in poi - dall'apparizione di Florinda nello studio di Isidoro Baltazar - andai a dormire a tutte le ore solo per sognare. Passavo semplicemente tutto il tempo sdraiata e dormivo per periodi esageratamente lunghi. Aumentai anche di peso che, sfortunatamente, non si evidenziò nei posti giusti. Tuttavia non sognai mai con gli stregoni.

Un pomeriggio mi svegliai bruscamente sentendo un forte fracasso. Isidoro Baltazar aveva lasciato cadere il bollitore nel lavello. Mi doleva la testa e avevo gli occhi offuscati. Mi ricordai di un sogno terribile che, altrettanto rapidamente com'era venuto, mi sfuggì. Sudavo moltissimo.

"È tutta colpa tua", gli gridai. "Se soltanto mi aiutassi, non passerei la vita a dormire". Volevo inveire, dar sfogo alla mia frustrazione e impazienza. Ma improvvisamente mi accorsi che non potevo farlo, perché lamentarmi non mi piaceva più come un tempo.

Il suo volto era raggiante di piacere, come se avessi espresso a voce alta i miei pensieri. Afferrò la sua sedia, vi si sedette a cavalcioni e disse: "Sai che non posso aiutarti. Le donne hanno un canale di sogno diverso. Non riesco nemmeno a concepire come sognano le donne".

"Dovresti saperlo, con tante donne nel tuo mondo", ribattei stizzita.

Egli rise; nulla sembrava alterare il suo buonumore. "Non riesco nemmeno a cominciare a concepire come sognano le donne", continuò. "Gli uomini devono sforzarsi continuamente per focalizzare la loro attenzione sul sogno; le donne non si sforzano, ma devono acquisire la disciplina interiore". Il suo sorriso era radioso mentre aggiungeva: "C'è una cosa che potrebbe aiutarti. Non accostarti al sognare nella tua solita maniera forzata. Lascia che venga da solo".

Aprii e chiusi la bocca, poi rapidamente il mio stupore si tramutò in rabbia. Dimenticata la mia precedente intuizione, m'infilai le scarpe e uscii pestando i piedi, assicurandomi di sbattere la porta alle mie spalle. La sua risata mi seguì fino all'auto nel parcheggio sottostante.

Avvilita e sentendomi completamente non amata, sola e soprattutto dispiaciuta per me stessa, guidai fino alla spiaggia. Era deserta. Pioveva. Non c'era vento, la pioggia cadeva leggera, diritta.

C'era qualcosa di pacifico nel suono mormorante delle onde e della pioggia che colpiva l'acqua. Mi levai le scarpe, rimboccai i pantaloni e camminai fino a che il mio stato d'animo vittimista non fu lavato via.

Sapevo di essermene liberata, perché nel sussurro delle onde udii le parole di Florinda: "È una lotta solitaria". Non ero minacciata; semplicemente accettavo di essere effettivamente sola. E fu questa accettazione che mi convinse di quello che dovevo fare. Dato che non sono una che temporeggia, agii immediatamente. Dopo aver lasciato un biglietto sotto la porta di Isidoro Baltazar - non volevo che mi dissuadesse - partii per la casa delle streghe. Viaggiai tutta la notte, fino a Tucson. Mi fermai in un motel, dormii per la maggior parte del giorno, poi nel tardo pomeriggio ripartii, prendendo la stessa direzione che Isidoro Baltazar aveva seguito nel nostro viaggio di ritorno.

Il mio senso dell'orientamento è scarso; tuttavia quella rotta è segnata profondamente in me. Con stupefacente sicurezza, sapevo esattamente quali strade prendere, dove girare. Arrivai alla casa delle streghe in un attimo. Non mi curai di controllare il mio orologio, poiché non volevo perdere la sensazione che dal momento in cui ero salita in auto a Tucson, al mio arrivo alla casa delle streghe il tempo non era trascorso.

Che nella casa non ci fosse nessuno non mi importava minimamente. Ero consapevole che non mi era stato rivolto nessun invito diretto e formale. Ma ricordavo chiaramente che Nélida mi aveva detto, mentre nascondeva in un cassetto un piccolo cesto con i doni che tutte mi avevano fatto, che avrei dovuto ritornare in qualunque momento l'avessi desiderato. "Di giorno o di notte, questo cesto ti attirerà qui senza pericolo". Le sue parole mi risuonavano nelle orecchie.

Con una sicurezza che normalmente viene soltanto con la pratica, andai direttamente nella stanza che Esperanza mi aveva assegnato. La bianca amaca era pronta, come se mi attendesse. Un vago disagio alla fine s'insinuò in me, ma non ero nemmeno lontanamente spaventata come avrei dovuto essere. Non del tutto rilassata, mi sprofondai nell'amaca, con una gamba fuori per dondolarmi.

"Al diavolo le mie paure", gridai e tirai dentro la gamba allungandomi di gusto come un gatto fino a far scricchiolare le giunture.

"Oh, sei tornata sana e salva", mi disse una voce dal corridoio.

Non la vidi, né riconobbi necessariamente la sua voce, tuttavia sapevo che era Nélida. Attesi aspettandomi che entrasse, ma non lo fece.

"Il tuo cibo è in cucina", sentii che diceva. Sentii i suoi passi che si allontanavano dalla porta, lungo il corridoio.

Balzai su e la rincorsi. "Aspetta, aspetta, Nélida!", gridai. Nel corridoio non c'era nessuno, tantomeno nelle stanze che superai dirigendomi verso la cucina. Non c'era nessuno in tutta la casa, se è per questo. Tuttavia, ero sicura che fossero tutti lì. Udii le loro voci, le loro risate, il rumore dei piatti, delle pentole e delle padelle.

Passai i giorni successivi in uno stato di aspettativa, in attesa che accadesse qualcosa di significativo. Non riuscivo a immaginare cosa avrebbe dovuto accadere, ma sapevo che avrebbe avuto a che fare con le donne.

Per qualche insondabile ragione, non volevano essere viste. Il loro comportamento, sorprendentemente furtivo, mi teneva costantemente nei corridoi, come un'ombra che si aggira felinamente senza rumore. Indipendentemente dai piani ingegnosamente furtivi che escogitavo per sorprendere le donne, non riuscii mai a cogliere di loro nemmeno una fuggevole occhiata. Scivolavano dentro e fuori dalle loro stanze, dentro e fuori dalla casa, come da un mondo all'altro, lasciandosi dietro il suono delle loro voci e delle loro risate.

Qualche volta mi chiedevo se le donne fossero davvero là, se il suono dei passi, dei mormorii e delle risate non fosse soltanto un'invenzione della mia immaginazione. Ogni volta che stavo per credere che si trattasse della mia immaginazione, sentivo una di loro trastullarsi sul patio. Allora, presa da fervore, aspettativa ed eccitazione rinnovati, correvo sul retro della casa, solo per scoprire che ancora una volta ero stata messa nel sacco. In quei momenti ero convinta che le donne, essendo delle streghe, avessero una sorta di localizzazione, un'eco interna come quella dei pipistrelli, che le metteva in guardia quando mi avvicinavo.

La mia delusione di non essere in grado di sorprenderle di fronte ai fornelli svaniva sempre alla vista dei piccoli piatti esotici che lasciavano per me; la delizia delle pietanze compensava ampiamente la scarsità delle porzioni. Mangiavo il loro meraviglioso cibo con gran gusto. Tuttavia ero ancora affamata.

Un giorno, poco prima del crepuscolo, udii la voce di un uomo che chiamava dolcemente il mio nome dal retro della casa. Saltai giù dall'amaca e corsi lungo il corridoio. Ero così contenta di vedere il custode che gli saltai addosso come un cane festoso. Incapace di contenere la mia gioia, lo baciai sulle guance.

"Fai attenzione, nibelunga". Disse con la stessa voce e le stesse maniere di Isidoro Baltazar. Scattai indietro, gli occhi spalancati per la sorpresa. Egli mi fece l'occhiolino e aggiunse: "Non farti trasportare, altrimenti prima che te ne renda conto approfitterai di me".

Per un istante non seppi come interpretare le sue parole. Ma quando cominciò a ridere e mi diede dei colpetti sulla schiena in modo rassicurante, mi rilassai completamente.

"È bello rivederti", disse dolcemente.

"È meraviglioso rivedere lei!", ridacchiai, poi gli chiesi dove fossero tutti gli altri.

"Oh, sono in giro", disse vagamente. "Al momento sono misteriosamente inaccessibili, ma sempre presenti". Notando la mia delusione aggiunse: "Abbi pazienza".

"So che sono in giro", mormorai. "Mi lasciano il cibo". Mi guardai alle spalle, e gli confidai scherzosa: "Ma ho ancora fame. Le porzioni sono troppo scarse".

Secondo il custode, quella era la caratteristica naturale del cibo di potere: non se ne ha mai abbastanza. Disse che cucinava da sé il suo cibo - riso e fagioli con pezzi di maiale o manzo e pollo - e mangiava soltanto una volta al giorno, ma mai alla stessa ora.

Poi mi portò dove dormiva. Viveva in una grande stanza disordinata dietro alla cucina, in mezzo alle strane sculture di legno e ferro, dove l'aria, satura dei profumi di gelsomino e di eucalipto, gravava pesante e immobile attorno alle tende tirate. Dormiva su una branda che teneva piegata in un armadio quando non la usava e consumava il suo pasto su un piccolo tavolo *chippendale* dalle gambe affusolate.

Mi confidò che anche lui, come le misteriose donne, non amava l'abitudine. Giorno e notte, mattina e pomeriggio, erano lo stesso per lui. Spazzava i cortili e rastrellava le foglie nello spiazzo ogni volta che si sentiva di farlo; che a terra ci fossero boccioli o foglie era senza importanza.

Nei giorni che seguirono, passai dei momenti difficili nel cercare di adattarmi a questo modo di vita apparentemente senza strutture. D'impulso, piuttosto che per il desiderio di essere utile, aiutai il custode nei suoi lavori. Inoltre, accettavo invariabilmente i suoi inviti a condividere i suoi pasti. Il suo cibo era delizioso come la sua compagnia.

Convinta che fosse più che un custode, feci del mio meglio per prenderlo di sorpresa con le mie domande-tranello; tecnica inutile, poiché non ebbi mai nessuna risposta soddisfacente.

"Da dove viene?", gli chiesi bruscamente, un giorno, mentre stava mangiando.

Alzò gli occhi dal piatto e, come se si fosse aspettato un improvviso interrogatorio, indicò con forza le montagne a est, incorniciate dalla finestra aperta come un dipinto.

"Le montagne Bacatete?". La mia voce tradiva l'incredulità.

"Ma lei non è un indiano", mormorai sconcertata. "Per quanto mi è dato di vedere, soltanto il nagual Mariano Aureliano, Delia Flores e Genaro Flores sono indiani". Incoraggiata dallo sguardo sorpreso e dell'aspettativa sul suo volto, aggiunsi che, secondo me, Esperanza trascendeva le categorie razziali. Mi sporsi al di là del tavolo e con tono misterioso gli confidai quello che avevo già detto a Florinda. "Esperanza non è nata come un essere umano. È stata creata da un atto di stregoneria. È il diavolo stesso".

Appoggiandosi allo schienale della sedia, il custode urlò di gioia. "E che cosa hai da dire di Florinda? Sapevi che è francese o, piuttosto, che i suoi genitori erano francesi? Discendevano dalle famiglie che arrivarono in Messico con Massimiliano e Carlotta".

"È molto bella", mormorai, cercando di ricordare esattamente quando il principe austriaco fu inviato da Napoleone in Messico nel diciottesimo secolo.

"Non l'hai vista quand'è tutta agghindata", disse espansivo il custode. "Lei è su un altro piano. L'età per lei non significa nulla".

"Carmela mi ha detto che sono come Florinda", dissi in un accesso di vanità e speranza.

Spinto dalla risata che gli gorgogliava dentro, il custode sobbalzò sulla sedia: "Quello sarà un gran giorno". Pronunciò le parole senza alcun particolare sentimento, come se non si curasse minimamente di come sarebbero state accolte.

Irritata dal suo commento, dalla sua mancanza di sentimento, lo fissai con animosità malcelata. Poi, ansiosa di cambiare argomento, gli chiesi del nagual Mariano Aureliano. "Da dove viene esattamente?".

"Chissà da dove vengono i nagual", borbottò, spostandosi verso la finestra. Fissò a lungo le lontane montagne, poi si girò ancora verso di me e disse: "Alcuni dicono che i nagual vengono dall'inferno stesso. Io ci credo. Alcune persone dicono che i nagual non sono nemmeno umani". Fece ancora una pausa e mi chiesi se il lungo silenzio stesse per ripetersi. Come percependo la mia impazienza, venne a sedersi accanto a me e disse: "Se vuoi saperlo, ti dico che i nagual sono sovrumani. Questa è la ragione per cui conoscono tutto della natura umana. Non puoi mentire a un nagual. Ti vedono attraverso, vedono attraverso tutto. Vedono persino attraverso lo spazio, in altri mondi di questo mondo e in altri al di là di questo".

Mi sistemavo a disagio sulla sedia, desiderando che smettesse di parlare. Rimpiansi di averlo trascinato in quella conversazione. Non c'erano dubbi nella mia mente che l'uomo fosse pazzo.

"No, non sono pazzo", mi assicurò. E a me sfuggì uno strillo acuto. "Sto dicendo cose che non hai mai sentito prima, questo è tutto".

Sbattei le palpebre ripetutamente, stranamente sulla difensiva. Ma il mio disagio mi diede un impeto di coraggio e gli chiesi di punto in bianco: "Perché si stanno nascondendo da me?".

"È ovvio", replicò. Poi vedendo che per me non era affatto ovvio, aggiunse: "Dovresti saperlo. Tu e la tua specie siete l'equipaggio, non io. Io non sono uno di loro, sono semplicemente il custode. Io olio la macchina".

"Mi sta confondendo più di quanto lo sia già", borbottai irritata. Poi un subitaneo lampo d'intuizione mi colpì: "Di che equipaggio sta parlando?".

"Tutte le donne che hai incontrato l'ultima volta che eri qui. Le sognatrici e le cacciatrici. Mi hanno detto che le cacciatrici sono del tuo genere. E tu sei una di loro".

Si versò un bicchier d'acqua e con esso andò alla finestra. Bevve alcuni sorsi poi m'informò che il nagual Mariano Aureliano aveva messo alla prova le mie abilità di cacciatrice a Tucson, quando m'inviò nella caffetteria a mettere una mosca nel cibo. Il custode girò le spalle alla finestra, mi guardò dritto in faccia e aggiunse: "Hai fallito".

"Non voglio sentire parlare di quell'assurdità", lo interruppi. Non volevo sentire il resto della storia.

Il suo viso assunse un'espressione di malizia. "Ma poi, dopo il tuo fallimento, ti sei riabilitata prendendo a calci il nagual Mariano Aureliano senza vergogna e rispetto. I cacciatori", enfatizzò, "sono persone che hanno un'abilità innata nel trattare con la gente".

Aprii la bocca per dire che non comprendevo una sola parola di quello che stava dicendo, ma subito la richiusi.

"Quello che è sconcertante", continuò, "è che sei una grande sognatrice. Se non fosse per questo, saresti come Florinda, altezza e aspetto esclusi, naturalmente".

Sorridendo velenosamente, maledii silenziosamente il vecchio rettile.

"Ti ricordi quante donne c'erano al picnic?", chiese improvvisamente.

Chiusi gli occhi per visualizzare meglio il picnic. Vidi chiaramente sei donne sedute sulla tovaglia stesa sotto gli eucalipti. Esperanza non c'era, ma c'erano Carmela, Zoila, Delia e Florinda.

"Chi erano le altre due?", chiesi, più disorientata che mai.

"Ah", mormorò soddisfatto, con un brillante sorriso che gli increspava il volto. "quelle erano sognatrici di un altro mondo. Le hai viste chiaramente, ma poi sono scomparse. La tua mente non ha registrato la loro scomparsa perché era troppo strano".

Annuii assente, incapace di concepire di aver effettivamente visto solo quattro donne, quando sapevo che ce n'erano state sei.

Il pensiero doveva essere filtrato in lui, perché disse che era naturale essersi focalizzati sulle quattro. "Le altre due sono la tua fonte di energia. Sono incorporee e non di questo mondo".

Smarrita e meravigliata, potei solo fissarlo; non avevo più domande da fare.

"Dato che non sei sul pianeta delle sognatrici", chiarì, "i tuoi sogni sono incubi e i tuoi passaggi tra i sogni e la realtà sono molto instabili e pericolosi per te e per le altre sognatrici. Così Florinda si è assunta il compito di farti da cuscinetto e proteggerti".

Mi alzai con un tale impeto che la sedia si rovesciò. "Non voglio sapere altro!", gridai e mi fermai giusto in tempo per evitare di dire che stavo molto meglio senza sapere nulla dei loro modi e dei loro folli ragionamenti.

Il custode mi prese per mano e uscì con me attraverso lo spiazzo, oltre il *chaparral*, fino al retro della casa piccola.

"Ho bisogno che mi aiuti con il generatore", disse. "Dev'essere riparato".

Risi forte e gli dissi che non sapevo nulla di generatori. Solo quando aprì la porta di uno sgabuzzino di cemento, realizzai che l'energia elettrica per il fabbisogno della casa veniva generata lì. Avevo dato per scontato che l'illuminazione e gli elettrodomestici del Messico rurale fossero come quelli che mi erano familiari.

Da quel giorno in poi, cercai di non fargli troppe domande. Sentivo di non essere preparata alle sue risposte. I nostri incontri acquisirono la natura di un rituale, in cui io facevo del mio meglio per essere all'altezza dello squisito uso che il vecchio faceva della lingua spagnola. Passai ore a sfogliare i vari dizionari della mia stanza, alla ricerca di nuove parole, spesso arcaiche, con le quali impressionarlo.

Un pomeriggio, mentre stavo aspettando che il custode portasse da mangiare, fu la prima volta da quando avevo scoperto la sua stanza che mi trovai lì da sola. Ricordai lo strano vecchio specchio. Esaminai attentamente la sua superficie macchiata e offuscata.

"Resterai intrappolata nello specchio se ti guardi troppo", disse una voce dietro di me.

Aspettandomi di vedere il custode, mi girai, ma nella stanza non c'era nessuno. Nella mia ansia di raggiungere la porta, quasi feci cadere la scultura di legno e ferro che stava dietro di me. Automaticamente, allungai la mano per raddrizzarla, ma prima ancora che la toccassi, la figura sembrò vorticare lontano da me in uno strano moto circolare, poi tornò alla sua posizione originale con un sospiro stupefacentemente umano.

"Che cosa succede?", chiese il custode entrando nella stanza. Pose un ampio vassoio sul tavolino traballante e guardando il mio viso color cenere, chiese ancora una volta cosa c'era che non andava.

"Qualche volta ho la sensazione che queste mostruosità siano vive, che mi osservino", dissi, indicando col capo la vicina scultura. Notando il suo volto serio, privo di sorriso, mi affrettai a rassicurarlo che non intendevo mostruoso in termini di bruttura, ma piuttosto in termini di grandezza. Trassi parecchi profondi e tremanti respiri e ripetei che le sue sculture mi davano l'impressione di essere vive.

Guardandosi furtivamente attorno e abbassando la voce a un sussurro a malapena percepibile, disse: "Sono vive".

Mi sentii così a disagio che cominciai a farfugliare del pomeriggio in cui avevo scoperto per la prima volta la sua stanza, di come vi ero stata attirata da uno strano mormorio che si era rivelato essere il vento che risucchiava la tenda attraverso la finestra aperta. "Ma in quel momento credetti ci fosse un mostro", gli confidai, ridacchiando nervosamente. "Una presenza aliena che si nutriva delle ombre del crepuscolo".

Mordendosi il labbro inferiore, il custode mi guardò con occhi penetranti, poi il suo sguardo prese in rassegna tutta la stanza senza mettere a fuoco. "Faresti meglio a sederti e a mangiare", disse alla fine. "Se non vogliamo che il cibo si raffreddi". Mi porse la sedia e non appena fui comodamente seduta, aggiunse con tono vibrante:

"Hai proprio ragione a chiamarle presenze, perché non sono sculture, sono *invenzioni*".

Confidò con tono cospiratore: "Sono state concepite su modelli intravvisti in un altro mondo, da un grande nagual".

"Da Mariano Aureliano?", chiesi.

Scosse il capo e disse: "Da un nagual molto più vecchio, chiamato Elias".

"Perché queste invenzioni si trovano nella sua stanza?", chiesi. "Questo grande nagual le fa fatte per lei?".

"No", disse. "Me ne prendo soltanto cura". Alzandosi, mise la mano in tasca e tirò fuori un fazzoletto bianco accuratamente piegato, col quale cominciò a spolverare l'invenzione più vicina. "Dato che sono il custode, spetta a me prendermi cura di loro. Un giorno, con l'aiuto di tutti questi stregoni che hai già incontrato, invierò queste invenzioni al luogo cui appartengono".

"E dove?".

"L'infinito, il cosmo, il vuoto".

"Come si propone di portarle là?".

"Per mezzo dello stesso potere che le ha portate qui: il potere del sognare da svegli".

"Se sogna come sognano questi stregoni", cominciai cautamente, cercando in tutti i modi di nascondere il trionfo nella mia voce, "allora anche lei dev'essere uno stregone".

"Lo sono, ma non sono come loro".

La sua candida ammissione mi confuse. "Qual è la differenza?".

"Ah!", esclamò. "Tutta la differenza di questo mondo. Ma non posso spiegartelo ora. Se lo facessi, diventeresti ancor più tetra e arrabbiata. Un giorno, comunque, lo verrai a sapere da sola, senza che nessuno debba dirtelo".

Potevo sentire le rotelle che mi frullavano nella testa, mentre cercavo disperatamente di trovare qualcos'altro da dire, un'altra domanda da porre.

"Può dirmi come il nagual Elias sia venuto in possesso delle invenzioni?".

"Le ha viste nel suo sognare e le ha catturate", confidò il custode. "Alcune di esse sono copie, fatte da lui, di invenzioni che non ha potuto portare via. Altre sono autentiche. Invenzioni trasportate fino a qui da quel grande nagual".

Non credetti a una sola parola di quello che aveva detto, tuttavia non potei fare a meno di aggiungere: "Perché il nagual Elias le ha portate qui?".

"Perché le invenzioni stesse gliel'hanno chiesto".

"Perché l'hanno fatto?".

Il custode pose fine alle mie indagini con un gesto della mano e mi esortò a mangiare. La sua riluttanza a soddisfare la mia curiosità non fece che aumentare il mio interesse. Non riuscivo a immaginare perché non volesse parlare di quelle cose quand'era così abile a dare risposte evasive; avrebbe potuto dirmi qualunque cosa.

Nell'istante in cui finimmo di mangiare mi chiese di prendere la sua branda dall'armadio. Conoscendo i suoi gusti, gliel'aprii di fronte alla finestra all'inglese nascosta dalla tenda. Sospirando appagato, si sdraiò, adagiando il capo sul piccolo cuscino rettangolare che era attaccato a un'estremità della branda. Era pieno di fagioli secchi e foglie di granoturco. Secondo lui, quel cuscino garantiva sogni dolci.

"Sono pronto per fare il mio pisolino ora", disse, allentandosi la cintura dei pantaloni. Era il suo modo educato di congedarmi.

Stizzita dal suo rifiuto di parlare delle invenzioni, ammucchiai i nostri piatti sul vassoio e uscii dalla stanza. Il suo russare mi seguì per tutto il tragitto fino alla cucina.

Quella notte mi svegliai al suono di una chitarra. Automaticamente, mi allungai a prendere la torcia elettrica che tenevo di fianco alla mia bassa amaca e guardai l'ora. Era appena passata la mezzanotte. Mi avvolsi bene nella coperta e in punta di piedi uscii nel corridoio che conduceva al patio interno.

Nel patio, seduto su una sedia di vimini, c'era un uomo che suonava la chitarra. Non riuscivo a vedere il suo viso, ma sapevo che era lo stesso uomo che Isidoro Baltazar e io avevamo visto e udito la prima volta che arrivai in quel luogo. Nel momento in cui mi vide, l'uomo smise di suonare, come aveva fatto allora. Si alzò dalla sedia ed entrò in casa.

Appena tornai nella mia stanza, ricominciò a suonare. Stavo per appisolarmi, quando lo udii cantare con voce chiara e forte. Cantava al vento, invitandolo a venire da miglia di silenzio e vuoto.

Come se stesse rispondendo alla sua continua melodia, il vento guadagnò forza. Soffiava nel *chaparral.* Staccava le foglie secche dagli alberi e le trascinava in mucchi fruscianti contro i muri della casa.

D'impulso, aprii la porta del patio. Il vento riempì la stanza di un'indicibile tristezza, non la tristezza delle lacrime, ma la malinconica solitudine del deserto, della polvere e delle antiche ombre. Il vento turbinò nella stanza come fumo. Lo inalavo a ogni respiro. Si fermava pesantemente nei miei polmoni, tuttavia, più respiravo profondamente, più mi sentivo leggera.

Uscii e schiacciandomi tra gli alti cespugli, mi feci strada verso il retro della casa. I muri imbiancati afferravano i raggi della luna e li riflettevano luminosi sulle terre dell'ampia radura spazzate dal vento. Nel timore di essere vista, saltellai da un albero all'altro, nascondendomi nelle buie ombre prodotte dalla luce lunare, finché raggiunsi i due aranci in fiore, al di là del muro, a protezione del sentiero che portava alla casa piccola.

Il vento portò un suono di risate e fiochi mormorii da oltre il *chaparral.* Audacemente, mi lanciai sul sentiero, soltanto per perdere il coraggio una volta giunta alla porta principale della piccola e buia casa. Tremante di eccitazione, avanzai un po' alla volta verso una finestra aperta. Nel vento riconobbi le voci di Delia e Florinda, ma la finestra era troppo alta perché potessi vedere quello che facevano.

Ascoltai, aspettandomi di udire qualcosa di profondo, di essere trasportata da qualche rivelazione sconvolgente che mi avrebbe aiutata a capire ciò che mi aveva spinta in quel luogo: la mia incapacità di sognare. Ma udii soltanto pettegolezzi. Restai così coinvolta nelle loro maliziose insinuazioni che risi forte parecchie volte, dimenticando che stavo origliando.

Dapprincipio pensai che stessero pettegolando su degli estranei, ma poi realizzai che stavano parlando delle donne sognatrici e i loro commenti più insidiosi erano diretti contro Nélida.

Dissero che non era ancora riuscita, dopo così tanti anni, a sfuggire alla morsa del mondo. Non solo era vanitosa - affermavano che passava tutto il giorno davanti allo specchio - ma era anche lussuriosa. Faceva di tutto per essere sessualmente desiderabile, per sedurre il nagual Mariano Aureliano. Qualcuna puntualizzò dispettosa che, dopotutto, era l'unica che potesse accomodare il suo enorme ed eccitante organo.

Poi parlarono di Clara. La definirono una pomposa elefantessa che credeva suo dovere dare benedizioni a tutti. L'oggetto della sua attenzione era, al momento, il nagual Isidoro Baltazar e l'intrattenimento era il corpo nudo di lei. Egli non doveva averlo, doveva solo vederlo. Mattino e sera lei gli regalava la vista della sua nudità. Era convinta che, così facendo, avrebbe assicurato la valorosità sessuale del giovane nagual.

La terza donna di cui parlarono fu Zuleica. Dissero che s'illudeva di diventare santa e di essere la Vergine Maria. La sua cosiddetta spiritualità non era altro che follia. Periodicamente andava fuori di testa. E ogni volta che aveva uno dei suoi accessi di follia, puliva la casa da cima a fondo, persino le rocce nel patio o lo spiazzo circostante.

Poi fu la volta di Hermelinda. Veniva descritta come molto sobria, molto a posto, il modello dei valori della borghesia. Come Nélida, era incapace, dopo tanti anni, di smettere di cercare di essere la donna perfetta, la perfetta padrona di casa. Sebbene non sapesse cucinare, cucire, ricamare o suonare il pianoforte per intrattenere gli ospiti, tra scoppi di risa dissero che Hermelinda voleva essere conosciuta come modello di perfetta femminilità, proprio come Nélida voleva essere conosciuta come modello di femminilità impertinente.

Se avessero combinato i loro talenti, commentò una voce, allora avrebbero incarnato la donna perfetta nel compiacere il padrone: perfetta in cucina e in salotto, con un grembiule o un vestito da sera, e perfetta a letto, con le gambe aperte ogni volta che il padrone lo voleva.

Quando si zittirono, ritornai di corsa alla casa, nella mia stanza, sulla mia amaca, ma per quanto cercassi, non riuscivo più a dormire. Sentivo che una specie di bolla protettiva che mi avviluppava era scoppiata, cancellando il mio senso di delizia, di incanto di essere nella casa delle streghe. Tutto quello a cui potevo pensare era che, stavolta per colpia mia, ero bloccata a Sonora con un mucchio di vecchie pazze che non facevano altro che pettegolare, quando avrei potuto essere a Los Angeles a divertirmi.

Ero venuta a cercare consiglio. Invece venivo ignorata, ridotta a fare da dama di compagnia a un vecchio pazzo che avevo creduto fosse una donna. Quando al mattino mi sedetti a mangiare con il custode, ero arrivata a un tale stato di giusta indignazione che non riuscii a ingoiare un solo boccone.

"Che cosa ti succede?", chiese il vecchio, fissandomi intentamente. Normalmente evitava gli sguardi diretti. "Non hai fame?".

Gli lanciai un'occhiata di fuoco. Abbandonando ogni tentativo di autocontrollo, scaricai tutta l'ira e la frustrazione accumulate. Mentre continuavo a lamentarmi, ebbi un lampo di sobrietà; mi dissi che non avrei dovuto biasimare il vecchio, che avrei dovuto essergli grata, poiché non mi aveva mostrato altro che gentilezza. Ma era troppo tardi per fermarmi. Le mie meschine accuse avevano acquisito vita propria. La mia voce divenne più acuta mentre ingrandivo e deformavo gli eventi dei pochi giorni passati. Con maliziosa soddisfazione, gli dissi che avevo origliato quello che dicevano le donne.

"Non vogliono minimamente aiutarmi", asserii con risonante autorità. "Non fanno altro che pettegolare. Hanno detto cose orribili sulle donne sognatrici".

"Cos'hai sentito che dicevano?".

Con gran gusto, gli raccontai ogni cosa. Sorpresi me stessa col mio straordinario potere di ricordare ogni dettaglio dei malvagi commenti delle donne.

"Ovviamente stavano parlando di te", dichiarò nel momento in cui finii il mio resoconto. "In modo simbolico, naturalmente". Attese che le parole andassero a segno e prima che potessi protestare, chiese innocentemente: "Non sei un po' così?".

"Col cavolo!", esplosi. "E non mi propinare nessuna stronzata psicologica; non accetterei questo genere di merda nemmeno da un uomo colto, figuriamoci da te, fottuto peone".

Gli occhi del custode si spalancarono per lo stupore e le sue fragili spalle s'incassarono. Non provai simpatia per lui, soltanto pietà per me stessa. Avevo sprecato il mio tempo a dirgli quello che avevo sentito.

Stavo per dire quale errore fosse stato per me fare quel lungo viaggio estenuante per niente, quando il custode mi guardò con un tale disprezzo che provai vergogna del mio sfogo.

"Se controllerai il tuo carattere, comprenderai che nulla di ciò che fanno questi stregoni è puro divertimento, né ha lo scopo di impressionare qualcuno o di dare sfogo ai propri impulsi", disse con grande equanimità. "Ogni cosa che fanno o che dicono ha una ragione, uno scopo". Mi fissò con un'intensità che mi fece venir voglia di allontanarmi, ma non potei. "Non aggirarti in questo luogo pensando di essere qui in vacanza", disse con forza. "Per gli stregoni di cui sei caduta preda, non ci sono vacanze".

"Che cosa sta cercando di dirmi?", domandai irosamente. "Non meni il can per l'aia, lo dica e basta".

"Come si può essere più chiari?". La sua voce era ora ingannevolmente dolce e carica di significato, più di quanto potessi comprendere. "Le streghe ti hanno già detto ieri notte che cosa sei. Hanno usato le quattro donne del pianeta delle sognatrici come una falsa facciata per descrivere a te, l'origliatrice, quello che realmente sei: una sgualdrina con manie di grandezza".

Il mio shock fu così grande che rimasi momentaneamente stordita. Poi l'ira, incandescente come lava, divampò attraverso il mio intero corpo. "Tu, miserabile insignificante pezzo di merda", urlai e gli diedi un calcio all'inguine. Prima che il mio calcio arrivasse a segno avevo già pregustato una fugace visione del piccolo vecchio bastardo a terra, che si contorceva dal dolore; solo che il mio calcio non colpì nient'altro che aria. Con la velocità di un campione di lotta era balzato fuori tiro.

Sorrise con la bocca, ma i suoi occhi erano inespressivi e freddi, mentre mi osservava ansimare e gemere. "Stai provando sul nagual Isidoro Baltazar tutti quei trucchi di cui hanno parlato le streghe. Sei stata addestrata per questo. Pensaci. Non arrabbiarti soltanto".

Aprii la bocca per dire qualcosa, ma non ne emerse alcun suono. Non erano tanto le sue parole che mi avevano lasciata ammutolita, quanto il suo tono indifferente, gelido. Avrei preferito che avesse urlato, poiché allora avrei saputo come reagire: avrei urlato ancora più forte. Non c'era senso nel lottare con lui. Non aveva ragione, mi convinsi. Era semplicemente un povero vecchio dalla lingua tagliente. No, non mi sarei arrabbiata con lui, ma non l'avrei nemmeno preso seriamente.

"Spero che non ti metterai a piangere", mi ammonì prima che mi riavessi dallo shock.

Nonostante la determinazione a non arrabbiarmi con quel vecchio bastardo, il mio volto divenne rosso dall'ira. "Certo che no", lo sfidai. Prima di provare con un altro calcio, gli urlai che era soltanto una merda di gallina, un servo che meritava di essere bastonato per la sua impertinenza, ma la dura e implacabile espressione dei suoi occhi mi fece perdere lo slancio. In qualche modo riuscì a convincermi, senza minimamente cambiare il suo tono cortese, ma inespressivo, che dovevo scusarmi con lui.

"Mi dispiace", dissi alla fine e lo pensavo davvero. "Il mio brutto carattere e le mie pessime maniere riescono sempre ad avere il sopravvento su di me".

"Lo so, mi avevano avvertito tutti", disse seriamente. E aggiunse sorridendo: "Mangia".

Per tutto il pasto mi sentii a disagio. Masticando lentamente, lo osservavo furtiva. Sebbene non facesse il minimo sforzo per essere amichevole, sapevo che non era arrabbiato con me. Cercai di confortarmi con quel pensiero, ma non lo trovai molto convincente. Percepivo che la sua mancanza di interesse non era premeditata o studiata. Non voleva punirmi. Nulla di ciò che avevo detto o fatto avrebbe avuto alcun effetto su di lui.

Ingoiai l'ultimo boccone e dissi la prima cosa che mi venne in mente con una sicurezza che mi stupì: "Lei non è il custode".

Mi guardò e mi chiese: "E chi pensi che sia?". Il suo volto si rilassò in un divertito sogghigno.

Il suo sorriso mi fece perdere ogni cautela. Una tremenda noncuranza s'impossessò di me. Dissi avventatamente - naturalmente come insulto - che era una donna, che era Esperanza.

Sollevata per averlo finalmente tirato fuori, sospirai ostentatamente e aggiunsi: "Questo è il motivo per cui lei è l'unico che ha uno specchio; ha bisogno di sembrare convincente sia come uomo che come donna".

"L'aria di Sonora deve averti fatto male", rifletté. "È un fatto risaputo che la sottile aria del deserto influenza le persone nel modo più strano". Prese il mio polso e stringendolo in una morsa ferrea aggiunse: "O è forse nella tua natura essere meschina e pesante e sputare fuori con un'aria di assoluta autorità qualunque cosa ti passi per la testa?".

Sogghignando il custode si chinò un po' più vicino a me e suggerì di fare un pisolino con lui. "Ci farà molto bene. Siamo entrambi tropo seri", disse.

"Ah è così!", esclamai, incerta se dovevo offendermi o ridere. "Vuole che io dorma con lei, eh?". Aggiunsi che Esperanza mi aveva già messo in guardia su di lui.

"Perché non vuoi fare un pisolino con me se ritieni che io sia Esperanza?", chiese, accarezzandomi la nuca. La sua mano era calda e rilassante.

"Non è che non voglio", mi difesi debolmente. "Semplicemente odio i pisolini. Non ne faccio mai. Mi hanno detto che persino da neonata odiavo i pisolini". Parlavo velocemente e nervosamente, inciampando nelle parole, ripetendomi. Volevo alzarmi e andarmene, ma la leggera pressione della sua mano sul mio collo mi teneva inchiodata alla sedia. "So che lei è Esperanza", insistetti impetuosamente. "Riconosco il suo tocco; ha lo stesso effetto calmante del suo". Sentivo la testa che ciondolava e mi si chiusero gli occhi contro la mia volontà.

"Sì, così", acconsentì gentilmente. "Ti farà bene sdraiarti, anche solo per un attimo". Scambiando il mio silenzio per accondiscendenza, andò all'armadio e tirò fuori la sua branda e due coperte. Me ne diede una.

Fu un momento di infinita sorpresa per me. Senza sapere perché, mi sdraiai senza protestare. Attraverso le palpebre semichiuse, lo osservai mentre si stirava fino a far scricchiolare le sue giunture. Si levò gli stivali, si slacciò la cintura, poi si sdraiò accanto a me sulla branda. Sotto la sua sottile coperta di cotone, sgusciò fuori dai suoi pantaloni, facendoli cadere con noncuranza sul pavimento vicino agli stivali.

Sollevò la sua coperta e si mostrò. Arrossendo, lo fissai con selvaggia curiosità e meraviglia. Il suo corpo nudo, come quello di Esperanza, era l'antitesi di come credevo che fosse. Era elastico, senza peli e liscio. Era esile come un giunco, ma muscoloso. Ed era decisamente un maschio, e giovane!

Non mi fermai nemmeno a pensare, ma, trattenendo il respiro, sollevai circospetta la mia coperta.

Il debole suono di una risata femminile mi fece chiudere gli occhi e fingere di dormire. Ma sapendo che non sarebbe entrata nella stanza, mi rilassai. Mettendo le braccia dietro alla testa, restai assorbita nella misteriosa sensazione che il custode e la debole risata proveniente dal corridoio avevano restaurato un equilibrio, rinnovando la bolla magica attorno a me. Cosa volessi dire esattamente con questi pensieri non mi era chiaro, a parte il fatto che più il mio corpo si rilassava, più arrivavo vicina a una risposta.

14

Dopo il mio ritorno dalla casa delle streghe, non ebbi più bisogno di alcuna esortazione o incoraggiamento. Le donne erano riuscite a darmi una strana coerenza, una sorta di stabilità emotiva che non avevo mai avuto prima. Non che improvvisamente fossi diventata una persona diversa, ma piuttosto c'era uno scopo chiaro nella mia esistenza, il mio destino era delineato: dovevo sforzarmi di liberare la mia energia. E questo era tutto. Veramente semplice.

Non ricordavo chiaramente, o nemmeno vagamente, tutto quello che era successo nei tre mesi che avevo trascorso nella loro casa. Il compito di ricordarlo mi prese degli anni, un compito nel quale mi tuffai con tutta la mia forza e la mia determinazione.

Il nagual Isidoro Baltazar, tuttavia, mi mise in guardia sulla fallacità di mete chiaramente delineate o di realizzazioni emotivamente caricate. Disse che erano senza valore, poiché la vera arena di uno stregone è la vita di ogni giorno e lì le basi razionali superficiali non reggono alla pressione.

Le donne avevano detto più o meno la stessa cosa, ma in modo più armonioso. Mi avevano spiegato che poiché le donne sono abituate a essere manipolate, acconsentono facilmente, e il loro accordo è semplicemente un vuoto adattamento alla pressione. Ma se si riesce realmente a convincere le donne della necessità di cambiare, allora metà della battaglia è vinta; anche se non sono d'accordo, la loro realizzazione è infinitamente più duratura di quella degli uomini.

Avevo le due opinioni da soppesare. Pensavo che fossero entrambe valide. Di tanto in tanto, tutte le mie basi razionali sulla stregoneria crollavano sotto le pressioni del mondo di ogni giorno, ma il mio impegno originario verso il mondo degli stregoni non ebbe mai bisogno di essere rivisto.

A poco a poco cominciai ad acquisire sufficiente energia per sognare. Questo significava che finalmente comprendevo ciò che le donne mi avevano detto: Isidoro Baltazar era il nuovo nagual. E non era più un uomo. Questa realizzazione mi dava anche sufficiente energia per ritornare periodicamente alla casa delle streghe.

Il luogo conosciuto come la casa delle streghe apparteneva a tutti gli stregoni del gruppo del nagual Mariano Aureliano. Una casa grande e massiccia dall'esterno, indistinguibile dalle altre case della zona, a malapena visibile, nonostante l'esuberante bouganvillea in fiore arrampicata lungo il muro che circondava i terreni. Questo faceva sì che le persone passassero vicino alla casa senza notarla, dissero gli stregoni, per la tenue nebbia che la copriva, sottile come un velo, visibile all'occhio, ma invisibile alla mente.

Una volta all'interno della casa, comunque, si era acutamente e inevitabilmente consapevoli di essere entrati in un altro mondo. I tre cortili, circondati da alberi da frutta, davano una luce di sogno ai due corridoi e alle molte stanze che si aprivano su di essi. Ciò che attirava maggiormente l'attenzione nella casa erano i pavimenti di mattoni e mattonelle coi disegni più complessi.

La casa delle streghe non era un luogo caloroso, tuttavia era amichevole. Non era una casa vera e propria, per quanto si sforzasse l'immaginazione, poiché c'era qualcosa di soverchiante nella sua impersonalità, nella sua implacabile austerità. Era il luogo dove il vecchio nagual Mariano Aureliano e i suoi stregoni concepivano i loro sogni e realizzavano il loro scopo. Poiché l'interesse di questi stregoni non aveva nulla a che fare con il mondo di ogni giorno, la loro casa rifletteva i loro interessi ultraterreni; esprimeva la loro individualità, non come persone, ma come stregoni.

Nella casa delle streghe interagivo con tutti gli stregoni del gruppo del nagual Mariano Aureliano. Non mi insegnarono né la stregoneria né il sognare. Secondo loro, non c'era nulla da insegnare. Dicevano che il mio compito era ricordare tutto ciò che era avvenuto tra loro e me durante quelle prime volte in cui ci trovammo. In particolare, dovevo ricordare ogni cosa che Zuleica e Florinda mi avevano fatto o detto - ma Zuleica non mi aveva mai parlato.

Ogni volta che cercavo di chiedere aiuto a qualcuno di loro, si rifiutavano immediatamente di avere a che fare con me. Dicevano che senza la necessaria energia da parte mia, tutto quello che avrebbero fatto sarebbe stato ripetersi e che non avevano tempo per farlo.

Dapprincipio trovai il loro rifiuto poco generoso e ingiusto. Dopo un po', comunque, abbandonai ogni tentativo di indagare e gioii semplicemente della loro presenza e della loro compagnia. Naturalmente, realizzai che avevano completamente ragione nel rifiutare di prestarsi al nostro gioco intellettuale preferito, come pretendere di essere interessati ponendo le cosiddette domande spirituali, che generalmente non hanno alcun significato. E la ragione per cui non hanno significato è che non abbiamo l'energia per avvantaggiarci delle risposte che potremmo ricevere, a parte essere d'accordo o meno con esse.

Attraverso la nostra interazione quotidiana, comunque, realizzai molte cose circa il loro mondo. Le sognatrici e le cacciatrici incarnavano due modelli di comportamento tra le donne, completamente differenti.

Inizialmente, mi chiesi se il gruppo che mi era stato descritto come le sognatrici - Nélida, Hermelinda e Clara - fosse di effettive cacciatrici. Per quanto potei accertare, le nostre interazioni rimanevano strettamente a un livello quotidiano, della realtà di ogni giorno, mondane. Solo più tardi realizzai chiaramente che la loro semplice presenza sollecitava - senza nemmeno un cenno da parte loro - un nuovo modello di comportamento da parte mia. Cioè, con loro non sentivo il bisogno di riaffermarmi. Non c'erano dubbi, non c'erano domande da parte mia quando ero con loro. Avevano la singolare abilità di farmi notare - senza mai doverlo affermare verbalmente - l'assurdità della mia esistenza. E tuttavia non sentivo il bisogno di difendermi.

Forse fu questa mancanza di imposizione diretta che mi rese accondiscendente, che me le fece accettare senza alcuna resistenza. Non ci volle molto perché realizzassi che le sognatrici, interagendo con me a livello mondano, mi stavano fornendo il modello necessario per reincanalare le mie energie. Volevano che cambiassi la maniera in cui mi focalizzavo sulle questioni ordinarie come cucinare, pulire, lavare, studiare o guadagnarmi da vivere. Tutto questo doveva essere fatto, mi dissero, sotto differenti auspici; non dovevano essere affari mondani, ma abili imprese, tutte importanti tra loro.

Soprattutto erano le reciproche azioni tra di loro e tra le donne cacciatrici che mi resero consapevole di quanto fossero speciali. Nella loro umanità, nella loro ordinarietà, erano prive di comuni difetti umani. La loro totale consapevolezza coesisteva facilmente con le loro caratteristiche individuali, che fosse ira, cattivo umore, forza bruta, follia o nauseante dolcezza.

Alla presenza e in compagnia di una qualunque di quelle donne, sperimentavo la peculiare sensazione di essere in una perpetua vacanza. Ma questo era solo un miraggio. Esse erano perennemente in guerra. E il nemico era l'idea del sé, l'ego.

Nella casa delle streghe incontrai anche Vicente e Silvio Manuel, gli altri due stregoni del gruppo del nagual Mariano Aureliano.

Vicente era ovviamente di discendenza spagnola. Appresi che i suoi genitori erano della Catalogna. Era un uomo magro dall'aspetto aristocratico, con mani e piedi che sembravano ingannevolmente esili. Si trascinava in giro in ciabatte e alle camicie preferiva giacche di pigiama, che pendevano aperte sui suoi pantaloni kaki. Le sue guance erano rosee, oppure egli era di colorito pallido. La sua barbetta a punta, ben curata, aggiungeva un tocco di distinzione al suo aspetto altrimenti trasandato.

Non solo sembrava un erudito, ma lo era. I libri nella stanza dove dormivo erano suoi; era lui che li raccoglieva, che li leggeva, che se ne prendeva cura. Ciò che rendeva la sua erudizione attraente - non c'era nulla che non sapesse - era che si comportava sempre come se fosse colui che imparava. Ero certa che raramente potesse essere così, poiché era ovvio che sapeva più degli altri. Era il suo spirito generoso che gli faceva elargire la sua conoscenza con una magnifica naturalezza e senza far mai vergognare nessuno per il fatto di conoscere meno.

Poi c'era Silvio Manuel. Era di altezza media, corpulento, senza barba e di carnagione bruna. Un indiano misterioso dall'aspetto sinistro, era il ritratto perfetto di come immaginavo un *brujo* (uno stregone - n.d.t.) dall'aspetto malvagio. Con la sua apparente tetraggine mi spaventava e le sue scarne risposte evidenziavano quella che doveva essere una natura violenta. Solo arrivando a conoscerlo, realizzai quanto gioiva nel coltivare quest'immagine. Era il più aperto e, per me, il più delizioso fra tutti gli stregoni. I segreti e i pettegolezzi erano la sua passione; che fossero verità o falsità non importava. Era il suo modo di raccontarli che per me e per tutti gli altri era impagabile.

Aveva anche un'inesauribile scorta di barzellette, la maggior parte delle quali veramente sconce. Era l'unico che si divertiva a guardare la tv e così era sempre informato sulle ultime notizie. Le riferiva agli altri con grossolane esagerazioni, condendole con molta malizia.

Silvio Manuel era un magnifico danzatore. La sua esperienza nelle varie danze sacre indigene era leggendaria. Si muoveva con estatico abbandono e spesso mi chiedeva di danzare con lui. Che fosse un *joropo* venezuelano, una *cumbia*, una *samba,* un *tango,* un *twist*, un *rock and roll*, o un *bolero* guancia a guancia, li conosceva tutti.

Conobbi anche John, l'indiano che mi era stato presentato dal nagual Mariano Aureliano a Tucson, in Arizona. Il suo aspetto gioviale, franco, alla mano, era soltanto una facciata. Era il più inavvicinabile di tutti gli stregoni. Andava a far compere per tutti, col suo camioncino scoperto. Riparava anche qualunque cosa avesse bisogno di essere aggiustata in casa o fuori.

Se non lo disturbavo con domande o commenti e restavo in silenzio, mi portava con lui nei suoi giri di commissioni e mi mostrava come si riparano le cose. Da lui ho imparato come riparare lavatrici, aggiustare un rubinetto che perde o uno sciacquone; come aggiustare un ferro da stiro, un interruttore della luce; come cambiare l'olio e le candele della mia auto. Sotto la sua guida, ho imparato a usare in modo naturale un martello, un cacciavite, una sega, un trapano elettrico.

L'unica cosa che nessuno di loro fece per me fu rispondere alle mie domande e alle mie indagini sul loro mondo. Quando cercavo di coinvolgerli, mi dicevano di rivolgermi al nagual Isidoro Baltazar. Il loro rifiuto abituale consisteva nel dire: "È il nuovo nagual. È suo dovere trattare con te. Noi siamo semplicemente tue zie e tuoi zii".

All'inizio, il nagual Isidoro Baltazar era più che un mistero per me. Dove vivesse effettivamente non mi era chiaro. Dimentico degli orari e delle abitudini, appariva e scompariva dallo studio a tutte le ore. Per lui giorno e notte erano la stessa cosa. Dormiva quando era stanco - quasi mai - e mangiava quando era affamato - quasi sempre. Tra i suoi frenetici andirivieni lavorava con una concentrazione che era stupefacente. La sua capacità di allungare e comprimere il tempo mi era incomprensibile. Ero certa di aver passato ore, persino interi giorni con lui, quando in realtà potevano essere stati solo pochi istanti, strappati qua e là durante il giorno e la notte da qualcos'altro che faceva - qualunque cosa potesse essere.

Mi ero sempre considerata una persona piena di energia. Tuttavia, non riuscivo a tenere il suo passo. Era sempre in movimento - o così sembrava - agile e attivo, sempre pronto a intraprendere qualche progetto. Il suo vigore era semplicemente incredibile.

Fu molto più tardi che compresi pienamente che la sorgente dell'illimitata energia di Isidoro Baltazar era la sua mancanza di preoccupazione riguardo a se stesso. Furono il suo stabile sostegno e le sue impercettibili e tuttavia imperiose macchinazioni che mi aiutarono a restare sul giusto sentiero. C'erano una leggerezza, una delizia pura nella sua sottile eppur vigorosa influenza che mi fecero cambiare senza che mi accorgessi di essere condotta lungo un nuovo sentiero, nel quale non dovevo più recitare, né avevo più bisogno di fingere e di usare le mie astuzie femminili per ottenere quello che volevo.

Ciò che rendeva la sua guida così tremendamente irresistibile era che non aveva ulteriori motivazioni; non era minimamente possessivo e la sua guida non era inquinata da promesse o sentimentalismi.

Non mi spingeva in nessuna particolare direzione. Cioè, non mi consigliava quali corsi dovevo frequentare o quali libri avrei dovuto leggere; queste scelte erano lasciate completamente a me. C'era soltanto una condizione sulla quale insisteva: non dovevo lavorare per nessuna particolare meta al di fuori dell'edificante e piacevole processo del pensiero. Una proposta stupefacente! Non avevo mai considerato il pensiero in quei termini o in nessun altro. Sebbene non mi dispiacesse studiare, non avevo certamente mai considerato i compiti di scuola come particolarmente piacevoli. Erano semplicemente qualcosa che dovevo fare, generalmente di corsa e col minimo sforzo possibile.

Non potei fare a meno di essere d'accordo con ciò che Florinda e le sue compagne mi avevano così direttamente indicato la prima volta che le avevo incontrate: studiavo non per inseguire la conoscenza, ma per passare il tempo. Che ottenessi buoni voti era più questione di fortuna e loquacità che di studio. Avevo una memoria piuttosto buona. Sapevo come parlare. E sapevo come convincere gli altri.

Una volta superato il mio iniziale imbarazzo nel doverlo ammettere e nell'accettare il fatto che le mie pretese intellettuali erano una mistificazione - che non sapevo come pensare se non nella maniera più superficiale - mi sentii sollevata. Ero pronta a mettermi sotto la tutela degli stregoni e a seguire il piano di studio di Isidoro Baltazar. Con mia grande delusione, non ne aveva. Tutto ciò che fece fu di insistere che smettessi di studiare e leggere all'aperto. Riteneva che il processo pensante fosse un rito privato, quasi segreto e non poteva avvenire all'aperto, in pubblico. Paragonava il processo del pensiero alla farina lievitata. Può lievitare soltanto all'interno di una stanza.

"Naturalmente il modo migliore per comprendere qualcosa è a letto", mi disse una volta. Si sdraiò sul suo letto, appoggiò la testa su parecchi cuscini e appoggiò la gamba destra sopra alla sinistra adagiando la caviglia sul ginocchio sollevato della gamba sinistra.

Non diedi molto peso a quell'assurda posizione di lettura, tuttavia la praticai quand'ero sola. Con un libro appoggiato sul petto, cadevo nel sonno più profondo. Sensibile com'ero alle mie tendenza all'insonnia, ero più compiaciuta del sonno che della conoscenza.

Qualche volta, comunque, proprio prima di quel momento di perdita di coscienza, sentivo come delle mani attorno alla testa che esercitavano una leggera pressione alle mie tempie. I miei occhi automaticamente scandagliavano la pagina aperta prima ancora che ne fossi conscia e sollevavano interi paragrafi dalla carta. Le parole danzavano di fronte ai miei occhi fino a che gruppi di significati mi esplodevano nel cervello come rivelazioni.

Ansiosa di scoprire questa nuova possibilità che si apriva di fronte a me, continuavo, come spinta da un implacabile direttore. C'erano delle volte, comunque, in cui questi esercizi di ragione e di metodo mi esaurivano, fisicamente e mentalmente. In quei momenti interrogavo Isidoro Baltazar sulla conoscenza intuitiva, su quell'improvviso lampo d'intuizione, di comprensione, che gli stregoni dovrebbero coltivare più di qualunque altra cosa.

In quei momenti mi diceva sempre che conoscere qualcosa solo intuitivamente non ha significato. I lampi d'intuizione devono essere trasformati in un pensiero coerente, altrimenti sono senza scopo. Paragonava un lampo d'intuizione a visioni di fenomeni inesplicabili.

Entrambi svaniscono tanto rapidamente quanto sono comparsi. Se i lampi non sono costantemente rinforzati, subentrano il dubbio o la dimenticanza, poiché la mente è stata condizionata a essere pratica e ad accettare soltanto ciò che è verificabile e quantificabile.

Spiegò che gli stregoni sono uomini di conoscenza più che di ragione. Come tali, sono un passo avanti rispetto agli intellettuali occidentali che presumono che la realtà - che viene spesso usata come sinonimo di verità - sia conoscibile attraverso la ragione. Lo stregone afferma che tutto ciò che è conoscibile attraverso la ragione è il nostro processo pensante, ma che è soltanto comprendendo il nostro essere totale, al suo livello più sofisticato e complesso, che possiamo finalmente cancellare i limiti con cui la ragione definisce la realtà.

Isidoro Baltazar mi spiegò che gli stregoni coltivano la totalità del loro essere. Cioè, gli stregoni non fanno necessariamente una distinzione fra il nostro aspetto razionale e quello intuitivo. Usano entrambi per raggiungere il livello di consapevolezza che chiamano conoscenza silenziosa, che giace al di là del linguaggio, al di là del pensiero.

Ripetutamente, Isidoro Baltazar enfatizzò che affinché uno sia in grado di rendere silenzioso il proprio lato razionale, deve prima comprendere il suo processo pensante al livello più sofisticato e complesso. Credeva che la filosofia, a partire dal pensiero greco classico, fornisse il modo migliore per gettare luce su questo processo pensante. Non si stancava mai di ripetere che, eruditi e uomini comuni, siamo tuttavia membri ed eredi della nostra tradizione intellettuale occidentale. E questo significa che, indipendentemente dal nostro livello di istruzione e raffinatezza, siamo prigionieri di quella tradizione intellettuale e del modo in cui essa interpreta ciò che è la realtà.

Solo superficialmente, affermava Isidoro Baltazar, siamo propensi ad accettare che quella che chiamiamo realtà è un costrutto determinato culturalmente. E ciò di cui abbiamo bisogno è accettare il più profondamente possibile che la cultura è il prodotto di un lungo processo di cooperazione, altamente selettivo e sviluppato e, per ultimo, ma non meno importante, altamente coercitivo, che culmina in una convenzione che ci preclude altre possibilità.

Gli stregoni si sforzano attivamente di smascherare il fatto che la realtà è dettata e sostenuta dalla nostra ragione; che le idee e i pensieri che originano dalla ragione diventano regimi di conoscenza che prescrivono come viviamo e agiamo nel mondo; e che su di noi viene esercitata un'incredibile pressione affinché certe ideologie vengano accettate.

Enfatizzò che gli stregoni sono interessati a percepire il mondo in modi diversi da quelli culturalmente determinati. Ciò che è culturalmente determinato è che le nostre esperienze personali, sommate a un accordo sociale condiviso su ciò che i nostri sensi sono capaci di percepire, dettano quello che percepiamo. Qualunque cosa sia fuori da questo regno di percezione sensorialmente convenzionale, viene automaticamente incapsulato e scartato dalla mente razionale. In questo modo, la fragile coltre delle convinzioni umane non viene mai danneggiata.

Gli stregoni insegnano che la percezione avviene in un posto esterno al regno sensoriale. Gli stregoni sanno che esiste qualcosa di più vasto rispetto a ciò che abbiamo stabilito che i nostri sensi possono percepire. La percezione avviene in un punto esterno al corpo, al di fuori dei sensi, dicono. Ma non è sufficiente credere semplicemente a questa premessa. Non è solo questione di leggere qualcosa su di essa o di sentirne parlare da qualcun altro. Per farla propria, bisogna sperimentarla.

Isidoro Baltazar disse che gli stregoni si sforzano attivamente, per tutta la vita, di rompere quella fragile coltre delle convinzioni umane. Tuttavia, gli stregoni non si tuffano ciecamente nell'oscurità. Sono preparati. Sanno che ogni volta che saltano nell'ignoto hanno bisogno di avere un lato razionale ben sviluppato. Soltanto allora saranno in grado di spiegare e dare un senso a qualunque cosa potrebbero portare dai loro viaggi nell'ignoto.

Aggiunse che non dovevo comprendere la stregoneria attraverso la lettura delle opere dei filosofi. Piuttosto, dovevo capire che sia la filosofia che la stregoneria sono forme altamente sofisticate di conoscenza astratta. Sia per lo stregone che per il filosofo, la verità del nostro essere nel mondo è oggetto di un profondo pensare. Uno stregone, comunque, va un passo più in là. Agisce sulla base delle sue scoperte che sono già, per definizione, al di là delle nostre possibilità culturalmente accettate.

Isidoro Baltazar riteneva che i filosofi fossero stregoni intellettuali. Comunque, le loro ricerche e i loro perseguimenti rimangono sempre imprese mentali. I filosofi non possono agire sul mondo che comprendono e descrivono così bene, se non nel modo che viene stabilito culturalmente. I filosofi aumentano la già esistente massa di conoscenza. Interpretano e reinterpretano testi filosofici esistenti. Nuovi pensieri e idee che derivano da questo intenso studio non li cambiano, eccetto forse in senso psicologico. Possono diventare più gentili, persone più comprensive o, forse, l'opposto. Comunque, nulla di ciò che fanno filosoficamente cambierà la loro percezione sensoriale del mondo, poiché i filosofi lavorano dall'interno dell'ordine sociale. Sostengono l'ordine sociale, anche se intellettualmente non sono d'accordo con esso. I filosofi sono stregoni mancati.

Anche gli stregoni costruiscono sulla base di una massa preesistente di conoscenza. Tuttavia, non costruiscono su questa conoscenza accettando ciò che è già stato stabilito e provato da altri stregoni. Gli stregoni devono provare a loro stessi, di nuovo, che ciò che è già stato accettato in effetti esiste. Per realizzare quest'impresa monumentale, gli stregoni hanno bisogno di uno straordinario ammontare di energia che ottengono distaccandosi dall'ordine sociale senza ritirarsi dal mondo. Gli stregoni infrangono la convenzione che ha delineato la realtà, senza rompersi a loro volta nel processo.

15

L'incertezza mi afferrò poco dopo aver attraversato la frontiera a Mexicali. La mia giustificazione per andare in Messico con Isidoro Baltazar, che mi era sembrata così brillante, ora sembrava soltanto una debole scusa per costringerlo a portarmi con sé. Ormai dubitavo che sarei stata capace di leggere teoria sociologica in casa delle streghe, come mi ero prefissa.

Sapevo che là avrei fatto esattamente quello che avevo fatto in tutte le occasioni precedenti: dormito molto, fatto strani sogni e cercato disperatamente di scoprire cosa voleva che facessi la gente del mondo degli stregoni.

"Qualche rimpianto?". La voce di Isidoro Baltazar mi fece trasalire. Mi stava guardando con la coda dell'occhio e probabilmente mi osservava da un po'.

"Certo che no", mi affrettai a rassicurarlo, chiedendomi se si stesse riferendo alle mie sensazioni in generale o al mio silenzio. Balbettai qualche stupidaggine circa il caldo, poi mi girai a guardare fuori dal finestrino.

Non parlai più, principalmente perché ero spaventata e di cattivo umore. Potevo sentire l'ansietà che mi scorreva sulla pelle come una processione di formiche.

Isidoro Baltazar, d'altra parte, si riscaldò fino all'ebollizione. Era entusiasta. Cantò e mi raccontò barzellette sciocche. Recitò poesie in inglese, spagnolo e portoghese. Persino i piccanti pettegolezzi sulla gente che entrambi conoscevamo all'Università di Los Angeles non riuscirono a disperdere la mia tetraggine. Che non fossi un pubblico partecipe non gli importava nulla. Persino i miei strilli di lasciarmi stare non fecero diminuire il suo buonumore.

"Se ci stessero osservando, crederebbero che siamo sposati da anni", commentò tra le risa.

Se gli stregoni ci stessero osservando, pensai depressa, saprebbero che c'è qualcosa che non va. Saprebbero che Isidoro Baltazar e io non siamo eguali. Io sono pratica e sia le mie azioni che le mie decisioni hanno sempre delle finalità. Per lui azioni e decisioni sono fluide, qualunque sia il loro risultato, e la loro finalità è misurata dal fatto che se ne assume tutta la responsabilità, indipendentemente da quanto triviali o importanti siano.

Viaggiammo dritti verso sud. Non facemmo giri tortuosi, come generalmente facevamo, per arrivare alla casa delle streghe. Quando lasciammo Guaymas - non ci eravamo mai spinti così a sud andando alla casa delle streghe - gli chiesi: "Dove mi stai portando?".

Con noncuranza rispose: "Stiamo prendendo la via più lunga. Non ti preoccupare".

Fu la stessa risposta che mi diede quando glielo chiesi di nuovo durante la cena a Navojoa.

Ci lasciammo alle spalle Navojoa e ci dirigemmo a sud, verso Mazatlan. Ero fuori di me dalla preoccupazione. Verso mezzanotte, Isidoro Baltazar uscì dalla strada principale e prese una piccola strada sterrata. Il furgone ondeggiò e fu scosso rumorosamente mentre procedevamo sopra buche e pietre. Dietro a noi la strada asfaltata rimase visibile solo per un istante nella debole luce dei fanalini, poi scomparve completamente, ingoiata dai cespugli che la contornavano. Dopo un tormentoso, lungo viaggio, ci fermammo bruscamente ed egli spense i fari.

"Dove siamo?", chiesi, guardandomi attorno. In quel momento non vidi nulla. Poi, mentre i miei occhi si abituavano all'oscurità, scorsi dei minuscoli punti bianchi non molto lontano da noi. Minuscole stelle che sembravano cadute dal cielo. L'esuberante fragranza dei cespugli di gelsomino che si arrampicavano sul tetto e ricadevano giù per la *ramada* era stata così completamente bloccata dalla mia mente che, quando la riconobbi improvvisamente, mi sembrò di aver inalato quell'aria profumata, in precedenza, soltanto in un sogno. Cominciai a ridacchiare. Tutto mi dava un senso di meraviglia e di delizia quasi infantili. Eravamo a casa di Esperanza.

"È qui che sono venuta la prima volta con Delia Flores", mormorai a me stessa. Poi cercai la mano di Isidoro Baltazar e chiesi: "Ma come può essere possibile?". In un istante mi trovai quasi a soffocare perll'ansia.

"Che cosa?", chiese in tono meravigliato. Era agitato e turbato; la sua mano, quasi sempre calda, era fredda come il ghiaccio.

"Questa casa era alla periferia di Ciudad Obregon, più di cento miglia a nord", urlai. "Ho guidato fin lì io stessa. E non ho mai abbandonato la strada asfaltata". Mi guardai attorno nell'oscurità e ricordai che avevo anche guidato da quella casa a Tucson e non ero mai stata a Navojoa o vicino a Navojoa in tutta la mia vita.

Isidoro Baltazar restò in silenzio per alcuni minuti; sembrava preoccupato, cercando nella sua mente una risposta. Sapevo che nessuna risposta mi avrebbe appagato. Stringendosi nelle spalle, si girò a guardarmi. C'era una forza in lui, qualcosa di tagliente - molto simile a quella del nagual Mariano Aureliano - mentre diceva che non dubitava che avessi sognato da sveglia quando avevo lasciato Hermosillo con Delia, diretta alla casa della guaritrice.

"Ti consiglio di non pensarci più", ammonì. "So per esperienza personale come la mente può girare a vuoto all'infinito, cercando di riordinare ciò che non è riordinabile".

Stavo per protestare, ma mi interruppe e mi indicò la luce che veniva verso di noi. Sorrise con aspettativa, come se sapesse esattamente a chi apparteneva quell'enorme ombra che ondeggiava sul terreno.

"È il custode", mormorai in preda allo stupore, mentre giungeva davanti a noi. Impulsivamente, gli gettai le braccia al collo e lo baciai su entrambe le guance. "Non mi sarei mai aspettata di vederla qui", mormorai.

Egli sorrise timidamente, ma non mi parlò. Abbracciò Isidoro Baltazar, dandogli ripetutamente dei colpetti sulla schiena nel modo in cui gli uomini latini si salutano, poi gli mormorò qualcosa. Per quanto cercassi di ascoltare, non riuscii a comprendere una sola parola. Ci portò alla casa.

C'era qualcosa di insondabile nel massiccio portone frontale. Era chiuso. Così pure le finestre sbarrate. Dagli spessi muri non trapelava nessuna luce, nessun suono. Girammo attorno alla casa fino al cortile retrostante, circondato da un alto steccato, dirigendoci alla porta che conduceva direttamente a una stanza squadrata. Mi sentii rassicurata nel riconoscere le quattro porte. Era la stessa stanza in cui ero stata portata da Delia Flores. Era ammobiliata sobriamente come la ricordavo: uno stretto letto, un tavolo e parecchie sedie.

Il custode mise la lampada a petrolio sul tavolo e poi mi esortò a sedermi. Girandosi verso Isidoro Baltazar, gli mise un braccio attorno alle spalle e uscì con lui nel buio corridoio. La loro improvvisa uscita mi lasciò stordita. Prima che potessi riavermi pienamente dalla sorpresa e dall'indecisione se seguirli o meno, il custode riapparve. Mi consegnò una coperta, un cuscino, una pila e un vaso da notte.

"Preferirei usare la latrina", dissi compitamente.

Il custode si strinse nelle spalle, poi spinse il vaso da notte sotto il letto. "Giusto nel caso che tu ne abbia bisogno nel cuore della notte". I suoi occhi scintillarono di esplicito divertimento mentre mi diceva che Esperanza teneva fuori un grosso cane da guardia nero. "Non è molto gentile con gli estranei che vagano nel cortile di notte". Come per conferma, udii un sonoro abbaiare.

"Io non sono un'estranea", dissi con aria indifferente, cercando di ignorare il minaccioso abbaiare dell'animale. "Sono già stata qui in precedenza. Conosco il cane".

Il custode sollevò le sopracciglia sorpreso, poi chiese: "E il cane ti conosce?".

Gli lanciai un'occhiata di fuoco. Egli sospirò e, prendendo la lampada a petrolio dal tavolo, si diresse alla porta.

"Non porti via la luce", dissi, balzando rapidamente di fronte a lui per bloccargli la strada. Cercai di sorridere, ma le mie labbra restarono incollate ai denti. "Dove sono tutti?", riuscii finalmente a chiedere. "Dove sono Esperanza e Florinda?".

"Al momento, sono l'unica persona qui".

"Dov'è Isidoro Baltazar?", chiesi in preda al panico. "Ha promesso di portarmi alla casa delle streghe. Devo lavorare alla mia tesi".

I miei pensieri, le mie parole, erano tutti mischiati e confusi mentre parlavo delle ragioni per cui accompagnavo Isidoro Baltazar in Messico. Ero prossima alle lacrime mentre dicevo al custode quanto fosse importante per me finire il mio lavoro.

Mi diede un colpetto sulle spalle in modo rassicurante, emettendo dei suoni calmanti, come se stesse parlando a una bambina. "Isidoro Baltazar dorme. Sai com'è. Appena tocca il cuscino con la testa è uscito dal mondo". Sorrise debolmente e aggiunse: "Lascio la mia porta aperta nel caso tu abbia bisogno di me. Se hai un incubo o altro, chiamami e io accorrerò subito".

Prima che avessi la possibilità di dirgli che non ne avevo più avuti dall'ultima volta che ero stato a Sonora, il custode scomparve nel buio corridoio.

La fiamma della lampada sul tavolo cominciò a vacillare e dopo pochi istanti si spense. Era buio pesto. Mi sdraiai completamente vestita e chiusi gli occhi. Tutto era silenzioso eccetto un tenue e rauco ansimare che veniva da lontano. Conscia di quell'ansimare e della durezza e della ristrettezza del mio letto, presto rinunciai allo sforzo di dormire.

Torcia in mano, scivolai per il corridoio a piedi nudi, sperando di trovare Isidoro Baltazar o il custode. Bussai piano a tutte le porte. Nessuno rispose. Nessun suono usciva da alcuna delle stanze. Uno strano silenzio, quasi opprimente, era sceso sulla casa. All'esterno erano cessati persino i fruscii e i cinguettii. Come sospettavo, ero stata lasciata sola nella casa.

Invece di preoccuparmi, decisi di guardare nelle stanze. Erano stanze da letto, otto, della stessa misura e disposizione: piuttosto piccole, quadrate e ammobiliate soltanto con un letto e un comodino. I muri e le due finestre, in tutte le stanze, erano dipinti di bianco e le mattonelle dei pavimenti erano disposte in un disegno intricato. Aprii le porte scorrevoli degli armadi a muro premendo gentilmente col piede in basso a sinistra. Sapevo, senza sapere come, che un colpetto o un piccolo calcio su quel punto azionava un meccanismo che apriva le porte.

Spostai le coperte piegate e impilate sul fondo di uno degli armadi e arrivai a una piccola porta segreta. Aprii il chiavistello nascosto, camuffato da presa elettrica. Poiché non ero sorpresa, accettai la mia conoscenza delle botole, una conoscenza che, naturalmente, era inammissibile per la mia mente conscia.

Aprii la piccola porta segreta, strisciai attraverso la minuscola apertura e mi trovai nell'armadio a muro della stanza successiva. Senza grande stupore - poiché già lo sapevo - scoprii che infilandomi attraverso queste aperture segrete potevo passare dall'una all'altra delle altre sette stanze.

Imprecai sottovoce quando la mia torcia si spense. Sperando di ridare energia alle batterie, le tirai fuori e le rimisi nuovamente al loro posto. Inultilmente, erano scariche. L'oscurità in quelle stanze era così intensa che non riuscivo a vedere le mie stesse mani. Temendo di sbattere contro una porta o un muro, lentamente mi feci strada nel corridoio.

Lo sforzo era così grande che annaspavo e tremavo mentre mi raddrizzavo e mi appoggiavo contro il muro. Rimasi a lungo nel corridoio, chiedendomi in quale direzione andare per ritrovare la mia stanza.

Di lontano giunsero frammenti di voci. Non riuscivo a distinguere se il suono proveniva dall'interno o da fuori. Seguii il suono. Mi condusse nel patio. Ricordai vividamente quel patio verdeggiante, quasi tropicale, oltre l'arco di pietra, con le sue felci e lo spesso fogliame, la sua fragranza di boccioli d'arancio e caprifoglio.

Avevo fatto solo pochi passi, quando vidi l'enorme sagoma di un cane proiettata contro il muro. La bestia ringhiò; i suoi occhi ardenti mi fecero sentire il sudore freddo lungo la schiena.

Invece di abbandonarmi alla paura, o forse a causa di essa, sentii accadere la cosa più strana. Era come se fossi sempre stata piegata come un ventaglio giapponese o come una figurina ritagliata. Improvvisamente, mi aprii. La sensazione fisica era quasi dolorosa.

Il cane mi osservò confuso. Cominciò a guaire come un cucciolo. Abbassò le orecchie e si sdraiò per terra. E io rimasi lì, incollata sul posto. Non avevo paura. Semplicemente non riuscivo a muovermi. Poi, come se fosse la cosa più naturale al mondo, mi ripiegai, mi girai e me ne andai. Questa volta non ebbi nessun problema a ritrovare la mia stanza.

Mi risvegliai col mal di testa e con la sensazione di non aver affatto dormito che, da buona insonne, conoscevo bene. I muscoli del mio corpo erano sconnessi. Gemetti forte sentendo una porta che si apriva e la luce che mi illuminava il viso. Debolmente, cercai di girarmi dall'altra parte senza cadere dallo stretto letto.

"Buongiorno!", esclamò Esperanza entrando nella stanza con uno svolazzare di gonne e sottogonne. "Anzi, buon pomeriggio", si corresse, indicando il sole attraverso la porta aperta. In lei c'era una meravigliosa gaiezza, un delizioso potere nella sua voce quando mi disse che era stata lei a pensare di recuperare i miei libri e le mie carte dal furgone, prima che Isidoro Baltazar partisse con il vecchio nagual.

Bruscamente, ritornai a sedere. Ero completamente sveglia. "Perché il nagual Mariano Aureliano non è venuto a salutarmi? Perché Isidoro Baltazar non mi ha detto che stava partendo?", chiesi con foga.

Le dissi che ormai non sarei più stata in grado di finire il mio saggio.

Esperanza mi osservò con una curiosa espressione e disse che se scrivere la mia tesi era un atto così mercenario, non sarei mai riuscita a compierlo.

Prima che avessi la possibilità di dirle che personalmente non mi interessava molto se non mi fossi mai laureata, aggiunse: "Non preparare il saggio solo per la laurea. Preparalo perché ami farlo. Perché non c'è nient'altro, al momento, che vorresti fare".

"Ci sono molte altre cose che preferirei fare".

"Per esempio?", mi sfidò.

Pensai per un attimo, ma non riuscii a trovare nulla di specifico. Dovetti ammettere, se non altro a me stessa, che non mi ero mai divertita a lavorare a un saggio come su quello. Per una volta, avevo iniziato a leggere e a far ricerche all'inizio dell'anno scolastico, invece di aspettare, come al solito, fino a pochi giorni prima della presentazione del lavoro. Era la consapevolezza che esso rappresentava il mio biglietto d'entrata all'università vera e propria che aveva rovinato il mio divertimento.

Esperanza, come se avesse ancora accesso ai miei pensieri, disse che avrei dovuto dimenticarmi di questo e pensare soltanto a scrivere un buon saggio. "Una volta che fai parte del mondo degli stregoni e cominci ad afferrare la natura dei sogni, sei sulla buona strada per comprendere che cos'è la stregoneria. E quella comprensione ti libera".

La guardai perplessa. Non riuscivo a capire che cosa stesse cercando di dirmi.

"Ti libera dal volere qualunque cosa". Esperanza pronunciò la frase molto attentamente, come se fossi sorda. Mi guardò pensierosa e poi aggiunse: "L'avidità è il tuo biglietto da visita eppure non hai bisogno di nulla né vuoi nulla...". La sua voce si perse mentre cominciò a sistemare i miei libri, le mie carte e lo schedario sul tavolo. Il suo viso era radioso quando si girò a guardarmi. Tra le mani aveva parecchie matite. "Te le ho temperate con un rasoio", disse. "Te le tempererò io ogni volta che si spunteranno". Pose le matite vicino al mio blocco degli appunti e poi spalancò le braccia come per abbracciare l'intera stanza. "Per te questo è un luogo meraviglioso in cui lavorare. Nessuno ti disturberà qui".

"Ne sono certa", le dissi. Vedendo che stava per andarsene, le chiesi dove avesse dormito Isidoro Baltazar quella notte.

"Sulla sua stuoia. Dove altrimenti?". Ridacchiando piano, raccolse la sua gonna e la sua sottogonna e uscì in cortile. La osservai fino a che scomparve oltre l'arco di pietra. I miei occhi erano feriti, accecati dalla luce.

Alcuni istanti dopo, ci fu un sonoro bussare a una delle porte che si aprivano sul corridoio.

"Sei vestita?", chiese il custode, spalancando la porta prima che avessi la possibilità di dire di sì. "Nutrimento per il tuo cervello", disse, ponendo un vassoio di bambù sul tavolo. Mi versò una tazza di brodo leggero, poi mi esortò a mangiare la *machaca sonorense*. "L'ho fatta io stesso", m'informò.

Il misto di uova strapazzate, pezzi di carne, cipolle e peperoncino piccante era delizioso.

"Quando avrai finito, ti porterò al cinema", disse.

"Quando avrò finito di mangiare?", chiesi eccitata, ficcandomi in bocca un'intera *tortilla*.

"Quando avrai finito il tuo saggio".

Appena ebbi finito di mangiare, disse che dovevo andare a far conoscenza con il cane. "Altrimenti, non potrai mai uscire, nemmeno per andare alla latrina".

Stavo per dirgli che avevo già incontrato il cane e che ero andata alla latrina quella notte, quando con un rapido cenno del capo mi fece segno di seguirlo nel cortile. Il grande cane nero era rannicchiato su se stesso all'ombra dell'alto steccato di canne intrecciate. Il custode s'accucciò a fianco dell'animale e lo grattò dietro alle orecchie. Piegandosi ancora più in basso, gli sussurrò qualcosa all'orecchio.

Bruscamente, il custode si alzò; per la sorpresa feci un passo indietro, cadendo seduta. Il cane guaì e il custode, con un balzo incredibile, superò l'alto steccato. Arrancando mi alzai in piedi e stavo per scappare via velocemente, quando il cane allungò le zampe e le mise sui miei piedi. Potevo sentire la pressione delle sue zampe attraverso le scarpe. Il cane alzò lo sguardo verso di me e aprì le fauci in un ampio e lungo sbadiglio. Aveva la lingua e le gengive nero bluastre.

"È il segno di un pedigree purissimo".

Rimasi così sbalordita di sentire il custode dietro di me che feci mezzo giro. Persi di nuovo l'equilibrio e caddi sul cane. Dapprincipio non osai muovermi, poi lentamente girai la testa da un lato. Gli occhi color ambra del cane erano fissi su di me. Esso mi mostrò i denti, non per ringhiare, ma nel più amichevole sorriso canino.

"Ora siete amici", disse il custode, aiutandomi ad alzarmi. "Ed è ora che inizi il tuo saggio".

Nei tre giorni successivi prevalse il mio desiderio di finire il mio compito. Lavorai per lunghi periodi, ma in qualche modo non mi accorsi del passare del tempo. Non ero così presa dal mio lavoro da perdere la cognizione del tempo, piuttosto, il tempo sembrava essersi trasformato in spazio. Cioè, cominciai a contare il tempo a intervalli, gli intervalli tra i miei incontri con Esperanza.

Ogni giorno verso metà mattina, mentre stavo facendo colazione con quello che mi aveva lasciato in cucina, improvvisamente appariva. Senza far rumore, sembrava materializzarsi dall'immancabile fumo bluastro sospeso in cucina come una nuvola. Invariabilmente, mi pettinava i capelli con un pettine di legno grezzo, ma non diceva mai neanche una parola. Né la dicevo io.

La rivedevo ancora nel pomeriggio. Altrettanto silenziosamente come appariva in cucina, si materializzava all'improvviso nel cortile sulla sua sedia a dondolo sotto l'arco di pietra. Per ore fissava il vuoto, come se potesse vedere oltre i limiti della visione umana. A parte qualche fugace cenno, o un rapido sorriso, tra noi non c'erano contatti. Tuttavia sapevo che nel suo silenzio ero protetta.

Il cane, come se gli fosse stato ordinato dal custode, non mi lasciava mai. Mi seguiva giorno e notte, persino alla latrina. Mi piacevano particolarmente le nostre uscite nel tardo pomeriggio, quando insieme correvamo nei campi, verso il filare d'alberi che divideva il terreno. Ci sedevamo all'ombra, fissando lo spazio come Esperanza. Qualche volta mi sembrava di potermi allungare a toccare le montagne lontane.

Ascoltavo la brezza che frusciava attraverso i rami e attendevo fino a che la luce gialla del sole che tramontava non trasformava le foglie in campanelli dorati. Attendevo fino a che le foglie diventavano blu e finalmente nere. Poi il cane e io tornavano di corsa alla casa, per sfuggire alla debole voce del vento che ci raccontava la solitudine di quella terra arida.

Il quarto giorno mi svegliai di soprassalto. Oltre la porta che si apriva sul cortile, una voce gridò: "È ora di alzarsi, pigrona". La voce del custode era sonnolenta e indifferente.

"Perché non entra?", chiesi. "Dov'è stato tutti questi giorni?".

Non ci fu risposta.

Rimasi seduta avvolta nella coperta, in attesa che apparisse, troppo tesa e assonnata per uscire a vedere perché si stava nascondendo. Dopo un po' mi alzai e uscii. Il cortile era deserto. Nello sforzo di scacciare la mia sonnolenza, mi versai parecchi secchi d'acqua fresca sul capo.

La mia colazione quel mattino fu diversa: Esperanza non si vide. Solo dopo essermi messa a lavorare realizzai che anche il cane era sparito. Sfogliai distrattamente i miei libri. Avevo pochissima energia e ancora meno voglia di lavorare. Rimasi così seduta al mio tavolo per ore, fissando le lontane montagne attraverso la porta aperta.

Il trasparente silenzio del pomeriggio veniva infranto, di tanto in tanto, dal debole chiocciare delle galline che razzolavano nell'aia per cercare semi e dal penetrante frinire delle cicale che vibrava nella luce di un cielo blu, senza nuvole, come fosse ancora mezzogiorno.

Stavo per appisolarmi quando udii un rumore nel cortile. Alzai subito lo sguardo. Il custode e il cane erano stesi vicini su una stuoia a lato dello steccato. C'era qualcosa di strano nel modo in cui erano sdraiati in modo scomposto sulla stuoia. Erano così immobili da sembrare morti.

Con un misto di preoccupazione e curiosità, andai verso di loro in punta di piedi. Il custode notò la mia presenza prima del cane.

Spalancò gli occhi in modo esagerato, poi con un rapido movimento si sedette a gambe incrociate e chiese: "Ti sono mancato?".

"In effetti!", esclamai. Poi risi nervosamente. Sembrava una strana domanda da parte sua. "Perché non è entrato nella mia stanza questa mattina?". Notando la sua espressione vuota, aggiunsi: "Dov'è stato negli ultimi tre giorni?".

Invece di rispondere, chiese con tono brusco: "Come sta andando il tuo lavoro?".

Rimasi così sorpresa dal suo tono brusco, che non seppi cosa rispondere.

Non sapevo se rispondergli che il mio saggio non era affar suo o se confessargli che ero a un punto morto.

"Non disturbarti a cercare di trovare una spiegazione", disse. "Dimmi semplicemente la verità. Dimmi che hai bisogno della mia opinione di esperto per il tuo saggio".

Temendo di scoppiare a ridere, mi accucciai di fianco del cane e gli grattai la testa.

"Beh?", chiese il custode. "Non riesci ad ammettere che senza di me sei perduta?".

Dubitando della sua sanità mentale, decisi che era meglio non contraddirlo. Così gli dissi che, in effetti, non avevo scritto una sola riga tutto il giorno. Lo avevo aspettato, sapendo che solo lui poteva aiutarmi. Gli assicurai che, in realtà, non spettava ai miei professori di scuola decidere il mio destino di studentessa universitaria, ma a lui. Il custode mi scrutò, poi mi chiese di portargli il saggio. Voleva dargli un'occhiata.

"È in Inglese", precisai. "Non sarà in grado di leggerlo". Il mio impulso di aggiungere che se anche fosse stato scritto in Spagnolo non sarebbe stato in grado di comprenderlo, fu controllato dalla certezza che, in fin dei conti, non ero così maleducata.

Insistette che gli portassi il saggio. Lo feci. Sparpagliò le pagine in giro, qualcuna sulla stuoia, altre sul terreno polveroso, poi dalla tasca della sua camicia recuperò un paio di occhiali con la montatura di metallo e li indossò.

"È importante aver l'aspetto di un uomo colto", sussurrò, piegandosi verso il cane. L'animale drizzò un orecchio, poi fece un tenue brontolio, come se fosse d'accordo con lui. Il cane cambiò posizione e il custode mi fece segno di sedere tra loro.

Sembrava un gufo, erudito e austero, mentre passava in rassegna i fogli sparsi a terra. Fece dei piccoli schiocchi di disapprovazione con la lingua. Si grattò la testa. Mescolò e rimescolò i fogli, come se cercasse di trovarvi un ordine che gli sfuggiva. Mi dolevano i muscoli del collo e delle spalle per essere restata a lungo seduta in quella posizione. Sospirando con impazienza, mi appoggiai contro lo steccato e chiusi gli occhi. Nonostante la mia crescente irritazione, devo essermi appisolata, poiché fui improvvisamente scossa da un debole ma insistente ronzio. Aprii gli occhi. Seduta accanto a me, rivolta nella mia direzione, c'era una bella donna, alta e vestita elegantemente. Mi disse qualcosa, ma non riuscii ad afferrare le sue parole. Il ronzio nelle orecchie aumentò.

La donna si piegò in avanti, verso di me e con voce alta e chiara chiese: "Non mi saluti?".

"Nélida! Quando sei arrivata? Stavo cercando di liberarmi del ronzio nelle orecchie", spiegai. Annuì, poi piegò le sue lunghe gambe ben fatte sotto la gonna e vi avvolse le braccia attorno. "È bello vederti", disse sognante.

Con le sopracciglia aggrottate, il custode mormorava tra sé e sé mentre studiava le pagine che aveva di fronte. "I tuoi scarabocchi non sono soltanto difficili da leggere", disse dopo un po', "ma non hanno molto senso".

Nélida mi fissò con gli occhi socchiusi e critici, come sfidandomi a contraddirlo.

Mi agitai, ansiosa di scappare via, di sfuggire all'esame fastidioso del suo sguardo. Si chinò in avanti e afferrò il mio braccio in una ferma presa.

Il custode cominciò a leggere dalle pagine con una lentezza esasperante. Quello che leggeva suonava familiare, ma non ero in grado di dire se stesse effettivamente seguendo il testo, perché non riuscivo a concentrarmi. Ero troppo irritata dalla maniera capricciosa in cui tagliava i periodi, le frasi e qualche volta persino le parole.

"In definitiva", affermò finendo di leggere l'ultima pagina, "è un saggio scritto malamente". Ammucchiò i fogli uno sopra l'altro, poi si appoggiò contro lo steccato. Molto deliberatamente piegò le ginocchia nella stessa posizione che Isidoro Baltazar mi aveva insegnato - la gamba destra con la caviglia sulla coscia sinistra - e chiuse gli occhi. Restò in silenzio così a lungo che pensai si fosse addormentato, perciò sussultai quando con voce lenta e misurata cominciò a parlare di antropologia, storia e filosofia. I suoi pensieri sembravano nascere mentre parlava e le parole fluivano da lui chiaramente e precisamente, con una semplicità che era facile seguire, facile comprendere.

Lo ascoltai con attenzione. Tuttavia allo stesso tempo non potei fare a meno di pensare: "Come può sapere così tanto di tendenze intellettuali occidentali? Quanto era colto? Chi era realmente?".

"Potrebbe ripetere di nuovo tutto?", chiesi nello stesso istante in cui finì di parlare. "Mi piacerebbe prendere degli appunti".

"Qualunque cosa ti abbia detto è già nel tuo saggio", mi assicurò il custode. "È sepolta sotto troppe note, citazioni e idee non sviluppate". Si avvicinò fino quasi a toccare con la sua testa la mia. "Non è sufficiente citare delle opere nello sforzo di fornire al tuo saggio la veracità di cui manca".

Ammutolita, potei soltanto fissarlo. "Mi aiuterà a scrivere il mio saggio?", chiesi.

"No, non posso", rispose con uno sguardo serio. "È una cosa che devi fare da sola".

"Ma io non ci riesco", protestai. "Mi ha appena detto quanto malamente sia scritto il mio saggio. Mi creda, questo è il meglio che riesco a fare".

"Non è vero!". Mi contraddisse con forza, poi mi fissò con un'aria di stupore mista a un amichevole calore.

"Sono sicuro che i tuoi professori accetterebbero il saggio se fosse battuto a macchina chiaramente. Ma io non lo accetterei. Non c'è niente di originale in esso".

Ero troppo stordita per arrabbiarmi.

"Stai solo parafrasando quello che hai letto", continuò il custode. "Ti chiedo di affidarti di più alle tue opinioni, anche se contraddicono quello che ci si aspetta da te".

"È soltanto una ricerca", dissi sulle difensive. "So che devo lavorare ancora, ma devo anche compiacere i miei professori. Che io sia d'accordo con le opinioni espresse non è il punto focale. Ho bisogno di essere ammessa e questo richiede, in parte, anche di compiacere i miei professori".

"Se vuoi attingere forza dal mondo degli stregoni", disse, "non puoi più lavorare con premesse del genere. Altre motivazioni non sono accettabili in questo nostro mondo magico. Se vuoi essere una studentessa universitaria, allora devi comportarti come un guerriero, non come una donna addestrata a compiacere. Lo sai, persino quando sei bestialmente cattiva, ti sforzi di piacere. Ora, quando scrivi, dato che non sei stata addestrata a scrivere, puoi certamente adottare un nuovo stato d'animo: lo stato d'animo del guerriero".

"Cosa intende con stato d'animo del guerriero?", chiesi. "Devo combattere con i miei professori?".

"Non i tuoi professori", disse. "Devi combattere te stessa. Centimetro per centimetro. E devi farlo così astutamente e abilmente che nessuno noti il tuo sforzo".

Non ero del tutto sicura di cosa intendesse e nemmeno volevo saperlo. Prima che potesse dire qualcos'altro, gli chiesi come mai sapeva così tanto di antropologia, storia e filosofia.

Sorridendo scosse il capo. "Non hai notato come ho fatto?", chiese. Poi rispose alla sua stessa domanda. "Ho raccolto i pensieri dall'aria. Ho semplicemente allungato le mie fibre d'energia ed ho agganciato quei pensieri, come si aggancia il pesce con una canna da pesca, dall'incommensurabile oceano di pensieri e idee che c'è là fuori". Fece un ampio gesto con le braccia, come per abbracciare l'aria che lo circondava.

"Per raccogliere i pensieri", mi ha detto Isidoro Baltazar, "si deve sapere quali potrebbero essere utili", dissi. "Quindi deve aver studiato storia, filosofia e antropologia".

"Forse una volta l'ho fatto", disse indeciso, grattandosi la testa perplesso. "Devo averlo fatto".

"Per forza!", sentenziai, come se avessi fatto una grande scoperta.

Sospirando forte, si appoggiò contro lo steccato e chiuse gli occhi.

"Perché insisti sempre nell'aver ragione?", chiese Nélida.

Stupita di sentirla parlare, la fissai a bocca aperta. Gli angoli delle sue labbra si piegarono verso l'alto in un sorriso monello e misterioso.

Poi mi fece segno di chiudere la bocca. Ero rimasta così coinvolta ad ascoltare quello che il custode aveva da dire sul mio saggio che l'avevo completamente dimenticata, anche se era seduta proprio di fronte a me. Il pensiero che potesse essere andata e tornata senza che io lo notassi mi riempì d'apprensione.

"Non lasciarti turbare da questo", disse dolcemente Nélida, come se avessi espresso la mia paura ad alta voce. "Abbiamo l'abitudine di andare e venire senza che nessuno ci noti mai".

Il suo tono cancellò l'effetto da brivido della sua affermazione. Guardando prima uno poi l'altra, mi chiesi se sarebbero svaniti effettivamente, impercettibilmente, di fronte ai miei stessi occhi. Cercai di assicurarmi che non l'avrebbero fatto. Stirandomi come un gatto, mi distesi sulla stuoia e allungai il piede sull'orlo del vestito di Nélida che toccava terra; la mia mano andò alla giacca del custode. Deve aver sentito lo strattone alla manica, perché si rizzò a sedere bruscamente e mi fissò. Io chiusi gli occhi, ma continuai a osservarli attraverso le ciglia. Non si mossero. La loro posizione fiera non tradiva la minima stanchezza, mentre io dovevo lottare per tenere gli occhi aperti.

Si alzò una brezza fresca, fragrante del profumo degli eucalipti. Scie di nuvole colorate attraversarono il cielo e il profondo, trasparente blu, diventò lentamente soffuso. Si sciolse così languidamente che era impossibile distinguere le nubi dal cielo, il giorno dalla notte.

Col piede sull'orlo del vestito di Nélida e aggrappata alla giacca del custode, come se la mia vita dipendesse da questo, mi addormentai. Mi sembrava fossero trascorsi soltanto pochi istanti quando fui svegliata da una mano che mi toccava il viso.

"Florinda?", sussurrai, sapendo istintivamente che la donna seduta al mio fianco era qualcun altro. Stava mormorando qualcosa. Avevo la sensazione che stesse mormorando da molto tempo e di essermi svegliata per sentire quello che diceva.

Volevo mettermi a sedere. Con un gentile, materno, tocco sulla spalla, la donna m'impedì di farlo. Una fiammella vacillò da qualche parte, nell'oscurità. Le proiettava un tenue chiarore sul viso. La rendeva spettrale. Sembrava ingrandirsi mentre si avvicinava. Anche i suoi occhi diventavano più grandi mentre fissavano i miei. L'arco delle sue sopracciglia, come una curva disegnata con un pennarello nero, era aggrottato e la faceva sembrare concentrata.

"Nélida!", sospirai con sollievo.

Sorridendo debolmente, annuì. Volevo chiederle del custode e del mio saggio, ma mi premette le dita sulle labbra e continuò con i suoi mormorii. Il suono divenne sempre più debole. Sembrava provenire da una grande distanza e poi finalmente svanì completamente.

Nélida si alzò e mi fece segno di fare la stessa cosa. Lo feci e notai che non eravamo all'esterno, nel cortile, ma in una delle stanze vuote lungo il corridoio.

"Dov'è il mio saggio?", chiesi allarmata alla possibilità che il vento potesse aver disperso i fogli. L'idea che avrei dovuto ricominciare il mio lavoro dall'inizio mi rendeva febbrile.

Nélida fece un imperioso cenno col capo, facendomi segno di seguirla. Era molto più alta di me e assomigliava molto a Florinda. Se non fosse stato per la sua delicatezza, non sarei stata in grado di distinguerle. In quel momento sembrava una versione incompleta di Florinda - come doveva essere Florinda quand'era più giovane. C'era qualcosa di etereo in Nélida, di fragile, tuttavia molto attraente. Dicevo sempre, scherzando con Isidoro Baltazar, che se fossi stata un uomo le avrei fatto la corte. Egli aveva risposto - spero per gioco - che forse quella era la ragione per cui Nélida non mi parlava quasi mai.

Ci dirigemmo verso la mia stanza. Sentii dei passi vicino a me. Non poteva essere Nélida, decisi, poiché lei camminava in modo così leggero da far credere che non toccasse terra. L'assurdo sospetto che stessi sentendo i miei passi mi fece avanzare in punta di piedi, silenziosamente, come un gatto. Ma continuai a sentirli. I piedi di qualcuno si muovevano come i miei, con lo stesso ritmo che echeggiava leggermente sul pavimento. Mi guardai indietro parecchie volte, ma, naturalmente, non c'era nessuno dietro a me. Sperando di disperdere la mia paura, ridacchiai forte.

Nélida si girò bruscamente. Pensai che stesse per rimproverarmi, ma anche lei cominciò a ridere. Mi mise il braccio attorno alle spalle. Il suo tocco non era particolarmente caloroso o tenero. Ma non mi importava. Mi piaceva e il suo tocco era per me molto rassicurante.

Ancora ridendo e ancora sentendo quel rumore di passi attorno a noi, entrammo nella mia stanza.

Uno strano splendore sembrava provenire dai muri, come se una nebbia si fosse insinuata attraverso le quattro porte della stanza, che in quel momento non potevo vedere. La nebbia aveva cambiato la forma della stanza, dandole strani contorni, rendendola quasi rotonda. Per quanto strizzassi gli occhi o battessi le palpebre, tutto quello che riuscivo a vedere era il tavolo su cui avevo lavorato negli ultimi tre giorni. Mi avvicinai. Con sollievo, vidi il mio saggio disposto ordinatamente. Vicino a esso c'erano tutte le mie matite; a tutte era stata fatta la punta.

"Nélida!", gridai eccitata, girandomi. Non riuscivo più a vederla. La nebbia ora era più densa. Si stringeva attorno a me a ogni mio respiro. Si insinuava al mio interno, riempiendomi di una profonda ed eccitata sensazione di leggerezza e lucidità. Guidata da una fonte invisibile, sedetti al tavolo e sparpagliai le pagine. Proprio sotto i miei occhi vigili comparve tutto il mio saggio, sovrapponendosi al mio schizzo originale come una doppia esposizione su una pellicola.

Mi persi ad ammirare l'esperto sviluppo delle tematiche. Come se fossero maneggiati da una mano invisibile che pensava e scriveva, i paragrafi si ridistribuirono, imprimendo un nuovo ordine. Era tutto così magnificamente chiaro e semplice che risi di gioia.

"Scrivilo".

Le parole echeggiarono dolcemente nella stanza. Incuriosita, mi guardai attorno, ma non vidi nessuno. Sapendo che quello che stavo sperimentando era decisamente più che un sogno, mi allungai, presi il mio blocco e una matita e cominciai a scrivere a velocità vertiginosa. Le idee mi giungevano con un'incredibile chiarezza e lucidità. Mi pulsavano nella testa e nel corpo come onde sonore. Udivo e vedevo simultaneamente le parole. Tuttavia non erano i miei occhi o le mie orecchie a percepire quello che avevo di fronte. Erano piuttosto dei filamenti al mio interno che si protendevano e, come un aspirapolvere silenzioso, risucchiavano le parole che brillavano davanti a me come granelli di polvere.

Dopo un po', l'ordine sovrimposto al mio saggio cominciò a offuscarsi. Una dopo l'altra le righe cominciarono a svanire. Disperatamente, cercai di trattenere quella splendida creazione, sapendo che sarebbe tutto svanito senza lasciare traccia. Rimaneva soltanto il ricordo nella mia consapevolezza di quella magnifica lucidità. E poi anche quella si estinse, come se fosse stata spenta una candela. Una spirale di nebbia, sottile come un filo, si attardava nella stanza. Poi si ritirò a piccole onde e un'oppressiva oscurità si chiuse attorno a me. Ero così esausta che sapevo di stare per svenire.

"Sdraiati!", non mi curai nemmeno di guardare in alto, sapendo che non avrei visto nessuno. Con un grande sforzo, mi alzai dalla sedia e barcollando raggiunsi il mio letto.

16

Per un po' rimasi soltanto sdraiata sul letto, vagamente consapevole del mio sogno stupefacente, così diverso da qualunque altro. Per la prima volta ero conscia di tutto quello che avevo fatto.

"Nélida?", sussurrai, mentre un tenue, rauco mormorio, proveniente dall'altro lato della stanza, s'intrufolava nelle mie fantasticherie. Mi misi seduta per poi sdraiarmi subito dopo ancora una volta, mentre la stanza cominciava a roteare attorno a me. Attesi alcuni istanti, poi riprovai. Mi alzai e feci alcuni passi esitanti. Caddi sul pavimento e battei la testa contro il muro.

"Merda!", gridai, quando la stanza ricominciò a girarmi attorno. "Sto svenendo".

"Non essere così drammatica", disse Florinda, poi ridacchiò quando vide la mia faccia stupita. Mi toccò prima la fronte, poi il collo, come se temesse che potessi avere la febbre. "Non stai svenendo", pronunciò. "Hai bisogno di reintegrare la tua energia".

"Dov'è Nélida?".

"Non sei felice di vedermi?". Mi prese per il braccio e mi aiutò a tornare a letto. "Sei debole per la fame".

"No". La contraddissi più per abitudine che per convinzione. Sebbene non provassi fame, ero certa che il mio stordimento fosse causato dalla mancanza di cibo. A parte la colazione, non avevo mangiato niente tutto il giorno.

"Ci siamo chiesti perché", disse Florinda, rispondendo ai miei pensieri. "Ti avevamo preparato uno stufato delizioso".

"Quando sei arrivata?", chiesi. "Ti ho chiamato silenziosamente per giorni".

Chiudendo gli occhi, Florinda cominciò a mormorare, come se il rumore l'aiutasse a ricordare. "Siamo qui da parecchi giorni, credo", disse finalmente.

"Credi?!". Ero completamente sbalordita, la mia collera stava avendo il sopravvento. Mi ripresi subito. "Perché non mi hai fatto sapere che eri qui?". Più che ferita, ero perplessa per non aver notato la loro presenza. "Come ho potuto essere così inconsapevole?", mormorai, più a me stessa che a lei.

Florinda mi guardò con una curiosa espressione negli occhi. Sembrò sorpresa del mio stupore.

"Se ti avessimo lasciato intendere che eravamo qui, non saresti stata in grado di concentrarti sul tuo lavoro", commentò sagacemente. "Come ben sai, invece di scrivere il tuo saggio, ti saresti distratta a cercare di cogliere il nostro andirivieni. Tutta la tua energia sarebbe stata spesa nel tentare di scoprire cosa facciamo, non è vero?". La sua voce era bassa e rauca e una strana luce di eccitazione rendeva i suoi occhi più brillanti del solito. "È stato un atto deliberato da parte nostra, affinché tu potessi lavorare senza distrazioni", mi assicurò.

Poi continuò a spiegare che il custode mi aveva aiutata a scrivere la mia ricerca solo dopo aver constatato con soddisfazione cosa avevo fatto fino ad allora. Affermò che in sogno aveva trovato l'ordine intrinseco dei miei appunti.

"Anch'io ho visto l'ordine intrinseco dei miei appunti", dissi con aria di sufficienza. "Anch'io l'ho visto in sogno".

"Certo", acconsentì prontamente Florinda. "Ti abbiamo attirata nel sogno perché tu potessi lavorare sul tuo saggio".

"Mi avete attirata nel sogno?", ripetei. C'era qualcosa di sorprendentemente normale nella sua affermazione. Tuttavia, allo stesso tempo mi rendeva apprensiva. Avevo la misteriosa sensazione di essere finalmente vicina a comprendere cosa fosse il sognare da svegli, ma in qualche modo non riuscivo ad afferrarlo del tutto. Nello sforzo di trovarvi un senso, raccontai a Florinda tutto quello che era accaduto dal momento in cui avevo visto il custode e il cane nel cortile.

Era difficile far sembrare coerente il tutto, poiché io stessa non riuscivo a decidere quando ero stata sveglia e quando avevo sognato. Con mio estremo stupore, riuscivo a ricordare gli esatti contorni del mio saggio così come l'avevo visto sovrimposto alla mia bozza originale. "La mia concentrazione era troppo acuta perché potesse essere un sogno", precisai.

"Sognare da svegli è proprio così", m'interruppe Florinda. "Questo è il motivo per cui lo ricordi così bene". Il suo tono era quello di un'insegnante impaziente che spiegava un punto semplice ma fondamentale a un bambino ritardato. "Ti ho già detto che sognare da svegli non ha nulla a che fare con l'addormentarsi e fare un sogno".

"Ho preso degli appunti", dissi, come se questo invalidasse la sua affermazione. Notando che annuiva, le chiesi se avrei trovato sul mio blocco degli appunti, scritto con la mia calligrafia, quello che avevo visto sognando.

"Lo troverai", mi assicurò. "Ma prima devi mangiare". Si alzò e, allungando la mano, mi aiutò ad alzarmi in piedi. Per ridare una parvenza di ordine al mio aspetto, m'infilò la camicia nei jeans e spazzolò via le pagliuzze attaccate al mio maglione. Mi distanziò con le braccia e mi considerò criticamente. Non soddisfatta del risultato, cominciò a darsi da fare coi miei capelli, spostando in qua e in là le ciocche disordinate.

"Hai un aspetto spaventoso con i capelli che vanno da tutte le parti", disse.

"Sono abituata a fare una doccia calda quando mi sveglio", dissi seguendola nel corridoio. Vedendo che si stava dirigendo verso la cucina, le dissi che dovevo prima andare alla latrina.

"Verrò con te". Notando la mia espressione contrariata, aggiunse che voleva soltanto assicurarsi che non avessi un capogiro e non cadessi nel buco del cesso.

In effetti, fui contenta di aggrapparmi al suo braccio mentre ci dirigevamo verso il cortile. Mentre uscivamo quasi caddi, non tanto per la debolezza, quanto per lo shock di constatare quanto fosse tardi.

"Che cosa succede?", chiese Florinda. "Ti senti svenire?".

Indicai il cielo. Un debole bagliore era tutto ciò che rimaneva della luce del sole. "Non posso aver perso un giorno", dissi. La mia voce si affievolì prima che finissi di parlare. Mi sforzai di assimilare l'idea che in effetti erano trascorsi una notte e un giorno interi, ma la mia mente non l'accettava. Il fatto di non essere in grado di tenere il computo del tempo, di misurarlo nella maniera consueta, mi sconvolgeva.

"Gli stregoni rompono il flusso del tempo", disse Florinda in risposta ai miei pensieri.

"Il tempo, nella maniera in cui lo misuriamo, non esiste quando si sogna nel modo in cui sognano gli stregoni. Gli stregoni dilatano o comprimono il tempo a volontà. Per gli stregoni, il tempo non è questione di minuti, ore o giorni, ma una cosa completamente diversa.

"Quando si sogna da svegli, le nostre facoltà percettive vengono intensificate", continuò a spiegare con tono misurato. "Comunque, quando si tratta di percepire il tempo, avviene qualcosa di completamente diverso. La percezione del tempo non viene intensificata, ma completamente cancellata". Aggiunse che il tempo è sempre un fattore di coscienza; cioè, essere consapevoli del tempo è un fattore psicologico che noi automaticamente trasformiamo in misurazioni fisiche. È così radicato in noi che riusciamo a sentire, anche quando non ne siamo consapevoli, un orologio che segna il tempo dentro di noi subliminalmente.

"Nel sognare da svegli, quella capacità è assente", enfatizzò. "Una struttura completamente nuova, sconosciuta, che in qualche modo non dev'essere interpretata come facciamo normalmente col tempo, prende il sopravvento".

"Allora tutto quello che arriverò a conoscere consciamente sul sognare da svegli è solo che il tempo è stato dilatato o compresso", dissi, cercando di afferrare la sua spiegazione.

"Comprenderai molto di più di questo", mi assicurò enfaticamente. "Quando sarai un'adepta dell'entrare nella consapevolezza intensificata, come la chiama Mariano Aureliano, sarai conscia di qualunque cosa desidererai, perché gli stregoni non si curano di misurare il tempo. Essi sono interessati a usarlo, a dilatarlo o comprimerlo a volontà".

"Hai detto poco fa che tutti voi mi avete aiutata a sognare", dissi. "Allora qualcuno di voi deve sapere quanto a lungo è durato quello stato". Florinda disse che lei e le sue compagne erano perennemente in uno stato di sogno da svegli, che era proprio il loro sforzo congiunto che mi aveva attirato nel sognare, ma che non ne tenevano mai il conto.

"Questo implica che ora potrei stare sognando da sveglia?", chiesi, conoscendo la risposta prima di sentirla. "Se è così, che cosa ho fatto per raggiungere questo stato? Quali passi ho seguito?".

"Il più semplice passo immaginabile", disse Florinda. "Non hai permesso a te stessa di essere il tuo solito sé. Questa è la chiave che apre le porte. Ti abbiamo detto molte volte, in molti modi, che la stregoneria non è affatto quello che tu pensi che sia. Dire che impedire a te stessa di essere il tuo sé abituale è il più complesso segreto della stregoneria suona come un'idiozia, ma non lo è. È la chiave del potere, perciò è la cosa più difficile che uno stregone possa fare. E tuttavia, non è qualcosa di complesso o impossibile da comprendere. Non sbalordisce la mente, per questa ragione nessuno può mai sospettare nemmeno lontanamente la sua importanza o prenderla seriamente.

"A giudicare dal risultato del tuo ultimo sognare da sveglia, posso dire che hai accumulato sufficiente energia impedendoti di essere il tuo solito sé".

Mi diede un colpetto sulle spalle e si allontanò. "Ci vediamo in cucina", sussurrò.

La porta della cucina era spalancata, ma nessun rumore proveniva dall'interno.

"Florinda?", sussurrai.

Una tenue risata rispose alla mia chiamata, ma non vidi nessuno. Non appena i miei occhi si abituarono alla penombra, scorsi Florinda e Nélida sedute attorno al tavolo. In quella tenue luce i loro volti erano vividi in modo innaturale. I loro capelli, i loro occhi, il loro naso e la loro bocca brillavano come fossero accesi da una luce interiore. Era una cosa molto strana vedere due esseri così simili.

"Siete così belle da lasciare sgomenti", dissi e mi avvicinai.

Le due donne si guardarono reciprocamente, come per soppesare la mia affermazione, poi scoppiarono in un'inquietante risata. Sentii un curioso formicolio che mi correva lungo la spina dorsale. Prima che avessi la possibilità di commentare lo strano suono, smisero. Nélida mi fece cenno di sedere sulla sedia vuota al suo fianco.

Trassi un profondo respiro. Dovevo stare calma, mi dissi mentre mi sedevo. C'era in Nélida una tensione e un'asciutta freddezza che m'innervosiva. Mi servì un piatto della densa minestra da una zuppiera posta in mezzo al tavolo.

"Voglio che mangi tutto", disse, spingendo il burro e un cesto con le *tortillas* calde verso di me.

Ero affamata. Attaccai il cibo come se non mangiassi da giorni. Aveva un gusto meraviglioso. Mangiai tutto quello che c'era nella zuppiera e ingoiai le *tortillas* al burro con tre tazze di cioccolata calda.

Sazia, mi appoggiai allo schienale della sedia. La porta del cortile era spalancata e una fresca brezza muoveva le ombre nella stanza. Il crepuscolo sembrava durare in eterno. Il cielo era ancora attraversato da pesanti strati di colore: vermiglio, blu scuro, viola e oro. E l'aria aveva quella trasparente qualità che avvicinava le lontane colline. Come spinta da una forza interiore, la notte sembrava uscire dalla terra. Gli ombrosi movimenti degli alberi nel vento, ritmici e graziosi, spazzavano l'oscurità del cielo.

Esperanza irruppe nella stanza e accese una lampada a olio sul tavolo. Mi guardò con gli occhi spalancati, come se avesse difficoltà a mettermi a fuoco. Dava l'impressione di essere ancora coinvolta in qualche mistero ultraterreno, di non essere ancora presente. Poi lentamente i suoi occhi si addolcirono e sorrise come se avesse capito soltanto allora di essere ritornata da lontano.

"Il mio saggio!", gridai, vedendo i miei fogli e il mio blocco degli appunti sotto il suo braccio.

Con un ampio sorriso, Esperanza mi passò gli appunti.

Ansiosamente, esaminai i fogli e risi forte nel vedere le pagine sul blocco riempite con precise e dettagliate istruzioni - scritte per metà in spagnolo e per metà in inglese - su come procedere col mio lavoro. La calligrafia era inconfondibilmente la mia.

"C'è tutto", dissi eccitata. "È come l'ho visto nel mio sogno". La prospettiva di poter essere in grado di finire l'università, senza dover lavorare duramente, mi fece dimenticare tutta la mia precedente apprensione.

"Non ci sono scorciatoie per scrivere buoni saggi", disse Esperanza. "Nemmeno con l'aiuto della stregoneria. Dovresti sapere che senza la lettura preliminare, senza gli appunti e senza aver scritto e riscritto, in sogno non saresti mai stata in grado di riconoscere la struttura e l'ordine del tuo saggio".

Annuii ammutolita. Aveva parlato con una tale incontestabile autorità che non sapevo cosa dire.

"E il custode?", riuscii finalmente a chiedere. "In gioventù è stato un insegnante?".

Nélida e Florinda si voltarono verso Esperanza come se toccasse a lei rispondere.

"Non saprei", disse evasivamente Esperanza. "Non ti ha detto di essere uno stregone innamorato delle idee?". Rimase in silenzio per un attimo, poi aggiunse dolcemente: "Quando non si prende cura del nostro mondo magico, come si addice a un custode, legge".

"Oltre a leggere libri", spiegò Nélida, "legge uno straordinario numero di riviste culturali. Parla parecchie lingue, così è aggiornato sulle ultime novità. Delia e Clara sono le sue assistenti. Ha insegnato loro a parlare inglese e tedesco".

"La biblioteca in casa tua è sua?", chiesi.

"Appartiene a tutti noi", disse Nélida. "Comunque, sono sicura che è l'unico, oltre a Vicente, ad aver letto tutti i libri che ci sono sugli scaffali". Notando la mia espressione incredula, mi consigliò di non lasciarmi ingannare dalle apparenze riguardo alle persone del mondo degli stregoni. "Per raggiungere qualunque grado di conoscenza, gli stregoni lavorano doppiamente rispetto alla gente normale", mi assicurò. "Gli stregoni devono capire il mondo di ogni giorno come pure il mondo magico. Per realizzare questo, devono essere notevolmente abili e sofisticati, sia mentalmente che fisicamente". Mi guardò socchiudendo gli occhi criticamente, poi ridacchiò piano.

"Per tre giorni hai lavorato sul tuo saggio", spiegò. "Hai lavorato molto duramente, non è vero?". Attese il mio assenso, poi aggiunse che, mentre sognavo da sveglia, avevo lavorato sul mio saggio ancor più duramente di quanto avessi fatto da sveglia.

"Nient'affatto", mi affrettai a contraddirla. "È stato semplice e privo di sforzo". Le spiegai che non avevo fatto altro che guardare una nuova versione del mio saggio sovrimporsi alla mia vecchia bozza e quindi copiare quello che avevo visto.

"Fare questo ti ha preso tutta l'energia che avevi", affermò Nélida. "Mentre sognavi da sveglia, hai canalizzato tutta la tua energia in un solo scopo. Tutto il tuo interesse e il tuo sforzo erano concentrati a finire il tuo saggio. In quel momento non ti importava null'altro. Non avevi altri pensieri che interferivano col tuo sforzo".

"Il custode stava sognando da sveglio quando ha guardato il mio saggio?", chiesi. "Ha visto quello che ho visto io?".

Nélida si alzò e camminò lentamente fino alla porta. Per un lungo momento guardò fuori nell'oscurità, poi tornò al tavolo. Sussurrò qualcosa che non riuscii a sentire a Esperanza e poi si sedette ancora.

Esperanza rise dolcemente, poi disse che quello che il custode aveva visto nel mio saggio era diverso da quello che avevo visto e scritto io. "È naturale, dato che la sua conoscenza è di gran lunga più vasta della tua".

Esperanza mi fissò con i suoi mobili occhi scuri che in qualche modo facevano sembrare senza vita il resto del suo viso. "Guidata dai suoi suggerimenti e secondo le tue capacità, hai visto come avrebbe dovuto essere il tuo saggio. Questo è ciò che hai scritto".

"Mentre *sognamo*, abbiamo accesso a risorse nascoste, che ordinariamente non usiamo mai", disse Nélida, cominciando a spiegare che, nell'istante in cui avevo visto il mio saggio, avevo ricordato i suggerimenti che il custode mi aveva dato.

Notando la mia espressione incredula, mi ricordò ciò che il custode aveva detto del mio saggio: "Troppe note a piè di pagina, troppe citazioni e troppe idee sviluppate in modo confuso".

I suoi occhi irradiavano simpatia e divertimento, mentre continuava a dire che poiché stavo sognando, e poiché non sono stupida quanto lascio credere, avevo immediatamente visto ogni possibile legame e connessione, nel mio materiale, che prima non avevo notato.

Nélida si piegò verso di me, con un mezzo sorriso che giocava sulle sue labbra mentre attendeva la mia reazione.

"È il momento che tu conosca cosa ti ha permesso di vedere una versione migliore del tuo saggio originale". Esperanza sedette con la schiena eretta e mi strizzò l'occhio come per enfatizzare che stava per rivelare un importante segreto. "Quando *sognamo*, abbiamo accesso alla conoscenza diretta".

Potevo vedere la delusione nei suoi occhi mentre mi guardava per un lungo momento.

"Non essere così ottusa!", disse Nélida con impazienza. "Sognare da sveglia avrebbe dovuto farti realizzare che hai, come tutte le donne, una capacità unica di ricevere la conoscenza direttamente".

Esperanza fece un gesto con la mano per impormi il silenzio e disse: "Non sapevi che una delle differenze fondamentali fra gli uomini e le donne è nel modo in cui si avvicinano alla conoscenza?".

Non avevo idea di cosa intendesse. Lentamente e deliberatamente, strappò un foglio bianco dal mio blocco e disegnò due figure umane. Coronò una delle due con un cono e disse che era un uomo. Sull'altra testa disegnò lo stesso cono, ma rovesciato e disse che era una donna.

"Gli uomini costruiscono la conoscenza passo dopo passo", spiegò, con la matita appoggiata sulla figura coronata da un cono. "Gli uomini si arrampicano; si arrampicano verso la conoscenza. Gli stregoni dicono che gli uomini vanno verso lo spirito come formando un cono; vanno verso la conoscenza come formando un cono. Questo processo limita gli uomini su quanto lontano possono arrivare". Tracciò di nuovo il cono sulla prima figura. Come puoi vedere, gli uomini possono arrivare solo a una certa altezza. Il loro sentiero verso la conoscenza termina in un punto stretto: la punta del cono".

Mi guardò tagliente. "Fai attenzione", mi ordinò e puntò la matita sulla seconda figura, quella col cono invertito sul capo. "Come puoi vedere, il cono è al contrario, aperto come un imbuto. Le donne sono in grado di aprirsi direttamente alla sorgente, o piuttosto, la sorgente le raggiunge direttamente, alla base più larga del cono. Gli stregoni dicono che il modo d'approccio delle donne alla conoscenza è espansivo. Quello degli uomini è molto ristretto.

"Gli uomini sono più vicini al concreto", continuò, "e mirano all'astratto. Le donne sono vicine all'astratto e tuttavia cercano di indulgere con il concreto".

"Perché le donne, essendo così aperte alla conoscenza o all'astratto, sono considerate inferiori?", la interruppi.

Esperanza mi fissò rapita. Si alzò velocemente, si stirò come un gatto fino a che tutte le sue giunture scricchiolarono, poi si risedette.

"Il fatto che le donne siano considerate inferiori o, al massimo che i tratti femminili vengano considerati complementari a quelli maschili, ha a che fare con la maniera in cui i maschi e le femmine si avvicinano alla conoscenza", spiegò. "Parlando in generale, le donne sono più interessate al potere su loro stesse che sugli altri, un potere che è chiaramente ciò che gli uomini vogliono".

"Persino tra gli stregoni", interruppe Nélida e tutte le donne risero.

Esperanza continuò affermando di credere che in origine le donne non vedessero alcuna necessità di sfruttare la loro facilità di collegarsi ampiamente e direttamente allo spirito. Non vedevano la necessità di parlare o di intellettualizzare con gli altri questa loro naturale capacità, poiché per loro era sufficiente metterla in azione e sapere che l'avevano.

"L'incapacità degli uomini di collegarsi direttamente allo spirito fu ciò che li spinse a parlare del processo del raggiungere la conoscenza", enfatizzò. "Non hanno ancora smesso di parlarne. Ed è precisamente questa insistenza sul voler conoscere come tendono verso lo spirito, questa insistenza ad analizzare il processo, che ha dato loro la certezza che essere razionali sia un'abilità tipicamente maschile".

Esperanza spiegò che la concettualizzazione della ragione è stata messa in atto esclusivamente dagli uomini e che ciò ha permesso loro di sminuire le doti e le realizzazioni delle donne. E, peggio ancora, ha permesso agli uomini di escludere i tratti femminili dalla formulazione degli ideali della ragione.

"A questo punto, naturalmente, le donne credono a ciò che è stato definito per loro", enfatizzò. "Le donne sono state educate a credere che soltanto gli uomini possano essere razionali e coerenti. Ai giorni nostri, gli uomini hanno un tale patrimonio, immeritato, che li rende automaticamente superiori, indipendentemente dalla loro preparazione o dalle loro capacità".

"Come hanno fatto le donne a perdere il loro diretto collegamento con la conoscenza?", chiesi.

"Le donne non hanno perso la loro connessione", mi corresse Esperanza. "Le donne hanno ancora un diretto legame con lo spirito. Hanno solo dimenticato come usarlo o, piuttosto, hanno copiato la condizione degli uomini del non averlo affatto. Per migliaia d'anni, gli uomini si sono sforzati di assicurarsi che le donne lo dimenticassero. Prendi per esempio la Santa Inquisizione. Quella fu una sistematica epurazione per sradicare la credenza che le donne avessero un diretto legame con lo spirito.

Tutta la religione organizzata non è altro che una manovra di grande successo finalizzata a porre le donne in una condizione di inferiorità. Le religioni invocano una legge divina che afferma che le donne sono inferiori".

La fissai stupita, chiedendomi come potesse essere così erudita.

"Il bisogno degli uomini di dominare gli altri, unito alla mancanza di interesse delle donne a esprimere o formulare ciò che conoscono e come lo conoscono, è stata una scellerata alleanza", continuò Esperanza. "Ha reso possibile il fatto che le donne vengano forzate, dal momento in cui nascono, ad accettare che la realizzazione consiste nell'occuparsi della casa, nell'amore, nel matrimonio, nell'aver figli e nell'abnegazione. Le donne sono state escluse dalle forme dominanti di pensiero astratto e sono state educate alla dipendenza. Sono state così profondamente addestrate a credere che gli uomini debbano pensare per loro che, alla fine, hanno abbandonato il pensare".

"Le donne sono del tutto capaci di pensare", la interruppi.

"Le donne sono capaci di formulare ciò che hanno appreso", mi corresse Esperanza, "e ciò che hanno appreso è stato limitato dagli uomini. Gli uomini definiscono la natura della conoscenza e da essa hanno escluso ciò che appartiene al femminino. O, se è incluso, è sempre in una luce negativa. E le donne l'hanno accettato".

"Sei indietro di anni rispetto ai tempi", interruppi. "Oggigiorno le donne possono fare tutto ciò che desiderano. Hanno accesso a tutti i centri di erudizione e quasi a qualunque tipo d'impiego che gli uomini possono ottenere".

"Ma tutto questo sarà privo di significato finché non avranno un sistema di supporto, una base di sostegno", contraddisse Esperanza. "Quale beneficio c'è nel fatto di avere accesso a ciò che hanno gli uomini, quando sono ancora considerate esseri inferiori e devono adottare attitudini e comportamenti maschili al fine di avere successo? Quelle che hanno veramente successo sono le perfette convertite. Anch'esse considerano le donne inferiori.

"Secondo gli uomini, l'utero limita le donne sia mentalmente che fisicamente. Questa è la ragione per cui alle donne, sebbene abbiano accesso alla conoscenza, non è stato permesso d'essere d'aiuto nel determinare che cosa sia questa conoscenza.

"Prendi i filosofi, per esempio", propose Esperanza. "I puri pensatori. Alcuni di loro sono apertamente contro le donne. Altri sono più sottili, in quanto sono propensi ad ammettere che le donne potrebbero essere capaci quanto gli uomini, se non fosse per il fatto che non sono interessate a perseguimenti razionali. E anche se lo fossero, non dovrebbero esserlo. Poiché a una donna si addice di più seguire la sua vera natura: compagna del maschio, che nutre e dal quale dipende".

Esperanza espresse tutto questo con incontestabile autorità.

Nel giro di pochi attimi, comunque, fui assalita dal dubbio. "Se la conoscenza è soltanto un costrutto maschile, allora perché insistete che io vada a scuola?", chiesi.

"Perché sei una strega e come tale hai bisogno di conoscere ciò che influisce su di te e come influisce su di te", rispose. "Prima di rifiutare qualcosa devi comprendere perché la rifiuti.

"Vedi, il problema è che la conoscenza, ai giorni nostri, deriva puramente dal ragionare sulle cose. Ma le donne hanno un binario differente, mai preso nemmeno in considerazione. Quel binario può contribuire alla conoscenza, ma sarebbe un contributo che non ha nulla a che fare col ragionare sulle cose".

"Con che cosa ha a che fare allora?", chiesi.

"Questo sta a te deciderlo, dopo aver padroneggiato gli strumenti del ragionare e del comprendere".

Ero molto confusa.

"Ciò che gli stregoni propongono", spiegò, "è che gli uomini non possono avere il diritto esclusivo alla ragione. Sembrano averlo ora perché il terreno dove applicano la ragione è un terreno dove prevale la mascolinità. Applichiamo allora la ragione a un terreno dove prevale la femminilità. E questo terreno è, naturalmente, il cono invertito che ti ho descritto. La connessione delle donne con lo spirito stesso".

Piegò leggermente il capo da una parte, considerando che cosa dire. "Quella connessione dev'essere affrontata con un aspetto diverso del ragionare. Un aspetto mai usato nemmeno in precedenza: il lato femminile del ragionare", disse.

"Qual è il lato femminile della ragione, Esperanza?".

"È molte cose. Una di loro è decisamente il sognare". Mi guardò interrogativamente, ma non avevo nulla da dire.

Il suo profondo sogghigno mi colse di sorpresa. "So che cosa ti aspetti dagli stregoni. Vuoi rituali, incantesimi. Strani e misteriosi culti. Vuoi cantare. Vuoi essere una cosa sola con la natura. Vuoi comunicare con gli spiriti dell'acqua. Vuoi il paganesimo. Qualche romantica opinione di ciò che fanno gli stregoni. Molto germanico.

"Per balzare nell'ignoto", continuò, "hai bisogno di coraggio e testa. Soltanto con questi potrai essere in grado di spiegare a te stessa e agli altri i tesori che potresti trovare". Si piegò verso di me ansiosa, sembrava, di confidare qualcosa. Si grattò la testa e starnutì ripetutamente, cinque volte, come aveva fatto il custode. "Hai bisogno di agire sul tuo lato magico", disse.

"E che cos'è?".

"L'utero". Lo disse in modo così distaccato e calmo, come se non fosse interessata alla mia reazione, che quasi non l'udii. Poi, improvvisamente, realizzando l'assurdità del suo commento, mi raddrizzai e guardai gli altri.

"L'utero!", ripeté Esperanza. "L'utero è l'organo femminile fondamentale. È l'utero che dà alle donne quel vantaggio in più, quella forza in più per canalizzare la loro energia".

Spiegò che gli uomini, nella loro ricerca di supremazia, hanno avuto successo nel ridurre il misterioso potere della donna, il suo utero, a un organo strettamente biologico, la cui sola funzione è riprodurre, ricevere il seme dell'uomo.

Come obbedendo a un segnale, Nélida si alzò, girò attorno al tavolo e venne dietro di me. "Conosci la storia dell'Annunciazione?", mi sussurrò all'orecchio.

Mi girai a guardarla con una risatina. "No".

Con quello stesso confidenziale sussurro, si accinse a narrarmi che nella tradizione giudeo-cristiana gli uomini erano gli unici a udire la voce di Dio. Le donne erano state escluse da quel privilegio, a eccezione della Vergine Maria.

Nélida disse che un angelo che sussurrava a Maria era naturale, ovviamente. Quello che non era naturale era il fatto che tutto ciò che l'angelo aveva da dire a Maria fosse che avrebbe dato alla luce il figlio di Dio. L'utero non riceveva conoscenza, ma piuttosto la promessa del seme di Dio. Un Dio maschio, che a sua volta dava origine a un altro Dio maschio.

Volevo pensare, riflettere, su tutto ciò che avevo udito, ma la mia mente turbinava confusa. "E che dire allora degli stregoni maschi?", chiesi. "Non hanno l'utero, tuttavia sono chiaramente connessi con lo spirito".

Esperanza mi guardò con evidente piacere, poi si sbirciò dietro alle spalle, come se temesse di essere udita, e sussurrò: "Gli stregoni sono in grado di allinearsi con l'intento, con lo spirito, poiché hanno abbandonato ciò che definisce specificamente la loro mascolinità. E non sono più maschi".

17

Il modo in cui Isidoro Baltazar stava passeggiando per la stanza era diverso da quello in cui generalmente copriva la lunghezza del suo studio rettangolare. In precedenza mi ero sempre sentita calmare dal suo passeggiare. Questa volta invece, i suoi passi risuonavano con un suono fastidioso, stranamente minaccioso. Mi veniva alla mente l'immagine di una tigre in agguato nei cespugli - non pronta a balzare su una vittima, ma che sta percependo che qualcosa non è del tutto a posto.

Lasciai perdere il mio lavoro e stavo per chiedergli cosa c'era, quando disse: "Stiamo per andare in Messico!".

Il modo in cui lo disse mi fece ridere. L'asprezza e la serietà della sua voce giustificavano la mia scherzosa domanda: "Mi sposerai là?".

Con uno sguardo di fuoco si fermò bruscamente. "Questo non è uno scherzo", ritorse iroso. "Questa è la cosa reale". Non appena ebbe parlato sorrise e scosse il capo. "Che cosa sto facendo?", disse con un buffo gesto d'impotenza. "Mi sto arrabbiando con te, come se avessi tempo per questo. Che vergogna! Il nagual Juan Matus mi aveva avvisato che rimaniamo sterco fino alla fine".

Mi abbracciò con intensità, come se fossi stata via a lungo e fossi appena tornata.

"Non penso che per me sia una buona idea andare in Messico", dissi.

"Annulla i tuoi impegni. Non c'è più tempo". Sembrava un militare che dà ordini. Ed era in uno stato d'animo festivo. Non potei fare a meno di rispondere: "Jawohl, mein Gruppenfuehrer!".

Perse la sua rigidità e rise.

Mentre viaggiavamo attraverso l'Arizona, improvvisamente mi sentii invadere da una peculiare sensazione. Era una sensazione corporea, qualcosa simile a un brivido che si estendeva dal mio utero al mio intero corpo e mi faceva venire la pelle d'oca: la consapevolezza che c'era qualcosa che non andava. In quella sensazione c'era un nuovo elemento che non avevo mai incontrato prima: l'assoluta certezza, senza la sfumatura di aver ragione o torto.

"Ho appena avuto un'intuizione, c'è qualcosa che non va!", dissi, con la voce che si alzava contro la mia volontà.

Isidoro Baltazar annuì. Poi disse con tono scontato: "Gli stregoni stanno partendo".

"Quando?". Il mio grido era del tutto involontario.

"Forse domani o il giorno successivo. O forse fra un mese, ma la loro partenza è imminente".

Sospirando di sollievo, sprofondai sul mio sedile e consciamente mi rilassai. "Hanno detto che stanno per partire sin dal giorno che li ho incontrati, più di tre anni fa", mormorai, ma non mi sentii realmente a posto nel dirlo.

Isidoro Baltazar si girò a guardarmi, il suo volto era una maschera di puro disprezzo. Potevo vedere lo sforzo che stava facendo per cancellare la sua insoddisfazione. Sorrise, poi mi diede un colpetto sul ginocchio e disse: "Nel mondo degli stregoni non possiamo essere così letterali. Se gli stregoni ti ripetono qualcosa fino a che ne sei cinicamente annoiata, è perché vogliono prepararti a quello". Mi fissò un momento coi suoi occhi duri, senza sorriso, e aggiunse: "Non confondere i loro modi magici con i tuoi modi sciocchi".

Annuii senza parole. La sua affermazione non m'irritò; ero troppo spaventata. Stetti zitta.

Il viaggio durò un attimo, o così mi sembrò. Facemmo dei turni per dormire e guidare e a mezzogiorno del giorno successivo eravamo arrivati alla casa delle streghe. Nell'istante in cui il motore dell'auto si spense, entrambi balzammo fuori sbattendo le portiere e corremmo verso la casa delle streghe.

"Cosa succede?", chiese il custode. Era sulla porta, apparentemente meravigliato dal nostro brusco e rumoroso arrivo. "State litigando o inseguendovi?". Guardò Isidoro Baltazar e poi me. "Accidenti! Correre così".

"Quando partite? Quanto partite?", ripetei meccanicamente, incapace di contenere ulteriormente la mia crescente apprensione e la mia paura.

Ridendo, il custode mi diede un colpetto sulla schiena in modo rassicurante e disse: "Io non vado da nessuna parte. Non vi libererete di me così facilmente". Le sue parole suonavano genuine, ma non mi sollevarono dalla mia ansietà.

Scrutai il suo volto, i suoi occhi, per vedere se potevo cogliere una bugia. Tutto ciò che vidi fu gentilezza e sincerità. Nel realizzare che Isidoro Baltazar non era più al mio fianco, ridivenni tesa. Era svanito, senza rumore e rapidamente come un'ombra.

Percependo la mia agitazione, il custode indicò la casa con un cenno del capo. Udii la voce di Isidoro Baltazar che si alzava come se stesse protestando e poi udii la sua risata.

"Sono tutti qui?", chiesi, cercando di superare il custode.

"Sono dentro", disse, bloccandomi il cammino con le braccia allargate. "Non possono vederti per ora". Vedendo che stavo per protestare aggiunse: "Non ti stavano aspettando. Vogliono che io ti parli prima che lo facciano loro". Mi prese per mano e mi allontanò dalla porta. "Andiamo sul retro e raccogliamo un po' di foglie", propose. "Le bruceremo e lasceremo le ceneri per le fate dell'acqua. Forse le trasformeranno in oro".

Non parlammo affatto mentre raccoglievamo mucchi dopo mucchi di foglie, ma l'attività fisica, il suono del rastrello che grattava il terreno, mi calmò.

Sembrava che avessimo raccolto e bruciato foglie per ore, quando improvvisamente seppi che nel cortile c'era qualcun altro. Girai la testa velocemente e vidi Florinda. Vestita con pantaloni e giacca bianchi, seduta sulla panchina sotto l'albero *zapote*, era come un'apparizione. Il suo volto era ombreggiato da un ampio cappello di paglia e nella sua mano aveva un ventaglio di pizzo. Non sembrava per niente umana e appariva così remota che stetti semplicemente là, immobile, assolutamente sbalordita.

Chiedendomi se mi avrebbe riconosciuta, feci alcuni passi esitanti verso di lei. Nel notare che non registrava in alcun modo la mia presenza, attesi indecisa. Non che stessi cercando di proteggermi dall'essere rifiutata o insultata da lei. Piuttosto, qualche regola indeterminata e tuttavia inconsciamente compresa mi tratteneva dal richiedere che mi prestasse attenzione.

Comunque, quando il custode si unì a Florinda sulla panchina, presi il rastrello che era appoggiato contro un albero e a poco a poco mi avvicinai a loro. Sorridendo distrattamente, il custode guardò in su verso di me, ma la sua attenzione era fissa su ciò che Florinda stava dicendo. Parlavano in una lingua che non comprendevo. Tuttavia li ascoltavo, rapita. Non so se fosse per la lingua o per il suo affetto per il vecchio, ma la sua voce rauca era morbida, strana e tenera in modo incantevole.

Bruscamente, si alzò dalla panchina. Come se fosse spinta da qualche molla nascosta, attraversò lo spiazzo a zig-zag come un colibrì, sostando per un istante vicino a ciascun albero, toccando una foglia qui e un bocciolo là.

Alzai la mano per richiamare la sua attenzione, ma fui distratta da una brillante farfalla blu che tesseva ombre colorate nell'aria. Volò verso di me e atterrò sulla mia mano. Le ali ampie e tremolanti smisero di agitarsi e la loro ombra cadde oscuramente sulle mie dita. Si strofinò la testa con le zampe e, dopo aver aperto e chiuso le ali parecchie volte, volò via ancora, lasciando sul mio dito medio un anello con la forma di una farfalla triangolare.

Certa che fosse un'illusione ottica, scossi la mano ripetutamente. "È un trucco, non è così?", chiesi al custode con voce tremante. "È un'illusione ottica?".

Il custode scosse il capo e il suo volto s'increspò in un magnifico sorriso. "È un grazioso anello", disse, tenendo la mia mano nella sua. "È un magnifico dono".

"Un dono", ripetei. Ebbi un rapido lampo d'intuizione, ma scomparve, lasciandomi persa e sbalordita. "Chi mi ha messo l'anello al dito?", chiesi, fissando il gioiello. Le antenne e il sottile corpo affusolato che divideva il triangolo erano modellati in filigrana d'oro bianco e incastonati di minuscoli diamanti.

"Non avevi notato l'anello prima?", chiese il custode.

"Prima?", ripetei, confusa. "Prima di che?".

"Hai indossato quell'anello sin da quando Florinda te l'ha dato", rispose.

"Ma quando?", chiesi, poi mi portai la mano alla bocca per soffocare il mio shock. "Non ricordo che Florinda mi abbia dato l'anello", mormorai più a me stessa che a lui. "E perché non ho notato l'anello in precedenza?".

Il custode si strinse nelle spalle, incapace di spiegare la mia svista, poi suggerì che forse non avevo notato l'anello perché si adattava così perfettamente al mio dito. Sembrava stesse per dire qualcos'altro, ma si fermò e invece suggerì che raccogliessimo altre foglie.

"Non posso", dissi. "Devo parlare a Florinda".

"Devi?", rifletté, nella maniera di uno che ode un'idea ridicola e probabilmente folle; ma non cercò di persuadermi del contrario. "È andata a fare la sua passeggiata", spiegò, indicando col capo il sentiero che conduceva sulle colline.

"La raggiungerò", affermai. Potevo vedere la sua figura vestita di bianco che appariva e scompariva in lontananza nell'alto *chaparral.*

"Va lontano", mi avvisò il custode.

"Questo non è un problema", lo assicurai.

Rincorsi Florinda, poi rallentai prima di raggiungerla.

Aveva una bellissima camminata; si muoveva con moto vigoroso, atletico, senza sforzo, con la schiena eretta.

Percependo la mia presenza, si fermò bruscamente, poi si volse e spalancò le braccia in un gesto di saluto. "Come stai, cara?", chiese, fissandomi. La sua voce rauca era leggera, chiara e molto tenera.

Nella mia ansia di sapere dell'anello, non la salutai nemmeno adeguatamente. Inciampando sulle parole, le chiesi se fosse stata lei a mettermi l'anello al dito. "È mio ora?", chiesi.

"Sì", disse. "È tuo per diritto".

Nel suo tono c'era qualcosa, un senso di certezza, che mi eccitava e spaventava allo stesso tempo. Tuttavia non mi sovvenne nemmeno di rifiutare il dono, senza dubbio costoso.

"L'anello ha poteri magici?", chiesi, alzando la mano contro la luce cosicché ogni pietra scintillasse di un accecante splendore.

"No", rise. "Non ha nessun potere. Comunque è un anello speciale. Non a causa del suo valore o perché appartenesse a me, ma perché la persona che fece questo anello era un nagual straordinario".

"Era un gioielliere?", indagai. "Era la stessa persona che ha costruito le figure dallo strano aspetto nella stanza del custode?".

"La stessa persona", rispose. "Comunque, non era un gioielliere. Non era nemmeno uno scultore. Il solo pensiero di essere considerato un artista lo faceva ridere. Tuttavia, chiunque vedeva le sue opere non poteva fare a meno di vedere che soltanto un artista poteva aver eseguito le cose straordinarie che egli faceva".

Florinda si allontanò di alcuni passi da me e lasciò che i suoi occhi vagassero sulle colline, come se stesse cercando in lontananza dei ricordi. Poi si girò ancora una volta verso di me e con un sussurro a malapena percepibile disse che qualunque cosa questo nagual facesse, che fosse un anello, un muro di mattoni, un pavimento di piastrelle, le misteriose invenzioni o semplicemente una scatola di cartone, invariabilmente diventava un pezzo squisito, non solo in termini della sua superba capacità, ma anche perché era infusa di qualcosa di ineffabile.

"Se un individuo così straordinario ha fatto questo anello, allora deve avere una sorta di potere", insistetti.

"L'anello in se stesso non ha potere, indipendentemente da chi l'ha fatto", mi assicurò Florinda. "Il potere era nel fare. Il nagual che ha fatto questo anello era allineato così completamente con ciò che gli stregoni chiamano intento, che è stato in grado di produrre questo grazioso gioiello senza essere un gioielliere. Il gioiello è stato un atto di puro intento".

Riluttante ad apparire stupida, non osai ammettere che non avevo idea di ciò che intendesse con intento. Così le chiesi cosa l'avesse spinta a farmi un tale meraviglioso dono. "Non penso di meritarlo", aggiunsi.

"Userai l'anello per allinearti con l'intento", disse.

Un malizioso sorriso si diffuse sul suo volto mentre aggiungeva: "Ma, naturalmente, tu sai già come allinearti con l'intento".

"Non so nulla del genere", mormorai sulla difensiva, poi confessai che non sapevo realmente che cosa fosse l'intento.

"Puoi non sapere ciò che significano le parole", disse con noncuranza, "ma qualcosa in te intuisce come contattare quella forza". Avvicinò la sua testa alla mia e sussurrò che avevo sempre usato l'intento per spostarmi dal sogno alla realtà o per portare il mio sogno - qualunque cosa fosse stato - alla realtà. Mi guardò aspettandosi senza dubbio che ne traessi le ovvie conclusioni. Vedendo la mia espressione priva di comprensione, aggiunse: "Sia le invenzioni della stanza del custode che l'anello sono state fatte nel sogno".

"Ancora non ci arrivo", mi lamentai.

"Le invenzioni ti spaventano", disse imperturbabile. "E l'anello ti delizia. Poiché entrambi sono sogni, può facilmente essere il contrario...".

"Mi spaventi, Florinda. Che cosa intendi?".

"Questo, cara, è un mondo di sogni. Ti stiamo insegnando come provocarli da sola". I suoi occhi scuri, lucenti, sostennero i miei per un momento e poi aggiunse: "Al momento, tutti gli stregoni del gruppo del nagual Mariano Aureliano ti aiutano a entrare in questo e ti stanno aiutando a restare in esso ora".

"È un mondo differente? O sono io a essere differente?".

"Sei la stessa, ma in un mondo diverso". Restò in silenzio per un attimo, poi concesse che avevo più energia di prima. "L'energia che viene dai tuoi risparmi e dal prestito che tutti noi ti abbiamo fatto".

La sua metafora bancaria mi era molto chiara. Quello che ancora non afferravo era ciò che intendeva con un mondo differente.

"Guardati attorno!", esclamò, spalancando le braccia. "Questo non è il mondo della vita di ogni giorno". Restò a lungo in silenzio, poi con una voce che era solo un basso e gentile mormorio, aggiunse: "Le farfalle possono diventare anelli nel mondo del quotidiano? In un mondo che è stato strutturato con sicurezza e rigorosamente dai ruoli assegnati a tutti noi?".

Non avevo risposta. Mi guardai attorno; gli alberi, i cespugli, le montagne lontane. Qualunque cosa intendesse con mondo differente ancora mi eludeva. La differenza doveva essere puramente soggettiva, fu il pensiero che alla fine mi sovvenne.

"Non lo è!", insistette Florinda, leggendo i miei pensieri. "Questo è un sogno da stregone. Vi sei entrata perché hai l'energia".

Mi guardò ormai senza speranza e disse: "Non c'è davvero modo di insegnare a sognare alle donne. Tutto quel che si può fare è spronarle in modo che realizzino l'enorme potenziale che hanno nella loro disposizione organica.

"Poiché il sognare, per una donna, è questione di avere a disposizione energia, la cosa importante è convincerla della necessità di modificare la sua profonda socializzazione al fine di acquisire quell'energia. L'atto di far uso di questa energia è automatico; nell'istante in cui hanno l'energia, le donne sognano i sogni degli stregoni".

Confidò che una seria considerazione sui sogni degli stregoni, proveniente dai suoi difetti, era la difficoltà di infondere nelle donne il coraggio di entrare in terreni nuovi. La maggior parte delle donne - e disse che lei era una di queste - preferivano le loro sicure catene al terrore del nuovo.

"Il sognare è soltanto per donne coraggiose", mi sussurrò all'orecchio. Poi scoppiò in una sonora risata e aggiunse: "O per quelle donne che non hanno altra scelta, poiché le loro circostanze sono insopportabili - una categoria a cui appartiene la maggior parte delle donne, senza nemmeno saperlo".

Il suono della sua rauca risata ebbe uno strano effetto su di me. Mi sentii come se mi fossi improvvisamente risvegliata da un sonno profondo e avessi ricordato qualcosa che avevo completamente dimenticato mentre avevo dormito. "Isidoro Baltazar mi ha detto della vostra imminente partenza. Quando partite?".

"Non sto ancora andando da nessuna parte". La sua voce era ferma, ma risuonava di una devastante tristezza. "La tua insegnante del sognare e io resteremo indietro. Gli altri stanno partendo".

Non riuscivo a comprendere ciò che intendesse e per nascondere la mia confusione feci uno scherzoso commento. "La mia insegnante del sognare, Zuleica, non mi ha detto una sola parola in tre anni. Anzi, non mi ha mai parlato nemmeno una volta. Tu ed Esperanza siete le sole che mi hanno realmente guidato e insegnato".

Gli scoppi delle risa di Florinda riverberarono attorno a noi, un suono gioioso che mi portò intenso sollievo; tuttavia mi sentivo perplessa.

"Spiegami una cosa, Florinda", cominciai. "Quando mi hai dato questo anello? Come mai sono andata a raccogliere le foglie con il custode per avere questo anello?".

Il volto di Florinda era pieno di divertimento mentre spiegava che si poteva facilmente affermare che raccogliere foglie fosse una delle porte d'accesso al sogno degli stregoni, a patto di avere energia sufficiente per attraversare quella soglia. Prese la mia mano nelle sue e aggiunse: "Ti ho dato l'anello mentre stavi attraversando; perciò, la tua mente non ricordava l'atto. Improvvisamente, quando eri già nel sogno, hai scoperto l'anello al tuo dito".

La guardai con curiosità. Nella sua delucidazione c'era qualcosa che non riuscivo ad afferrare, qualcosa di così vago, così indistinto.

"Torniamo alla casa", suggerì, "e attraversiamo di nuovo quella soglia. Forse questa volta ne sarai consapevole".

Senza fretta, tornammo sui nostri passi, avvicinandoci alla casa dal retro. Camminavo alcuni passi più avanti di Florinda, così potevo essere perfettamente consapevole di ogni cosa. Scrutavo gli alberi, le tegole, i muri, ansiosa di individuare il cambiamento o qualunque cosa potesse darmi un indizio della transizione. Non notai nulla, eccetto che il custode non era più là. Mi girai per dire a Florinda che mi ero sicuramente persa la transizione, ma non era dietro a me. Non si vedeva da nessuna parte. Se n'era andata e mi aveva lasciata tutta sola.

Entrai in casa. Era deserta, proprio come mi era apparsa in precedenza. Questa sensazione di solitudine non mi spaventava più, non mi dava più la sensazione di essere stata abbandonata. Automaticamente, andai in cucina e mangiai i *tamales* di pollo che erano stati lasciati in un cestino. Poi mi misi sulla mia amaca e cercai di mettere ordine nei miei pensieri.

Mi svegliai ritrovandomi a giacere su un divano, in una piccola stanza buia. Mi guardai disperatamente attorno, cercando qualche indizio di ciò che stava accadendo. Appena vidi delle grandi ombre mobili in agguato vicino alla porta, balzai a sedere di scatto. Ansiosa di scoprire se la porta fosse aperta e le ombre si trovassero all'interno, allungai un braccio sotto il divano per prendere il vaso da notte - che in qualche modo sapevo essere là - e lo lanciai alle ombre. Il vaso volò fuori con grande tramestio.

Le ombre svanirono. Chiedendomi se le avessi semplicemente immaginate, uscii. Indecisa, fissai l'alto recinto di alberi *mesquite* che circondavano lo spiazzo. E allora seppi in un lampo dove mi trovavo: ero dietro alla piccola casa.

Tutto questo mi attraversò la mente mentre cercavo il vaso da notte che era rotolato fino al recinto. Mentre mi chinavo a raccoglierlo, vidi un coyote che si infilava attraverso gli alberi. Automaticamente, lanciai il vaso da notte all'animale, ma in sua vece colpii una pietra. Indifferente al forte rumore e alla mia presenza, il coyote attraversò lo spiazzo. Girò audacemente la sua testa parecchie volte per guardarmi. La sua pelliccia brillava come argento. La sua folta coda spazzava le pietre disseminate qua e là come una bacchetta magica. Ogni pietra che toccava diventava viva. Le pietre saltellavano con occhi luminosi e muovevano le labbra, ponendo domande peculiari con voci troppo deboli per essere udite.

Urlai; le pietre si mossero verso di me in modo terrificante.

Immediatamente seppi che stavo sognando. "Questo è uno dei miei soliti incubi", mormorai a me stessa. "Con mostri, paura e ogni altra cosa". Convinta che una volta riconosciuto e dato voce al problema, ne avrei neutralizzato gli effetti su di me, stavo per abbandonarmi all'idea di vivere un incubo spaventoso, quando udii una voce che diceva: "Metti alla prova la pista dei sogni".

Mi girai. Esperanza era in piedi sotto alla *ramada* occupata ad accendere un fuoco su una piattaforma fatta di canne spessamente ricoperte di fango. Sembrava strana e remota illuminata dai guizzanti bagliori del fuoco, come se fosse separata da me da una lontananza che non aveva nulla a che fare con lo spazio.

"Non essere spaventata", ordinò. Poi abbassò la voce in un mormorio e disse: "Tutti noi condividiamo i sogni l'uno dell'altro, ma ora non stai sognando". Il dubbio doveva essere scritto a chiare lettere sul mio viso. "Credimi, non stai sognando", mi assicurò.

Mi avvicinai un po' di più. Non solo la sua voce sembrava poco familiare, ma lei stessa era diversa. Da dove mi trovavo era Esperanza; tuttavia, sembrava Zuleica. Mi avvicinai. Era Zuleica! Giovane, forte e molto bella. Non poteva aver più di quarant'anni. Il suo volto ovale era circondato da capelli neri riccioluti che stavano diventando grigi. Il suo era un volto pallido, uniforme, accentuato da occhi limpidi e scuri molto separati tra loro.

Il suo sguardo era rivolto all'interno, enigmatico e molto puro. Il suo breve e sottile labbro superiore indicava severità, mentre il labbro inferiore pieno e quasi voluttuoso dava un'indicazione di gentilezza e anche di passione.

Affascinata dal cambiamento in lei, semplicemente la fissai, rapita. Decisamente sto sognando, pensai.

La sua chiara risata mi fece realizzare che aveva letto i miei pensieri. Mi prese la mano tra le sue e disse dolcemente: "Non stai sognando, mia cara. Questa sono veramente io. Sono la tua insegnante del sognare. Sono Zuleica. Esperanza è il mio altro sé. Gli stregoni lo chiamano il corpo del sogno".

Il mio cuore batté così violentemente che mi fece dolere il petto. Quasi soffocai per l'ansietà e l'eccitazione. Cercai di tirar via la mia mano, ma la teneva con una presa così salda che non riuscivo a vincere. Strizzai forte gli occhi. Più d'ogni altra cosa volevo che lei fosse sparita quando li avrei riaperti. Naturalmente, era ancora là, con le labbra separate in un raggiante sorriso. Chiusi gli occhi ancora, poi saltai su e giù e pestai i piedi per terra come se fossi impazzita. Con la mia mano libera, mi schiaffeggiai il volto ripetutamente fino a farlo bruciare di dolore. Tutto inutile, non riuscivo a svegliarmi. Ogni volta che aprivo gli occhi, lei era là.

"Penso che tu ne abbia avuto abbastanza", rise. E io le ordinai di colpirmi. Prontamente obbedì, dandomi due secchi colpi sugli avambracci con un lungo e duro bastone da passeggio.

"È inutile, mia cara". Parlava lentamente, come se fosse molto stanca. Trasse un profondo respiro e lasciò andare la mia mano. Poi parlò ancora: "Non stai sognando. E io sono Zuleica. Ma quando sogno sono Esperanza, e anche qualcos'altro. Ma non mi addentrerò in questo, ora".

Volevo dire qualcosa, qualunque cosa, ma non riuscivo a parlare. La mia lingua era paralizzata e tutto ciò che riuscii a produrre fu una sorta di guaito, come quello di un cane.

Cercai di rilassarmi con la respirazione che avevo appreso in un corso di yoga.

Ella ridacchiò, apparentemente divertita dalle mie tattiche. Era un suono rassicurante che su di me ebbe un effetto calmante; irradiava così tanto calore, una tale profonda sicurezza, che il mio corpo si rilassò istantaneamente.

"Sei una cacciatrice", procedette. "E appartieni, per diritto, a Florinda". Il suo tono non accettava discussioni, contraddizioni. "Sei anche una sonnambula e una grande sognatrice naturale e in virtù della tua abilità, appartieni anche a me".

Una parte di me voleva ridere forte e dirle che era completamente pazza. Ma un altro lato era completamente d'accordo con la sua affermazione.

"Con quale nome vuoi che ti chiami?", chiesi con esitazione.

"Con quale nome?", ripeté, fissandomi come se dovesse essere evidente. "Sono Zuleica. Che cosa pensi che sia questo? Un gioco? Qui non giochiamo".

Sorpresa dalla sua veemenza, potei soltanto mormorare: "No, non penso che sia un gioco".

"Quando sogno, sono Esperanza", continuò, con la voce carica d'intensità. Il suo volto era rigido, ma raggiante, aperto, senza pietà, tutto allo stesso tempo. "Quando non sogno sono Zuleica. Ma che io sia Zuleica, Esperanza o chiunque altra, a te non dovrebbe importare. Sono tuttavia la tua insegnante del sognare".

Tutto ciò che potei fare fu annuire in modo idiota. Anche se avessi avuto qualcosa da dire, non sarei stata in grado di farlo. Un freddo e appiccicaticcio sudore di paura scorreva lungo il mio corpo. Sentivo di avere la diarrea e la vescica che stava per scoppiare. Volevo andare in bagno ad alleggerirmi e a vomitare. Alla fine non potei più trattenermi. Era questione di farmela vergognosamente addosso o di correre alla latrina. Avevo sufficiente energia per optare per quest'ultima.

La risata di Zuleica era la risata di una ragazza; mi seguì fino alla latrina.

Quando tornai allo spiazzo, mi esortò a sedermi al suo fianco su una vicina panchina. Automaticamente le obbedii e sedetti pesantemente sull'orlo, mettendomi nervosamente le mani sulle ginocchia unite.

C'era un innegabile scintillio di durezza, ma anche di gentilezza nei suoi occhi. Mi sovvenne in un lampo, come se l'avessi già saputo in precedenza, che la sua asprezza era, più che qualunque altra cosa, una disciplina interiore. Il suo implacabile autocontrollo aveva impresso al suo intero essere una misteriosa elusività e segretezza, non la segretezza del comportamento furtivo e nascosto, ma la segretezza del misterioso, dell'ignoto. Questa era la ragione per cui la seguivo come un cagnolino ogni volta che la vedevo in giro.

"Hai avuto due transizioni oggi", spiegò Zuleica. "Una dall'essere normalmente sveglia al sognare da sveglia e l'altra dal sognare da sveglia all'essere normalmente sveglia. La prima è stata scorrevole e non notata; la seconda si è presentata come un incubo. Questo è il normale stato di cose. Tutti noi sperimentiamo queste transizioni esattamente così".

Mi sforzai di sorridere. "Ma ancora non so che cosa ho fatto", dissi. "Non sono consapevole di nessun passo. Le cose semplicemente mi accadono e mi ritrovo in un sogno, senza sapere come vi sono giunta".

Nei suoi occhi c'era uno scintillio. "Ciò che viene ordinariamente fatto", disse, "è di iniziare a sognare dormendo su un'amaca o su qualche sorta di robusto attrezzo che pende da una trave del tetto o da un albero. Sospesi in quel modo, non abbiamo alcun contatto con la terra. La terra ci tiene vincolati, ricordalo. In quella posizione sospesa, un sognatore principiante può riconoscere come l'energia si sposti dalla veglia al sognare e dal sognare un sogno al sognare da svegli.

"Tutto questo, come Florinda ti ha già detto, è questione di energia. Nel momento in cui ce l'hai, parti.

"Il tuo problema ora è se sarai in grado di risparmiare sufficiente energia da sola, poiché gli stregoni non potranno più prestartene". Zuleica alzò le sopracciglia in modo esagerato e aggiunse: "Vedremo. Cercherò di ricordartelo la prossima volta in cui condivideremo i sogni l'una dell'altra". Vedendo lo sgomento sul mio volto, rise con abbandono infantile.

"Come condividiamo i sogni l'una dell'altra?", chiesi, fissando i suoi stupefacenti occhi. Erano scuri e luminosi, con raggi di luce che irradiavano dalle pupille.

Invece di rispondere, Zuleica fece cadere ancora alcuni pezzi di legno nel fuoco. Le braci scoppiettarono e la luce si fece più brillante. Per un istante rimase immobile, con gli occhi fissi sulle fiamme, come se stesse raccogliendo la luce. Si girò in modo brusco e mi guardò fugacemente, poi si accucciò e si cinse le gambe con le sue braccia forti e muscolose. Guardando nell'oscurità, ascoltando il fuoco scoppiettante, ondeggiava da una parte all'altra.

"Come condividiamo i sogni l'una dell'altra?", chiesi ancora.

Zuleica smise di ondeggiare. Scosse il capo, poi guardò in su bruscamente, come se fosse stata svegliata improvvisamente.

"Questo mi è impossibile da spiegare al momento", disse. "Il sognare è incomprensibile. Uno deve sentirlo, non discuterlo. Come nel mondo di ogni giorno: prima di potersi spiegare qualcosa e analizzarlo, lo si deve sperimentare". Parlò lentamente e deliberatamente. Ammise che era importante spiegare mentre si avanzava. "Tuttavia, qualche volta le spiegazioni sono premature. Questa è una di quelle volte.

"Un giorno tutto avrà un senso per te", promise Zuleica, vedendo la delusione sul mio volto.

Con un rapido e leggero movimento, si alzò in piedi e andò a fissare le fiamme, come se i suoi occhi avessero bisogno di nutrirsi della luce. La sua ombra, proiettata dal fuoco, divenne enorme contro il muro e il tetto della *ramada.* Senza nemmeno un cenno, si volse con un fruscio della sua lunga gonna e scomparve dentro casa.

Incapace di muovermi, rimasi inchiodata sul luogo. Potevo a malapena respirare, mentre il rumore dei suoi sandali si faceva sempre più debole. "Non lasciarmi qui!", gridai con voce piena di panico. "Ci sono cose che ho bisogno di sapere".

Zuleica si materializzò istantaneamente vicino alla porta. "Che cos'hai bisogno di sapere?", chiese con un tono distaccato, quasi distratto.

"Mi dispiace", farfugliai, guardando i suoi occhi luminosi. La esaminai, quasi ipnotizzata. "Non volevo gridare", aggiunsi scusandomi. "Pensavo che te ne fossi andata in una delle stanze". La guardai implorante, sperando mi spiegasse qualcosa.

Non lo fece. Tutto ciò che fece fu di chiedermi ancora che cosa volevo conoscere.

"Mi parlerai quando ti rivedrò?", dissi affrettatamente la prima cosa che mi venne in testa, temendo che se ne sarebbe andata se non avessi continuato a parlare.

"Quando ti rivedrò, non saremo nello stesso mondo come prima", disse. "Chissà che cosa faremo là?".

"Ma poco fa", insistetti, "tu, proprio tu, mi hai detto che sei il mio insegnante del sognare. Non lasciarmi nell'oscurità. Spiegami. Il tormento che sperimento è più di quanto posso sostenere. Sono divisa".

"Lo sei", ammise con naturalezza. "Sei certamente divisa". Mi guardò con occhi carichi di gentilezza. "Ma questo accade solo perché non lasci andare le tue vecchie abitudini. Sei una buona sognatrice. I cervelli da sonnambuli hanno un potenziale formidabile. Cioè... se coltiverai il tuo carattere".

Udii a malapena ciò che aveva detto. Cercai di mettere in ordine i miei pensieri, ma non ci riuscivo. Una successione di immagini, di eventi che non ricordavo completamente, attraversarono la mia mente con incredibile velocità. La mia volontà non esercitava alcun controllo sul loro ordine o sulla loro natura. Quelle immagini erano trasformate in sensazioni che, per quanto precise, si rifiutavano di essere delimitate, si rifiutavano di essere formulate in parole, persino in pensieri. Ovviamente consapevole della mia incapacità, il volto di Zuleica s'illuminò in un ampio sorriso. "Tutti noi abbiamo aiutato il nagual Mariano Aureliano a spingerti per tutto il tempo nella seconda attenzione", disse lentamente e dolcemente. "Là troviamo fluidità e continuità come nel mondo della vita di ogni giorno. In entrambi gli stati, il pratico è dominante. Agiamo efficentemente in entrambi gli stati. Quello che non possiamo fare nella seconda attenzione, comunque, è spezzettare ciò che sperimentiamo al fine di poterlo maneggiare, di sentirci sicuri, di poterlo comprendere".

Mentre parlava, stavo pensando tra me: "Sta sciupando il suo tempo dicendomi tutto questo. Non sa che sono troppo stupida per comprendere le sue spiegazioni?". Ma continuò a parlare, sorridendo apertamente, ovviamente sapendo che per me ammettere che non ero troppo brillante significava che in qualche modo ero cambiata; altrimenti non avrei mai ammesso una cosa del genere, nemmeno con me stessa.

"Nella seconda attenzione", continuò, "o, come preferisco chiamarla, quando si è nel sognare da svegli, si deve credere che il sogno sia reale quanto il mondo di ogni giorno. In altre parole, si dev'essere acquiescenti. Per gli stregoni, tutte le imprese terrene o ultraterrene sono regolate da atti irreprensibili e nello sfondo di tutti gli atti irreprensibili giace l'acquiescenza. E l'acquiescenza non è accettazione. L'acquiescenza coinvolge un elemento dinamico; coinvolge l'azione".

La sua voce era molto dolce e c'era uno scintillio febbrile nei suoi occhi mentre concludeva. "Nel momento in cui si inizia a sognare da svegli, un mondo di incantevoli, inesplorate possibilità si apre davanti a noi. Un mondo dove l'apice dell'audacia diventa una realtà. Dove l'inaspettato è aspettato. È il tempo in cui inizia l'avventura ultima dell'uomo. Il mondo diventa senza limiti nelle sue possibilità e meraviglie".

Zuleica restò a lungo in silenzio; sembrava chiedersi cos'altro poteva dire. "Una volta, con l'aiuto del nagual Mariano Aureliano, hai visto persino lo splendore del *surem*", ricominciò, e la sua dolce voce, diventando assorta, divenne ancora più dolce. "Creature magiche che esistono solo nelle leggende indiane, i *surem* sono esseri che gli stregoni possono vedere soltanto quando sognano al livello più profondo. Sono esseri di un altro mondo; risplendono come esseri umani fosforescenti". Mi augurò la buona notte, si volse e scomparve all'interno della casa. Per un secondo rimasi stordita, poi mi lanciai dietro a lei. Prima di raggiungere la soglia, udii Florinda dietro a me che diceva: "Non seguirla!".

La presenza di Florinda era così inaspettata che dovetti appoggiarmi contro il muro in attesa che il battito cardiaco tornasse normale. "Vieni a tenermi compagnia", disse Florinda. Era seduta sulla panchina ad alimentare il fuoco. L'elusiva luce dei suoi occhi, lo spettrale candore dei suoi capelli, era più simile a una memoria che a una visione. Mi allungai sulla panchina accanto a lei e, come se fosse la cosa più naturale al mondo, posi la testa nel suo grembo.

"Non seguire mai Zuleica, né alcuno di noi se è per questo, a meno che non ti venga chiesto di farlo", disse Florinda, passando le sue dita attraverso i miei capelli. "Come ora sai, Zuleica non è ciò che appare essere. È sempre più, molto più di questo. Non cercare di capirla, perché quando penserai di aver coperto tutte le possibilità, ti lascerà di sasso con l'essere più di quanto puoi immaginare nelle tue più sfrenate fantasie".

"Lo so", sospirai appagata. Potevo sentire la tensione che se ne andava dal mio volto. Potevo sentire che lasciava il mio corpo. "Zuleica è un *surem* delle montagne Bacatete", dissi con assoluta convinzione. "Ho sempre saputo di queste creature". Vedendo lo stupore nel volto di Florinda, continuai audacemente: "Zuleica non è nata come un ordinario essere umano. È stata stabilita. È la stregoneria stessa".

"No", mi contraddisse enfaticamente Florinda. "Zuleica è nata. È Esperanza che non è nata". Mi sorrise e aggiunse: "Questo dovrebbe essere un indovinello degno di te".

"Penso di comprendere", mormorai. "Ma sono troppo insensibile e non riesco a formulare ciò che comprendo".

"Stai andando bene", ridacchiò dolcemente. "Essendo insensibile, come sei normalmente, devi attendere fino a che sei realmente, realmente sveglia, al cento per cento, al fine di comprendere. Ora sei sveglia soltanto al cinquanta per cento. Il trucco è di rimanere nella consapevolezza intensificata. Nella consapevolezza intensificata nulla è impossibile da comprendere". Sentendo che stavo per interromperla, mi coprì le labbra con la mano e aggiunse: "Non pensarci ora. Ricorda sempre che sei impulsiva, persino nella consapevolezza intensificata, e che il tuo pensare non è accurato".

Udii qualcuno che si muoveva tra le ombre dietro ai cespugli. "Chi è là?", chiesi, sedendomi. Mi guardai attorno, ma non riuscivo a vedere nessuno.

Nel cortile echeggiavano risate di donne.

"Non puoi vederle", disse Florinda insonnolita.

"E perché si stanno nascondendo a me?", chiesi.

Florinda sorrise: "Non si stanno nascondendo a te", spiegò. "Semplicemente, non puoi vederle senza l'aiuto del nagual Mariano Aureliano".

A questo non seppi che cosa rispondere. A un livello era perfettamente sensato, tuttavia mi trovai a scuotere il capo. "Puoi aiutarmi a vederle?".

Florinda annuì. "Ma i tuoi occhi sono stanchi; sono stanchi per aver visto troppo. Hai bisogno di dormire".

Tenni gli occhi spalancati appositamente, temendo di non cogliere chiunque stesse per uscire dai cespugli se la mia attenzione diminuiva. Fissai le foglie e le ombre, non riuscendo più a distinguere tra loro, fino a che caddi in un sonno profondo, senza sogni.

18

Il custode stava sonnecchiando sulla sua panchina preferita all'ombra dell'albero *zapote*. Negli ultimi due giorni non aveva fatto altro. Non spazzava più i cortili, né rastrellava le foglie, invece sedeva per ore su quella panchina, sonnecchiando o fissando in lontananza, come se avesse un segreto accordo con qualcosa che soltanto lui poteva vedere.

Ogni cosa era cambiata nella casa. "Avevo fatto male a venire a trovarli?", mi chiedevo continuamente. Mi sentivo, come al solito, colpevole e sulla difensiva. E tutto ciò che facevo era di dormire ininterrottamente per ore di fila. Quand'ero sveglia, comunque, ero consapevole in modo inquietante che nulla era più lo stesso. Vagavo senza meta per la casa. Ma senza utilità. Qualcosa sembrava essere sfuggito da essa.

Il lungo e sonoro sospiro del custode s'insinuò nei miei pensieri. Incapace di trattenere più a lungo la mia ansietà, misi da parte il libro, mi alzai in piedi e coprii la breve distanza che ci separava. "Non rastrella delle foglie per bruciarle oggi?", chiesi.

Egli alzò lo sguardo, sorpreso, ma non rispose. Portava gli occhiali da sole. Attraverso le scure lenti non riuscivo a vedere l'espressione dei suoi occhi. Non sapevo se dovevo rimanere o andarmene o attendere la sua risposta. Temendo che si appisolasse ancora, chiesi con tono acuto e impaziente: "C'è una ragione per cui non rastrella e non brucia più le foglie?".

Egli rispose alla mia domanda con un'altra: "Hai visto o udito cadere una foglia negli ultimi due giorni?". I suoi occhi sembravano scavare attraverso di me mentre sollevava gli occhiali.

"No", dissi. Era la serietà del suo tono e del suo aspetto, piuttosto che la sua affermazione, che trovavo ridicola, che mi spinse a rispondere.

Mi fece cenno di sedermi al suo fianco sulla panchina. Avvicinandosi a me, mi sussurrò all'orecchio: "Questi alberi sanno esattamente quando lasciare andare le loro foglie". Si guardò attorno, come se temesse che potessimo essere uditi, poi con lo stesso sussurro confidenziale aggiunse: "E ora gli alberi sanno che non c'è alcun bisogno che le loro foglie cadano".

"Le foglie crescono e cadono incuranti di ogni cosa", dissi pomposamente. "È una legge di natura".

"Quegli alberi sono molto capricciosi", affermò ostinatamente. "Hanno una mentalità indipendente. Non seguono le leggi della natura".

"Che cosa ha spinto gli alberi a non lasciar cadere nessuna foglia?", chiesi, cercando di mantenere un'espressione seria.

"Questa è una buona domanda", rifletté, strofinandosi il mento pensierosamente. "Temo di non conoscere ancora la risposta. Gli alberi non me l'hanno detto". Mi sorrise insanamente e aggiunse: "Ti ho già detto che questi alberi sono capricciosi".

Prima che avessi la possibilità di rispondere, mi chiese di punto in bianco: "Ti sei preparata da mangiare da sola?".

Il suo brusco cambiamento di argomento mi colse di sorpresa. "Sì", ammisi, poi esitai un attimo. Uno stato d'animo quasi di sfida s'impossessò di me. "Non sono così tanto interessata al cibo. Sono abituata a mangiare lo stesso cibo giorno dopo giorno. Se non fosse per il fatto che mi vengono i brufoli, vivrei di cioccolata e noccioline".

Gettando al vento ogni cautela, cominciai a lamentarmi. Dissi al custode che desideravo che le donne mi parlassero. "Apprezzerei molto se mi dicessero che cosa sta accadendo. L'apprensione mi sta divorando". Dopo che ebbi detto tutto quel che volevo dire, mi sentii molto meglio, molto sollevata. "È vero che stanno partendo per sempre?", chiesi.

"Sono già partite per sempre", disse il custode. Vedendo la mia espressione confusa, aggiunse: "Ma tu lo sapevi, non è così? Stai semplicemente facendo conversazione con me, non è così?".

Prima che avessi la possibilità di riavermi dallo shock, mi chiese con tono genuinamente perplesso: "Perché questo dovrebbe sconvolgerti?". Fece una pausa, come per darmi il tempo di pensare, poi rispose egli stesso alla domanda. "Ah, ho capito! Sei furiosa perché hanno portato con loro Isidoro Baltazar". Mi diede ripetutamente dei colpetti sulla schiena, come per enfatizzare ogni parola. Il suo sguardo mi diceva che non gli importava che mi fossi abbandonata all'ira o alle lacrime.

Sapere che non avevo spettatori mi diede un istantaneo senso di equanimità.

"Non lo sapevo", mormorai. "Lo giuro, non lo sapevo". Lo fissai in muta disperazione. Sentii che tutto il sangue defluiva dal mio volto. Le ginocchia mi dolevano. Il mio petto era così compresso che non riuscivo a respirare. Sapendo che stavo per svenire, mi aggrappai alla panchina con entrambe le mani.

Udii la voce del custode come un suono lontano. "Nessuno sa se tornerà mai indietro. Nemmeno io lo so". Piegandosi verso di me, aggiunse: "La mia opinione personale è che se n'è andato con loro temporaneamente, ma ritornerà; se non subito, un giorno. Questa è la mia opinione".

Scrutai i suoi occhi chiedendomi se mi stesse prendendo in giro. Il suo volto allegro irradiava pura buona volontà e onestà e i suoi occhi erano innocenti come quelli di un bambino.

"Comunque, quando tornerà non sarà più Isidoro Baltazar", mi avvertì il custode. Penso che l'Isidoro Baltazar che conoscevi se ne sia già andato. E sai qual è la cosa più triste?". Fece una pausa, poi rispose alla sua stessa domanda. "L'hai considerato così scontato che non l'hai nemmeno ringraziato per tutta la sua attenzione, per l'aiuto e l'affetto che ti ha dimostrato.

"La nostra grande tragedia è di essere dei buffoni, inconsapevoli di qualunque altra cosa oltre la nostra buffoneria".

Ero troppo distrutta per dire una parola.

Bruscamente, il custode si alzò in piedi. Senza un'altra parola, come se fosse troppo imbarazzato per restare con me, s'incamminò per il sentiero che conduceva all'altra casa.

"Non può semplicemente lasciarmi qui da sola", gli gridai.

Egli si volse, mi fece un cenno con la mano e poi cominciò a ridere. Era un suono sonoro, gioioso, che echeggiava attraverso il *chaparral.* Mi salutò con la mano ancora una volta, poi svanì come se i cespugli l'avessero ingoiato.

Incapace di seguirlo, attesi che ritornasse o che apparisse improvvisamente di fronte a me e mi spaventasse a morte. Stavo facendo appello a tutte le mie forze per affrontare un terrore che intuivo nel mio corpo piuttosto che anticiparlo nella mia mente.

Com'era accaduto in precedenza, non vidi né udii Esperanza avvicinarsi, ma percepii la sua presenza. Mi girai ed eccola là, seduta sulla panchina sotto all'albero *zapote*. Mi sentii felice al solo osservarla.

"Pensavo che non ti avrei mai più rivista", sospirai. "Mi ero quasi rassegnata. Pensavo che te ne fossi andata".

"Dio mio!", mi rimproverò con derisoria costernazione.

"Sei realmente Zuleica?", chiesi precipitosamente.

"Niente affatto", rispose, "sono Esperanza. Che cosa stai combinando? Fai impazzire te stessa con domande alle quali nessuno può rispondere?".

In vita mia non ero mai stata così prossima a un totale collasso come in quel momento. Sentii che la mia mente non riusciva a sostenere tutta quella pressione. Mi sentivo lacerare dall'angoscia e dal tumulto.

"Fatti forza, ragazza", disse dura Esperanza. "Il peggio deve ancora venire, ma non possiamo risparmiartelo. Allentare la pressione ora perché stai per impazzire è impensabile per gli stregoni. L'essere messa alla prova oggi è la tua sfida. O vivi o muori. E non intendo metaforicamente".

"Non rivedrò mai più Isidoro Baltazar?", chiesi, a malapena capace di parlare tra le lacrime.

"Non posso mentirti per paura di ferirti. No, non ritornerà mai più. Isidoro Baltazar è stato soltanto un momento di stregoneria. Un sogno che passa dopo essere stato sognato. Isidoro Baltazar, come il sogno, è già andato".

Un piccolo sorriso, quasi malinconico, incurvava le sue labbra. "Ciò che ancora non so", continuò, "è se anche l'uomo, il nuovo nagual, se n'è andato per sempre. Comprendi, naturalmente, che anche se ritorna, non sarà Isidoro Baltazar. Sarà qualcun altro che dovrai incontrare di nuovo".

"Mi sarà sconosciuto?", chiesi, non molto sicura di volerlo sapere.

"Non lo so, bambina mia", disse, con la pesantezza dell'incertezza. "Semplicemente non lo so. Io stessa sono un sogno. E così è il nuovo nagual. I sogni come noi sono impermanenti, poiché è la nostra impermanenza che ci permette di esistere. Nessuno ci trattiene, eccetto il sogno".

Accecata dalle lacrime, potevo scorgerla a malapena.

"Per calmare il tuo dolore, sprofonda in te stessa", disse dolcemente. "Siediti con le ginocchia alzate e afferrati le caviglie con le braccia incrociate, la caviglia destra con la mano sinistra. Metti la testa sulle ginocchia e lascia andare la tristezza.

"Lascia che la terra calmi il tuo dolore. Lascia che la forza curativa della terra venga a te".

Sedetti a terra esattamente nel modo prescritto. Nel giro di pochi attimi la mia tristezza svanì. Una profonda sensazione corporea di benessere prese il posto della mia angoscia. Persi di vista me stessa in qualunque contesto che non fosse quello del momento. Senza la mia memoria soggettiva non provavo dolore.

Esperanza diede un colpetto sulla panchina al suo fianco. Non appena mi fui seduta, mi prese la mano e la strofinò tra le sue per un istante, come se la stesse massaggiando, poi disse che era una mano piuttosto carnosa per essere così ossuta. Girò il palmo verso l'alto e lo studiò intentamente. Non disse un parola, ma gentilmente ripiegò la mia mano in un pugno.

Sedemmo in silenzio a lungo. Era il tardo pomeriggio; non si udiva nulla se non il ritmico suono delle foglie mosse dalla brezza.

Mentre la fissavo, una misteriosa certezza s'impadronì di me: sapevo che Esperanza e io avevamo già parlato a lungo della mia venuta alla casa delle streghe e della partenza degli stregoni.

"Che cosa mi accade, Esperanza?", chiesi. "Sto sognando?".

"Ebbene", cominciò lentamente. C'era uno scintillio nei suoi occhi mentre mi propose di mettere alla prova il sogno. "Siediti per terra e mettilo alla prova".

Tutto ciò che sentii fu la freddezza della roccia su cui sedevo. Nessuna sensazione tornava a me. "Non sto sognando", asserii. "Allora perché sento che abbiamo già parlato?". La scrutai in viso per vedere se trovavo impresso nei suoi lineamenti un indizio al mio dilemma. "Questa è la prima volta che ti ho vista da quando sono arrivata, ma sento che siamo state insieme ogni giorno", mormorai, più a me stessa che per farmi ascoltare. "Ora sono sette giorni".

"È molto di più. Ma devi risolvere questo enigma tu stessa, con il minimo aiuto", disse Esperanza.

Annuii. C'erano così tante cose che volevo chiedere, ma sapevo, e accettavo, che sarebbe stato inutile parlare. Sapevo, senza sapere come, che avevamo già risposto a tutte le mie domande. Ero satura di risposte.

Esperanza mi considerò pensierosamente, come se dubitasse della mia realizzazione. Poi, molto lentamente, enunciando attentamente le parole disse: "Voglio che tu sappia che la consapevolezza che hai ottenuto qui, indipendentemente da quanto profonda e permanente ti possa sembrare, è solo temporanea. Ritornerai presto alla tua assurdità. Queto è il nostro destino di donne, essere particolarmente difficili".

"Penso che sbagli", protestai. "Non mi conosci affatto".

"È proprio perché ti conosco che te lo sto dicendo". Fece una pausa e quando parlò nuovamente la sua voce era dura e seria. "Le donne sono molto astute. Ricorda, venire educate a essere servi rende estremamente sfuggenti e abili". La sua risata esplosiva, risonante, cancellò qualunque desiderio di protesta che potessi avere.

"La cosa migliore che puoi fare è non dire nulla", dichiarò. Prendendomi la mano, mi fece alzare e suggerì che andassimo alla casa piccola per un lungo e necessario discorso.

Non entrammo, ma sedemmo su una panchina vicino alla porta principale. Sedemmo là in silenzio per quasi un'ora.

Poi Esperanza si volse verso di me; non sembrava vedermi. In effetti, mi chiedevo se si fosse dimenticata che ero venuta con lei e che le sedevo accanto. Senza riconoscere la mia presenza, si alzò e si allontanò di alcuni passi fissando l'altra casa, annidata tra un gruppo d'alberi. Passò parecchio tempo prima che dicesse: "Sto andando lontano".

Non potevo dire se fosse la speranza, l'eccitazione o l'apprensione che mi dava una strana sensazione di nausea alla bocca dello stomaco. Sapevo che non si stava riferendo a distanza in termini di miglia, ma in termini di altri mondi.

"Non mi interessa quanto andiamo lontano", dissi. Era una bravata che ero ben lungi dal provare. Desideravo disperatamente sapere che cosa ci sarebbe stato alla fine del nostro viaggio, ma non osavo chiedere.

Esperanza sorrise e spalancò le braccia come per abbracciare il sole che tramontava. Il cielo a occidente era rosso fuoco e le lontane montagne un'ombra color porpora. Una leggera brezza soffiava tra gli alberi; le foglie brillavano e frusciavano.

Passò un'ora silenziosa e poi tutto fu immobile. L'incanto del crepuscolo immobilizzava ogni cosa attorno a noi. Cessarono ogni suono e ogni movimento; i contorni dei cespugli, degli alberi e delle colline, erano così nitidamente definiti che sembravano intagliati nel cielo.

Mi avvicinai a Esperanza, mentre le ombre s'allungavano su di noi e oscuravano il cielo. La vista dell'altra casa, silenziosa, con le luci che scintillavano come lucciole nel buio, fece sorgere delle emozioni profondamente sepolte in me. Non erano legate a nessun particolare sentimento del momento, ma a una memoria nostalgica, vagamente triste, sepolta nell'infanzia.

Dovevo essere stata totalmente presa dalle mie fantasticherie; improvvisamente mi trovai a camminare al fianco di Esperanza. La mia stanchezza, la mia precedente apprensione, era tutto svanito. Riempita di uno straripante senso di vigore, camminavo in una sorta di estasi, di silente felicità, i miei piedi spinti non dalla mia sola volontà.

Il sentiero su cui camminavamo terminò bruscamente. Il terreno saliva e gli alberi si allungavano alti sopra di noi. Enormi massi erano sparpagliati qua e là. Da qualche parte, in lontananza, giungeva un suono di acqua corrente, come un tenero e confortante canto. Sospirando improvvisamente affaticata, mi appoggiai a uno dei massi e desiderai che quella fosse la fine del nostro viaggio.

"Non abbiamo ancora raggiunto la nostra destinazione", gridò Esperanza. Era già avanti, su alcune rocce e si muoveva con l'agilità di una capra. Non mi attese. Non si girò nemmeno a guardare se la stavo seguendo. Il mio breve riposo mi aveva derubata delle mie ultime energie. Annaspando per trovare il respiro, scivolai ripetutamente sulle rocce, mentre arrancavo dietro a lei.

A metà salita, il sentiero girava attorno a un enorme masso. La secca e rada vegetazione dava spazio a una crescita lussureggiante, scura nella prima luce della sera. Anche l'aria non era più la stessa; era umida e per me più facile da respirare. Esperanza procedeva sicura lungo uno stretto sentiero; era pieno di ombre, di silenzi e di fruscii. Conosceva ciascuno dei misteriosi suoni della notte. Identificava ogni gracchiare, ogni grido, ogni richiamo e ogni sibilo.

Il sentiero terminò di fronte ad alcuni scalini intagliati nella roccia. Conducevano a un mucchio di pietre nascoste.

"Raccogline una", ordinò, "e mettila in tasca".

Lisce come ciottoli di torrente, le pietre a prima vista sembravano tutte eguali. Esaminandole più attentamente, comunque, scoprii che erano tutte diverse. Alcune erano così lisce e splendenti che sembrava fossero state levigate artificialmente.

Mi ci volle parecchio tempo per trovare quella che preferivo. Era pesante, tuttavia stava facilmente nel mio palmo. La sua pesante massa marrone chiaro era cuneiforme e attraversata da venature color latte quasi traslucide.

Sobbalzando per un rumore, quasi lasciai cadere la pietra. "Qualcuno ci sta seguendo", sussurrai.

"Nessuno ci sta seguendo!", esclamò Esperanza, con uno sguardo a metà tra il divertito e l'incredulo.

Vedendo che mi nascondevo dietro a un albero, ridacchiò dolcemente e disse che probabilmente era stato un rospo che saltava sotto i cespugli.

Volevo dirle che i rospi non saltano nell'oscurità, ma non ero sicura che fosse vero. Mi sorprendeva non averlo detto semplicemente con la più assoluta certezza, com'era mia abitudine. "C'è qualcosa che non va in me, Esperanza", dissi con un tono di voce allarmato. "Non sono me stessa".

"Non c'è nulla che non vada in te, mia cara", mi assicurò distrattamente. "In effetti sei più te stessa che mai".

"Mi sento strana...". La mia voce si perse. Avevo cominciato a vedere un disegno in ciò che mi stava accadendo dalla prima volta che ero arrivata alla casa delle streghe.

"È molto difficile insegnare qualcosa di così etereo come il sognare", disse Esperanza. "Specialmente alle donne. Siamo estremamente sfuggenti e abili. Dopo tutto, siamo state schiave per tutta la vita. Sappiamo precisamente come manipolare le cose quando non vogliamo che qualcosa metta in difficoltà ciò che abbiamo ottenuto lavorando duramente: il nostro status quo".

"Intendi dire che gli uomini non lo fanno?".

"Lo fanno certamente, ma sono più aperti. Le donne combattono nascostamente. La loro tecnica preferita di combattimento è la manovra dello schiavo: spegnere la mente. Odono senza prestare attenzione e guardano senza vedere". Aggiunse che istruire le donne era una realizzazione degna di lode.

"Apprezziamo la franchezza del tuo combattere", continuò. "C'è grande speranza per te. Ciò che temiamo maggiormente è la donna arrendevole che non si cura del nuovo e fa ogni cosa le si chieda di fare per poi rivoltarsi e denunciare tutti non appena si stanca o è annoiata della novità".

"Penso di cominciare a comprendere", riflettei incerta.

"Naturalmente hai cominciato a comprendere!". La sua asserzione era così comicamente trionfante che dovetti ridere. "Hai persino cominciato a comprendere che cos'è l'intento".

"Vuoi dire che sto cominciando a essere una strega?", chiesi. Il mio intero corpo sussultava, mentre cercavo di reprimere uno scoppio di riso.

"Sin da quando sei arrivata qui, hai cominciato a sognare da sveglia, di tanto in tanto", affermò Esperanza. "Questo è il motivo per cui dormi così tanto". Non c'era derisione, non c'era nemmeno una traccia di condiscendenza nel suo volto sorridente.

Camminammo in silenzio per un po' e poi disse che la differenza tra uno stregone e una persona ordinaria stava nel fatto che il primo poteva entrare nello stato del *sognare* a volontà. Mi toccò il braccio ripetutamente, come per enfatizzare il punto e in tono confidenziale aggiunse: "E tu stai sognando perché, al fine di aiutarti a raffinare la tua energia, abbiamo creato attorno a te una bolla fin dalla prima notte in cui sei arrivata".

Continuò dicendo che, dal momento in cui mi incontrarono la prima volta, mi avevano soprannominata *Fosforito*, fiammiferino. "Bruci troppo rapidamente e inutilmente". Mi fece segno di stare zitta e aggiunse che non sapevo come focalizzare la mia energia. "Viene consumata per proteggere e sostenere l'idea di te stessa". Ancora mi fece segno di restare in silenzio e disse che ciò che riteniamo essere il nostro sé personale, in effetti, è soltanto un'idea. Affermò che la massa della nostra energia viene consumata nel difendere quell'idea.

Le sopracciglia di Esperanza si sollevarono un po', mentre un divertito sorriso si diffondeva sul suo volto. "Raggiungere un punto di distacco, dove il sé è semplicemente un'idea che può essere cambiata a volontà, è un vero atto di stregoneria e il più difficile fra tutti", spiegò. "Quando l'idea del sé si ritira, gli stregoni hanno l'energia per allinearsi con l'intento ed essere più di ciò che crediamo sia normale.

"Le donne, poiché hanno un utero, possono focalizzare la loro attenzione con grande facilità su qualcosa di esterno ai loro sogni mentre sognano", spiegò. "Questo è precisamente ciò che hai fatto per tutto il tempo, senza saperlo. Quell'oggetto diventa un ponte che ti collega all'intento".

"E quale oggetto uso?".

Ci fu un lampo d'impazienza nei suoi occhi. Poi disse che era in genere una finestra o una luce o persino il letto. "Sei così abile in questo che per te è come una seconda natura", mi assicurò. "Questo è il motivo per cui hai degli incubi. Ti ho detto tutto questo quando eri in un profondo stato del sognare da sveglia ed hai compreso che fin quando ti rifiuti di focalizzare la tua attenzione su qualche oggetto, prima di dormire, non hai cattivi sogni.

"Sei guarita, non è così?", chiese.

La mia reazione iniziale, naturalmente, fu di contraddirla. Comunque, riflettendo un attimo, non potei fare a meno di essere d'accordo con lei. Dopo averli incontrati a Sonora, ero stata quasi completamente libera da incubi.

"Non ne sarai mai realmente libera finché continuerai a essere te stessa", affermò. "Ciò che dovresti fare, naturalmente, è sfruttare i tuoi talenti di sogno deliberatamente e intelligentemente. Questo è il motivo per cui sei qui. E la prima lezione è che una donna deve, attraverso il suo utero, focalizzare la sua attenzione su un oggetto. Non un oggetto del sogno stesso, ma uno indipendente, uno del mondo che precede il sogno.

"Tuttavia, non è l'oggetto che importa", si affrettò a precisare. "L'importante è l'atto deliberato di focalizzarsi su di esso, a volontà, prima del sogno e poi continuando nel sogno". Mi avvertì che, sebbene sembrasse semplice, era un compito formidabile che poteva prendere anni prima di essere realizzato. "Ciò che normalmente accade è che nel momento in cui si focalizza l'attenzione sull'oggetto esterno ci si risveglia", disse.

"Che cosa significa usare l'utero?", l'interruppi. "E come si fa?".

"Sei una donna", disse dolcemente Esperanza. "Sai come percepire col tuo utero".

Volevo contraddirla, spiegarle che non conoscevo nulla del genere. Prima che potessi farlo, comunque, continuò a spiegare che, in una donna, le sensazioni originano nell'utero.

"Negli uomini", affermò, "le sensazioni originano nel cervello". Mi diede un colpetto sullo stomaco e aggiunse: "Pensaci. Una donna può essere crudele, ma non con la sua prole, perché i suoi sentimenti vengono dal grembo.

"Al fine di focalizzare la tua attenzione col tuo utero, prendi un oggetto e mettilo sulla tua pancia o strofinalo sui tuoi genitali". Rise fragorosamente al mio sguardo sgomento, poi, tra scoppi di riso, mi redarguì. "Non sono stata poi così cattiva. Avrei potuto dire che hai bisogno di cospargere l'oggetto con le tue secrezioni, ma non l'ho fatto.

"Una volta che stabilisci una profonda familiarità con l'oggetto", continuò, il suo tono nuovamente serio, "sarà sempre là a servirti da ponte".

Camminammo in silenzio per un po', era apparentemente sprofondata nei suoi pensieri; mi sentivo prudere dal desiderio di dire qualcosa e tuttavia sapevo che non avevo nulla da dire. Quando finalmente parlò, la sua voce era dura, autoritaria. "Non hai più tempo da sprecare", disse. "È del tutto naturale che nella nostra stupidità complichiamo le cose. Gli stregoni lo sanno meglio di chiunque altro. Ma sanno anche che non ci sono seconde possibilità. Devi imparare il controllo e la disciplina, poiché non hai più tempo per gli errori.

"Hai creato disordine, lo sai. Non sapevi nemmeno che Isidoro Baltazar fosse partito".

L'eterea diga che tratteneva la valanga dei miei sentimenti si ruppe. La mia memoria fu restaurata e la tristezza mi sopraffece di nuovo. Divenne così intensa che non mi accorsi nemmeno di essermi seduta e che stavo sprofondando nel terreno come fosse di spugna. Alla fine, il terreno m'ingoiò. Non era un'esperienza soffocante, claustrofobica, perché la sensazione del sedere sulla superficie coesisteva simultaneamente con la consapevolezza di essere ingoiata dalla terra, una sensazione duale che mi fece urlare: "Sto sognando ora!".

Quell'annuncio pronunciato sonoramente fece scattare qualcosa al mio interno; una nuova valanga di differenti memorie si affollò su di me. Sapevo ciò che non andava in me: avevo fatto confusione e non avevo energia per sognare.

Ogni notte, dal mio arrivo, avevo sognato lo stesso sogno, che avevo dimenticato fino a quell'attimo. Avevo sognato che tutte le donne erano venute nella mia stanza e mi avevano insegnato le basi razionali degli stregoni. Mi avevano detto, ripetutamente, che il sognare è la funzione secondaria dell'utero - quella primaria è la riproduzione e tutto ciò che è collegato a essa. Mi avevano detto che il sognare è una funzione naturale per le donne, un puro corollario dell'energia. Ottenuta sufficiente energia, il corpo di una donna, risveglierà da sé le funzioni secondarie dell'utero e la donna sognerà sogni inconcepibili.

Quella necessaria energia, comunque, è come l'aiuto a un Paese sottosviluppato: non arriva mai. Qualcosa nel generale ordine delle nostre strutture sociali impedisce a quell'energia di essere libera affinché le donne possano sognare.

Se quell'energia fosse libera, mi avevano detto le donne, semplicemente capovolgerebbe l'ordine delle cose "civilizzate". Ma la più grande tragedia delle donne è che la loro coscienza sociale domina completamente la loro coscienza individuale. Le donne temono l'essere differenti e non vogliono allontanarsi troppo dalle comodità del conosciuto. Le pressioni sociali riversate su di loro, affinché non deviino, sono semplicemente troppo soverchianti e, piuttosto che cambiare, rimangono acquiescenti a ciò che è stato prescritto: le donne esistono per essere al servizio dell'uomo. Così non possono mai sognare sogni della stregoneria, sebbene ne abbiano la disposizione organica.

La condizione delle donne ha distrutto la possibilità delle donne. Che abbia una connotazione religiosa o scientifica, comunque marchia le donne con lo stesso sigillo: la loro funzione principale è riprodurre e che esse abbiano raggiunto un grado di eguaglianza politica, sociale od economica, alla fine è privo d'importanza.

Le donne mi raccontarono tutto questo ogni notte. Più ricordavo e comprendevo le loro parole, più era grande il mio dolore. La mia angoscia non era più solo per me, ma per tutte noi, una razza di esseri schizoidi intrappolati in un'ordine sociale che ha imprigionato le nostre capacità. Se mai diventiamo libere, è soltanto momentaneamente, una chiarezza di breve durata, prima di tuffarci, volontariamente o forzatamente, ancora nell'oscurità.

"Butta via questa spazzatura sentimentale", udii dire da una voce. Era la voce di un uomo. Alzai lo sguardo e vidi il custode che si piegava su di me.

"Com'è arrivato fin qui?", gli chiesi. Ero perplessa e un po' turbata. "Ci ha seguite?". Più che una domanda era un'accusa.

"Sì, ho seguito te in particolare", mi guardò malizioso. Scrutai il suo volto. Non gli credevo. Sapevo che si stava prendendo gioco di me, tuttavia non ero né irritata né spaventata dall'intenso scintillio dei suoi occhi.

"Dov'è Esperanza?", chiesi. Non si vedeva da nessuna parte. "Dov'è...", balbettai nervosamente, incapace di far uscire adeguatamente le parole.

"È in giro", disse sorridendo. "Non ti preoccupare. Anch'io sono il tuo insegnante. Sei in buone mani".

Esitante, misi la mia mano nella sua. Senza sforzo, mi tirò su fino a un masso piatto sospeso sopra una grande pozza d'acqua di forma ovale. Era alimentata da un ruscello mormorante che proveniva da qualche parte nell'oscurità.

"E ora, spogliati", disse. "È l'ora del tuo bagno cosmico!".

"Il mio che cosa?". Certa che stesse scherzando, cominciai a ridere.

Ma era serio. Mi diede ripetutamente dei colpetti sul braccio, proprio come faceva Esperanza e mi esortò a togliermi i vestiti. Prima di capire ciò che stava facendo, aveva già sciolto i lacci delle mie scarpe da tennis. "Non abbiamo tutto questo tempo", ammonì.

Poi mi esortò ad affrettarmi. Lo sguardo che mi diede era freddo, clinico, impersonale. Avrei potuto essere il rospo che stava saltando attorno, di cui aveva parlato Esperanza.

La sola idea di entrare in quell'acqua fredda e oscura, infestata senza dubbio da ogni sorta di viscide creature, per me era spaventosa. Ansiosa di porre fine a quell'assurda situazione, scivolai giù dal masso e immersi gli alluci nell'acqua. "Non sento niente!", gridai, ritraendomi inorridita. "Che cosa succede? Questa non è acqua!".

"Non essere infantile", mi sgridò il custode. "Naturalmente è acqua. Solo che non la senti, questo è tutto".

Aprii la bocca per lasciare andare un'imprecazione, ma mi controllai in tempo. Il mio orrore era svanito. "Perché non sento l'acqua?", chiesi, cercando in tutti i modi di guadagnare tempo, sebbene sapessi che era inutile farlo, poiché non avevo dubbio che sarei finita nell'acqua, che la sentissi o meno. Comunque, non avevo intenzione di abbandonarmi graziosamente.

"Quest'acqua che non è acqua è una sorta di liquido purificante?", chiesi.

Dopo lungo silenzio, carico di minacciose possibilità, egli disse che potevo chiamarlo liquido purificante. "Comunque, devo avvisarti che non c'è un rituale capace di purificare chiunque", enfatizzò. "La purificazione deve avvenire dall'interno. È uno sforzo privato e solitario".

"Allora perché vuole che entri in quest'acqua viscida, anche se non la sento?", dissi con tutta la forza che potevo invocare.

Le sue labbra si mossero come se stesse per ridere, ma apparentemente riluttante ad abbandonarsi, il suo volto divenne ancora serio e disse: "Mi tufferò in quella pozza con te". E senza alcuna ulteriore esitazione, si svestì completamente.

Stette di fronte a me, a non più di un metro e mezzo, completamente nudo. In quella strana luce che non era né giorno né notte, potevo vedere con totale chiarezza ogni centimetro del suo corpo. Non fece vergognosi tentativi di coprire la sua nudità. Semmai l'opposto; sembrava essere più che fiero della sua mascolinità e la esibiva di fronte a me con provocatoria insolenza.

"Affrettati a toglierti i vestiti", mi esortò. "Non abbiamo molto tempo".

"Non lo farò. È folle!", protestai.

"Lo farai. È una decisione che prenderai da sola". Parlò senza veemenza, senza ira, tuttavia con quieta determinazione. "Questa notte, in questo strano mondo, conoscerai che c'è soltanto un modo di comportarsi: il modo degli stregoni". Mi fissò con un curioso miscuglio di compassione e divertimento.

Con un sogghigno che aveva lo scopo di rassicurarmi, ma non ci riuscì, il custode disse che saltare nella pozza mi avrebbe scosso. Avrebbe spostato qualcosa all'interno di me. "Questo spostamento ti servirà, in seguito, per comprendere ciò che siamo e ciò che facciamo".

Un fuggevole sorriso illuminò il suo volto, mentre si affrettava a precisare che saltare nell'acqua non mi avrebbe dato l'energia per *sognare* da sola. Mi avvertì che ci sarebbe voluto certamente molto tempo per risparmiare e raffinare la mia energia e che avrei anche potuto non avere successo. "Non ci sono garanzie nel mondo degli stregoni", disse. Poi concesse che il saltare nella pozza avrebbe potuto spostare la mia attenzione dagli interessi quotidiani: gli interessi che si presumeva avesse una donna della mia età, del mio tempo.

"È una pozza sacra?", chiesi.

Le sue sopracciglia si sollevarono per l'ovvia sorpresa. "È una pozza da stregoni", spiegò, fissandomi senza battere ciglio. Doveva essersi accorto che avevo preso la mia decisione, poiché slacciò l'orologio che tenevo al polso. "La pozza non è né santa né malvagia". Si strinse nelle sue sottili spalle e si allacciò il mio orologio al polso. "Ora guarda il tuo orologio", mi ordinò. "È stato tuo per molti anni. Sentilo sul mio polso". Ridacchiò mentre iniziò a dire qualcosa, poi cambiò idea. "Ebbene, avanti, togliti i vestiti".

"Penso che entrerò coi vestiti addosso", mormorai. Sebbene non fossi pudica, in qualche modo facevo resistenza all'idea di restare nuda di fronte a lui.

Mi fece notare che avrei avuto bisogno di vestiti asciutti una volta uscita dall'acqua. "Non voglio che ti prenda una polmonite". Un sorriso maligno spuntò nei suoi occhi. "Questa è acqua reale, anche se non la senti", disse.

Con riluttanza, mi tolsi i jeans e la camicia.

"Anche le mutandine", disse.

Camminai intorno al ciglio erboso della pozza, chiedendomi se avrei dovuto semplicemente tuffarmi dentro e farla finita o se avrei dovuto bagnarmi a poco a poco, raccogliendo l'acqua con le mani a coppa e lasciandola gocciolare giù per le gambe, le braccia, lo stomaco e per ultimo sul mio cuore, come ricordavo che facevano le donne anziane in Venezuela prima di entrare in mare.

"Vado!", gridai. Ma invece di saltare dentro, mi girai a guardare il custode.

La sua immobilità mi spaventava. Sembrava fosse diventato di pietra, tanto sedeva immobile ed eretto sul masso. Soltanto i suoi occhi sembravano aver vita; risplendevano in un modo curiosamente affascinante, senza che ci fosse una sorgente di luce che desse una ragione a ciò. Più che rattristarmi, mi stupiva il vedere le lacrime che scendevano dalle sue guance.

Senza sapere perché, anch'io cominciai a piangere, silenziosamente. Le sue lacrime scendevano, pensai, sul mio orologio che portava al polso. Sentii il misterioso peso della sua convinzione e improvvisamente la mia paura e la mia indecisione sparirono e mi tuffai nella pozza.

L'acqua non era viscida, ma trasparente come la seta e verde. Non era fredda. Come aveva affermato il custode, non sentivo l'acqua. In effetti, non sentivo nulla. Era come se fossi una consapevolezza disincarnata che nuotava al centro di una pozza d'acqua che sembrava liquida, ma non bagnata. Notai che dalle profondità dell'acqua emanava una luce. Saltai su come un pesce per guadagnare impeto e poi mi immersi in cerca della luce.

Tornai su a prendere aria. "Quant'è profonda questa pozza?".

"Profonda come il centro della terra". La voce di Esperanza era chiara e sonora; trasportava una tale certezza che, semplicemente per essere me stessa, volevo contraddirla. Ma nell'aria c'era qualcosa di disagevole, una sorta di innaturale immobilità, una tensione che fu improvvisamente rotta da un suono secco, frusciante, attorno a noi. Una sorta di sussurro d'avvertimento, un impetuoso e minaccioso avvertimento che qualcosa era strano.

Nel punto esatto in cui c'era il custode, ora c'era Esperanza; era completamente nuda.

"Dov'è il custode?", gridai con voce piena di panico.

"Io sono il custode".

Convinta che quei due stessero giocandomi qualche orribile scherzo, con una grande spinta laterale mi lanciai verso il masso sospeso su cui era Esperanza. "Che cosa succede?", chiesi con voce che era soltanto un sussurro, poiché potevo a malapena respirare.

Facendomi segno di rimanere immobile, mi si avvicinò con quel movimento dinoccolato, snodato, così caratteristico in lei. Allungò il collo per guardarmi, poi mi venne più vicino e mi mostrò l'orologio allacciato al polso.

"Io sono il custode", ripeté.

Annuii automaticamente. Ma poi, proprio di fronte a me, invece di Esperanza, c'era il custode, nudo com'era stato prima, che indicava il mio orologio sul suo polso. Non guardai l'orologio; tutta la mia attenzione era focalizzata sui suoi organi genitali. Mi allungai a toccarlo, per vedere se per caso fosse un ermafrodita. Non lo era. Con la mia mano che ancora tastava, sentii, più che vedere, il suo corpo ripiegarsi su se stesso e stavo toccando la vagina di una donna. Separai le labbra per assicurarmi che il pene non fosse nascosto da qualche parte all'interno.

"Esperanza...". La mia voce svanì mentre qualcosa mi si stringeva attorno al collo. Ero conscia dell'acqua che si apriva mentre qualcosa mi trascinava nelle profondità della pozza. Sentii freddo. Non era una freddezza fisica, ma piuttosto la consapevolezza dell'assenza di calore, della luce, del suono; l'assenza di qualunque sentimento umano in quel mondo dove esisteva quella pozza.

Mi risvegliai al debole suono del russare; Zuleica stava dormendo accanto a me su una stuoia di paglia distesa per terra. Sembrava bella come sempre, giovane e forte, tuttavia vulnerabile - a differenza delle altre streghe - a dispetto dell'armonia e del potere che emanava.

La osservai per un attimo, poi mi sedetti, mentre tutti gli eventi della notte si affollavano nella mia mente. Volevo scuoterla per svegliarla e chiederle che mi raccontasse ciò che era accaduto, quando notai che non eravamo vicino alla pozza, su nelle colline, ma nell'esatto punto dov'eravamo rimaste sedute in precedenza, vicino alla porta principale della vera casa delle streghe.

Chiedendomi se fosse stato tutto un sogno, la scossi gentilmente per le spalle.

"Ah, finalmente ti sei svegliata", mormorò assonnata.

"Che cos'è accaduto?", chiesi. "Devi raccontarmi ogni cosa".

"Ogni cosa?", ripeté, sbadigliando rumorosamente.

"Tutto ciò che è accaduto alla pozza", dissi impazientemente. Sbadigliò ancora e poi ridacchiò. Studiando il mio orologio che era al suo polso, disse che qualcosa in me si era spostato più di quanto avesse previsto. "Il mondo degli stregoni ha una naturale barriera che dissuade le anime timide", spiegò. "Gli stregoni hanno bisogno di tremenda forza per avere a che fare con essa. Vedi, è popolata da mostri, dragoni volanti ed esseri demoniaci che, naturalmente, non sono altro che energia impersonale. Noi, spinti dalle nostre paure, trasformiamo quell'energia impersonale in creature infernali".

"Ma Esperanza e il custode?", la interruppi. "Ho sognato che entrambi erano realmente te".

"Lo sono", disse, come se fosse la cosa più naturale al mondo. "Te l'ho appena detto. Hai avuto uno spostamento più profondo di quanto previsto e sei entrata in ciò che i sognatori chiamano *sognare in mondi diversi da questo mondo.*

"Tu e io sognavamo in un mondo differente. Questo è il motivo per cui non sentivi l'acqua. Quello è il mondo in cui il nagual Elias scoprì tutte le sue invenzioni. In quel mondo io posso essere un uomo o una donna. E proprio come il nagual Elias portò le sue invenzioni in questo mondo, io porto Esperanza o il custode. O piuttosto, lo fa la mia energia impersonale".

Non riuscivo a tradurre in parole i miei pensieri o i miei sentimenti. Un'incredibile voglia di scappar via gridando s'impossessò di me, ma non riuscii a tradurla in azione. Il mio controllo motorio non era più una questione di volontà. Cercando di alzarmi e di urlare, caddi a terra.

Zuleica non era minimamente preoccupata o commossa dalla mia condizione. Continuò a parlare come se non avesse visto cedere le mie ginocchia, come se non fossi sdraiata scompostamente a terra come una bambola di pezza. "Sei una buona sognatrice. Dopo tutto, hai sognato mostri per tutta la tua vita. Ora è il momento che tu acquisisca l'energia per sognare come gli stregoni, per sognare l'energia impersonale".

Volevo interromperla, dirle che non c'era nulla di impersonale nel mio sogno di Esperanza e del custode che, in effetti, era peggiore dei mostri dei miei incubi, ma non riuscivo a parlare.

"Questa notte, il tuo orologio ti ha riportata dal sogno più profondo che tu abbia mai avuto", continuò Zuleica, indifferente agli strani suoni che emergevano dalla mia gola. "E hai persino un sasso che lo prova".

Venne dove giacevo a bocca spalancata con gli occhi fissi su di lei. Tastò nella mia tasca. Aveva ragione. C'era il sasso che avevo raccolto dal mucchio di pietre.

19

Fui svegliata da un rumore assordante. Balzai a sedere sulla mia amaca, scrutando nell'oscurità e vidi che i pannelli di legno che coprivano le finestre erano caduti. Un vento freddo, vorticoso, turbinava attorno a me. Le foglie roteavano frusciando nel patio fuori dalla mia stanza; il fruscio crebbe, poi bruscamente svanì in un tenue suono sibilante. Un chiarore offuscato si diffuse nella stanza; come la nebbia, si aggrappava ai muri.

"Nagual!", gridai. Per un attimo, come se l'avessi evocato, Isidoro Baltazar apparve ai piedi della mia amaca. Sembrava reale, tuttavia in lui c'era qualcosa di indefinito, come un'immagine vista nell'acqua. Mi schiarii la gola per parlare, ma dalle mie labbra sfuggì soltanto un debole gracchiare, mentre l'immagine si dissolveva nella foschia. Poi la nebbia si spostò, irrequieta e improvvisa come il vento all'esterno.

Troppo tesa per dormire, sedetti avvolta nella mia coperta, chiedendomi se avevo fatto la cosa giusta nel venire alla casa delle streghe a cercare il nagual Isidoro Baltazar. Non sapevo dove altro andare. Avevo atteso pazientemente per tre mesi, poi la mia ansietà era diventata così acuta che alla fine mi aveva spinto ad agire.

Un mattino - sette giorni prima - avevo guidato senza sosta fino alla casa delle streghe. E allora non c'era stato alcun interrogativo nella mia mente riguardo al fatto che stessi o meno procedendo correttamente - nemmeno dopo che dovetti scavalcare il muro sul retro della casa per scivolare all'interno attraverso una finestra chiusa male. Comunque, dopo sette giorni di attesa, la mia certezza aveva cominciato a vacillare.

Saltai giù dalla mia amaca sul pavimento di mattonelle, atterrando duramente sui talloni, a piedi nudi. Mi scossi nel modo che mi aveva sempre aiutato a disperdere le mie incertezze. Questa volta non funzionò e mi sdraiai nuovamente sull'amaca. Se c'era una cosa che avrei dovuto imparare nei tre anni che avevo passato nel mondo degli stregoni è che le decisioni degli stregoni sono definitive e la mia decisione era stata di vivere e morire nel mondo degli stregoni. Ora era giunto il momento di dimostrarlo.

Il suono di una spettrale risata mi scosse dalle mie fantasticherie. Riverberava misteriosamente per tutta la casa, poi tutto fu silente ancora. Attesi in preda alla tensione, ma non c'era altro suono eccetto quello delle foglie secche che venivano sospinte dal vento sul patio. Avevano il suono di un debole e rauco sussurro.
Ascoltare quel suono non soltanto mi cullò nel sonno, ma mi trasportò nello stesso sogno che avevo sognato nelle ultime sette notti.

Sono nel deserto di Sonora. È mezzogiorno. Il sole, un disco argenteo così brillante da essere quasi invisibile, si è fermato in mezzo al cielo. Non c'è un solo suono, non un movimento. Gli alti saguaros coi loro bracci spinosi s'allungano verso quell'immobile sole, si ergono come sentinelle che vigilano sul silenzio e sull'immobilità.

Il vento, come se mi avesse seguito nel sogno, comincia a soffiare con forza tremenda. Sibila tra i rami degli alberi mesquito e li scuote con sistematica furia. Tutt'attorno a me si alzano turbini di polvere rossa. Uno stormo di corvi si disperde nell'aria come tanti puntini per poi piombare a terra un po' separati, piano, come frammenti di un velo nero.

Bruscamente com'era cominciato, il vento muore. Mi dirigo verso le colline in lontananza. Mi sembra di camminare per ore prima di vedere un'enorme ombra oscura sul terreno. Guardo in su. Un gigantesco uccello è sospeso nell'aria con le ali allargate, immobile, come se fosse inchiodato nel cielo. Solo quando guardo ancora la sua buia ombra a terra so che l'uccello si sta muovendo. Lentamente, impercettibilmente, la sua ombra scivola sopra di me.

Spinta da qualche misterioso stimolo, cerco di rincorrere l'ombra. Indipendentemente da quanto veloce io corra, l'ombra si allontana sempre più da me. Stordita per la stanchezza, inciampo nei miei piedi e cado per terra lunga e distesa.

Mentre mi rialzo per spolverarmi i vestiti, scopro l'uccello appollaiato su un masso vicino. La sua testa è leggermente rivolta verso di me, come se mi stesse chiamando. Cautamente, lo avvicino. È enorme e di color bruno fulvo, con penne che luccicano come rame brunito. I suoi occhi color ambra sono duri, implacabili e definitivi come la morte stessa.

Faccio un passo indietro, mentre l'uccello spalanca le ali e prende il volo. Vola alto fino a che è soltanto un punto nel cielo. Tuttavia la sua ombra, a terra, è un'oscura linea dritta che si allunga nell'infinito e riunisce il deserto con il cielo.

Certa che se chiamo il vento raggiungerò l'uccello, invoco un incantesimo. Ma nel mio canto non c'è forza, non c'è potere. La mia voce si spezza in un migliaio di sussurri che sono rapidamente assorbiti dal silenzio. Il deserto riguadagna la sua misteriosa calma. Comincia a sgretolarsi ai margini, poi lentamente svanisce attorno a me...

Gradualmente, divenni conscia del mio corpo che giaceva nell'amaca. Riuscii a discernere, attraverso una leggera foschia che si stava spostando, i muri della stanza con i libri allineati. Poi fui completamente sveglia e mi colpì la realizzazione, così come mi aveva colpito ogni volta durante la passata settimana, che questo non era stato un sogno ordinario e che sapevo ciò che significava.

Una volta il nagual Mariano Aureliano mi aveva detto che gli stregoni, quando parlano tra loro, parlano della stregoneria come di un uccello; lo chiamano l'uccello della libertà. Dicono che l'uccello della libertà vola soltanto in linea retta e non torna mai due volte. Dicono anche che è il nagual che attira l'uccello della libertà. È lui che alletta l'uccello a spargere la sua ombra sul sentiero del guerriero. Senza quell'ombra non c'è direzione.

Il significato del mio sogno era che avevo perduto l'uccello della libertà. Avevo perso il nagual e, senza di lui, ogni speranza e scopo.

E ciò che pesava di più nel mio cuore era che l'uccello della libertà era volato via così velocemente che non mi aveva dato il tempo di ringraziarli adeguatamente, non mi aveva dato il tempo di esprimere la mia infinita ammirazione.

Avevo sempre assicurato agli stregoni che non avevo mai dato per scontato il loro mondo e le loro persone, ma l'avevo fatto, in particolare con Isidoro Baltazar. Sicuramente sarebbe rimasto per sempre con me, pensavo. Improvvisamente, erano tutti spariti, tutti loro, come soffi d'aria, come stelle cadenti. E avevano portato con loro Isidoro Baltazar.

Ero rimasta seduta per settimane intere nella mia stanza, ponendomi la stessa domanda: com'è possibile che siano svaniti così? Una domanda superflua, senza significato, considerato ciò che avevo sperimentato e testimoniato nel loro mondo. Tutto mi rivelava la mia vera natura: sottomessa e dubbiosa. Poiché gli stregoni mi avevano detto per anni che il loro scopo ultimo era di bruciare, di scomparire, ingoiati dalla forza della consapevolezza. Il vecchio nagual e il suo gruppo di stregoni erano pronti, ma io non lo sapevo. Si erano preparati quasi tutta la loro vita per l'audacia finale: sognare da svegli di oltrepassare la morte - come ordinariamente la conosciamo - ed entrare nell'ignoto, incrementando, senza spezzarla, l'unità della loro totale energia.

Il mio rimpianto era più intenso nel ricordare come il mio consueto e dubbioso sé emergeva quando meno me l'aspettavo. Non che non credessi al loro scopo stupendo, ultraterreno e tuttavia così pratico. Piuttosto, li avevo spiegati, integrati, adattati al mondo quotidiano del comune buon senso - forse non del tutto, ma certamente facendoli coesistere con ciò che era normale e familiare per me.

Gli stregoni certamente avevano cercato di prepararmi a testimoniare il loro viaggio definitivo; che un giorno essi sarebbero svaniti era qualcosa di cui ero quasi consapevole. Ma nulla avrebbe potuto prepararmi all'angoscia e alla disperazione che ne seguì. Sprofondai in un pozzo di tristezza da cui sapevo non sarei mai uscita. E questo riguardava soltanto me. Temendo che mi sarei abbandonata sempre più alla disperazione se restavo un attimo più a lungo nella mia amaca, mi alzai e mi preparai la colazione. O piuttosto, riscaldai i resti della sera precedente: tortillas, riso e fagioli - il mio pasto abituale degli ultimi sette giorni, fatta eccezione per la scatoletta di sardine norvegesi che aggiungevo a mezzogiorno. Le avevo trovate in un negozio di alimentari nella città più vicina. Avevo comperato tutte le scatolette che avevano. Anche i fagioli erano in scatola.

Lavai i piatti e il pavimento, poi, con la scopa in mano, passai di stanza in stanza a cercare qualche nuovo granello di polvere o una ragnatela in qualche angolo dimenticato. Dal giorno in cui ero arrivata non avevo fatto altro che pulire pavimenti, lavare finestre e muri, spazzare cortili e corridoi. Fare le pulizie mi aveva sempre distratto dai miei problemi, mi aveva sempre dato sollievo. Non questa volta. Indipendentemente da quanta attenzione riversassi sulle faccende di casa, non riuscivo a calmare l'angoscia, il doloroso vuoto all'interno di me. Un rapido frusciare di foglie interruppe le mie occupazioni domestiche. Andai fuori a guardare. Tra gli alberi soffiava un forte vento. La sua forza mi scosse. Stavo per chiudere le finestre, quando il vento bruscamente cessò. Una profonda malinconia scese sul cortile, sui cespugli e sugli alberi, sulle aiole di fiori e verdure. Anche la brillante e purpurea bounganvillea che pendeva dal muro aumentava la tristezza.

Camminai verso la fontana dai motivi coloniali spagnoli, costruita al centro del cortile e mi inginocchiai sul largo bordo di pietra. Distrattamente, raccolsi le foglie e i boccioli che erano caduti nell'acqua. Poi, piegandomi, cercai la mia immagine sulla superficie senza increspature. Vicino al mio volto apparve quello bellissimo, intenso e pronunciato di Florinda.

Ammutolita, guardai il suo riflesso, ipnotizzata dai suoi grandi, scuri e brillanti occhi che contrastavano luminosi con i suoi capelli bianchi intrecciati. Lentamente sorrise. Ricambiai il sorriso.

"Non ti ho sentita arrivare", sussurrai, temendo che la sua immagine potesse svanire, temendo che potesse essere soltanto un sogno.

Ella lasciò riposare la sua mano sulla mia spalla, poi sedette al mio fianco sul bordo di pietra. "Resterò con te soltanto per un momento", disse. "Ma, tornerò più tardi".

Mi girai e riversai su di lei tutta l'angoscia e la disperazione che si erano accumulate in me.

Florinda mi fissò. Il suo volto rifletteva un'infinita tristezza. Nei suoi occhi ci furono improvvise lacrime, lacrime che sparirono veloci com'erano venute.

"Dov'è Isidoro Baltazar?", le chiesi.

Distolsi lo sguardo e diedi libero corso alle lacrime trattenute. Non era l'autocommiserazione e nemmeno il dolore che mi faceva piangere, ma un profondo senso di fallimento, di colpa e sconfitta; mi stava sommergendo. Florinda certamente mi aveva ammonita in passato per tali sentimenti.

"Le lacrime non hanno alcun significato per gli stregoni", disse con la sua voce profonda e rauca. "Quando ti sei unita al mondo degli stregoni ti è stato fatto comprendere che i disegni del fato, indipendentemente da quali essi siano, sono semplicemente sfide che uno stregone deve affrontare senza risentimento o autocommiserazione". Fece un attimo di pausa, poi nella sua familiare maniera, implacabile, ripeté ciò che mi aveva detto in precedenti occasioni: "Isidoro Baltazar non è più un uomo, ma un nagual. Può aver accompagnato il vecchio nagual, nel cui caso non ritornerà più. Ma può anche non averlo fatto".

"Perché lui...". La mia voce si smorzò prima di aver posto la domanda.

"Questa volta realmente non lo so", disse Florinda, alzando la mano per precedere la mia protesta. "Ergerti al di sopra di tutto questo è la tua sfida. E, come sai, le sfide non vengono discusse ne ci si lamenta di esse. Le sfide sono attivamente affrontate. Gli stregoni o hanno successo o falliscono nell'affrontare le loro sfide. E non ha realmente importanza il risultato finché sono padroni di ciò che fanno".

"Come puoi aspettarti che io sia padrona di me quando la tristezza mi sta uccidendo? Isidoro Baltazar se n'è andato per sempre", dissi risentita, irritata dalla prosaicità dei suoi sentimenti e delle sue attitudini.

"Perché non ascolti il mio suggerimento e ti comporti impeccabilmente, indipendentemente dai tuoi sentimenti?", ritorse duramente. La sua collera sorgeva rapida come il suo brillante sorriso.

"Come posso farlo? So che se il nagual se n'è andato il gioco è finito".

"Non hai bisogno del nagual per essere un'impeccabile strega", commentò. "La tua impeccabilità dovrebbe guidarti da lui anche se non è più nel mondo. Vivere impeccabilmente, nelle tue circostanze, è la tua sfida. Che tu veda Isidoro Baltazar domani o fra un anno o alla fine della tua vita, non dovrebbe fare alcuna differenza per te".

Florinda mi girò la schiena. Restò a lungo in silenzio. Quando mi guardò ancora, il suo volto era calmo e stranamente privo d'espressione, come una maschera, come se stesse compiendo un grande sforzo per controllare le sue emozioni. Ma nei suoi occhi c'era qualcosa di così triste che mi fece dimenticare la mia stessa angoscia.

"Lascia che ti racconti una storia, ragazza", disse con una voce insolitamente aspra, come se il suo tono dovesse cancellare il dolore che era nei suoi occhi. "Non sono andata con il nagual Mariano Aureliano e il suo gruppo. E neanche Zuleica. Sai perché?".

Paralizzata dall'anticipazione e dalla paura, la fissai a bocca aperta. "No, Florinda. Non lo so". riuscii finalmente a dire.

"Siamo qui perché non apparteniamo a quel gruppo di stregoni", disse, la sua voce ora era bassa e dolce. "Noi vi apparteniamo, ma non realmente. I nostri sentimenti sono con un altro nagual, il nagual Juliàn, il nostro insegnante. Il nagual Mariano Aureliano è nostro compagno e il nagual Isidoro Baltazar il nostro discepolo.

"Come te, siamo state lasciate indietro. Tu, perché non eri pronta ad andare con loro; noi, perché abbiamo bisogno di maggiore energia per fare un salto più grande e unirci forse a un'altra banda di guerrieri, una banda molto più vecchia. Quella del nagual Juliàn".

Potevo percepire la solitudine di Florinda come una sottile nebbia che si fissava attorno a me. Non osavo neanche respirare per paura che smettesse di parlare.

Mi parlò a lungo del suo insegnante, il nagual Juliàn, famoso sotto tutti gli aspetti. Le sue descrizioni di lui erano concise e tuttavia così evocative che potevo vederlo di fronte ai miei occhi: l'essere più audace che sia mai vissuto. Divertente, arguto e dal pensiero rapido; un incorreggibile buontempone. Un cantastorie, un mago che maneggiava la percezione come un esperto fornaio maneggia la farina lievitata, dandole qualunque forma senza mai perderla di vista. Essere con il nagual Juliàn, mi assicurò Florinda, era qualcosa di indimenticabile. Confessò che lo amava al di là di ogni parola, al di là di ogni sentimento. E così era per Zuleica.

Florinda restò a lungo in silenzio, lo sguardo fisso sulle lontane montagne, come attingendo forza da quei picchi affilati. Quando parlò ancora, la sua voce era un sussurro a malapena percepibile. "Il mondo degli stregoni è un mondo di solitudine, tuttavia, in esso l'amore è per sempre. Come il mio amore per il nagual Juliàn. Ci muoviamo nel mondo degli stregoni da soli, rendendo conto soltanto dei nostri atti, dei nostri sentimenti e della nostra impeccabilità". Annuì, come per sottolineare le sue parole. "Non ho più alcun sentimento. Ciò che avevo se n'è andato con il nagual Juliàn. Tutto ciò che mi resta è il mio senso di volontà, di dovere, di scopo.

"Forse tu e io siamo nella stessa barca". Lo disse così dolcemente che prima che realizzassi ciò che aveva detto era già passato. La fissai e, come sempre, fui incantata dalla sua splendida bellezza e dalla sua giovinezza, che gli anni avevano lasciato miracolosamente intatta.

"Non io, Florinda", dissi alla fine. "Tu hai avuto il nagual Isidoro Baltazar e me e tutti gli altri discepoli di cui ho sentito parlare. Io non ho nulla. Non ho nemmeno il mio vecchio mondo". Non c'era autocommiserazione in me, soltanto una devastante consapevolezza che la mia vita, così come l'avevo conosciuta fino ad allora, era terminata. "Il nagual Isidoro Baltazar è mio, per diritto del mio potere. Attenderò, doverosamente, un po' più a lungo, ma se non è più in questo mondo, non ci sono nemmeno io. So che cosa fare!". La mia voce si perse mentre realizzavo che Florinda non mi stava più ascoltando. Era assorbita nell'osservare un piccolo corvo che si faceva strada verso di noi, sul bordo della fontana.

"Quello è Dionisio", dissi, cercando nella mia tasca i suoi pezzi di tortilla. Non ne avevo con me. Guardai in alto il cielo meravigliosamente chiaro. Ero rimasta così assorta nella mia tristezza che non avevo notato che era già passato mezzogiorno, ora in cui il piccolo corvo generalmente veniva a cercare il suo cibo.

"Quel tipo è piuttosto scosso". Florinda rise al gracchiare irritato del corvo e poi, guardandomi negli occhi, disse: "Tu e il corvo siete molto simili. Vi irritate facilmente e lo fate entrambi in maniera rumorosa".

Potei a malapena trattenermi dall'interromperla bruscamente per dirle che di lei si poteva dire la stessa cosa. Florinda ridacchiò, come se conoscesse lo sforzo che stavo facendo per non piangere.

Il corvo si era appollaiato sulla mia mano vuota e mi fissava di traverso con i suoi occhi scintillanti simili a sassolini. L'uccello aprì le ali, ma non volò via; le sue piume nere, al sole, emanavano riflessi blu.

Con calma dissi a Florinda che le pressioni del mondo degli stregoni erano insopportabili.

"Assurdo!", mi rimproverò, come se stesse parlando a un bambino viziato. "Guarda, abbiamo spaventato Dionisio". Rapita, osservò il corvo che volava in circolo sopra le nostre teste, poi riportò la sua attenzione su di me.

Distolsi lo sguardo. Non sapevo perché, poiché non c'era nulla che non fosse gentile nello sguardo di quegli occhi scuri e splendenti. Erano calmi e supremamente indifferenti mentre diceva: "Se non riesci a raggiungere Isidoro Baltazar, allora io e il resto degli stregoni che ti hanno istruita avremo fallito. Avremo fallito nel proporti una sfida. Per noi non è una perdita definitiva, ma lo sarà certamente per te". Vedendo che stavo per piangere di nuovo, mi sfidò: "Dov'è il tuo impeccabile scopo? Che cosa è accaduto a tutte le cose che hai imparato con noi?".

"E se non riuscirò mai a raggiungere Isidoro Baltazar?", chiesi in lacrime.

"Puoi continuare a vivere nel mondo degli stregoni se non fai uno sforzo per scoprirlo?", chiese tagliente.

"Questo è il momento in cui ho bisogno di gentilezze", mormorai, chiudendo gli occhi per impedire alle mie lacrime di cadere. "Ho bisogno di mia madre. Se solo potessi andare da lei".

Ero sorpresa dalle mie stesse parole, tuttavia intendevo dire proprio quelle cose. Incapace di trattenere ulteriormente le lacrime, cominciai a piangere.

Florinda rise. Non mi stava prendendo in giro. C'era una nota di gentilezza, di simpatia, nella sua risata. "Sei così lontana da tua madre", disse dolcemente, con uno sguardo riflessivo e lontano nei suoi occhi, "che non la ritroverai mai più". La sua voce era soltanto un basso sussurro, mentre continuava a dire che la vita degli stregoni crea insormontabili barriere attorno a noi. Gli stregoni, mi ricordò, non trovano sollievo nella simpatia degli altri o nell'autocommiserazione.

"Pensi che tutto il mio tormento sia causato dall'autocommiserazione, non è così Florinda?".

"No, non solo dall'autocommiserazione, ma anche dalla morbosità". Mi mise le braccia attorno alle spalle e mi abbracciò come fossi una bambina. "La maggior parte delle donne è dannatamente morbosa, sai?", mormorò. "Tu e io siamo tra loro".

Non ero d'accordo con lei, tuttavia non desideravo contraddirla. Ero di gran lunga troppo felice tra le sue braccia che mi stringevano.

A dispetto del mio cupo stato d'animo, dovetti sorridere. A Florinda, come a tutte le altre donne del mondo degli stregoni, mancava la capacità di esprimere sentimenti materni. E sebbene a me piacesse baciare e abbracciare le persone che amavo, non sopportavo di restare tra le braccia di qualcuno per più di un istante. L'abbraccio di Florinda non era caldo e confortante come quello di mia madre, ma era tutto ciò che potevo sperare di ottenere.

Poi entrò in casa.

Mi svegliai improvvisamente. Per un momento rimasi semplicemente sdraiata per terra, ai piedi della fontana, cercando di ricordare qualcosa che Florinda aveva detto prima che mi addormentassi sotto la luce del sole che filtrava tra le foglie. Ovviamente, avevo dormito per ore. Sebbene il cielo fosse ancora brillante, le ombre serali si erano già insinuate nel cortile.

Stavo per cercare Florinda nella casa, quando una risata spettrale echeggiò nel cortile; era la stessa risata che avevo udito durante la notte.

Attesi e ascoltai. Il silenzio attorno a me era inquietante. Nulla cinguettava; nulla ronzava; nulla si muoveva. Tuttavia, per quanto dominasse il silenzio, potevo percepire dei passi che non facevano rumore, silenti come ombre dietro a me. Mi girai di scatto. All'estremo angolo del cortile, quasi nascosto dalla bouganville in fiore, vidi qualcuno che sedeva su una panchina di legno. Aveva la schiena girata, ma la riconobbi immediatamente.

"Zuleica?", sussurrai incerta, temendo che il suono della mia voce potesse farla scappar via.

"Quanto sono felice di rivederti", disse, facendomi segno di sedere al suo fianco.

La sua voce profonda, chiara, vibrante e frizzante come l'aria del deserto, non sembrava provenire dal suo corpo ma da lontano. Volevo abbracciarla, ma sapevo che Zuleica non amava essere toccata, così sedetti semplicemente accanto a lei e le dissi che anch'io ero felice di rivederla. Ma con mia grande sorpresa, strinse la mia mano tra le sue, una mano piccola e delicata. Il suo bel viso, pallido, rosa ramato, era stranamente senza espressione. Tutta la vita era concentrata nei suoi incredibili occhi: né neri né bruni, ma uno strano miscuglio, e misteriosamente chiari. Li fissò su di me con uno sguardo prolungato.

"Quando sei arrivata qui?", le chiesi.

"Proprio in questo momento", rispose, mentre le sue labbra si curvavano in un angelico sorriso.

"Come sei arrivata? Florinda è venuta con te?".

"Oh, sai", disse vagamente, "le streghe vanno e vengono senza essere notate. Nessuno presta attenzione a una donna, specialmente se è vecchia. D'altra parte, ora una bellissima giovane donna attrae l'attenzione di tutti. Ecco perché le streghe dovrebbero travestirsi, se sono belle. Se hanno un aspetto da casalinga media non hanno nulla di cui preoccuparsi".

L'improvviso colpetto sulla spalla da parte di Zuleica mi fece trasalire. Mi strinse ancora la mano, come per disperdere i miei dubbi, poi mi fissò con calma, in modo penetrante e disse: "Per stare nel mondo degli stregoni uno deve sognare superbamente". Guardò lontano. Una luna quasi piena era sospesa sulle lontane montagne. "La maggior parte delle persone non ha la capacità né la grandezza di spirito per sognare. Non può far altro che vedere il mondo come ordinario e ripetitivo. E sai perché?", chiese, fissandomi col suo sguardo penetrante. "Perché se non combatti per evitarlo, il mondo è davvero ordinario e ripetitivo. La maggior parte delle persone sono così coinvolte con se stesse che sono diventate idiote. Gli idioti non hanno desiderio di combattere per evitare l'ordinarietà e la ripetitività".

Zuleica si alzò dalla panchina e indossò i sandali. Si legò lo scialle attorno ai fianchi cosicché la sua lunga gonna non si trascinasse e camminò in mezzo al patio. E io seppi ciò che avrebbe fatto prima ancora che iniziasse. Stava per girare su se stessa. Stava per eseguire una danza al fine di raccogliere energia cosmica. Le streghe credono che muovendo il corpo possono ottenere la forza necessaria per sognare.

Con un cenno del capo a malapena percepibile, mi fece segno di seguirla e di imitare i suoi movimenti. Scivolò sulle mattonelle messicane di un marrone scuro e sui bruni mattoni che erano stati disposti in un antico disegno Tolteco dallo stesso Isidoro Baltazar, un disegno stregonesco che riuniva generazioni di stregoni e sognatori attraverso le epoche in reti di segreti e prodezze di potere - un disegno in cui aveva disposto se stesso, attorno e all'interno, con tutta la sua forza, tutto il suo intento, volendo infondere il mito e il sogno nella realtà.

Zuleica si muoveva con la sicurezza e l'agilità di una giovane danzatrice. I suoi movimenti erano semplici, tuttavia richiedevano così tanta velocità, equilibrio e concentrazione che mi lasciarono esausta. Con misteriosa agilità e sveltezza, vorticava su se stessa, lontana da me. Per un istante esitò tra le ombre degli alberi, come per assicurarsi che la stessi seguendo. Poi si diresse verso l'entrata ad arco, aperta nel muro che circondava i terreni dietro alla casa. Sostò momentaneamente vicino ai due alberi d'arancio che crescevano al di fuori del muro, quelli che si ergevano come due sentinelle su entrambi i lati del sentiero che conduceva alla piccola casa al di là del chaparral.

Temendo di perderla di vista, sfrecciai lungo lo stretto e buio sentiero. Poi, curiosa e ansiosa, la seguii all'interno della piccola casa, fino alla stanza sul retro. Invece di accendere la luce, prese una lampada a olio che pendeva da uno dei sostegni. L'accese; la lampada lanciò un tremendo bagliore attorno a noi, ma lasciò in ombra gli angoli della stanza. Inginocchiandosi di fronte all'unico mobile della stanza, un baule di legno sotto alla finestra, tirò fuori una stuoia e una coperta.

"Sdraiati sulla pancia", disse piano, allungando la stuoia sul pavimento.

Trassi un profondo sospiro e mi abbandonai a un piacevole senso d'impotenza mentre giacevo sulla stuoia, a faccia in giù. Una sensazione di pace e benessere si diffuse per tutto il mio corpo. Sentii le sue mani sulla mia schiena; non mi stava massaggiando, ma picchiettando leggermente.

Sebbene fossi stata spesso nella piccola casa, non sapevo ancora quante stanze avesse o com'era ammobiliata. Una volta Florinda mi aveva detto che quella casa era al centro della loro avventura. Disse che era dove il vecchio nagual e i suoi stregoni tesserono la loro rete magica. Come la tela di un ragno, invisibile e resistente, li sosteneva mentre si tuffavano nell'ignoto, nell'oscurità e nella luce, come fanno abitualmente gli stregoni.

Aveva anche detto che la casa era un simbolo. Gli stregoni del suo gruppo non avevano bisogno di essere nella casa, o nemmeno nelle sue vicinanze, quando si tuffavano nell'ignoto attraverso il sognare.

Ovunque andassero, portavano il sentimento, lo stato d'animo della casa nei loro cuori. E quel sentimento e quello stato d'animo, qualunque cosa fossero per ciascuno di essi, dava loro la forza per affrontare il mondo di ogni giorno con meraviglia e delizia.

Il colpo secco di Zuleica sulla mia spalla mi scosse. "Girati sulla schiena", comandò.

Lo feci.

Il suo volto, mentre si chinava, irradiava energia e determinazione. "I miti sono i sogni di sognatori straordinari", disse.

"Hai bisogno di molto coraggio e concentrazione al fine di mantenerli. E soprattutto, hai bisogno di grande immaginazione. Stai vivendo un mito, un mito che ti è stato trasmesso affinché tu lo salvaguardassi".

Parlò con un tono quasi reverente. "Non puoi essere il recipiente di questo mito, a meno che tu non sia irreprensibile. Se non lo sarai, il mito semplicemente si allontanerà da te".

Aprii la bocca per parlare, per dire che comprendevo tutto questo, ma vidi la durezza nei suoi occhi. Non era là per avere un dialogo con me. Il suono ripetitivo dei rami che si strofinavano contro il muro esterno cessò e diventò una vibrazione nell'aria, un suono pulsante che sentii piuttosto che udire. Ero sul punto di addormentarmi, quando Zuleica disse che avrei dovuto seguire i comandi del sogno ricorrente che avevo avuto.

"Come sai che ho avuto quel sogno?", chiesi allarmata, cercando di sedermi.

"Non ti ricordi che condividiamo i sogni l'una dell'altra?", sussurrò, spingendomi nuovamente sulla stuoia. "Io sono colei che ti porta i sogni".

"Era soltanto un sogno, Zuleica", la mia voce tremava, perché ero afferrata dal disperato desiderio di piangere. Sapevo che non era soltanto un sogno, ma volevo che lei mi mentisse. Scuotendo il capo, mi guardò. "No. Non era soltanto un sogno", disse quietamente. "Era un sogno da stregoni, una visione".

"Che cosa dovrei fare?".

"Il sogno non ti ha detto che cosa fare?", chiese con tono di sfida. "Non te l'ha detto Florinda?". Mi osservò con un'espressione inscrutabile sul volto. Poi sorrise, un sorriso timido, da bambina. "Devi comprendere che non puoi rincorrere Isidoro Baltazar. Non è più nel mondo. Non c'è più nulla che tu possa dargli o che possa fare per lui. Non puoi essere attaccata al nagual come a una persona, ma soltanto come a un essere mitico". La sua voce era dolce e tuttavia imperiosa, mentre ripeteva che stavo vivendo un mito. "Il mondo degli stregoni è un mondo mitico, separato da quello di ogni giorno da una misteriosa barriera creata dai sogni e dalle decisioni definitive.

"Soltanto se il nagual è sostenuto dai suoi compagni sognatori può guidarli in altri mondi da cui può attirare l'uccello della libertà". Le sue parole svanirono nelle ombre della stanza mentre aggiungeva che il sostegno di cui aveva bisogno Isidoro Baltazar era l'energia di sogno, non i sentimenti e le azioni mondane.

Dopo un lungo silenzio, parlò ancora: "Hai testimoniato come il vecchio nagual, così come Isidoro Baltazar, con la loro semplice presenza, influenzano chiunque stia attorno a loro, che siano i loro compagni stregoni o semplici passanti, rendendoli consapevoli che il mondo è un mistero dove nulla può essere dato per scontato in nessuna circostanza".

Annuii.

Per lungo tempo non ero riuscita a spiegarmi come i nagual potessero, con la loro semplice presenza, creare una tale differenza. Dopo attenta osservazione, confrontando le mie opinioni con quelle degli altri e dopo un'interminabile introspezione, conclusi che la loro influenza originava dalla loro rinuncia per gli interessi mondani. Anche nel nostro mondo di ogni giorno abbiamo esempi di uomini e donne che hanno lasciato dietro a loro gli interessi mondani. Li chiamiamo mistici, santi, persone religiose. Ma i nagual non sono né mistici né santi e certamente non sono uomini religiosi. I nagual sono uomini di mondo senza il minimo interesse mondano.

A livello subliminale, questa contraddizione ha il più tremendo effetto su chiunque stia attorno a loro. Le menti di coloro che si trovano vicino a un nagual non riescono ad afferrare ciò che le sta influenzando, tuttavia sentono l'impatto nei loro corpi come una strana apprensione, una spinta a lasciarsi andare o un senso di inadeguatezza, come se qualcosa di trascendentale stesse avvenendo da qualche altra parte ed essi non potessero afferrarlo.

Ma l'automatica capacità dei nagual di influenzare gli altri non dipende soltanto dalla loro mancanza di interessi mondani o dalla forza delle loro personalità, ma piuttosto dalla forza del loro comportamento irreprensibile. I nagual sono irreprensibili nelle loro azioni e nei loro sentimenti, indipendentemente dagli agguati - terreni o ultraterreni - posti sul loro interminabile sentiero. Non è che i nagual seguano un prescritto modello di regole al fine di avere un comportamento irreprensibile, poiché non ce ne sono. Ma piuttosto, usano la loro immaginazione per adottare o adattarsi a qualunque cosa renda le loro azioni fluide. Per le loro azioni, i nagual, a differenza degli uomini comuni, non cercano approvazione, rispetto, lode o alcun tipo di riconoscimento da nessuno, inclusi i loro compagni stregoni. Tutto ciò che cercano è il loro senso di impeccabilità, di innocenza, di integrità.

È questo che rende la compagnia di un nagual inebriante. Si diventa dipendenti dalla loro libertà come da una droga. Per un nagual, il mondo è sempre nuovo. In sua compagnia, si comincia a guardare il mondo come non era mai avvenuto prima.

"Questo perché i nagual hanno rotto lo specchio del riflesso del sé", disse Zuleica, come se avesse seguito il corso dei miei pensieri. "I nagual sono in grado di vedersi nello specchio della nebbia, che riflette soltanto l'ignoto. È uno specchio che non riflette più la nostra normale umanità, espressa a ripetizione, ma rivela il volto dell'infinito.

"Gli stregoni credono che quando il volto del riflesso del sé e il volto dell'infinito si fondono, un nagual è totalmente pronto a spezzare i vincoli della realtà e a scomparire come se non fosse fatto di materia solida. Isidoro Baltazar era pronto da lungo tempo".

"Non può lasciarmi indietro!", gridai. "Questo sarebbe troppo ingiusto".

"È del tutto sciocco pensare in termini di giustizia e ingiustizia", disse Zuleica. "Nel mondo degli stregoni, c'è soltanto potere. Non ti ha, ognuno di noi, insegnato questo?".

"Ci sono molte cose che ho imparato", concessi cupamente. Dopo alcuni attimi, mormorai sottovoce: "Ma al momento non servono a niente".

“Ora hanno il massimo valore”, mi contraddisse. “Se hai imparato una cosa è che nei momenti peggiori i guerrieri raccolgono il loro potere per continuare. Un guerriero non soccombe alla disperazione”.

“Nulla di ciò che ho imparato e sperimentato può alleviare la mia tristezza e la mia disperazione”, dissi piano. “Ho provato persino i canti spirituali che ho imparato dalla mia balia. Florinda ha riso di me. Pensa che sia un’idiota”.

“Florinda ha ragione”, disse Zuleica. “Il nostro mondo magico non ha nulla a che fare con canti e incantesimi, con rituali e comportamento bizzarro. Il nostro mondo magico, che è un sogno, è portato in esistenza dal desiderio concentrato di coloro che vi partecipano. È mantenuto intatto in ogni momento dalla tenace volontà degli stregoni. Allo stesso modo in cui il mondo di ogni giorno è tenuto insieme dalla tenace volontà di tutti”.

Si fermò bruscamente. Sembrò essersi sorpresa nel pieno di un pensiero che non desiderava esprimere. Poi sorrise. Facendo un umoristico gesto d’impotenza, aggiunse: “Per sognare il nostro sogno, devi essere morta”.

“Questo significa che devo cadere morta qui e ora?”, chiesi con voce che stava divenendo rauca. “Sai che sono pronta a questo, in un attimo”.

Il volto di Zuleica s’illuminò e rise come se le avessi raccontato la miglior barzelletta. Vedendo che ero seria quanto più non avrei potuto, si affrettò a chiarire: “No, no. Morire significa cancellare tutti i tuoi possessi, abbandonare ogni cosa che hai, ogni cosa che sei”.

“Non è niente di nuovo”, dissi. “L’ho già fatto nel momento in cui mi sono unita al vostro mondo”.

“Ovviamente non l’hai fatto. Altrimenti non saresti in una tale confusione. Se tu fossi morta nel modo richiesto dalla stregoneria, non proveresti angoscia ora”.

“Che cosa proverei quindi?”.

“Dovere! Scopo!”.

“La mia angoscia non ha nulla a che fare con il mio senso di scopo”, gridai. “È a parte, indipendente. Sono viva e provo tristezza e amore. Come posso evitarlo?”.

"Non devi evitarlo", chiarì Zuleica. "Ma vincerlo. Se i guerrieri non hanno nulla, non sentono nulla".

"Che razza di mondo vuoto è quello?", chiesi con sfida.

"Vuoto è il mondo dell'indulgere, poiché l'indulgere taglia fuori ogni altra cosa eccetto l'indulgere stesso". Mi guardò ansiosamente, come se si aspettasse che fossi d'accordo con la sua affermazione. "Così è un mondo alla rovescia. Noioso. Ripetitivo. Per gli stregoni, l'antidoto all'indulgere è il morire. E non vi pensano semplicemente. Lo fanno".

Un sudore freddo mi corse lungo la schiena. Deglutii e rimasi in silenzio, guardando la splendida visione della luna che riluceva attraverso la finestra. "Realmente non comprendo ciò che stai dicendo, Zuleica".

"Mi comprendi perfettamente bene", affermò. "Il tuo sogno è cominciato quando hai incontrato me. Ora è il momento di un altro sogno. Ma questa volta, sogna da morta. Il tuo errore era di sognare da viva".

"Che cosa significa?", chiesi irrequieta. "Non tormentarmi con gli enigmi. Tu, proprio tu, mi hai detto che soltanto gli stregoni maschi si tormentano alla follia con gli enigmi. Tu mi stai facendo la stessa cosa ora".

La risata di Zuleica rimbalzò da una parete all'altra. Frusciò come foglie secche spinte dal vento. "Sognare da vivi significa avere speranza. Significa che ti aggrappi al tuo sogno, poiché ti è cara la vita. Sognare da morti significa che sogni senza speranza. Sogni senza aggrapparti al tuo sogno".

Non fidandomi di parlare, tutto ciò che potei fare fu di annuire.

Florinda mi aveva detto che la libertà è la totale assenza di preoccupazioni circa se stessi, una mancanza di preoccupazione che si raggiunge quando la massa di energia imprigionata all'interno di noi stessi viene liberata. Aveva detto che questa energia viene liberata soltanto quando possiamo arrestare l'esaltata concezione che abbiamo di noi stessi, della nostra importanza, un'importanza che sentiamo che non dev'essere violata o derisa.

La voce di Zuleica era chiara, ma sembrava provenire da molto lontano mentre aggiungeva: "Il prezzo della libertà è molto alto. La libertà può essere ottenuta soltanto sognando senza speranza, essendo pronti a perdere tutto, persino il sogno.

"Per qualcuno di noi, sognare senza speranza, sforzarsi senza meta in mente, è l'unico modo per stare al passo con l'uccello della libertà".

Florinda Donner
SHABONO
Il viaggio di una donna
nel magico mondo
della foresta amazzonica
EDIZIONI IL PUNTO D'INCONTRO

Florinda Donner-Grau
IL SOGNO
DELLA STREGA
La via di una guaritrice
verso la conoscenza
Prefazione di Carlos Castaneda
EDIZIONI IL PUNTO D'INCONTRO

Taisha Abelar
IL PASSAGGIO
DEGLI STREGONI
Viaggio di una donna
Prefazione di
CARLOS CASTANEDA
EDIZIONI IL PUNTO D'INCONTRO

CARMINA FORT
CONVERSAZIONI CON
CARLOS
CASTANEDA
EDIZIONI
IL PUNTO
D'INCONTRO